Tout est sous contrôle

(Sauf toi!)

Sally Thorne

Tout est sous contrôle (Sauf toi !)

ROMAN

Traduit de l'anglais (États-Unis) par
A. H. SOPHIE

Titre original :
SECOND FIRST IMPRESSIONS

Ce livre est publié avec l'aimable autorisation de HarperCollins Publishers, LLC, New York, U.S.A.

HARPERCOLLINS FRANCE
83-85, boulevard Vincent-Auriol, 75646 PARIS CEDEX 13.

www.harlequin.fr

ISBN 978-2-2804-6071-2 — ISSN 2271-0256

Pour Taylor Haggerty

1

L'un des « avantages » de travailler au secrétariat de Providence, village pour seniors, c'est qu'on me fait des commentaires sur chaque aspect de ma vie et de mon apparence, que je le veuille ou non. (Je ne le veux pas.) Voici les trois questions que les résidents me posent le plus souvent :

• Quel âge as-tu ? (*vingt-cinq ans*)

• As-tu un petit ami ? (*Non*)

• Pourquoi ? (*Diverses raisons ; aucune ne les satisfait*)

— Il n'y a pas que l'amour dans la vie, ai-je dit une fois à Mme Whittaker tandis qu'on remontait, bras dessus, bras dessous, l'allée glissante de pluie menant à son pavillon. Je suis exactement là où j'ai envie d'être, c'est-à-dire avec vous tous.

— C'est vrai, Ruthie chérie. Tu es une employée dévouée, m'a-t-elle répondu. Mais la vie est beaucoup plus agréable quand on a un petit ami. Une fois, je suis sortie avec trois hommes en même temps.

Mme Whittaker est entrée d'un pas lent, sa canne cliquetant sur le carrelage. Alors que j'étais en train de me dire que j'avais mal entendu, elle a lancé par-dessus son épaule :

— Ils se connaissaient, alors il n'y avait rien de gênant. Dieu du ciel, j'étais épuisée. Tu es plus jolie que moi à l'époque, tu devrais essayer.

Je me suis retrouvée sur le pas de la porte, luttant contre l'envie irrépressible de poser d'autres questions, principalement : comment ?

Je suis sûre que Mme Whittaker a plus souvent l'opportunité de s'envoyer en l'air que moi, et elle a quatre-vingt-sept ans. Je repense souvent à cette conversation.

Pendant que ma patronne, Sylvia, est en croisière, je squatte son bureau, celui qui offre une jolie vue. Je suis en train de taper un mail à la maintenance. Mélanie Sasaki, l'intérimaire, est assise à mon bureau habituel. Elle a du mal avec le concept d'autodiscipline, alors elle prend son déjeuner dès 10 h 30. J'entends son estomac gargouiller tandis que je retire l'opercule de mon yaourt, que je réserve pour ma vague de mélancolie quotidienne de 15 heures.

— Ruthie, j'ai une idée, lance-t-elle dans le bureau silencieux.

Je préférerais qu'elle n'en ait pas.

— Laisse-moi finir ce mail à la maintenance, ensuite on pourra parler.

Je sais que j'ai l'air d'une secrétaire coincée et rigide mais, pour survivre à ces deux prochains mois en tant que responsable administrative, j'essaie d'instaurer une politique de silence. Quand Sylvia est là, je ne lui parle jamais si elle est en train de taper. Ou de cliquer. En fait, je ne lui parle que si elle me parle en premier.

On ne dirait pas mais c'est la première fois depuis des années que je suis aussi détendue.

Mélanie parlerait probablement sous anesthésie générale.

— Si on t'inscrivait sur un site de rencontres ?

Je brise ma propre règle de silence :

— Qu'est-ce qui te fait croire que je ne suis pas déjà inscrite ?

Elle me taquine, je le sais. J'y suis habituée. Les résidents de Providence sont, de manière générale, brutalement honnêtes avec moi. Mais c'est toujours bien intentionné.

— Tu n'as même pas de compte Instagram, alors je me dis que ce n'est pas ton genre. Je me trompe ?

Elle ne se trompe pas.

— Laisse-moi finir mon mail, Mel.

Bouclier mode silence activé.

Je reformule ma requête à la maintenance de *Bon sang, où êtes-vous les gars ?* à *Pour faire suite à mon dernier mail…*, nettement plus diplomate. J'ai appris tout ce que je pouvais en faisant le tour des tutos YouTube.

Une fois le mail envoyé, je cherche le document Word intitulé PROFIL-DE-RUTHIE dans mon dossier personnel. D'après l'historique du fichier, il n'a pas été ouvert depuis que je l'ai rédigé dans un étrange moment de solitude l'année dernière, quand les rencontres en ligne m'ont tentée l'espace de trente secondes. Il n'est peut-être pas si mauvais ? Il peut peut-être servir d'ébauche au profil qui me permettra de trouver l'homme de ma vie ? Si Mélanie n'était pas en train de me fixer intensément, je le lirais à travers mes doigts.

> Recherche âme sœur à présenter à mes parents très croyants.
>
> J'ai vingt-quatre ans mais l'âme d'une dame de cent vingt-quatre ans. Je n'ai vu qu'un seul pénis de près (en coup de vent) et n'ai pas été assez impressionnée pour en chercher un autre (mais je devrais probablement). Recherche âme sœur rassurante, patiente et affectueuse pour reboutonner mon cardigan quand il sera de travers. Je vis et travaille dans un village pour seniors. À ce rythme-là, j'y finirai probablement mes vieux jours.

La seule mise à jour que je ferais, c'est que j'ai désormais vingt-cinq ans avec l'impression d'en avoir cent vingt-cinq.

— C'est bon, tu as fini ? s'impatiente Mélanie.

J'efface le document incriminant et rétorque :

— La fiche nouveau résident avance ?

Mélanie pince les lèvres, l'air de dire « Rabat-joie ».

— Tu n'as pas envie de profiter de mon véritable talent ? Celui que je ne peux pas mettre sur mon CV.

Elle marque une pause pour créer un effet dramatique, avant de poursuivre :

— Rendre les mecs dingues de moi. Si tu savais qui se trouve assise en face de toi, tu sauterais sur l'occasion.

Elle a tellement confiance en elle que l'offre est tentante.

— J'admets qu'il y a beaucoup de choses sur ton CV.

Mélanie étire ses bras au-dessus de sa tête.

— Eh ouais, c'est ça la vie d'intérimaire. J'essaie tous les boulots jusqu'à ce que je trouve le job idéal. Et j'enchaîne les rendez-vous amoureux pour trouver l'homme idéal. Réponds vite sans réfléchir : es-tu prête pour le grand Amour ?

— Oui.

C'est sorti tout seul. Je n'ai pas eu assez de force pour me retenir. Que c'est humiliant.

Chaque soir, lorsque je fais ma ronde, je marche jusqu'à l'extrémité ouest de Providence pour vérifier que le local poubelle est cadenassé. Je sais bien que personne n'a l'intention de voler les ordures. Je m'appuie contre le grillage et regarde les lumières de la ville en contrebas. Savoir que mon âme sœur est peut-être là en bas, sous un de ces lampadaires, mais que je suis trop poule mouillée pour aller la trouver, me fait l'effet d'une rage de dents au niveau du cœur. Si je ne fais pas le nécessaire rapidement, il faudra qu'on me l'arrache. Chaque soir, lorsque je contemple les lumières, je lui présente mes excuses.

Mélanie me regarde avec tant d'empathie que je me dépêche de faire machine arrière.

— Je veux dire, tout le monde espère trouver…

— Tut-tut-tut, répète-t-elle jusqu'à ce que j'arrête d'essayer de sauver la face. Ne t'inquiète pas. Je t'aiderai.

Elle travaille ici depuis trois semaines à peine et elle a déjà eu au moins quatre premiers rendez-vous, tous dans un bar à tapas appelé Le Thunderdome. Avant chacun d'entre eux, elle se clipse une extension queue-de-cheval noire et me demande de la vérifier sous tous les angles. Elle note également les détails de chaque *date*, au cas où elle serait « assassinée ».

Elle compte sur moi pour lui servir de témoin si quelque chose lui arrivait ? Je ne sais pas trop comment je dois le prendre.

Je revérifie le calendrier. Ouaip, ça ne fait vraiment que trois semaines qu'elle a commencé. Je devrais peut-être saisir l'opportunité de m'entretenir avec cette professionnelle chevronnée. Ce serait comme un électrochoc pour ma vie amoureuse.

— Alors, que dit ton profil ? demande-t-elle.

Son portable ne la quitte jamais. Elle ouvre l'appli sans même baisser la tête vers l'écran, et poursuit :

— Le mien dit : Princesse de vingt-deux ans d'origine japonaise au caractère bien trempé et très exigeante. Veut vivre de folles aventures. Pas de weirdos, petites bites, mecs fauchés ou laidrons.

Je ne peux pas affirmer avec certitude qu'une de ces catégories serait rédhibitoire pour moi.

— Et si ton âme sœur entrait dans une de ces cases ? Un weirdo fauché, ou…

J'étudie la banane et le tube de baume à lèvres sur mon bureau. Le monde est plein de variables. Je commence à transpirer de la nuque sous ma queue-de-cheval.

Mélanie secoue la tête.

— Aucune chance. Tu crois aux âmes sœurs, toi ? Je n'aurais pas cru.

Elle me dévisage, une expression attendrie sur le visage.

— Petite romantique, va !

— Je n'ai pas besoin de ton aide, je me débrouillerai toute seule.

J'essaie de faire marche arrière mais c'est trop tard, elle a pris le cas *pro bono*.

Mélanie tourne une nouvelle page dans son carnet à paillettes.

— Nom : tu préfères Ruth ou Ruthie Midona ?

— Ruthie.

A l'école, les professeurs se servaient de moi comme boîte noire s'ils quittaient la salle et trouvaient à leur retour une classe en bordel, d'où mon surnom *Ruth-la-rapporteuse.* J'en ai eu tellement marre que depuis je me fais appeler Ruthie. J'étais la fille du révérend, celle qui portait des chaussures de seconde main quand mes camarades avaient des poneys et des jet skis.

— Oh ! j'ai reçu un message, annonce Mélanie. Hmm… Je lui donnerais un 4 sur 10. Regarde. Une bite.

Elle lève l'écran vers moi ; c'est effectivement une bite. J'ai besoin d'une banane ou d'un tube de baume à lèvres pour la mesurer. Elle tape une réponse, un sourire espiègle aux lèvres.

— Je réponds toujours par une photo de bite de zèbre, histoire de les remettre à leur place.

Elle me la montre elle aussi.

Quel organe humain mériterait un 10 sur 10 ? Je réalise soudain avec effroi qu'on est en train d'enfreindre les règles. Des bites sur le lieu de travail : Sylvia serait furieuse.

— Remettons-nous au travail. Je n'ai pas vraiment le temps de faire des rencontres.

Je classe quelques documents dans mon dossier intitulé *C comme Chiant.*

— Voyons les choses en face : tu as amplement le temps. Comment tu as fait pour supporter de travailler ici pendant seize ans ?

— Euh, tu crois que j'ai quel âge ?

Elle baisse les yeux vers mes vêtements.

— Mel, je travaille ici depuis six ans. Pas seize.

— Mon contrat va jusqu'à Noël et, sans vouloir te vexer, c'est déjà une éternité, lâche-t-elle d'un ton navré.

— J'ai un autre yaourt si tu veux.

C'est la seule réponse qui m'est venue à l'esprit.

— Mon Dieu, oui, s'il te plaît.

On trouve la force de continuer.

— J'ai vingt-cinq ans, dis-je, étrangement embarrassée.

Elle note mon âge dans son carnet.

— vingt-cinq ans, répète-t-elle d'un air ébahi. Seulement trois ans de plus que moi, comment c'est possible ?

Réalisant sa maladresse, elle s'empresse d'ajouter :

— Mais tu as une belle peau. Tu fais tellement adulte, à diriger cet endroit toute seule.

Je décide de m'inspirer de son profil.

— Nana ringarde de vingt-cinq ans facile à vivre et peu exigeante…

Elle glousse. Tout en tapotant son stylo contre sa page, elle m'évalue d'un œil critique.

— Pourquoi dis-tu que tu es ringarde ?

— Regarde-moi.

— Si tu changeais de style vestimentaire et que tu te maquillais un peu plus, tu serais canon.

Mélanie est indulgente. Je suis passable, mais je n'ai rien d'une bombe.

— Aimes-tu que le mec te bombarde de textos, organise des sorties, t'offre des cadeaux ? Préfères-tu qu'il soit collant ou qu'il te donne de l'espace ?

Elle marque une pause.

— Oups. Si ce ne sont pas les mecs qui t'attirent, il n'y a aucun problème.

— Je ne suis pas sûre.

La voyant cligner plusieurs fois, je précise :

— Je suis attirée par les mecs. Mais je ne sais pas si j'ai envie qu'il soit collant.

(Menteuse. J'adorerais.)

(Je crois.)

— Comment était ton dernier petit ami ?

— Il était…

Rien ne me vient excepté *très croyant*. Je fais mine de prier avec les mains en espérant qu'elle comprenne.

— C'était il y a longtemps.

Elle plisse un œil.

— Combien de temps, exactement ?

Impossible de répondre à cette question sans m'exposer à la crucifixion.

— Pas mal de temps.

Si on était dans un film pour adolescents, les scènes suivantes apparaîtraient à l'écran : moi en robe au bal de promo dansant un slow avec un Jeune Homme Pieux, littéralement appelé Adam. Adam et moi dans un lit une place, partiellement nus ; Adam me tourne le dos, ses épaules secouées de sanglots. Si vous pensez que le cauchemar s'arrête là, vous vous trompez. Et si je vous disais que :

- Mon père est révérend
- Adam est allé lui demander conseil le lendemain matin
- Au sujet du péché qu'il avait commis avec moi
- Ouaip

Suite à cette confession, ma mère a été mise au courant et chargée de ma direction de conscience. Elle m'a dit que papa était « profondément déçu » par mes « décisions ». Apparemment, il a été si déçu qu'on n'a pas eu de vraie conversation depuis. Il va sans dire que je n'ai plus jamais pris de mauvaise décision.

— Qui cherche à faire des rencontres…

Mélanie m'énonce ce qu'elle écrit dans son carnet.

— J'ai rédigé les profils de toutes mes amies ainsi que celui de ma sœur aînée, Geneviève, m'explique-t-elle. Ma robe de demoiselle d'honneur est couleur pistache. Beurk, immonde. Voilà comment on me remercie.

Une sœur fiancée ? Mélanie a de sacrées références. Mais on

dirait le début d'un autre film pour adolescents et je n'ai aucune intention d'y jouer un rôle.

— S'il te plaît, ne poste rien sans ma permission.

— Bien sûr que non, répond-elle.

Elle est si stupéfaite de ma question que je me sens honteuse d'être si méfiante.

— On créera un planning qui commencera très doucement jusqu'à ce qu'un mec sexy t'embrasse dans le cou au Thunderdome. On ne se contentera pas de choisir le premier venu. Le temps que je parte d'ici, tu auras quelqu'un.

Je la regarde, bouche bée.

— C'est littéralement impossible.

— Pas quand tu suis la Méthode Mélanie Sasaki.

Elle le note et le souligne plusieurs fois.

— La Méthode Sasaki. Super accrocheur. On dirait un titre de développement personnel. Ou carrément une série Netflix.

Elle a vendu les droits moins de dix secondes après avoir inventé le concept.

Elle n'est pas la seule à s'emballer ; je reste coincée sur le concept du mec-sexy-qui-m'embrasse-dans-le-cou. Le temps que sa magie opère et qu'elle parte, je pourrais être en train de regarder les rediffusions de Noël de ma série TV préférée, *Tombé du ciel*, sur mon canapé, avec mon nouveau petit ami. Est-ce vraiment impossible ?

— Alors, que penses-tu de la Méthode Sasaki ? Tu es partante ?

Mélanie me lance un grand sourire et ajoute :

— On va s'éclater.

— Je peux y réfléchir ?

J'ai toujours pensé que la nuit portait conseil.

— Je veux une réponse d'ici à vendredi, fermeture des bureaux.

On est lundi.

Elle reporte son attention sur son ordinateur et commence à

taper. Alors que je me dis qu'un miracle s'est produit – elle travaille –, mon ordinateur carillonne. Mélanie me propose un rendez-vous dans mon planning professionnel pour vendredi 17 heures. Objet ? La Méthode Sasaki, évidemment. Je clique sur Accepter. Ainsi, la conversation n'est pas terminée, simplement remise à plus tard.

2

Une fois nos yaourts terminés, Mélanie commence à remplir la fiche nouveau résident dans l'Intranet, mais maintenant qu'elle travaille, je regrette qu'on ne soit plus en train de discuter. C'est un bel après-midi. Par la porte ouverte du bureau, j'aperçois une minuscule bande de ciel bleu et le sentier bien entretenu qui mène aux pavillons des résidents. Les haies sont parfaitement taillées, la pelouse vert émeraude.

— Sylvia a vraiment une jolie vue de ce fauteuil.

— Tu espères prendre la relève ? interroge Mélanie en pianotant.

Je hoche la tête.

— Si aucune catastrophe ne se produit, elle dit qu'elle pourra prendre sa retraite en toute tranquillité.

En réalité ce qu'elle veut dire, c'est qu'elle prendra sa retraite avant que les choses deviennent sérieuses.

Prescott Development Corporation (PDC) a fait l'acquisition de Providence il y a dix-huit mois. Ils ont la réputation de transformer en profondeur leurs acquisitions et d'en faire des lieux glamour. Providence va-t-il être transformé en spa ? En boutique hôtel ? En plateau pour une émission de télé-réalité ? Le temps a passé et rien ne s'est produit. Il n'y a pas eu de visite, d'appel, pas de bulldozers. Mais finalement un courrier à l'en-tête de PDC nous a été adressé : tous les contrats de location prendront fin le 31 décembre de l'année prochaine.

— Ce n'est pas grave, m'a dit Mme Whittaker (celle qui a eu trois petits amis en même temps) quand j'ai déposé les papiers expliquant l'avenant au contrat de location. Je serai morte d'ici là, chérie. Tu as un stylo ?

Les résidents ont accueilli la nouvelle soit avec un joyeux je-m'en-foutisme, soit en criant à la théorie du complot. Paniqués, leurs proches nous ont appelées pour nous poser des questions auxquelles nous ne pouvons toujours pas répondre. Pour autant que je sache, d'ici à Noël prochain, nous serons peut-être en train de faire nos cartons.

Nous n'avons de cesse d'essayer d'impressionner PDC pour leur montrer qu'ils ont réalisé un excellent investissement en leur envoyant des rapports financiers réguliers et d'adorables coupures de presse sur nos contributions à la communauté. Mais notre papa chef d'entreprise est trop occupé pour remarquer les A+ sur nos bulletins de note et nos récitals de ballet parfaits. Il nous a oubliés. Et c'est tant mieux.

Mélanie tourne la tête.

— Oh ! j'entends un scooter. C'est toi qui t'y colles.

— Une de tes fonctions est d'assister les résidents. C'est probablement la plus importante.

Elle frémit.

— Brrr, ils sont tous si… vieux. Leur peau translucide me dégoûte.

Mélanie se lève et va dans les WC, téléphone à la main. Je sors pour créer un service drive.

— Franchement, vu le prix qu'on paie, ils pourraient faire quelque chose au sujet des tortues, s'écrit une voix tranchante.

Les sœurs Parloni sont en train de dévaler la colline dans ma direction. Renata, la sœur aînée, est en tête. Elle vient d'avoir quatre-vingt-onze ans. J'ai déposé une carte d'anniversaire dans sa boîte aux lettres et elle m'a été retournée, déchirée en morceaux. Aucun problème ; je m'y attendais.

— Sois plus prudente, c'est une espèce en voie de disparition, lui répond Agatha (Aggie).

Aggie dit vrai : ce sont des tortues en voie de disparition et elles sont partout. Providence a la population la plus élevée de tortues terrestres à écailles dorées. La gorge serrée, je les regarde slalomer autour des petites tortues qui traînent sur le sentier.

— C'est moi qui suis en danger ici, beugle Renata. J'ai envie de les transformer en peignes à cheveux.

Arrivées à ma hauteur, elles freinent brusquement. Britney Spears s'époumone depuis une radio portable posée dans le panier avant du scooter électrique d'Aggie. À une époque, Renata travaillait comme rédactrice de mode. La diablesse porte des marques dont vous n'avez jamais entendu parler. Elle a toujours été extravagante. Une vidéo YouTube la montre en train de traiter Karl Lagerfeld de « Week-end chez Bernie » lors d'un défilé de mode de 1991. Il l'a traitée de quelque chose de bien pire en français mais elle considère qu'elle a gagné : « Sa réponse manquait cruellement d'imagination. »

Son magazine *HOT OR NOT* ne paraît plus depuis longtemps mais Renata n'a pas vraiment pris sa retraite. Tous ses vêtements sont affublés de logos de marques.

Sa sœur, Aggie Parloni, quatre-vingt-neuf ans, est mon icône mode. Tailleur gris, chemisier blanc et mocassins noirs. Elle a des cheveux blancs fins coupés court, est intelligente, soignée, raisonnable. On s'entend très bien. Aggie est une personne discrète, sauf quand elle se promène avec sa radio. La station locale a un concours : *Gagnez dix mille dollars si vous entendez deux fois la même chanson dans la journée.* Aggie n'a pas besoin de cet argent, ni d'aucun des petits prix qu'elle essaie toujours de gagner. Elle est simplement accro au jeu, au hasard, à l'ivresse qu'ils lui procurent.

Je lui demande d'une voix forte :

— Vous avez gagné ?

Aggie baisse le volume d'un cran et me tend des enveloppes. Elles sont déjà timbrées et prêtes pour la levée du courrier de l'après-midi : bulletins-réponses de vingt-cinq mots ou moins ; collectez-dix-coupons ; trouvez le Nom de ce Yacht pour Participer au Concours.

— J'ai fait un petit gain, répond-elle prudemment, comme si elle savait qu'elle allait se faire taquiner.

— Elle a gagné un Frisbee, piaffe Renata. Demandons aux voisins de le lancer, voulez-vous ? Cassons quelques hanches.

L'image me floute momentanément la vue.

— Y a-t-il autre chose que je puisse faire pour vous ?

Le fait que leur assistant ne soit pas dans leur sillage est très mauvais signe.

Renata me lance un sourire qu'on pourrait qualifier de diabolique.

— Il nous faut un nouveau.

Je sais exactement ce qu'elle veut dire.

— Qu'est-il arrivé à Phillip ?

Ignorant ma question, elle baisse ses lunettes de soleil avec une classe que je n'aurai jamais. Son regard se pose dans le fauteuil vide de Mélanie.

— Où est ta jolie sous-fifre asiatique ? Ou n'est-ce pas politiquement correct ? Elle m'a inspirée. J'ai commandé une ravissante perruque noire.

— Vous n'avez absolument pas le droit de l'appeler ainsi.

Je soutiens son regard jusqu'à ce que je sois certaine qu'elle ait compris.

— Mais concernant la perruque, Mélanie sera très flattée. Elle consulte actuellement ses réseaux sociaux aux toilettes.

Renata part d'un rire tonitruant. Je ressens un pic d'adrénaline, comme à chaque fois. Faire rire Renata Parloni c'est comme faire rire la fille la plus populaire du lycée, version Providence.

— Les jeunes d'aujourd'hui. Aux chiottes, exactement là où est leur place. J'aimerais bien avoir l'Instagram.

— Il n'est pas trop tard pour que tu t'inscrives, si ?

Sous ses airs de personne raisonnable, Aggie est une instigatrice redoutable. Merci beaucoup. Je vais devoir passer l'après-midi à prendre des photos street-style de Renata appuyée contre un mur de brique.

Renata plisse les yeux comme si j'étais une couverture de magazine. Son verdict ? Je ne suis pas HOT.

— Tu fais très vieille aujourd'hui, jeune fille. Où est la visière que je t'ai offerte pour Noël ? Tu vas avoir des TACHES BRUNES, explose-t-elle, assez fort pour effrayer les oiseaux. Regarde mes VIEILLES MAINS pleines de taches.

La radio diffuse un autre morceau. Renata tourne brusquement la tête vers Aggie.

— Cette chanson est déjà passée ce matin. Vite, appelle-les.

Aggie consulte son carnet.

— À 9 h 09 ils ont passé *Billie Jean*. Là, c'est *Thriller*. Dis-lui ce que tu as fait à Phillip.

— Je lui ai donné le vieux string léopard et lui ai ordonné de le repasser, lance Renata d'un air triomphant. Qui se serait douté qu'une requête aussi simple serait la goutte d'eau ?

— Il a pris ses clés et il est parti, soupire Aggie d'un air las. Deux jours et demi. Il a tenu plus longtemps que la plupart.

Pour s'amuser, certaines personnes partent en safari. Renata Parloni, elle, aime chasser un type de gibier bien particulier. J'ai l'impression qu'elle recharge son fusil quand elle ajoute :

— On n'a pas eu de gothique à notre service depuis longtemps. J'en veux un qui serait obsédé par sa mortalité.

Une sonnette d'alarme retentit dans ma tête.

— On avait un accord. On publie une offre d'emploi raisonnable. Je vais la chercher.

J'aimerais tellement pouvoir annoncer à Sylvia que j'ai réglé le problème Parloni une bonne fois pour toutes.

Je ressors, document en main.

— Lis l'ancienne offre d'emploi, aboie Renata. Je veux voir ce qui cloche avec.

— Poste à pourvoir. Deux femmes d'âge préhistorique résidant à Providence recherchent un assistant de sexe masculin pour exploitation et humiliation bon enfant.

— Qu'est-ce qui cloche ? s'exclame Renata.

Les deux sœurs tremblotent légèrement sur leurs scooters. C'est impossible de rester immobile sur *Thriller.* Je me balance d'un pied sur l'autre, essayant de me retenir de danser.

— C'est illégal de discriminer sur le sexe. Votre annonce dit que seuls les hommes peuvent postuler.

— Je n'ai aucun désir de mener une femme à la baguette, rétorque Renata. Lis la suite.

Avec moi, en revanche, elle n'a visiblement aucun scrupule.

Aggie me lance un regard très compatissant.

Je continue :

— Les missions incluent : shopping, aller chercher du fast-food, faire des compliments sincères. Une jolie gueule serait un plus, mais on n'est pas difficiles.

Je plaide auprès d'Aggie.

— Je ne suis pas sûre que ceci soit légal non plus. Vous voyez bien que cette annonce ne vous sera d'aucune utilité. Jusqu'à présent vous n'avez récolté que…

— Des garçons maigrichons avec des skateboards et de gros cernes sous les yeux, m'interrompt Renata. Des gosses inutiles qui ne savent pas comment éplucher une orange ou conduire une boîte manuelle.

Je sors l'annonce que j'ai rédigée et la lis :

— On recherche : infirmier expérimenté ayant déjà travaillé avec le troisième âge pour assister deux femmes âgées actives vivant au village pour seniors Providence. Tâches domestiques, sorties et courses. Permis de conduire et casier judiciaire vierge obligatoires.

J'essaie de ne pas tressaillir sous le regard empoisonné de Renata.

— On avait un accord, dis-je.

Dieu merci, Aggie est de mon côté.

— Ren, je pense qu'on devrait choisir l'annonce de Ruthie. Ce serait agréable d'avoir quelqu'un capable de faire ce qu'on lui demande pour une fois. La lessive. Faire le lit. Je suis trop vieille pour vivre dans le désordre à cause de ton hobby farfelu.

Renata réagit au quart de tour.

— On était d'accord : lorsqu'on serait riches et vieilles…

— C'était il y a cinquante-cinq ans, coupe Aggie. Tu as pris ta revanche sur les hommes, depuis. Oui, c'est agréable d'avoir de jeunes gens à la maison. Mais je n'ai pas de vêtements propres ni de tasse à café propre. Laisse-moi vivre confortablement. Mes mains ne fonctionnent plus.

Aggie souffre de neuropathie périphérique qui lui cause de l'engourdissement dans les doigts.

L'expression de Renata s'adoucit.

— Un dernier garçon et j'arrête. J'ai intérêt à lui en faire voir de toutes les couleurs à celui-là. Trouve-le pour nous, Ruthie.

Elle ajuste sa visière.

— J'ai besoin d'un verre d'alcool. Mais je n'ai aucun garçon pour me le servir. Crotte.

— On gagnera peut-être le gros lot avec ce dernier garçon, murmure Aggie sans trop de conviction. Il faut jouer pour gagner, après tout.

— Je vais aller m'occuper de l'annonce et de votre courrier. Passez un bel après-midi.

Il doit me rester une once d'optimisme. J'ai presque atteint la porte lorsque Renata m'arrête.

— On a besoin de snacks et que tu nous fasses le plein d'essence. Et rapporte-nous à dîner – du thaï, mais rien d'épicé. Pas de nouilles ni de riz. Pas de soupe ou de noix de coco. Surtout pas de coriandre ou de menthe.

Mon pouls s'emballe à la pensée de quitter Providence, mais je ne peux pas les laisser crever de faim.

— J'étais occupée ce soir, mais… d'accord.

Renata s'esclaffe.

— Toi ? Occupée un lundi soir ? Tu parles. Écoute, continue de nous filer un coup de main et je te mettrai dans mon testament.

(Une tactique courante. Sa sœur et moi protestons avec vigueur.)

— Rapporte-nous des fleurs fraîches – une composition élégante. Mais pas de lys. Tu sais bien que je n'aime pas avoir l'impression d'être à mon propre enterrement.

Je sais exactement quelles sortes de fleurs provoqueraient une crise. Je lève mon visage vers le ciel et envoie une requête : *Je suis au bout du rouleau. S'il vous plaît, envoyez-nous le garçon idéal.*

Renata fait vrombir son scooter électrique et part à fond la caisse.

— Ensuite inscris-moi sur l'Instagram. Puis répare notre lecteur DVD.

Sa voix s'estompe au loin.

— Puis reste regarder un DVD avec nous et lave tous les (inaudible) d'Aggie…

Mon seul plan pour ce soir était de parcourir les cent vingt-sept pas du bureau jusqu'à mon cottage, de prendre un bain chaud et de regarder *Tombé du ciel.* Mais il semblerait qu'à la place je sois de sortie. Hélas pour moi, l'essence est une des seules choses qui ne peut pas être livrée à domicile.

— Merci, Ruthie, me dit Aggie.

Ayant fini de lutter pour sortir son portefeuille de son sac à main que je convoite en secret, elle détache deux billets de cent dollars d'une liasse de trois centimètres.

— Est-ce suffisant ? J'aimerais qu'on puisse t'avoir comme assistante mais Sylvia n'accepterait jamais. Les filles comme toi sont des perles rares.

Si Sylvia me mettait au service des Parloni, je vieillirais de dix ans en une semaine. J'aurais alors cent trente-cinq ans.

— Je trouverai quelqu'un de fiable. Vous avez besoin d'une personne qui peut faire vos tâches ménagères pour vous. La vie sera beaucoup plus simple.

Pour vous comme pour moi.

— J'espère qu'au retour de Sylvia…

— Ne t'inquiète pas. Je lui dirai que tu t'es très bien occupée de Providence.

Aggie sort un troisième billet de son portefeuille.

— Je m'excuse pour Ren. Voici un cadeau de remerciement.

Les yeux sur la silhouette lointaine de sa sœur, elle me tend un billet de cent dollars. C'est le billet le plus parfait que j'ai jamais vu.

— Oh merci, mais c'est inutile.

J'essaie de lui rendre l'argent mais elle a déjà rangé son portefeuille dans son sac. Au loin, Renata continue de crier.

— Aggie, c'est trop.

— Prends-le, ce n'est pas contraire aux règles. Va t'acheter des vêtements. Fais-toi plaisir.

Elle passe en revue ma tenue d'un œil bienveillant plutôt que critique. Mes vêtements sont propres et en bon état, mais ils sont tous de seconde main.

— Comporte-toi en jeune femme de vingt-cinq ans. Que cela doit être agréable d'être si jeune. C'est le seul prix que je ne pourrai jamais remporter.

Elle part à son tour.

Je mets mon butin dans ma poche et retourne à l'intérieur. Mélanie est de retour à son bureau. Un écouteur blanc pend de son oreille et elle ne porte pas de chaussures. Je mets l'annonce dans son courrier entrant et les enveloppes d'Aggie dans le courrier sortant.

— On mettra leur offre d'emploi en ligne quelques jours puis on la remplacera par la mienne. Tu peux t'en occuper ?

L'agence pour l'emploi qui nous a envoyé Mélanie ne veut plus entendre parler des Parloni. On va devoir écumer Internet pour aller à la pêche aux garçons. Je pense à mes aspirations amoureuses et grimace. C'est ce qui m'attend, moi aussi.

— Pas de problème, répond Mélanie. Je suis coincée, là. Qu'est-ce que j'entre ici, dans la case date de fin de bail ?

— Tous les contrats de location se terminent le 31 décembre de l'année prochaine.

Elle lève un regard interrogateur vers moi.

— Qu'est-ce qui se passe ensuite ? Le bail de location est renouvelé ?

Elle écarquille les yeux et ajoute :

— Est-ce que c'est parce qu'ils sont tous… vieux ?

— Non, ce sont les nouvelles directives. On ignore ce qui se passe après cette date.

Derrière moi j'attrape le dossier de Sylvia intitulé « PDC DEVELOPMENT ».

— Quand tu auras fini, lis ces documents pour info. Je vais aller faire un tour et passer voir quelques résidents.

Mélanie ouvre le dossier mais décide aussitôt que c'est barbant.

— Pense à la Méthode Sasaki. Pense à sourire au prochain mec mignon que tu croises.

J'y songe un long moment tandis que je remonte la colline, écartant les tortues du chemin avec ma main dans un gant en latex. Je donne à chacune un sourire faussement aguicheur. Je sais que lorsque je redescendrai elles seront de nouveau en plein milieu.

Personne ne peut m'accuser de ne pas faire de mon mieux.

3

L'heure est venue de seller cet étalon rutilant et de partir à l'aventure. Pour le voyage, j'aurai besoin :

• De mon cardigan cool (celui avec les renards et les champignons)

• De refaire mon chignon en veillant à ce qu'aucune mèche ne dépasse

• D'une haleine fraîche et d'une couche de gloss rose

• De courage (ce qui est bizarre, je sais)

Accrochez-vous, on est sur le point de chevaucher direction la vallée et… non mais de qui je me moque, là ? Je vais rester assise dans la voiture, rongée par l'angoisse. Un jour j'ai cherché sur Google combien coûtait la voiture des Parloni et le traumatisme a été tel que mon cerveau a instantanément oublié le montant. Je déteste quitter Providence. Et si quelque chose arrivait ? Quelqu'un qui tombe, une bouche d'incendie qui explose, une tortue qui se foule la cheville ? Je me force à démarrer le moteur hors de prix, parce que plus vite je serai partie, plus vite je serai rentrée pour l'épisode de ma série TV préférée.

Je ne l'ai dit à aucune âme qui vive mais je suis l'une des créatrices du plus vieux forum en ligne dédié à la série *Un Forum tombé du ciel. Tombé du ciel* met en scène le Pasteur Pierce Percival, son épouse Taffy, leur adolescente studieuse, Francine, et leurs jumelles de huit ans (Jacinta et Bethany) qui font les quatre cents coups.

Chaque année, le forum organise un marathon au cours duquel les membres regardent toute la série. Ce soir on en est à l'épisode 8 de la saison 2. C'est celui où les jumelles, nostalgiques de la maison, croient apercevoir le visage de Jésus sur leur marshmallow grillé au feu de bois lors d'un séjour au camp de vacances biblique. En rentrant de mes commissions pour les Parloni, je regarderai à nouveau cet épisode pour me rafraîchir la mémoire et créer un fil de discussion.

Rassérénée par l'idée de passer une petite soirée tranquille à la maison, je me mets en route. Nom d'un chien, je suis dans le monde extérieur. Je suis en train de remplir la voiture d'or liquide à la station-service la moins fréquentée quand je réalise que j'ai les yeux rivés sur le dos d'un jeune homme. Il a de très longs cheveux noirs. En comparaison, les extensions capillaires de Mélanie, c'est de la gnognotte. Les hommes ne devraient pas avoir de cheveux aussi resplendissants et aussi brillants. C'est du gâchis. Je parie qu'il ne met même pas d'après-shampooing et qu'il ne se coupe pas les pointes. Il est assis de biais sur sa moto, les chevilles croisées, tandis que cette crinière de rêve, qu'il ne mérite absolument pas, se soulève avec la brise dans un tourbillon noir d'encre.

Il n'a pas remarqué ma présence. Tant mieux.

Je dirais que ce spécimen a dans la vingtaine. Sa peau jeune et ferme est recouverte de tatouages. Je vois un scorpion, un couteau et une fourchette, une bague en diamant. Comme si son corps était la page sur laquelle il avait gribouillé en attendant que la compagnie d'électricité prenne son appel. Une nuée de papillons, un couteau à cran d'arrêt, un beignet. Les dessins sont ravissants. Même si les objets semblent sans rapport, aucun des tatouages ne semble avoir été choisi au hasard, mais paraît au contraire soigneusement réfléchi. Aucun n'a été colorié. Ça me donne envie de sortir ma trousse à crayons. Je commencerais par la grande rose au dos de son bras. D'ailleurs je pense que j'utiliserais un rouge à lèvres rose. La pointe incurvée aurait la taille idéale pour les pétales, chacun de la taille d'un baiser de femme.

Sentant sans doute que quelqu'un l'observe, il tourne la tête, mais nos regards ne se croisent pas. Je fixe le sol de béton jusqu'à ce qu'il reprenne sa position. Mon pouls s'affole. Tiens, tiens, voilà un développement intéressant : même si j'ai tout d'une vieille fille, mon corps, lui, a bel et bien vingt-cinq ans.

Mélanie m'a dit de m'entraîner à sourire aux mecs. Je baisse les yeux vers ma silhouette. Maman m'a dit une fois que j'avais de jolis mollets et mon reflet dans la vitre de la voiture est tout à fait correct, peut-être même joli quand j'adoucis mon visage par un sourire.

Je me demande ce qu'on ressent quand on est un mec, doté d'un derrière qui ne s'étale pas quand on s'assoit. Si j'étais transformée en homme pour une journée, je passerais la première heure à faire de l'exercice physique en portant des balles de foin. Ensuite je trouverais le courage de baisser la braguette de mon pantalon pour prendre une décision : est-ce que voir un autre pénis vaut la peine d'être ajouté à la liste de mes objectifs ?

Plusieurs minutes passent. L'inconnu est toujours assis sans bouger. Je n'aperçois pas de deuxième casque, mais son sac à dos est archi-plein. Je m'inquiète pour la fermeture Éclair.

Je verrouille la voiture. Puis je vérifie que chaque portière est bien fermée et m'éloigne en marmonnant dans ma barbe :

— J'ai verrouillé les portières.

À moitié rassurée, j'entre pour payer.

Tandis que je délibère sur les barres chocolatées à acheter pour Renata (plus elles sont molles, mieux c'est), j'entends l'employé de la station-service chuchoter au téléphone.

— Il va la voler.

Je me précipite vers la vitre pour vérifier que la voiture est toujours là, mais Mec Tatoué est assis là où je l'ai laissé. Rassurée, je dépose mes achats sur le comptoir.

— Ça fait plus de dix minutes, continue l'employé au téléphone.

Il a rempli sa moto, ne peut pas payer et il est en train de se demander quoi faire.

Il scanne mes articles et articule mon total en silence.

— Ouais. Dès qu'il met le contact, j'appelle les flics.

Je jette un œil par les vitres poussiéreuses. À voir ses épaules voûtées et l'expression morose sur son visage, il est évident que ce jeune homme traverse un moment difficile. Non seulement je ne me suis rendu compte de rien tandis que j'admirais ses fesses mais, pire encore, je l'ai soupçonné de vol. Est-ce vrai qu'il n'a pas d'argent ? Une fois, j'ai été dans une situation similaire. J'avais quitté la maison à peine quelques semaines plus tôt et ma carte ne passait pas. Je retenais tellement mes larmes que la nuque me brûlait. Une femme maternante a payé pour moi et a disparu dans la nuit en me glissant : « À votre tour de faire une bonne action. »

Cher karma, il est temps que je rembourse ma dette.

— Je vais payer pour lui. Combien est-ce qu'il vous doit ?

Je dégaine mon billet de cent dollars.

L'employé raccroche le téléphone.

— Vingt dollars. Comme vous êtes gentille.

La façon dont il le dit ne sonne pas du tout comme un compliment.

J'ai presque atteint la voiture quand l'employé lance par le haut-parleur :

— Pompe numéro 2, remerciez votre bon samaritain. Votre essence a été payée. Vous pouvez partir.

Nous sommes les seuls clients. Et dire que je comptais me fondre discrètement dans la nuit…

— Merci infiniment, madame, lance Mec Tatoué derrière moi.

— Aucun problème.

Alors que je vais pour sortir mes clés de voiture, je fais tomber mes articles.

— Vous me sauvez la mise. J'étais vraiment dans la mer…

Il s'interrompt.

— Je veux dire, je passe une journée épouvantable.

Plus proche derrière moi, il ajoute :

— J'ai oublié mon portefeuille quelque part mais je le retrouve toujours. Le monde est rempli de bons samaritains comme vous. Si vous me donnez vos coordonnées, je vous rembourserai dès que possible.

— C'est inutile.

Il s'est encore rapproché. Je sens le coton de son T-shirt contre ma peau lorsqu'une brise le soulève. Je baisse les yeux vers mes mocassins. Ses grandes mains tatouées sont en train de ramasser mes courses.

Hors de question de dire « À votre tour de faire une bonne action ». Les hommes pensent probablement que ce sont des bêtises de nanas. Mais j'aimerais bien avoir une histoire croustillante à raconter à Mélanie. Je me tourne vers lui.

— Voilà, dit-il une fois qu'il a ramassé les chocolats.

Il se redresse de toute sa hauteur. Une expression de surprise se dessine sur ses traits. Un instant plus tard, il éclate d'un rire tonitruant. Le visage tourné vers le ciel, il beugle à plein volume :

— Oh mon Dieu, votre look déchire de ouf !

Mélanie a-t-elle payé un acteur local canon pour me dérider ?

— Oh putain, trop bon. Vous m'avez bien eu.

Je reste silencieuse.

— Je vous jure, de dos, on y croirait à fond !

Il repousse ses cheveux en arrière et me lance un sourire immaculé et ravissant.

— J'adore les fêtes costumées. Je peux venir ?

Il rit tellement fort que tout son corps svelte et musclé tremble. Je suis tellement perturbée de le sentir si près que je ne percute pas tout de suite. Puis la pique s'insinue sous ma peau.

— Je vous demande pardon ?

Il regarde ma poitrine d'un air appréciateur. Les lunettes que je porte pour travailler sur écran pendent sur leur chaîne autour de mon cou.

— Excellent, me complimente-t-il avant d'éclater de rire de nouveau. Vous y allez déguisée en Tatie Danielle ?

— Non, je…

— Il ne vous manque plus qu'un collier de perles et une canne. Regardez-moi ces chaussures de grand-mère, ajoute-t-il avec affection en appuyant le bout de sa botte contre mon mocassin. Vous avez même la voiture de vieille dame assortie. Vous avez pensé à tout.

Il essuie une larme au coin de son œil.

— Vous ressemblez à la mémé de Titi.

— Inutile d'être grossier.

C'est sorti tout seul. Si j'avais eu le temps de réfléchir, j'aurais sorti quelque chose comme *Ouaip, je me rends à une grosse teuf, j'espère que mon costume va gagner.*

Je suis venue en aide à une personne qui n'est visiblement pas dans le besoin. Les tatouages c'est cher et il est recouvert d'une fortune. Son jean de motard sort de l'ordinaire et a beaucoup de coutures et de lignes diagonales, le signe d'un savoir-faire de qualité. Mes yeux habitués aux friperies remarquent un minuscule logo sur la poche : BALMAIN. Très, très coûteux.

Il a remarqué que je l'étudiais. Le coin de sa bouche se soulève d'un air espiègle.

— Alors, quel âge avez-vous ? Êtes-vous une dame de quatre-vingts ans qui a fait un lifting ?

— Mon âge ne vous regarde pas.

Ça fait une éternité que je brûle de prononcer ces paroles aux résidents de Providence et voilà qu'elles sortent devant un motard tatoué ?

— J'ai payé votre essence car je pensais que vous aviez des soucis. Mais je constate que vous n'avez pas vraiment besoin de mon aide.

— J'essayais de trouver le courage d'appeler mon père.

Il se gratte le menton. Un mot est tatoué sur ses articulations mais je n'arrive pas à le déchiffrer.

— En général, j'essaie de merder pendant les heures de bureau, pour pouvoir parler à son assistant à la place. Histoire d'éviter un sermon.

— Je vais vous donner mon adresse PayPal. Lorsque vous m'aurez remboursée, je donnerai cet argent à quelqu'un qui en a vraiment besoin.

Je ne peux pas écrire sur le ticket de caisse des Parloni. Par chance, j'ai une des cartes de visite de Sylvia dans ma poche. Je barre son mail et note le mien. L'employé de la station-service lève le pouce et me sourit. L'humiliation me brûle les joues.

L'homme tatoué étudie la carte de visite que j'ai posée dans sa paume.

— Un village pour seniors ?

Ses yeux pétillent. Les iris sont de couleurs mélangées – une couleur familière mais que je n'arrive pas à replacer. Il se retient encore de rire.

— C'est quoi le délire ?

Je m'engouffre dans la voiture et la verrouille.

— Attendez ! s'écrie-t-il.

Son « Je suis désolé » me parvient étouffé et lointain. Je suis désolée moi aussi. C'est fou la vitesse à laquelle une bonne action peut mal tourner dans le monde extérieur, comme l'image en accéléré d'un fruit en train de pourrir.

Pendant que j'attends une accalmie dans la circulation, je garde un œil sur le rétroviseur. Il n'a pas intérêt à me suivre. La main appuyée contre sa tempe signifie, en langage universel, *J'ai merdé.* Au moins il s'en rend compte. La plupart des gens qui me blessent ne s'en rendent pas compte. Les vingt dollars que je viens d'investir me rappellent pourquoi je reste à Providence, retranchée, bien à l'abri, sur mon petit forum au fin fond d'Internet.

Bouclier contre le monde extérieur activé.

— Tu n'as vraiment pas l'air dans ton assiette depuis ce matin, remarque Mélanie derrière moi. J'ai dit quelque chose ou… ?

— J'ai été un peu blessée hier soir. Pas par toi, ne t'inquiète pas.

Les yeux rivés sur le parking, je guette une voiture.

Après m'être occupée des Parloni et les avoir laissées endormies sur le canapé, main dans la main, je me suis plantée devant le miroir de ma chambre. Puis j'ai utilisé un miroir à maquillage pour me regarder de dos. Ce mec avait raison : sous presque tous les angles, j'ai l'air d'une dame âgée. J'ai envoyé un message à Austin, JJ et Kaitlynn, mes amis admin du forum. Le chat de groupe a explosé d'indignation – *Non mais quel connard, c'est tellement GROSSIER, évidemment que tu ne fais pas vieille* – mais je ne me suis pas vraiment sentie réconfortée car aucun d'eux ne m'a rencontrée en personne.

— Tu es quelqu'un de bien, Ruthie, déclare Mélanie avec gentillesse. Tu ne mérites pas qu'on te fasse de la peine. Dis-moi qui est le responsable et j'irai lui régler son compte.

— Un inconnu. Quelqu'un que je ne reverrai jamais.

Je consulte l'heure sur ma montre en m'efforçant de faire abstraction de la boule que j'ai dans la gorge.

— Je dois me concentrer sur la réunion. J'aurais vraiment préféré savoir de quoi il s'agit.

— Je suis désolée. Je sais que j'ai merdé.

Mélanie a pris un message pour moi ce matin quand j'étais perchée en haut de l'échelle pour remplacer l'ampoule grillée devant la salle de loisirs. Voici ce qu'elle a écrit :

Jerry Prescott

Aujourd'hui @ 15 h

Maintenance quelque chose ?

— Jerry Prescott est le propriétaire de Providence, ai-je alors balbutié, en proie à la panique. Son assistant n'a rien dit d'autre ?

Elle a secoué la tête.

— Je n'ai pas parlé avec son assistant.

— Tu as parlé au directeur de Prescott Development Corporation lui-même ? me suis-je écriée.

— Il avait l'air sympa.

J'ai tout essayé – même une séance d'hypnose improvisée dans le bureau, toutes lumières éteintes – mais Mel jure qu'elle est incapable de se rappeler autre chose. L'assistant de Jerry ne m'a jamais rappelée.

Une moto entre sur le parking.

— Nope.

Le motard retire son casque, secoue la tête en arrière et lève les yeux vers le secrétariat. Je reconnaîtrais cette crinière phénoménale n'importe où.

4

Une sensation que je n'ai jamais ressentie auparavant enfle dans ma poitrine. Mon cœur tambourine à mes oreilles. Colère ? Excitation ? Le type de la station-service est ici pour rembourser sa dette, s'excuser de s'être moqué de moi ou bien réclamer plus d'argent.

— Il ne manquait plus que ça, dis-je à voix haute.

J'ai déjà les nerfs en pelote, je n'ai pas le temps de m'occuper de lui.

— Mel, j'ai besoin que tu me rendes un service.

— Pas de problème. Dis-moi ce que je dois faire.

Sauf que… ma bouche ne s'ouvre pas. Je ne suis pas encore prête à déléguer. La brise soulève ses cheveux et les fait tourbillonner avec art. Comme à la station-service, il est assis de biais sur sa moto. Une fois encore, il n'a pas l'air pressé du tout. Il a encore son sac à dos plein à craquer avec lui. Cela ne doit pas être très confortable de rouler avec toutes ses affaires sur le dos.

Mélanie me rejoint.

— C'est qui ? Tu le connais ?

— Il me doit de l'argent. Ne pose pas de questions.

Qui aurait cru que cela me plairait de me montrer cachottière ?

— Mais j'ai beaucoup, beaucoup de questions, proteste-t-elle. Dommage qu'on n'ait pas encore commencé la Méthode Sasaki, j'aurais pu te donner de précieux conseils. Vous ne jouez pas dans la même cour lui et toi, ma belle.

Avait-elle vraiment besoin de le préciser ? Je suis une ringarde.

C'est un motard. Le lycée ne date pas d'il y a si longtemps, je sais quelles combinaisons sont impossibles dans la vie réelle. Une sensation de douleur familière enfle dans mon cœur, comme si Mélanie y avait enfoncé le pouce.

— Jamais je ne…

Elle ignore mes protestations :

— Tu es contrariée depuis hier à cause de… en fait, j'ignore la raison. Mais je ne laisserai pas ce type te faire du mal. C'est une Lamborghini, et toi, tu apprends à conduire. Tu appuierais à fond sur l'accélérateur et tu foncerais droit dans le mur. Tu te ferais mal.

— Ce n'est pas ça du tout. Tu te trompes complètement.

— Je vois un bad boy. Pas toi ?

Je suis forcée d'acquiescer.

— Il te faut un homme gentil qui ne te brisera pas le cœur. Ne prête jamais d'argent. Ne t'expose jamais au chagrin, me réprimande-t-elle avec affection.

Elle passe son bras autour du mien et me tient serrée.

— Je suis contente que tu n'ailles jamais nulle part, finalement.

Embarrassée de sentir son épaule contre la mienne, et vexée par sa réflexion, je réponds d'un ton bourru :

— Je ne suis pas stupide, Mel. Je ne peux même pas m'imaginer avec un mec pareil.

Quelle menteuse. J'imagine très bien.

Le gravier crisse sous mes chaussures tandis que je m'avance vers lui. Je m'insère entre ses genoux, enroule doucement mon poing dans ses cheveux. Je penche sa tête en arrière. Ses yeux pétillent de surprise, un rire prend naissance dans sa gorge. Je lui murmure des paroles osées ; ses joues s'empourprent et deviennent brûlantes. J'approche ma bouche de la sienne…

Mélanie interrompt ma rêverie :

— Qui pourrait t'en vouloir de fantasmer ?

(J'essaie de ne rien laisser paraître.)

— Woah, quels cheveux ! Ils sont peut-être même plus beaux que les miens. Ugh, je le déteste.

Elle lâche mon bras et pétrit sa queue-de-cheval. Comme s'il avait senti nos regards sur lui, l'homme tatoué noue sa crinière avec l'élastique qu'il porte au poignet. Il fait bien : c'est moins dangereux pour nous s'il range une telle arme capillaire.

— Tu ne vas vraiment pas me dire comment tu le connais ? Dis-moi au moins son nom.

— Je ne peux pas.

Le type anonyme reste là à bâiller comme un lion. Une tortue s'approche de sa botte. Il la ramasse, lui parle, la fait doucement danser sur sa paume puis la dépose dans l'herbe. La tortue se dit probablement *Pourquoi cette créature si grande, belle et drôle m'a-t-elle fait ça ? J'en suis toute retournée.*

Est-il en train de réfléchir à ce qu'il dira ? Un discours convaincant et ce torse musclé, associés à la somme remboursée de vingt dollars, pourraient me faire retrouver foi en l'humanité.

Il est tellement canon que je pourrais le contempler pendant des heures. Mais Jerry Prescott ne va pas tarder à arriver. Il faut que je me ressaisisse.

— Attends-moi là, je reviens. Je vais me débarrasser de lui.

— Laisse, je m'en occupe, intervient Mélanie.

Avant que je puisse lui répondre, une berline dernier cri entre sur le parking. C'est la voiture de location que j'attendais. Le conducteur s'insère à toute allure dans l'emplacement à côté de la moto avant de freiner dans un crissement de pneus. S'il ne l'avait pas ramassée, la tortue que tient mon inconnu chevelu serait à présent aussi plate qu'un pancake. Un homme sort avec décontraction du véhicule. C'est Jerry Prescott. (J'ai fait pas mal de recherches sur lui en mode stalker, alors je peux l'affirmer avec certitude.)

Il s'adresse à Mec Tatoué et lui donne une tape sur l'épaule. Yo, mec, ça roule ? Les hommes font tous partie d'un seul et même club : celui du pénis. Oups, mauvaise association d'idées. Maintenant, je regarde Mec Tatoué en pensant aux mots *gros pénis*…

Je me force à m'éloigner de la fenêtre et dispose des verres sur la minuscule table de réunion.

— Ils arrivent ensemble, rapporte Mélanie. Le jeune ramasse une autre tortue. Il la montre au vieux, qui s'énerve. Ils remontent l'allée. Leur conversation a l'air intense. Le vieux lui enfonce un doigt dans la poitrine. Je ne les vois plus, ils sont presque à la porte…

— Toc, toc, lance Jerry Prescott dans l'entrée.

Malgré l'avertissement de Mélanie, je sursaute.

Il entre dans le bureau. Mec Tatoué s'appuie dans l'encadrement de la porte. D'une main il tient une tortue qui patine dans le vide ; de l'autre, il tient la bretelle de son sac à dos.

— Bonjour, monsieur Prescott. Enchantée de vous rencontrer. Je suis Ruthie Midona.

Je me fraye un chemin à travers le bureau étroit pour lui serrer la main.

— Je tiens le fort en l'absence de Sylvia Drummond.

Entre mon cardigan et mes mocassins, je suis l'image même de la secrétaire coincée et vieux jeu. Gênée, je remarque que j'ai encore mes lunettes autour du cou. Et elles ne sont pas passées inaperçues.

— Tiens, salut, lance le jeune avec décontraction, comme si on était de vieux potes. J'ai fait un rêve vraiment intéressant au sujet de tes lunettes, la nuit dernière.

Je préfère ne pas relever.

— Et voici Mélanie Sasaki, mon intérimaire.

— Ruthie, Mélanie, enchanté de vous rencontrer.

Jerry nous serre vigoureusement la main. On dirait la version plus âgée du Grand Ténébreux Séduisant. Il a un sourire onéreux lui aussi.

— Mon équipe au siège m'a beaucoup parlé de vous, me dit-il. Vous êtes beaucoup plus jeune que je le pensais.

— On me le dit souvent.

(Mec Tatoué m'offre un large sourire, de ses propres dents onéreuses.)

Je croise délibérément son regard.

— Veuillez m'excuser mais j'ai une réunion, lui dis-je.

Dégage d'ici.

Jerry se tourne vers lui.

— Voici mon fils, Théodore. Entre, présente-toi.

— Bonjour, je suis le fils de cet homme. L'enfant Prescott, marmonne-t-il.

Son père fronce le sourcil.

— Pourrais-tu te montrer sérieux pour une fois ? Pour l'amour du ciel, pose cette tortue par terre.

Tandis que Théodore sort pour relâcher sa captive, Jerry ajoute à voix basse à notre intention :

— Je suis vraiment désolé.

Si le grand patron se déplace, c'est forcément que j'ai commis une bourde. Je me repasse la scène de la station-service. J'ai été sèche et impolie avec Théodore mais il m'avait traitée de vieille dame. Est-ce que prêter de l'argent à des inconnus va à l'encontre des règles de PDC ? Ai-je éraflé sa moto en quittant la station ?

Je suis virée. Voilà de quoi il s'agit.

Je suis virée et à la rue en un seul coup magistral, et comble de malchance, Théodore Prescott et sa crinière reviennent dans le bureau pile à ce moment précis pour assister à la scène.

— Tout va bien, Ruthie, dit-il, déchiffrant mon langage corporel. Ne panique pas.

Jerry part d'un rire faussement joyeux. Je réalise alors qu'il est nerveux lui aussi.

— Pardon, tout ceci est plutôt inhabituel, s'excuse-t-il. On passait simplement voir comment allaient les choses par ici.

— Je vous en prie, asseyez-vous.

Je désigne la minuscule table ronde et remplis les verres d'eau. Théodore m'en tend un d'un air inquiet.

Mélanie s'assoit dans son fauteuil et joue des hanches pour avancer jusqu'à la table.

— Je vais prendre des notes.

Dans un carnet à paillettes, en mangeant mentalement du pop-corn. Ses yeux noisette se posent sur Théodore approximativement toutes les cinq secondes. Elle se rince l'œil jusqu'à ce qu'elle n'ait plus rien à se mettre sous la dent. Je suis profondément agacée parce que j'aimerais en faire autant.

— J'aime bien celui-là.

Elle désigne un tatouage sur son bras.

— C'est un dai-doro, n'est-ce pas ? Une lanterne japonaise de pierre, nous explique-t-elle, à Jerry et moi. Elles sont très belles quand elles sont allumées la nuit.

— Celle-ci ne s'allume jamais, et pourtant, j'ai tout essayé, répond Théodore. Tu es d'origine japonaise ?

— À moitié, répond Mélanie, toute contente de parler d'elle. Mon père est de Kyoto. Ma mère l'a rencontré quand…

Je la fusille du regard. Elle s'interrompt aussitôt.

— Pardon. Où en étions-nous ?

Elle écrit la date d'aujourd'hui. Une pensée étrange me vient : *Elle ne sait pas qu'il a une rose tatouée à l'arrière du bras. Celle-ci est à moi. Et je parie que sa flamme brûle toute la nuit.*

— Vous devez vous demander ce qui motive notre visite, commence Jerry.

— Je crois avoir deviné.

Pour la première fois, je soutiens le regard de son fils.

Théodore Prescott a :

• Des yeux noisette

• Des taches de rousseur super craquantes sur l'arête du nez

• Beaucoup d'empathie dans son expression, pour un rustre sans éducation

— Tu lui as foutu les jetons, papa, commente-t-il.

— À la station-service, je faisais simplement ma bonne action de la journée, dis-je.

— Qu'est-ce qu'elle entend par « à la station-service » ? Qu'est-ce que tu as encore fait ?

Jerry s'en prend à son fils dans le genre de grognement que vous adressez à votre golden retriever qui aurait renversé une plante d'intérieur et jouerait dans la terre. Théodore y est clairement habitué : sourire penaud, queue entre les jambes.

Me sentant d'humeur charitable, je vole au secours du jeune Prescott.

— Je faisais le plein pour un des résidents. Je me dis que peut-être, d'un point de vue assurance, je n'aurais pas dû conduire sa voiture.

Théodore refuse de me laisser porter le chapeau.

— Elle m'a trouvé dans une situation délicate et m'a prêté vingt balles pour de l'essence. Papa, tu as devant toi mon bon samaritain.

J'arrive enfin à déchiffrer le mot tatoué sur les articulations de sa main gauche : *TAKE*.

— Teddy, tu ne peux pas demander d'argent à des inconnus, s'exclame Jerry d'un air horrifié. Tu aurais dû m'appeler plus tôt. Et si quelqu'un avait découvert que tu es un Prescott ?

— Teddy, répète Mélanie avec un émerveillement enfantin.

Elle l'écrit dans son carnet et répète, telle une formule magique :

— Teddy Prescott.

— Quoi ? Je ne ressemble pas à un Teddy ?

Ses yeux pétillent d'amusement. La question m'est destinée. Je doute qu'il soit capable de rester sérieux plus de trente secondes d'affilée.

— Alors ? insiste-t-il gentiment.

Ressemble-t-il à un Teddy ?

— Euh…

Il se trouve qu'en ce moment même, dans ma chambre, se trouve l'ours en peluche de mon enfance, et qu'il s'appelle Teddy. Je suis sûre que, tout comme mon Teddy, Théodore a l'habitude de squatter le lit des filles. Ce sont tous deux d'adorables créatures au regard pétillant faites pour les câlins et qu'on a plaisir à trouver dans ses draps le matin. L'étincelle dans les yeux de Teddy s'intensifie ; il se mord la lèvre pour se retenir de rire. Les joues brûlantes, j'écarte quelques mèches de mon visage.

On peut compter sur Mélanie pour une réponse honnête :

— Teddy, c'est bébête, tu es trop vieux. Pourquoi pas Théo à la place ?

Elle a tort. Teddy lui va comme un gant.

— C'est mon petit ourson depuis sa naissance, roucoule Jerry.

Son fils rougit d'embarras. C'est jouissif d'assister à une telle scène.

— Mais en effet, il est trop vieux pour beaucoup de choses. Le temps est certainement venu pour une coupe de cheveux.

(Mélanie écrit *petit ourson = bébé Teddy* dans son carnet. C'est à mon tour de me retenir de rire.)

— Mais les nanas adorent mes cheveux longs, proteste-t-il.

S'il relâchait son chignon, Mélanie et moi serions en effet éblouies, mais c'est agaçant qu'il le sache. Par réflexe, ses yeux reviennent sur moi. Il veut savoir si je suis d'accord. Il est en train de jouer avec moi. Suis-je un Teddy ? Suis-je irrésistible ? Blablabla. Je soupire d'indignation et me redresse dans mon siège.

Jerry continue comme s'il n'avait rien entendu :

— J'ai un peu délaissé Providence depuis qu'on en a fait l'acquisition. J'ai été pris par un autre projet.

— Je viens tout juste de découvrir que PDC avait racheté cet endroit, me dit Teddy. Je n'étais pas au courant.

Mouais. Je ne vais certainement pas me laisser attendrir par quelqu'un dont le père possède *tant de choses*. On ne vit vraiment pas dans le même monde lui et moi. Mes yeux se posent à nouveau sur son sac à dos.

Quand Jerry remarque que Mélanie et moi avons l'air inquiet, il lance joyeusement :

— Ne vous inquiétez pas, nous n'avons pas encore décidé comment nous allons procéder avec le site.

Voilà le résumé que je vais envoyer à Sylvia ? Pas de bulldozers pour l'instant ?

Je réponds d'une petite voix :

— D'accord, tant mieux.

Je suis censée préserver cet endroit, et je ne peux pas faire mieux que ça ? Une vague de frustration s'élève en moi.

Teddy soupire.

— Pourquoi ne peux-tu pas laisser les choses comme elles sont ? Cet endroit semble très bien.

— La vie, c'est le changement, répond Jerry.

Je parie que c'est son mantra et qu'il le répète très, très souvent.

— Si je voulais passer mes journées assis dans un bureau et me contenter d'acheter et vendre, c'est ce que je ferais, poursuit-il. Or, j'aime me déplacer et visiter nos acquisitions.

Il tape du poing sur la table.

— Parler aux gens, faire une différence. Donner une nouvelle vie aux choses. Me soucier de quelque chose. Tu devrais essayer.

Les yeux de Teddy s'enflamment. Sa mâchoire se serre.

— Tu sais bien que j'ai un projet qui me tient à cœur.

— Ah oui, c'est vrai, ta dernière idée de génie, ironise Jerry.

Il s'interrompt lorsqu'il croise le regard meurtrier de son fils.

Dommage pour moi. J'étais suspendue aux lèvres de Jerry, curieuse de savoir pourquoi Teddy irradie de colère.

Je change de sujet.

— J'ai suivi vos acquisitions, monsieur Prescott.

Il est surpris.

— Vraiment ? Appelez-moi Jerry, s'il vous plaît.

Teddy souffle et me dit *merci* du regard.

— Ce vieux terrain de golf ne doit pas être un chantier facile.

Parvenez-vous à trouver de la main d'œuvre ? J'ai déjà bien du mal à faire en sorte que les gens de la maintenance s'arrêtent par ici.

Jerry hoche la tête avec vigueur.

— Vous avez absolument raison. C'est un cauchemar.

— Tu détestes le golf, raille Teddy.

— Il sera transformé en spa avec soixante-cinq cabines. Équitation, randonnée, méditation, la totale. C'est plus logique de construire des logements et de créer de l'emploi que d'essayer de ramener à la vie ces vieux parcours de golf.

Jerry tourne la tête vers son fils.

— Tu pourrais aller le voir.

Son héritier ne mord pas à l'offre d'emploi.

— Trop hâte. J'ai justement besoin d'un soin du visage.

— Tu as besoin d'un domicile, point, rétorque Jerry.

Une fois de plus, j'interviens. Il y a visiblement quelque chose chez Teddy qui me donne envie de le protéger.

— Je peux vous sortir un tableau de bord détaillant notre occupation et notre situation financière pour lundi, 8 heures.

— Tu en serais capable, Teddy ? Tu saurais te servir d'un logiciel comptable ? Analyser des données financières ?

— Bien sûr que non.

Teddy commence à en avoir franchement ras le bol. Il rejette presque des étincelles noires et bleues.

— Mais je n'ai pas besoin de savoir comment. C'est Alistair qui s'en occupe.

— Ce n'est pas équitable. Si tu montes ton entreprise, il faudra que tu apprennes.

Jerry sourit d'un petit air satisfait. Il est visiblement content d'avoir remis son fils à sa place.

À mon intention, il ajoute :

— Non, c'est inutile, Ruthie. Contentez-vous d'envoyer vos rapports habituels.

Je dois absolument trouver le moyen d'impressionner Jerry.

— On travaille très dur pour s'assurer que Providence maintienne sa réputation, qui est excellente, cela va sans dire.

— Vous devriez développer, pour Teddy.

J'ai toutefois la nette impression qu'il essaie de sauver la face. Jerry ne se rappelle peut-être pas pourquoi il a ajouté Providence à sa collection. Je passe en mode brochure.

— Depuis sa construction à la fin des années 1960, Providence a été systématiquement listée dans le top 10 des meilleures structures pour seniors du pays. On est très fiers de cette ambiance cocon. Dans le coin, il y a un dicton : « Avec un peu de chance, je prendrai ma retraite à Providence. » C'est le but ultime auquel aspirent de nombreuses personnes dans la région.

Jerry n'écoute pas vraiment.

— Vous vivez sur place, correct ?

— Oui, monsieur. Ça fait partie de mon package salarial. Je vis dans le cottage qui servait auparavant de poste de sécurité. Je suis ici vingt-quatre heures sur vingt-quatre, sept jours sur sept, au service des résidents.

— Combien de temps ? demande Teddy.

Il est bête ou quoi ? Quel dommage. Il me paraît nettement moins séduisant, tout à coup.

— Pardon, que voulez-vous dire ? De jour comme de nuit.

Je me tortille pour retirer mon cardigan.

— Non, depuis combien de temps vivez-vous ici, vingt-quatre heures sur vingt-quatre, sept jours sur sept ?

— Oh. Depuis le début. Six ans.

Teddy est aussi stupéfait qu'au moment où je me suis retournée à la station-service, révélant mon âge véritable.

— Ça vous arrive d'en sortir ?

— Providence est un excellent employeur. Je rends visite à mes parents quand je prends mes vacances.

J'ajoute, plus sèchement :

— Et je me rends à la station-service. Mais peu importe où je vais. L'important c'est que je sois toujours disponible.

— C'est absolument…

Teddy est réduit au silence par le regard de travers que lui lance son père.

— C'est un véritable engagement sur le long terme, complète Jerry. Visiblement Ruthie a choisi un rôle et s'y tient. Contrairement à d'autres qui passent leur temps à courir après des chimères.

— Tu exagères, proteste Teddy. Quand on ouvrira, tu verras que mon projet tient la route.

— Ouais, on verra.

Jerry me gratifie d'un petit sourire.

— Ce n'est pas tous les jours que je rencontre quelqu'un d'aussi dévoué que vous, Ruthie. On voit que vous tenez à Providence et que vous n'êtes pas uniquement motivée par l'argent.

Son compliment m'enivre de joie. Mais je suis également partagée, car la réflexion de Jerry a blessé son fils.

— Merci. Oui, c'est vrai, j'adore Providence. Je vous fais faire le tour du site ?

Jerry a autre chose en tête.

— Teddy a besoin d'un endroit où habiter pendant un mois ou deux. Il a été mis dehors par ses colocataires et n'a plus aucun canapé à squatter. Un Prescott ne peut pas dormir dans la rue. Il va prendre l'autre moitié de votre cottage.

Un poids me tombe sur l'estomac. On aura un mur en commun.

— Il n'a pas été occupé depuis longtemps. Il sent un peu le… renfermé.

— Je l'installe ici pour quelques semaines, le temps qu'il retombe sur ses pieds. Économise de l'argent. Réfléchisse à son avenir. Si vous pouviez me donner les clés, Ruthie, on va aller jeter un œil. Peut-être pourriez-vous lui donner un petit coup de ménage.

Ce matin, on était complètement hors des radars, mais en venant sauver son fils malchanceux et sans le sou, Jerry s'est rappelé qu'on existait. Et maintenant, je dois faire la poussière.

Je réponds d'une voix plate :

— Pas de problème.

— Je peux faire le ménage moi-même, s'exclame Teddy.

Il tend une main pour récupérer la clé, mais son père fait de même. Je sais qui est mon patron.

— Pendant que tu vivras ici, tu travailleras au secrétariat, déclare Jerry.

Je fais un gros effort pour garder un regard impassible. Il ne faut surtout pas que je montre à quel point je suis absolument, désespérément contre cette idée.

— Elle n'en a pas envie, relève Teddy.

Lit-il en moi comme dans un livre ouvert ? Effrayant.

— Bien sûr que si, rétorque Jerry. Tu pourras te servir de ce que tu auras appris pour monter ton entreprise. Mais, avec un peu de chance, cette expérience te donnera envie de t'intéresser à l'entreprise familiale.

Teddy soupire.

— Je ne suis pas promoteur immobilier. Je suis tatoueur. Je ne travaillerai jamais pour PDC.

Les tatouages compulsifs prennent désormais tout leur sens. Tatouages, moto, désinvolture de celui qui se laisse porter par le vent, pas du tout inquiet pour son prochain repas ou son prochain lit ? Pas étonnant qu'il me regarde comme si j'étais microscopique.

Jerry observe Mélanie d'un air pensif.

— Avez-vous signé un contrat ?

Je réponds pour elle.

— Oui, un contrat de deux mois. Elle est déjà formée.

Hors de question d'être assise en face du fils du patron pendant qu'il se tourne les pouces à faire des quizz en ligne huit heures par jour. J'ai déjà Mel pour ça. Elle cligne les yeux vers moi, l'expression reconnaissante. Teddy a l'air reconnaissant lui aussi.

— Une entreprise s'occupe déjà de l'entretien, on a un jardinier… Il ne nous manque rien.

Jerry me fixe de son regard perçant.

— N'y a-t-il pas un petit boulot qu'il pourrait faire ? N'importe quoi ?

Il a vraiment envie de cocher la case « Projet Teddy ».

— Ruthie, vous parliez de faire le plein d'essence pour un résident. Ça m'a tout l'air d'un boulot.

Les rouages de mon cerveau tournent au ralenti. C'est le stress. Je peux à peine me rappeler mon propre nom ou de respirer.

Un job pour Teddy… Que pourrait-il bien faire ?

— C'était pour les Parloni, intervient Mélanie. Elles ont souvent besoin d'un coup de main. Attendez une minute…

Elle se tourne vers moi.

Les rouages de son jeune cerveau sont plus rapides que les miens.

— Elles recrutent justement un assistant. Il pourrait travailler pour elles.

Je me suis sentie minable et ridicule à la station-service quand Teddy Prescott a éclaté de rire et s'est moqué de chaque détail de mon apparence. L'heure est venue de prendre ma revanche.

— Parfait. Bien joué, Mel. Voudriez-vous consulter l'offre d'emploi, Teddy ? Elles ont surtout besoin d'un chauffeur, de quelqu'un pour faire leurs commissions et leurs tâches ménagères.

Je jubile intérieurement. Ce sera l'expérience la plus bizarre et la plus dégradante de sa vie.

— Parfait, répète Jerry.

Je pense que lui aussi jubile intérieurement.

Teddy me regarde d'un air soupçonneux. Pas étonnant, je suis animée d'une allégresse diabolique.

— Les résidents en question devraient d'abord me faire passer un entretien. Je ne veux pas de traitement de faveur.

Jerry peut difficilement s'y opposer.

— Très bien. Joue le jeu, mets-y l'effort nécessaire. Je vais faire un tour. C'est toujours agréable de mettre le pied sur une de nos propriétés.

Il quitte le bureau. Quand il tourne la tête, je remarque que son profil est le portrait craché de son fils.

Je préférerais que Jerry ne se balade pas sans moi. Des idées vont lui venir en tête, je le sais. La vie c'est le changement, après tout. Mais je dois lui faire comprendre combien cet endroit est important. Et surtout, je dois rapporter à Sylvia que j'ai fait du mieux que j'ai pu.

Sur une impulsion je lui emboîte le pas.

— Monsieur Prescott ? Pardon, Jerry ? Puis-je me joindre à vous ?

— Je préférerais que vous alliez à l'entretien avec Teddy. Je sais que vous avez besoin de vous assurer qu'il fera l'affaire.

Il lève les yeux vers la colline, l'air soudain épuisé.

— Je ne me rappelle même plus quand on a fait l'acquisition de cet endroit.

— Vous êtes une personne très occupée.

— Trop occupée. Ma fille Rose est prête à prendre plus de responsabilités. Je vais lui demander de lancer une étude de faisabilité et de faire une recommandation au conseil d'administration. Je lui dirai de vous appeler.

Il semble satisfait de cette décision.

— Je lui fournirai toutes les informations dont elle a besoin.

Je sais qu'il faudra plus que des rapports pour les convaincre de laisser Providence tel quel. Quelle opportunité ai-je de montrer l'impact positif que nous avcons sur nos résidents ? Comment puis-je le faire tomber amoureux de cet endroit ?

— Accepteriez-vous de venir à notre fête de Noël ? C'est moi qui m'occupe de la collecte de fonds. On s'amuse beaucoup. Chaque année, on a un thème différent. C'est un très bon exemple du genre d'activités qu'on fait ici.

Jerry est enchanté.

— Envoyez les détails à mon assistant. Si je suis disponible, bien sûr, pourquoi pas ? Ça a l'air amusant.

Il commence à s'éloigner.

— Envoyez également une invitation à Rose, s'il vous plaît. Elle doit apprendre à sortir du bureau et rencontrer des gens. Je doute que Teddy soit encore à Providence d'ici là mais, en attendant, pouvez-vous garder un œil sur lui et l'aider à prendre ses marques ?

Je n'ai pas d'autre choix que de répondre : « Bien sûr. »

5

Je retourne au secrétariat où Teddy et Mel s'entendent comme larrons en foire. Je compose le numéro des Parloni. Quand elles décrochent enfin, une télévision beugle en arrière-fond.

— Quoi ? crie Renata, si fort que Teddy l'entend de là où il se tient. Qui est mort ?

— J'ai un garçon ici pour un entretien.

Appliquer le mot *garçon* à cette montagne de muscles est risible. Encore qu'il est venu accompagné de son papa comme un gamin qui se présenterait pour un job de livreur de journaux.

— Je croyais qu'un infirmier allait changer nos couches, aboie Renata. J'allais me faire pipi dessus exprès. Comment est-il ? demande-t-elle en mastiquant bruyamment. Il entre dans quelle catégorie ?

Elle veut dire :

- Gothique dépressif
- Skater sans cervelle
- Prima Donna
- Musicien sans talent
- Jeune idéaliste

Plein d'autres catégories dont je suis incapable de me souvenir car un homme charmant me regarde comme s'il me trouvait à son goût.

Quelle catégorie ? Tout ce que je sais, c'est que ses yeux me rappellent la carapace d'une tortue à écailles dorées. Marron, vert et or. Une teinte extrêmement rare qu'on ne voit qu'ici. Mon regard se pose sur la manche de son T-shirt et, avant que je m'en rende compte, mes yeux descendent de son avant-bras jusqu'à son poignet. Il fléchit les doigts comme si je l'avais touché. Je donnerais n'importe quoi pour continuer à explorer cette œuvre d'art.

Je réponds, le souffle court :

— Il est dans la catégorie tatouage.

— Tu sais bien que c'est une sous-catégorie, rétorque Renata.

— C'est le fils du propriétaire de Providence. Il va vivre ici, de l'autre côté de mon cottage, pendant quelque temps. Ce sera très pratique – il pourra passer chez vous chaque fois que vous aurez besoin de lui.

Renata pousse un cri de joie.

— Notre dernier garçon est un Richie Rich ! Je me suis entraînée pour ça.

Elle marque une courte pause.

— Le fils du propriétaire, tu dis ? Est-ce qu'il va falloir que je me comporte de façon correcte avec lui ?

C'est la première fois qu'elle s'inquiète de l'impact que ses frasques pourraient avoir sur moi.

— Il ne veut pas de traitement de faveur, lui dis-je avec une liesse à peine dissimulée. Faites-lui passer l'entretien habituel.

— Je vais faire le Challenge du Chemisier blanc. Je ne l'ai pas fait depuis longtemps. Envoie-le-nous. Qu'est-ce que je vais bien pouvoir porter…

Elle raccroche.

Dans le vide, je réponds :

— Aucun problème. À tout de suite.

Je repose le combiné.

— Allons-y.

Mélanie attrape son carnet.

— Je peux venir ?

— Tu dois rester ici pour répondre au téléphone.

Elle fait rouler son fauteuil jusqu'à son bureau et s'y laisse tomber d'un air déçu.

— Tu n'avais pas besoin de prendre des notes, au fait.

— Je prenais exemple sur toi ; tu fais toujours plein de listes. J'espère que tu auras le job, Teddy. Ce serait sympa d'avoir quelqu'un de jeune par ici à qui parler.

Le regard de Teddy dévie vers moi.

— Je pense que je suis plus âgé que Ruthie.

Réalisant sa maladresse, elle se met à bafouiller.

— On sera trois jeunes ici, c'est évidemment ce que je voulais dire. As-tu entendu parler de la Méthode Sasaki ? Bien sûr que non, vu que je viens de l'inventer.

— Avec un nom pareil, c'est forcément réglo.

Souriant d'un air intéressé, il se penche sur son bureau pour examiner son bordel.

— J'espère que ce n'est pas une arnaque. Je suis fauché et crédule.

Il marque une pause.

— Ah, tu sais quoi ? Je signe.

Je m'en mêle avant que ça dérape :

— Interdit de lui parler de la Méthode Sasaki.

Teddy soulève le carnet de Mélanie.

— *Petit ourson* ? Oh putain, la honte.

Il prend un stylo et barre, avant de continuer à lire le reste de ses notes.

— *Coupe de cheveux. Crinière de rêve. Soins du visage sur un ancien terrain de golf.* Bon travail, ce sont des notes utiles. Attends, c'est quoi ça ? *Répéter à Ruthie de rester éloignée de lui.*

Mel hausse les épaules.

— Je ne veux pas que ma patronne se laisse aveugler par ta crinière.

Teddy soutient mon regard tandis qu'il se caresse la tête du bout des doigts. *Reste impassible, Ruthie. Tiens bon.*

Il me sourit d'un air narquois et barre cette ligne-là aussi.

Étonnamment Mélanie ne remarque rien du tout. Elle continue dans la même veine.

— On va inscrire Ruthie sur MatchUp. Toi qui es un mec, comment tu décrirais son style ? Tu la trouves ringarde ?

— MatchUp ? bafouille-t-il.

Il se ressaisit vite fait et fait mine de me reluquer.

— Hmm, voyons voir…

Je sais que Mélanie a bon fond mais elle a touché un point vraiment sensible. Entre la scène de la station-service et une enfance et une adolescence passées dans la peau de Ruth-la-fille-du-Révérend et Ruth-la-Rapporteuse, ma patience a atteint sa limite.

— Le but de la Méthode Sasaki est d'aider Ruthie à…, commence Mélanie.

Je prends ma voix la plus sévère, celle qui rendrait un golden retriever incontinent.

— Ça suffit, Mélanie. S'il te plaît, remets-toi au travail.

— Compris, répond-elle, pas gênée le moins du monde. J'espère que ce n'est pas toi qui as fait de la peine à Ruthie, ajoute-t-elle à l'intention de Teddy.

Il se tourne vers moi, une lueur de surprise dans les yeux, mais je quitte le bureau avant qu'il ait le temps d'en placer une.

— Ça m'arrive parfois, lui avoue-t-il avec une note de regret sincère dans la voix. On m'a dit que je pouvais me comporter en petit connard égoïste.

— Ne recommence pas, répond Mélanie d'un ton glacial. Ou tu auras affaire à moi.

— Viens, tu as un entretien !

Une jubilation diabolique m'anime. J'espère que Renata Parloni va lui en faire voir de toutes les couleurs.

Teddy me suit sans aucune difficulté tandis que je remonte l'allée au pas de course.

— C'est quoi toutes ces tortues ?

On croise deux tortues à écailles dorées. Elles sont en train de s'accoupler. Je suis heureuse pour l'espèce, mais quand même… Alors que je m'écarte pour leur donner de l'intimité, je percute Teddy et me retrouve propulsée dans une haie telle une balle de flipper. Il pose sa main sur mon bras pour me retenir. On s'arrête face à face.

— Attention, me prévient-il.

Il m'a prise pour une touriste ou quoi ? Alors que je me démène depuis des années pour protéger l'investissement de sa famille. Je bouillonne de colère. Providence était hors des radars. PDC nous avait oubliés. Maintenant Jerry Prescott est là, de l'autre côté du lac, à prendre des photos, déléguer, faire des projets.

— Peut-être qu'elles jouent à un jeu, continue Teddy, désignant les tortues qui s'en donnent à cœur joie. Elles ne font peut-être pas ce qu'on imagine.

Il voudrait que je plaisante avec lui.

— Celles avec du jaune sur la carapace sont en voie d'extinction, lui dis-je. S'il te plaît sois prudent. Si tu écrases une de ces tortues, il faudra que je la mette à l'écart et que je remplisse un formulaire.

Tu ne saurais même pas où trouver le clipboard, mon pote.

Teddy regarde en contrebas vers le secrétariat et pousse un soupir.

— Je n'ai jamais rien vécu d'aussi humiliant. *Petit ourson*, grogne-t-il, le souvenir encore vivace. Hé, je rêve ou j'aperçois l'ombre d'un sourire moqueur ?

Il tient toujours mon bras et me serre doucement.

Je suis en train de… paniquer légèrement ? La sensation de papillonnement que je ressens à l'intérieur est-elle de la panique ?

Alors qu'il remarque ma réaction et croise lentement les bras sur sa poitrine comme si j'étais une créature effrayée, je remarque que GIVE est tatoué sur les articulations de sa main droite. GIVE et TAKE, donner et prendre. J'en reste sans voix.

— Je sais que mon père t'a mise dans une position super délicate, dit-il. J'en suis désolé. Je te promets que je serai parti d'ici dès que j'aurai assez économisé. Deux mois, tout au plus. Cet endroit, c'est quelque chose, hein ?

— Cet endroit est remarquable. Viens, allons-y.

— Ouais, attends, répond Teddy, pas pressé comme toujours. Laisse-moi profiter de la vue.

Providence est construit autour d'un lac naturel, dans lequel se déversent des ruisseaux qui s'écoulent de la colline abrupte sur notre droite. Au printemps les jacinthes des bois et les tulipes blanches que j'ai plantées moi-même fleurissent sur les berges que les tortues broutent paisiblement. Mais la forêt sombre et broussailleuse n'est agréable ni pour la randonnée ni pour pique-niquer et rêvasser. Je le sais parce que j'ai déjà essayé. Il n'y a rien d'autre que des moustiques et des excréments dignes du Bigfoot dans ces arbres.

Mais Teddy ne profite pas de la vue, il regarde les pavillons.

— J'ai comme une sensation de déjà-vu. Ce n'est pas la première fois que je vois ces pavillons.

Il enjambe les tortues en train de copuler et commence à déambuler, l'air troublé.

— J'ai l'impression d'avoir rêvé de cet endroit.

Il regarde les lunettes qui pendent sur ma poitrine.

— Je fais pas mal de rêves depuis quelque temps, poursuit-il.

— Sans blague.

Plus je me montre sèche, plus son sourire s'élargit.

Je désigne les pavillons.

— Une fois que je te l'aurai dit, ça te paraîtra évident, lui dis-je.

Teddy s'arrête devant le numéro 1, où réside Mme Allison Tuckmire. Son poing sous le menton, il le contemple d'un air pensif. Il est mignon quand il réfléchit. Il devrait le faire plus souvent.

— Donne-moi un indice, réclame-t-il. Le style architectural.

— L'architecture t'intéresse ?

Il hausse les épaules.

— J'aime l'art.

Je m'en serais doutée. Il est complètement recouvert de dessins. Je lui réponds :

— Architecture néo-coloniale. Les doubles colonnes de chaque côté des portes, les arches au-dessus des fenêtres, les volets et le toit en ardoise. Je t'ai déjà donné un indice quand j'ai présenté Providence. Cet endroit a été construit à la fin des années 1960.

Teddy se tourne vers moi avec un grognement.

— Le suspense est insoutenable. Dis-moi.

— Graceland.

Il me regarde comme si le sol s'était ouvert sous ses pieds.

— Graceland, répète-t-il, émerveillé. Graceland avait une ribambelle de chatons.

Sa description en plein dans le mille me fait éclater de rire.

— Herbert St. Ives, l'architecte qui a conçu Providence, était un grand fan d'Elvis. Il n'y a pas moins de quarante chatons ici.

D'un geste du bras, j'englobe l'immense allée de maisons qui entourent le lac.

— Ce lieu était, à une époque, extrêmement moderne et glamour. Aujourd'hui…

J'essaie de penser à la meilleure formulation possible.

— Disons qu'on essaie de le préserver du mieux qu'on peut.

Il se frotte la nuque d'un air contrit.

— Je suis désolé si je t'ai vexée à la station-service. Je souffre d'un cas incurable de diarrhée verbale. Je me laisse facilement emporter et tu as éveillé mon imagination. Mais c'est ma faute, pas la tienne. Je suis désolé.

L'idée d'éveiller quoi que ce soit en lui me laisse sans voix. Tandis qu'on se dévisage, je réalise que la partie que j'attendais le plus ne viendra pas. Celle où il dit, *Tu ne fais pas vieille du tout.*

Le silence devient insupportable.

— Je parie que tout le monde ici est super riche, finit-il par dire.

J'ai entendu une variation de cette déclaration de la part de nombreux, nombreux candidats. Bouclier protection des résidents activé. Je m'éloigne sans répondre à sa question.

— Viens, c'est par là.

J'ai l'impression d'être suivie par un T-Rex. Les pavés en granite crissent bruyamment sous ses bottes. Son ombre s'étire devant nous, éclipsant la mienne. J'ignore comment il est possible de *sentir* que quelqu'un vous observe, mais je jurerais que l'élastique qui retient mon chignon se relâche et que mes collants descendent de quelques centimètres sur ma taille. Certains hommes sont très, très magnétiques.

— Je peux savoir quelles seront mes attributions ? demande-t-il de sa voix profonde et rauque.

— Mieux vaut que tu abordes directement le sujet dans l'entretien, dis-je, évitant à la fois la question et une tortue. Les Parloni seront tes patronnes, pas moi.

— Si tu me donnais des ordres, je t'obéirais au doigt et à l'œil.

Ses paroles me troublent tellement que je m'abstiens de répondre.

— Tu ne vas même pas me donner un indice sur ce qui m'attend ? reprend-il d'une voix normale.

— Je veux voir comment tu t'en sors sous la pression.

Il allonge sa foulée pour qu'on marche côte à côte.

— Ne t'inquiète pas. Les gens tombent sous le charme dès qu'ils me rencontrent. C'est ma spécialité.

— Tu as un taux de réussite de 100 % ?

Je m'attends à un sourire fanfaron et une affirmation scandaleuse mais il a l'air secoué. Les réflexions de son père semblent l'avoir vraiment blessé.

— Toi, tu te débrouilles bien sous la pression, remarque-t-il. Je sais que voir papa débarquer a dû être stressant.

Je lisse mes vêtements et sonne chez les Parloni.

— Ton père va demander à ta sœur Rose de faire une étude de faisabilité.

— Oh merde, je suis désolé. Tu peux faire tes valises.

Il prend une profonde inspiration et expire. Il a beau essayer de donner le change, je sens qu'il est nerveux.

La porte s'ouvre. Aggie apparaît, chic dans un tailleur pantalon gris étain. Seuls les fauteuils et les vieilles dames riches peuvent porter cet épais tissu jacquard sans avoir l'air ridicule.

— Renata est en train de choisir un costume. Bonjour, jeune homme.

Je me charge des présentations.

— Théodore Prescott, voici Agatha Parloni.

— Teddy, corrige-t-il avec un sourire.

Ils se serrent la main.

— Enchanté de vous rencontrer, madame Parloni.

— Appelez-moi Aggie. Par ici, jeune homme. Vas-tu assister à l'entretien, Ruthie ?

Elle a remarqué que j'avais apporté mon bloc-notes.

— J'aimerais bien, si cela ne vous dérange pas.

Autour de nous, la maison est en léger désordre. Une pile de vêtements sales haute d'un mètre vingt attend sur le dossier du canapé d'être emmenée au pressing. Le plan de travail est à nouveau couvert de mugs alors que hier soir, fulminant d'avoir payé vingt dollars pour un homme qui s'est moqué de moi, j'ai rempli leur lave-vaisselle. Le souvenir me galvanise. À partir de maintenant, je ne l'aide plus.

— Il y a un peu de désordre, s'excuse Aggie dans un soupir las. Avez-vous eu du mal à trouver Providence ?

— Non. Et Ruthie a eu la gentillesse de m'accompagner jusqu'à votre pavillon.

Aggie sourit faiblement.

— Je reconnais bien là notre Ruthie.

Elle est loin de s'imaginer que je rêve d'une bonne séance d'humiliation.

— Si gentille.

— Je dirais plutôt qu'elle est coincée, assène Renata derrière nous.

Quelle chance d'assister à un cours de la grande prêtresse de 1a repartie. Elle marche vers nous, nous régalant d'un défilé de mode en prime.

— Tout ce vert..., souffle Teddy, ébahi.

Son accoutrement est entièrement vert : un pantalon très large, un chemisier en soie, une banane incrustée de strass et une visière avec MONEY imprimé sur le bord. Ses petites ballerines scintillent. Pour couronner le tout, elle porte la perruque vert émeraude qu'elle appelle « la sirène ». Son maquillage est tellement vif qu'il pourrait éclairer toute une salle de spectacle de Broadway. Se maquiller avec subtilité et faire de jolis dégradés d'ombres à paupières, c'est pour « les jeunes qui ont du temps devant eux ». Si elle est flattée par la réaction bouche bée de Teddy, Renata ne le montre pas. Elle déambule autour de lui comme si elle inspectait un frigo qui venait d'être livré.

— Quelle marque et quel modèle est-ce ?

Ses frasques font soupirer Aggie.

— Teddy Prescott, voici Renata Parloni.

— Détache ces cheveux, Raiponce, ordonne Renata.

S'ensuit une publicité pour shampooing hypnotique dans laquelle ses cheveux brillants et soyeux tombent en cascade.

— Quelle perruque ça ferait... Tu envisagerais de me les vendre ?

— Non, désolé. Sans mes cheveux, je ne suis rien.

— Ça valait le coup d'essayer. Ça t'arrive de les couper ?

— Ma sœur Daisy rafraîchit ma coupe à Noël, dehors sur le patio. C'est la seule à qui je fais confiance. Les autres me feraient la boule à zéro.

Il empoigne ses cheveux d'un air protecteur.

Renata refuse d'abandonner aussi facilement.

— Je paierais le prix fort. Réfléchis-y.

Aggie s'éclaircit la gorge. Comme toujours, les choses commencent bizarrement.

— Asseyons-nous dans la véranda.

— La pièce que j'aime le moins, ronchonne Renata.

Elle s'assoit loin des rayons chauds et ensoleillés.

— Si j'avais le dernier mot, on garderait les volets fermés en permanence.

— Mais tu n'as pas le dernier mot, répond Aggie avec douceur.

Je réalise alors que quelque chose m'avait échappé, dans leur dynamique. Renata est bruyante comme une corne de brume, et tout aussi subtile, mais c'est Aggie le chef.

— Asseyez-vous, nous encourage Aggie.

On s'exécute.

— Teddy Prescott, ta première tâche est de t'assurer que la lumière du soleil ne touche plus jamais ma peau. Vous ne savez pas la chance que vous avez tous les deux d'avoir de la PEAU.

Teddy et moi sursautons sur nos sièges et baissons instinctivement les yeux vers nos mains.

— Une peau jeune et belle, ajoute-t-elle à la manière d'un détraqué.

Teddy demande :

— Vais-je finir au fond d'un puits à me tartiner de crème solaire ?

— Ce que tu fais de ton temps libre ne me regarde pas, rétorque Renata. Oh mais que vois-je ?

Elle a repéré les tatouages sur ses articulations.

— GIVE et TAKE. Es-tu gaucher ou droitier ?

— Gaucher.

— Alors tu admets prendre plus que tu ne donnes.

Renata est passée dans un mode que je connais bien : celui où elle mène une discussion tarabiscotée basée sur la perception qu'a le candidat de lui-même. Et dire qu'on vient à peine d'arriver…

— Ça dépend avec qui je suis.

— Développe, ordonne sèchement Renata.

— Si je suis seul dans le puits avec la crème solaire, alors je vide le flacon. Mais si je ne suis pas seul, je partage.

Il ajoute, avec un sourire espiègle :

— J'aime prendre autant que j'aime donner.

Ses yeux multicolores se posent sur moi pour voir comment j'accueille sa réponse audacieuse. Son sourire s'élargit lorsqu'il constate que je suis amusée.

— Un point pour Teddy, arbitre Aggie.

— Quelle toile vierge on a ici, s'exclame Renata.

Elle s'empare de mon poignet, déboutonne et remonte ma manche.

— On pourrait l'emmener se faire tatouer. Je paierai. Qu'est-ce qu'elle pourrait bien se faire faire ? Je sais, une grande Vierge Marie.

Elle est étonnamment forte pour son âge. J'inspire tandis que ses ongles s'enfoncent dans ma peau.

— Aïe !

Pour la première fois, Teddy a l'air vraiment mal à l'aise.

— C'est la première question de l'entretien ? Quel tatouage est-ce que moi, un tatoueur professionnel, je ferais à Ruthie ? Celui qu'elle me demanderait. Lâchez-la, s'il vous plaît, gronde-t-il.

Les trois femmes que nous sommes nous rappelons soudain qui il est.

Renata relâche mon bras, qui est maintenant incrusté de croissants de lune. Aggie reste impassible mais je remarque qu'elles échangent un long regard.

— On va devoir inventer une nouvelle catégorie, n'est-ce pas, Ruthie ? dit finalement Renata.

C'est sa façon de s'excuser.

— Quelles sont les autres catégories ? demande Teddy comme s'il n'avait pas affaire à une personne étrange. Je peux peut-être vous dire laquelle me correspond.

Renata commence à énumérer sur ses doigts.

— Plouc. Petit garçon perdu. Trop bête pour vivre. Faux petit-fils – ce sont ceux qui espèrent hériter.

— Soucieux de l'environnement – ceux qui ne mettent pas de déodorant, ajoute Aggie.

— Moi j'en mets du déodorant, précise Teddy.

— Un autre point pour Teddy. Parfois j'ai encore l'impression de renifler Matthew, déclare Aggie. Pourtant il ne travaille plus pour nous depuis des années.

J'essaie de me joindre à la conversation.

— Artiste torturé ?

S'il a lui-même dessiné ses tatouages, il a du talent.

— Je me sens légèrement torturé là, effectivement, acquiesce Teddy.

Renata regarde par la fenêtre. Elle a l'air perdue dans ses pensées.

— Mes préférés étaient les camés insomniaques. Ceux qui pouvaient me procurer de la bonne dope et avec qui je restais debout toute la nuit à discuter de quelles célébrités seraient les prochaines à mourir.

— Je vais faire comme si je n'avais rien entendu, dis-je.

Je dois être en train de me ramollir. La faute au soleil de fin d'après-midi qui me réchauffe le dos.

— À notre âge, l'herbe et les plats à emporter sont les seules choses qui vaillent la peine de vivre. Et l'amour, évidemment, ajoute Renata en tapotant la main de sa sœur. Ah, *je suis très romantique*[1]…, Teddy. Fais-moi un compliment.

— Vous avez une jolie maison.

Il a raison. La véranda offre une vue charmante. Les pelouses parfaitement entretenues débouchent sur une haie de buis anglais. Au-delà on aperçoit une glycine et un abreuvoir à oiseaux.

Renata s'esclaffe.

— Réponse minable, moins un point. Si je n'avais pas un million d'années, je retournerais dans mon loft à Tribeca.

Je soupire intérieurement. Encore ce refrain !

Ses yeux se plissent dangereusement.

— Je voulais dire un compliment qui m'est destiné.

1. En français dans le texte.

Teddy relève le défi. Il plisse les yeux contre la lumière du soleil, soulève sa batte.

— Vous êtes…, commence-t-il avec emphase et une sincérité absolue, la personne la mieux habillée que j'ai jamais rencontrée.

La foule bondit. On met nos mains en visière. La balle quitte le terrain et enfonce le pare-brise d'un bus, deux banlieues plus loin.

Renata baisse les yeux vers elle.

— Oh. Tu veux dire cette tenue ?

Sourire aux lèvres, elle caresse sa cuisse maigre comme un clou, comme si c'était un animal de compagnie bien aimé.

— Ce vieux pantalon palazzo de la collection croisière de Dior de 2016 ? Cette blouse Balenciaga vintage ? Il est doué. Dix points, lance-t-elle à Aggie, qui commence à piquer du nez dans la véranda ensoleillée.

Il ne fait pas le fier pour autant mais reste au contraire concentré sur l'entretien.

— En quoi consiste le boulot ?

— Tu conduis ? interroge Renata. C'est tout ce qui m'importe. Une fois, un garçon nous a dit qu'il ne conduisait pas à cause de l'empreinte carbone. Il s'est retrouvé avec l'empreinte de mon pied sur le cul.

Teddy sourit. Il a un sourire ravissant.

— Je conduis une moto. Mais j'adorerais faire un tour dans votre Rolls-Royce.

Aggie se réveille de sa sieste au soleil.

— Dites-nous-en plus sur vous.

Au même moment, Renata demande :

— Tu mesures combien ?

Pourquoi les femmes âgées sont-elles obsédées par la taille des jeunes hommes ?

— J'ai vingt-sept ans. Je mesure un mètre quatre-vingt-quinze. Comme je l'ai dit, je suis tatoueur mais j'ai également été chauffeur-livreur.

Aggie le contemple d'un air pensif.

— Pourquoi ne travaillez-vous pas dans votre domaine de prédilection ?

— J'essaierai peut-être de travailler en freelance. Le soir, pour ne pas interférer avec mes heures de boulot.

— On est très exigeantes, intervient Renata. Je te veux à notre entière disposition pour faire nos commissions ou nous emmener en balade. Il y a beaucoup de vêtements à emmener au pressing et à récupérer. C'est un job facile, je ne comprends pas pourquoi les jeunes démissionnent toujours. Ramène-nous des fleurs. De la pizza. Réserve-nous des tables au restaurant. Hmmm, quoi d'autre ?

Renata regarde vers moi.

— Entretien de la maison et bricolage, ménage, lessive, compliments spontanés.

C'est un rôle très complet qui demande de ravaler sa rage et sa fierté.

— Courir chercher des snacks et les aider à commander des articles en ligne.

— Je sais un peu cuisiner, nous dit Teddy.

Il n'arrête pas de regarder dans ma direction. S'attend-il à ce que je pose des questions ? S'attend-il à ce que je fasse bouclier ? Cachant ma page de la main, je m'appuie sur le bord de la table et écris :

Tatoueur ; chauffeur-livreur

27 ans, 1 m 95 ; crinière de rêve

Sait cuisiner ; fait des compliments sincères

Je compte également les points alloués et retirés. Pas étonnant que Mélanie ait pris des notes à la réunion. Je suis du genre à tout noter et faire des listes pour un rien. Elle pensait bien faire. Ajouter *rigoureuse* au profil que je mettrai sur le site de rencontres.

Retenant un bâillement, je passe la main dans mes cheveux pour vérifier qu'aucune mèche ne s'échappe puis je me pince les lèvres pour étaler mon baume à lèvres. Pourquoi est-ce que tout est silencieux tout à coup ? Je lève les yeux. Les sœurs Parloni regardent Teddy qui est lui-même en train de me regarder.

Aggie sourit.

— N'est-elle pas ravissante assise dans ce rayon de soleil ?

Teddy tourne la tête brusquement. Tiens tiens. C'est donc cela que l'on ressent quand on se fait mater. Ça donne un sacré coup de fouet. Je dirais même plus, c'est électrisant.

— Méfiez-vous de l'eau qui dort. Tu sais ce que cette expression signifie ? interroge Renata.

— Je le sais maintenant, répond Teddy, une fois encore avec sincérité.

Alors que l'embarras commence à me chauffer les joues, Aggie reprend :

— J'en conclus donc que ce boulot sera un tremplin avant de retourner aux tatouages ?

C'est la sainte patronne des changements de sujet. J'allumerai une bougie en son honneur ce soir.

— Un de mes amis ouvre un deuxième salon de tatouage à Fairchild et je veux devenir copropriétaire. Je gérerai cette antenne-là. Mais j'ai besoin de l'argent d'ici à Noël, ou il vendra les parts à quelqu'un d'autre.

Ses yeux reviennent sur moi par réflexe.

— Du moins, c'est le plan, ajoute-t-il avec humilité.

Je sais que son père semblait douter de la sincérité de son engagement dans la poursuite de son projet, mais voyons les choses en face. Voici une personne qui pourrait vendre de la glace en pleine tempête de neige. S'il faisait des efforts en plus de se servir de son charme, il pourrait obtenir tout ce qu'il désire. J'interviens avant que Renata, qui aime se moquer des rêves et des aspirations d'autrui, puisse le mettre en boîte :

— Bien sûr que vous y arriverez, Teddy.

Ma foi en lui le surprend.

— Je n'ai jamais été à Fairchild. C'est loin ? interroge Aggie.

On essaye déjà toutes de calculer s'il sera parti pour toujours.

Il confirme que c'est le cas.

— À cinq heures d'ici. C'est une ville très charmante. Un peu comme ici, en fait. Mais le plus intéressant, c'est qu'il n'y a pas de salon de tatouage là-bas. J'ai fait des recherches pour établir la viabilité du projet. Il y a un campus universitaire et une base d'entraînement militaire, mais le salon de tatouage le plus proche est à plusieurs heures de route.

On dirait qu'il est beaucoup plus investi dans ce projet qu'il l'a laissé entendre. Ma perception de lui change légèrement.

— Pourquoi ne demandes-tu pas simplement à ton papa d'allonger l'argent ? s'enquit Renata d'un ton mielleux.

Je me posais la même question.

— Demande une avance sur héritage. Encaisse, fiston.

— Je suis quasiment certain qu'il n'y a pas d'héritage.

— Tu es le seul fils ? interroge Renata.

Teddy hoche la tête, visiblement très mal à l'aise. Alors que je m'apprête à intervenir, Renata continue.

— Alors tu finiras bien par toucher le jackpot.

— J'ai quatre sœurs avant moi, dans la file. De toute façon, je refuse de demander à mon père de m'aider.

— Donc, Teddy aura son studio de tatouage. Et toi, Ruthie ? As-tu un objectif ? lance Aggie de cette façon douce et patiente qu'ont les adultes pour demander aux enfants de maternelle ce qu'ils feront quand ils seront grands.

Enfant, j'avais confectionné une tenue de vétérinaire à partir de vieilles chemises blanches de mon père. Mon patient était un chat roux tigré en peluche qui n'avait plus de poil sur les pattes avant tant je les lui avais bandées. Aggie ne fait rien de plus que se montrer polie, ce n'est pas moi qui passe un entretien, mais j'ai quand même envie de répondre.

— Dans l'idéal, j'aimerais…

Je suis sur le point de parler du départ en retraite de Sylvia et de mes aspirations, plus raisonnables, à la remplacer comme responsable administrative, quand Renata me coupe :

— Maintenant, place à la partie pratique de ton entretien.

Par réflexe, Teddy regarde dans ma direction.

— OK, dit-il.

— Tu es tout seul, aboie Renata. Aucun indice, aucune piste. Voilà pourquoi les hommes m'ont toujours mise hors de moi. Ils comptent sur des femmes compétentes pour pallier leurs faiblesses.

Je l'ai rarement vue aussi énervée.

— Au début de nos carrières, les hommes nous surchargeaient de travail comme si on était des ânes. Plus jamais ça. C'est toi l'âne maintenant.

— Bien sûr. Pardon, bredouille-t-il, contrit. Hi-han.

— Voilà trois cents dollars. Va m'acheter un chemisier blanc. Voyons à quel point tu es intelligent, petit âne. Tu as une heure, à partir de… maintenant !

Elle flanque l'argent sur la table.

— Ruthie, soixante minutes, s'il te plaît.

— Elle n'a pas fait ce challenge depuis longtemps, me glisse Aggie.

Je me dirige vers le four et lance la minuterie. L'après-midi est déjà si avancé qu'il a peu de chances d'y arriver. Panique et excitation s'élèvent en moi.

Si Teddy est surpris par ce défi, il le cache bien.

— J'ai le droit de demander quel genre de chemisier ?

Il jette un œil à la minuterie et lance le chronomètre sur son portable.

Aggie secoue la tête.

— Bien essayé, jeune homme, mais c'est non.

Une lueur de profond amusement anime son regard. Aggie cache bien son jeu. Je crois qu'au fond elle aime tout autant jouer les marionnettistes que sa sœur.

— Fais de ton mieux, ajoute-t-elle.

Teddy passe en revue les pelouses parfaitement entretenues. Techniquement, son père possède tout ce qui se trouve à l'extérieur de cette fenêtre. C'est une tâche dégradante pour quelqu'un dont le nom de famille est Prescott. Il va lui dire d'aller se faire voir. Il cherchera un autre boulot.

— Facile, répond-il.

Il s'éloigne au pas de course. Renata pousse un cri d'euphorie. On se sourit toutes les trois d'un air ravi. C'est jouissif de faire courir un jeune homme comme si sa vie en dépendait. Je comprends alors que peu importe ce que Teddy ramènera, le job sera pour lui.

6

À voir les cardigans en laine que je porte la journée, on ne devinerait pas que j'adore me promener nue dans mon appartement.

Chaque soir je ferme les rideaux, retire mes vêtements et je me promène toute nue dans mon cottage pendant quelques minutes avant de prendre mon bain. Cette envie n'est pas née d'une pulsion bizarre. Six mois après avoir emménagé, j'ai dû sortir nue dans le salon pour chercher une serviette dans le panier à linge. C'est à ce moment-là que j'ai réalisé que j'avais désormais mon propre toit et que je pouvais faire ce que bon me semblait. Aujourd'hui, je suis accro à cette sensation d'air partout sur moi. Mais tant que Teddy traînera dans les parages, je garderai mes vêtements sur le dos.

La vie est incroyable. Vous pouvez vous réveiller, suivre votre train-train habituel, aller au lit et découvrir le lendemain que votre vie a changé.

Après qu'un incendie se fut déclaré dans la cuisine au milieu des années 1980, ce large cottage a été converti en deux cottages distincts, séparés d'un mur en plein milieu. J'entends mon nouveau voisin qui se déplace dans son nouvel appartement. Il éternue, claque une porte de placard, pousse un juron, fait semblant de pleurnicher.

Je suis déterminée à m'en tenir à ma routine. Je ferai ce que je fais chaque soir, seulement, cette fois, avec des papillons dans le ventre. Je préchauffe le four. Je fais couler mon bain, y verse une goutte de bain moussant, allume la rangée de bougies sur la margelle et relâche mes cheveux emprisonnés dans un chignon.

Le mail que j'ai envoyé à Sylvia m'a épuisée. J'ai mis un temps fou à trouver la bonne intonation : *Bonjour, comment vas-tu ?* mélangé à *Ne panique pas mais* avec un zeste de *J'ai un mauvais pressentiment.* Ce mail de trois paragraphes m'a demandé presque une heure de rédaction et de tergiversations. Je n'ai jamais eu autant besoin de prendre un bain. Alors que je pose une main sur le bouton du haut de mon chemisier, on frappe à l'entrée.

— Pardon de te déranger, s'excuse Teddy quand j'ouvre la porte.

J'ai toujours la main posée sur le bouton de mon chemisier. Il est clair que j'étais sur le point de me déshabiller. L'espace d'un instant, la panique m'envahit. Je ne le connais pas et dans cette faible luminosité il a des allures de vampire, avec des dents aiguisées et une lueur intéressée dans le regard.

Déchiffrant mon expression, il recule et tourne la tête pour partir.

— Je reviendrai plus tard.

— Non, c'est bon. Tout va bien ?

Je reboutonne mon chemisier jusqu'en haut. Mode carapace activé.

— Où se trouve le chauffe-eau ?

— On en partage un. Pardon, j'ai oublié de te le dire.

Je retourne à l'intérieur. Il ne me suit pas. Je me rappelle alors que les vampires ne peuvent pas entrer tant qu'ils n'ont pas été invités.

— Euh, entre.

Il entre et regarde lentement autour de lui.

— J'adore ton papier peint. C'est une repro Morris, non ?

Il ne plaisantait pas quand il disait que l'art l'intéressait.

— Oui, le motif s'appelle Blackthorne. Je l'ai posé moi-même.

J'ai acheté un rouleau par salaire pendant un an. Sylvia s'est moquée de moi. Elle trouve cela absurde de décorer un appartement qui ne m'appartient pas. Je me suis confinée dans cette sombre forêt en fleurs et je suis contente de l'avoir fait. Surtout là, tout de suite.

Teddy sort son téléphone et commence à prendre mon mur en photo.

— Ça me rappelle la page de garde d'un livre de conte de fées.

Il caresse le mur. Je jurerais sentir sa paume glisser sur mon dos.

— Tu as fait de l'excellent travail, Ruthie. Le motif est si bien aligné.

Sa main tatouée GIVE glisse sur une des bordures. Des parties oubliées de mon corps se réveillent et se contractent en réponse.

Mon papier peint se fait plus peloter que moi.

— Merci. Tu aimes ça, les fleurs ?

— Les mecs au salon se foutent de ma gueule, mais j'ai une vraie passion pour les fleurs. J'adore en tatouer sur les clients.

Il pousse un soupir théâtral et frissonne.

— J'ai envie de me plaquer contre ton mur.

Je me demande quel effet ça fait de dire toutes les pensées qui vous passent par la tête, si farfelues soient-elles.

— Faut pas te gêner.

À peine les mots sont-ils sortis de ma bouche que je ressens une pointe de frustration. Je pourrais vraiment faire mieux niveau repartie.

À tort, il pense que c'était une façon de le remballer.

— Pardon. Je te dis toujours les pires conneries.

Il se dirige vers mon armoire à linge.

— Je savais que tu aurais une étiqueteuse. Alors, qu'est-ce que je suis censé trouver ici ? Je ne vois rien.

— Le chauffe-eau.

— Où ?

Le vieux chauffe-eau en métal prend la moitié de l'espace et il est plus grand que moi. Je lève la tête pour savoir s'il ne l'a vraiment pas vu.

— Oh ! le voilà ! s'exclame-t-il, une lueur amusée dans le regard. Ruthie, pourquoi ne l'as-tu pas étiqueté ?

Hahaha. Très drôle.

— Il y a un gros levier à l'arrière. Je vais le…

Je n'ai pas fini ma phrase qu'il s'est déjà agenouillé et a passé la main derrière l'appareil.

— Voilà.

— Oh. Ce n'était pas trop difficile ?

Il se relève et s'essuie la main sur le genou.

— Nah.

Avoir des biceps et des mains puissantes doit être bien pratique.

— Maintenant, tu peux prendre un bain chaud, lui dis-je.

— Un bain, répète-t-il.

Il tourne la tête vers ma salle de bains où le robinet déverse des litres d'eau. Quelle suggestion idiote. Les hommes prennent-ils des bains ?

— Je n'y ai jamais pensé, répond-il finalement. Pourquoi pas.

J'entre dans la salle de bains et ferme le robinet.

— J'essaierai de te laisser de l'eau.

— Ne change pas ta routine pour moi.

C'est drôle, c'était justement ce que j'étais en train de me dire avant qu'il débarque et l'interrompe. Il s'appuie contre l'encadrement de la porte de la salle de bains et se frotte le visage.

— Je tuerais pour avoir une routine.

— J'en conclus que ta vie a été plutôt déstructurée ces derniers temps.

— Déstructurée. C'est une façon élégante de la décrire.

Il hésite. Il a visiblement envie de me faire une confidence.

— Quand tu étais enfant, allais-tu te coucher à la même heure tous les soirs ? Tes parents étaient-ils stricts ?

Je hoche la tête.

— Je veux une étiqueteuse, mais je pense qu'il est trop tard pour moi.

— Il n'est pas trop tard.

J'ai envie que son sourire revienne. Je reprends :

— Je peux te donner une heure de coucher si tu veux.

Ses yeux se posent brièvement sur moi puis il regarde alentour, cataloguant la pièce. Avant de revenir à moi.

Est-ce qu'il trouve étrange de me voir en dehors du bureau ?

Alors que la lueur des bougies se reflète dans ses yeux, ses cheveux foncés encadrant son visage, d'anciennes illustrations du diable me viennent à l'esprit. Que diraient mes parents s'ils savaient que je me trouve dans la même pièce que cet homme ? Ils prieraient, probablement.

Je devrais me sentir effrayée et en danger. Mais il n'en est rien.

— Donc tu as décroché le boulot pour les Parloni.

— Ouaip.

— Quel chemisier as-tu acheté ?

— Je suis allé à la friperie sur Martin Street, j'ai trouvé un chemisier vintage. Je pense que c'était un chemisier pour enfant mais il semblait être à sa taille. Il était de couleur crème alors je ne savais pas si elle l'accepterait. J'ai eu envie de t'appeler pour tricher.

Il sourit. Les bougies s'embrasent.

— Je peux avoir ton numéro ? demande-t-il d'une voix suave.

Hors de question. C'est une erreur de débutant de donner son numéro à un assistant Parloni.

— C'est mon magasin préféré. Qui travaillait ? Un mec dans la vingtaine ?

La déception lui fait baisser le sourcil.

— Ouais. Est-ce qu'il a ton numéro ?

— C'est Kurt. Non, il n'a pas mon numéro. Il met de côté des articles à ma taille pour me faire plaisir, mais généralement il est à côté de la plaque. Il choisit des jupes vraiment courtes.

Je préfère les jupes qui arrivent aux chevilles.

— Tu m'étonnes.

Les yeux de Teddy s'embrasent. Il continue de passer en revue la salle de bains. Son inspection terminée, il me dévisage longuement.

— Tes cheveux sont vraiment jolis, me complimente-t-il.

Par réflexe, je les touche.

— J'allais faire un soin à la kératine, dis-je. Disons que je me sens inspirée.

Mon compliment subtil lui échappe.

— Ah, les femmes… Tout cet entretien, je ne sais pas comment vous faites. Tu sais que tu n'es pas obligée de faire tous ces trucs.

Il se passe une main dans les cheveux.

Je désigne ses tatouages.

— Je parie que tu consacres plus de temps à tes tatouages que moi à mes traitements capillaires.

Il hausse une épaule.

— Comment s'en sont sortis les autres dans le Challenge du Chemisier blanc ?

La pièce devient trop chaude. Chaque inspiration est emplie de vapeur et de senteur. Je m'embue tel un miroir.

— Certains ont perdu du temps en allant chez Chanel ou Gucci.

Je me faufile devant lui dans le couloir, remarquant au passage qu'il sent le thé glacé. Comme c'est appétissant. Alors que j'essaie de mettre de l'espace entre nous, il me suit.

— Aller chez Gucci est une perte de temps ?

— C'est un piège. Tu ne trouveras jamais là-bas un chemisier pour trois cents dollars. C'est une erreur qui a poussé certains de tes prédécesseurs au bord du gouffre.

J'allume les lampes du salon.

— Certains sont allés chez Target. Certains ont pris les trois cents dollars et ne sont jamais revenus. Cela m'embête de l'admettre mais tu t'en es bien sorti. J'aurais choisi un chemisier vintage, moi aussi.

— Non, je me suis planté. Elle l'a carrément détesté. Ma première tâche demain matin est de l'enterrer dans le jardin, je cite, « à au moins un mètre de profondeur ». Je pense qu'elle est sérieuse.

— Je te confirme qu'elle l'est.

— En dépit de cet échec, elle a apprécié ma façon de penser, et que je lui ramène deux cent quatre-vingt-dix-huit dollars.

Posté à l'entrée de ma chambre, il pose les mains sur ses hanches.

— Ne t'occupe pas de moi, je suis une personne très curieuse. La chambre de Ruthie Midona.

(Ces paroles sont prononcées avec un émerveillement qu'elle ne mérite absolument pas.)

S'il entre ne serait-ce que d'un seul orteil, je l'attrape par la peau du cou et je le jette dehors.

— Tu ne devrais pas regarder sans y avoir été invité. Et si ma chambre était... en désordre ?

— Tsss. Je sais que tu es une personne très ordonnée. J'adore jeter un œil dans les chambres des femmes. J'y apprends beaucoup.

— J'en suis sûre, ouais.

Il éclate de rire.

— Allez, vas-y. Dis-moi combien je suis ennuyeuse.

Provoquer les futures moqueries est une technique de défense.

— Tu es fascinante, répond-il avec sincérité.

Je ne dois pas me laisser attendrir. C'est un charmeur, voilà tout.

— Tu sembles toujours si inquiète. Détends-toi sinon tu auras des rides. Tout va bien.

Je sais qu'il a une raison de traîner ici et que ce n'est pas du tout parce qu'il me trouve intéressante. Si on était au lycée, je soupçonnerais qu'il a un devoir à rendre demain et qu'il a oublié de le faire. Poignarde-moi vite le cœur qu'on en finisse.

— Regarde ces paniers au-dessus de l'armoire. Ils sont tous étiquetés. Avec mon étiqueteuse.

Il frissonne comme si quelqu'un avait marché sur sa tombe.

— Sexy.

— Oh ! très.

J'ai toujours considéré ma chambre comme mignonne et douillette, mais elle doit lui sembler très enfantine. Mes yeux tombent sur mon lit. L'embarras me brûle aussitôt la nuque.

— Yo, mec, lance-t-il au vieil ours en peluche posé sur mon lit. Je suis Teddy. Et tu es ?

Son regard dévie sur moi. Son sourire me remue les entrailles.

— Pitié, pitié, pitié, dis-moi qu'il s'appelle Teddy[1], insiste-t-il.

Au prix d'un énorme effort pour ne pas me laisser troubler par sa voix et ses yeux, je réussis à mentir avec dignité :

— Il s'appelle Rupert.

— C'est ça, ouais. Alors, qui voit cette chambre ?

Etrange tournure de phrase.

— Qu'est-ce que tu veux dire ? Personne ne la voit à part moi. Et maintenant toi.

Le sourire aux lèvres, il se redresse et s'écarte du chambranle.

— Fiche le camp, Teddy. J'ai un bain à prendre.

Alors que je pense réussir à le faire sortir de chez moi, il agrippe l'encadrement de la porte. J'aperçois le tatouage sur ses articulations : TAKE. Ce rappel tombe à point nommé. Je suis sur le point de découvrir l'objet de sa visite.

— J'ai un petit problème, commence-t-il.

— Tu m'en parleras demain matin.

Je me mets à détacher chaque doigt. T, A, K…

— Je n'ai pas de drap. Ni de serviettes. Je n'ai que des vêtements. Même pas une savonnette, encore moins une bougie parfumée. J'ai besoin d'aide.

Je devrais peut-être me montrer charitable avec le fils du patron.

— Je suis sûre qu'il y a des affaires dans ton cottage. Allons voir.

Je le suis dans sa nouvelle maison et grimace. C'est froid, humide, à peine meublé. Je me sens mal pour lui.

— Voici le thermostat. Je ne suis pas sûre qu'il fonctionne.

— Ce cottage a le charme d'un abri antiatomique. Accepterais-tu d'être ma décoratrice d'intérieur ?

Teddy me donne un coup d'épaule amical et ajoute :

— J'ai un budget serré mais je sais que tu peux faire des miracles.

— Désolée, je ne prends pas de nouveaux clients.

1. En anglais, « ours en peluche » se dit « *teddy bear* ».

— Je préférerais de loin être là-bas (il désigne de la tête le mur qu'on partage), avec toi.

Mon cœur se décroche de ma cage thoracique et roule sur le sol. Alors que je m'apprête à me ruer pour essayer de le rattraper, il dit :

— Je plaisante, je plaisante. Je ne m'intéresse qu'à ta télévision.

Traduction : *Ne te fais pas de fausses idées, ringarde.*

J'ouvre l'armoire à linge.

— J'aurais pu jurer qu'il y avait une parure de draps là-dedans.

Il n'y a même pas de rouleau de papier toilette. Que les temps sont durs.

— Ruthie, murmure Teddy d'une voix suave et ô combien manipulatrice derrière moi.

Encore une fois, j'ai l'impression qu'il me caresse le dos alors qu'il n'a pas posé un seul doigt sur moi.

— Tu me donnes ton mot de passe wi-fi ?

— Dans tes rêves, Théodore.

Il faut que je me montre un peu cruelle avec ce matou ou il miaulera à ma porte toute la nuit.

— Va au supermarché. Il est encore ouvert.

Il me lance un sourire ravageur qui augmente d'intensité à mesure que je le regarde.

— Tu fais quoi, là ? je lui demande.

Il cligne des yeux. Le champ de force diminue.

— Quoi ?

— Tu essaies de me charmer.

Gêné, il détourne aussitôt le regard. Je jubile intérieurement.

— Tes pouvoirs magiques marchent probablement sur de nombreuses nanas mais ils ne marcheront pas sur moi.

J'espère que j'ai raison. Je retourne dans mon cottage, mais il se faufile derrière moi avant que j'aie le temps de fermer la porte.

— Il fait si bon chez toi.

Il se frotte les mains comme s'il sortait d'un blizzard. À voir ses joues roses, on y croirait presque.

— Je ne resterai pas longtemps.

Il s'installe sur mon canapé et feuillette le magazine de santé qui traîne sur ma table basse.

— Voyons voir. Candidose. Mon Dieu, qu'est-ce que c'est ? C'est quoi des levures ?

Un silence pesant s'abat tandis qu'il survole l'article.

— Comment les femmes supportent-elles tout ça ? demande-t-il, chagriné.

— Je ne prendrai pas de bain tant que tu seras là.

— Pourquoi pas ?

Il n'y a pas de verrou sur la porte de la salle de bains.

Il jette un œil vers le four, toujours en préchauffage. Il se demande comment se faire inviter à dîner. Il prend la télécommande de la télévision, se cale contre un coussin et soupire :

— Je suis au paradis.

— Je ne te connais pas.

— Moi, j'ai l'impression de te connaître depuis toujours, répond Teddy avec une sincérité telle que je dois faire un effort surhumain pour ne pas me laisser attendrir.

Mais pour citer Renata, *Je me suis entraînée pour ça.*

Quand il sera parti pour de bon, il ne me restera plus que mes souvenirs. Je me rappellerai combien ce moment était agréable. Les coups de foudre amicaux n'arrivent pas tous les jours. Tous ceux qui ont eu besoin de mon aide ont fini par disparaître sans un regard en arrière. Le canapé-lit dans le sous-sol de mes parents attend la prochaine âme en peine. Les résidents partent au ciel. Les assistants Parloni partent furieux. Le contrat de Mélanie prendra fin. Sylvia ne m'a pas envoyé de carte postale.

Le chagrin me serre la gorge.

— Dehors.

Teddy pousse un profond soupir.

— Dépêche-toi de prendre ton bain qu'on puisse apprendre à se connaître.

Comme si c'était une chose tout à fait normale à dire à votre nouvelle voisine, il sort – emportant mon magazine – et ferme la porte d'entrée derrière lui.

Me dévêtir alors qu'il est à côté est perturbant, mais je persévère. Je plonge dans mon bain et attends que la chaleur pénètre mes muscles et me détende. Sylvia m'enverra un mail furieux en réponse aux événements d'aujourd'hui mais je refuse d'y penser. Ici, elle ne peut pas m'atteindre. Je me dissous en un marshmallow rose, tout le stress que j'ai ressenti au cours de la journée disparaît…

— Ruthie.

Je me redresse d'un bond, faisant déborder la baignoire. Une bougie s'éteint. Je me couvre de mes bras, en haut et en bas, et tourne la tête pour vérifier qu'il n'est pas entré à mon insu.

— Quoi ?

Sa voix est limpide à travers le mur.

— Je me sens seul.

Je souris. Heureusement qu'il ne peut pas me voir. Autrement, il se sentirait encouragé.

— Laisse-moi tranquille, Teddy, je prends mon bain.

— Putain, ces murs sont fins. Il faut qu'on fasse un planning pour les chiottes. J'ai un problème médical. Je ne peux pas chier si une jolie fille est à côté.

J'entends la baignoire grincer de l'autre côté du mur.

La tête levée vers le plafond, j'éclate de rire.

— Oh mon Dieu.

Je blasphème si fort que Dieu va appeler mon père personnellement. *Révérend Midona ? C'est au sujet de votre fille.*

Attendez. Teddy a dit « jolie fille » ?

Il continue, un sourire dans la voix :

— Je suis assis dans ma baignoire vide, complètement habillé, alors ne va surtout pas t'imaginer des trucs cochons. Contrairement à toi je n'ai ni savon, ni bain moussant, ni serviette. Encore moins de soin pour cheveux au kérosène.

— Garde ton monologue pour toi.

Je souris moi aussi.

— Je suis sûre qu'il t'est déjà arrivé de te laver les cheveux avec du savon pour les mains, j'ajoute.

— Ça se voit tant que ça ? Je ne mérite pas ces cheveux magnifiques.

Il marque une longue pause. Attend-il un compliment ?

— Il faut que j'achète une brosse à dents.

Une autre pause. Celle-ci dure une éternité.

— Viens m'aider à en choisir une. Tu es ordonnée, je suis bordélique. Étiquette ma vie.

Ce n'est pas la première fois qu'une nouvelle recrue Parloni me demande mon aide. Je me rappelle alors que Jerry Prescott m'a demandé de nettoyer le cottage de Teddy. Mon sourire s'évapore.

— Ai-je été mise sur cette Terre dans le seul but d'aider les autres ?

— Je ne sais même pas quelle taille de draps acheter. J'ai envoyé une photo du matelas à ma sœur Daisy par texto mais je n'avais rien pour le mesurer.

Le mot mesurer me fait penser à des bananes et à des tubes de baume à lèvres.

— Et ?

Je me passe de l'eau sur le visage pour me rafraîchir les idées.

— Elle m'a dit de demander à un adulte.

Il éclate d'un rire affectueux.

— Est-ce que le délire du mec en détresse marche sur tout le monde ? je demande.

— Sur la plupart des gens, répond-il gaiement. Tu es déjà montée sur une moto ?

Il croit vraiment qu'on va continuer à discuter pendant que je prends mon bain ?

— Désolée mais j'ai fini ma journée.

La routine de ce soir continuera coûte que coûte. Le ping du four, les épisodes du jour de *Tombé du ciel* et un peu de surf sur le forum. Je ferai quelques étirements, écrirai dans mon journal intime et ensuite j'irai au lit avec mon adorable vieux Ted... je veux dire, Rupert. L'ours en peluche de mon enfance, Rupert.

— Il est tôt pour finir sa journée. Il est 18 h 30.

— À l'heure de Providence, la soirée est déjà bien entamée.

— Tu sais qu'il y a un monde en dehors de Providence, n'est-ce pas ? demande-t-il prudemment.

Il a touché un point sensible. Mon estomac se serre.

— Je n'ai pas à vous expliquer ma routine, Cher Inconnu.

Je prends une profonde inspiration et plonge entièrement sous l'eau, expirant bulle après bulle.

— On est voisins. On partage tout, dit-il lorsque je suis remontée à la surface.

J'attrape la savonnette sur le bord de la baignoire et la contemple tristement. Tout, vraiment ?

— Ça ne faisait pas partie du marché.

— Le marché ? Quel marché ?

— Hein ?

— Est-ce que mon père a dit un truc comme : Si tu arrives à convaincre mon petit ourson de s'intéresser aux affaires familiales, je te donnerai un bonus de dix mille dollars ?

Teddy fait une imitation convaincante de son père. Mais sa voix trahit sa nervosité. Je pense que ma réponse l'inquiète.

— J'aurais bien aimé.

J'asperge mes genoux et regarde les bulles de bain moussant glisser sur ma peau. De l'autre côté du mur, Teddy ne réagit pas.

— Je plaisante, dis-je. Il n'y a eu aucun pot-de-vin.

— Ma compagnie pétillante est une compensation plus que suffisante, acquiesce-t-il.

— Tu sais ce qui serait une compensation suffisante ? Les vingt dollars que tu me dois.

— Oh. Ça. Oui.

J'entends la baignoire qui grince. Soit il s'installe plus confortablement, soit il en sort.

— Je te paierai dès que j'aurai retrouvé mon portefeuille. Mon prochain bon samaritain prend son temps.

Comme cela doit être agréable d'avoir autant foi en l'univers.

— Tu as fait opposition à tes cartes ?

— Ruthie, je n'en ai plus depuis longtemps.

Il grogne quelque chose qui ressemble à *urggg-je-suis-dans-la-merde*.

— Tu as déjà atteint le plafond de ta carte bancaire, Fée du logis ? demande-t-il de sa voix rauque.

Quelle question grotesque.

— Je prends toutes les formes de paiement. Virement, PayPal, Venmo, Western Union. Lingot d'or. Pièces de monnaie.

Il ne répond pas, ne rit pas non plus.

— Ton père possède cet endroit mais tu n'as pas vingt dollars ?

— S'il te plaît, arrête de parler de mon père. Lui et moi sommes deux personnes différentes. Il a ses affaires. J'ai les miennes.

(On dirait vraiment que Teddy n'a rien du tout.)

Comme c'est étrange que ce soit le fils d'un homme riche qui me fasse apprécier mon petit confort, mon savon et mes serviettes.

— Pourquoi est-ce que tu ne travailles pas déjà dans ton studio de tatouage ? Que s'est-il passé ?

— Alistair m'a dit que je n'étais pas le bienvenu tant que je n'avais pas acheté mes parts en globalité. C'était un de ces ultimatums tout-ou-rien. Je ne l'avais jamais vu aussi furieux.

Il devient silencieux. Je sens son humeur changer à travers le mur.

Je remarque alors que mon eau est devenue froide. Il est temps de sortir du bain.

Ce qu'il a dit est vrai : on est le genre de voisins qui partagent tout maintenant. Je prends une décision.

— Tu es toujours là ?

— Hmm.

J'essaie de l'imaginer allongé dans la vieille baignoire poussiéreuse.

— Je vais te préparer à dîner. Et j'ai une brosse à dents neuve.

— Non, tu en as déjà assez fait pour moi. Bonne soirée, Fée du logis.

Quel genre de personne se fait tatouer TAKE sur la main, de toute façon ? Apparemment quelqu'un qui est parfaitement conscient que c'est ce qu'il fait.

Chaque fois que j'ai pris un bain, je suis restée allongée à écouter le clapotis de l'eau et le battement de mon propre cœur. Je suis de retour là où j'ai toujours été, à flotter, sans attaches, complètement seule.

7

Quand je quitte mon cottage le lendemain matin, je suis surprise de trouver Teddy avachi sur la petite table du jardin.

— Bonjour.

— 'lut, murmure-t-il d'une voix ensommeillée.

Il est en train de dessiner mais il ferme son carnet quand j'approche.

— Oh ! putain, marmonne-t-il, remarquant la tasse que je tiens.

— Du café, Théodore Prescott ?

Il cligne d'un œil vitreux sous ses cheveux ébouriffés.

— Je t'épouserais pour du café.

J'ai envie de retourner à l'intérieur chercher ma brosse à cheveux pour le coiffer. Mais je me dois de rester prudente. Attirer les femmes avec son plumage fait partie de sa stratégie.

— Aucune demande en mariage nécessaire. Tu le prends comment ?

— Noir et sucré.

À mon retour, il ferme une fois encore son carnet.

La façon dont il s'est replié sur lui-même hier soir m'a fait longuement réfléchir. Il est essentiel qu'à partir de maintenant Teddy ne reçoive plus rien sans l'avoir gagné au préalable.

— Je veux un dessin pour cette tasse de café. Pas de tasse gratos.

— Pas de problème.

Il tourne une nouvelle page.

— Qu'est-ce que tu veux ?

— Une tortue.

Je pose la tasse sur la table.

— Au fait.

Il pose le stylo sur la page et trace une longue courbe.

— J'ai fait quelque chose de terrible hier soir. J'essaie de trouver le courage de te l'avouer.

J'attends mais il reste silencieux.

— Tu as passé une bonne soirée ?

— Si ma-voisine-la-bonne-fée n'était pas intervenue, j'aurais passé ma soirée à pleurer. Merci infiniment.

— De rien.

Je dois faire un aveu : j'ai essayé de le laisser se débrouiller seul. Après mon bain, j'ai mangé mon poulet à la Kiev et ses petits légumes, fait la vaisselle et validé l'inscription de nouveaux membres sur le forum. J'ai fait ma ronde de nuit, lampe-torche à la main, guidée par la checklist que j'ai sur mon téléphone.

J'ai terminé, comme je le fais toujours, par l'extrémité ouest, où je me suis accrochée au grillage des deux mains, à l'affût d'un moteur de moto. J'avais probablement l'air d'une prisonnière.

Teddy n'était toujours pas rentré au moment de me brosser les dents. Je me suis sentie super coupable. J'aurais dû me montrer plus charitable envers le fils du patron. Comme le ferait une voisine-bonne-fée modèle, j'ai laissé sur la table du jardin les affaires suivantes :

- Une parure de draps (imprimé nuages)
- Une serviette et le tapis de bain assorti
- Un édredon
- Une brosse à dents (rouge)
- Un rouleau de papier toilette
- Mon deuxième oreiller (comme c'est gênant)

— Pour info, ton matelas est queen size. Passe une bonne journée avec les Parloni. Je suis sûre que tu t'en sortiras très bien.

Je me lève.

— Attends. Quelque chose d'horrible s'est passé hier soir quand je revenais du parking. J'ai tapé mais tu n'as pas répondu. Tu dormais ?

Il se passe une main dans les cheveux. Ils brillent d'un noir bleuté, telle une aile de corbeau. Légèrement diaboliques, absolument magnifiques. Avec un grognement, il sort une boîte de Kleenex déchirée de dessous la table. À l'intérieur se trouve une tortue qui n'a pas l'air en forme.

— J'ai marché dessus. Tu vas être obligée de remplir un formulaire.

— J'avais mes écouteurs.

Après avoir déposé les affaires pour lui dans le jardin, j'ai soudain eu peur qu'il interprète mon geste comme une marque d'affection. Je me suis mise au lit avec mon ordinateur portable et j'ai monté le volume de mon épisode *Tombé du ciel*. J'ai fait tellement d'efforts pour ne pas l'entendre rentrer que je n'ai rien entendu du tout.

— Je l'ai emmenée à la clinique vétérinaire de garde mais ils n'ont fait que la stabiliser avec des antidouleurs. Ils m'ont dit de trouver un vétérinaire spécialisé en reptiles.

Il pousse une feuille de laitue vers la gueule de la tortue, mais elle tourne la tête, guère intéressée.

— Le craquement sous ma chaussure… Je l'entends et le sens encore.

Je mettrais ma main à couper que jamais personne ne s'est senti aussi mal de marcher sur une tortue.

— Je suis désolée, Teddy.

Son visage se décompose.

— Non, rassure-toi, ce n'est pas dramatique au point d'appeler un prêtre. On peut la soigner.

Contente d'avoir une tâche à accomplir, je vais chercher mon kit et enfile mes gants. On sort la tortue blessée de la boîte. Elle est petite, de la taille d'un paquet de cartes.

— Elle peut bouger toutes ses pattes, dis-je après l'avoir examinée. C'est bon signe.

— C'est ce qu'ils ont dit hier soir. Mais regarde ici.

Il indique la carapace fêlée.

— Ils ont mis un gel à l'intérieur pour éviter l'infection, mais ils n'avaient pas le matériel nécessaire pour réparer la carapace. Par chance, ma voisine s'y connaît en reptiles.

— Je sais quelques petites choses mais je ne suis pas une experte.

Je suis la fêlure, essayant de visualiser le dommage en me basant sur des radiographies que j'ai eu l'occasion de voir.

— La carapace doit être réparée avec de la résine. Il faudra peut-être du fil de fer pour cette section.

— Tu sais le faire ?

Je hoche la tête. Il est impressionné.

— Tu es vraiment faite pour être véto. C'est ça ton rêve ? Renata ne t'a pas laissée répondre hier à l'entretien.

Il se remet à dessiner. Une tortue prend vie sur la page. Il fait courir le stylo à la manière d'une aiguille de tatouage, traçant des courbes, donnant du relief.

Je réponds, la tête baissée vers la tortue :

— Enfant je rêvais de devenir vétérinaire. Mais plus maintenant. Je suis une baby-sitter, rien de plus. Ces p'tits êtres ont de la valeur sur le marché noir. C'est une des raisons pour lesquelles je vis à Providence.

— Ton installation ici fait très professionnelle.

— Je leur donne simplement un endroit où faire leur convalescence tranquillement.

Je me dirige vers les enclos que j'ai installés dans le jardin.

— Numéro 44 doit aller au zoo. On enverra celle-là aussi pour passer une radio. Ils pourront la soigner. Ils passent en ville régulièrement et ils ne nous font pas payer.

— J'aurais préféré le savoir avant de flirter avec la réceptionniste pour avoir une ristourne.

Le souvenir le fait sourire.

Je ressens un pincement au cœur, qui a le mérite d'y injecter un peu de résine. Je sais qu'il est charmeur, c'est dans sa nature. Je dois garder mon bouclier anti-Teddy activé.

— Tu as dû payer cher. Désolée de ne pas t'avoir entendu hier soir. Je n'ai pas l'habitude d'avoir quelqu'un dans les parages.

Il regarde sa minuscule victime, le sourcil froncé.

— Je savais que tu serais super déçue.

Quand il lève les yeux, il a le regard d'un enfant s'attendant à être grondé.

— Tu n'as jamais marché sur une tortue, je parie, ajoute-t-il.

— Je parcours ces allées dans le noir depuis des années. Je suis sûre que dorénavant tu seras prudent.

Je sors un rouge à lèvres rouge de mon kit.

— Celle-ci portera le numéro 50.

— Tu leur viens en aide et leur permets de récupérer. Jamais je ne me suis senti aussi proche d'une tortue de ma vie.

Il ramasse son stylo et écrit le nombre 50 sur le dos de sa main.

— Tu peux encore devenir vétérinaire, il n'est pas trop tard.

Je rougis.

— Je ne suis rien de plus qu'une assistante administrative. Les soins que je procure aux tortues, tout le monde peut les faire.

Je prends un nouveau formulaire et lui donne le clipboard.

— Tiens, remplis la feuille. Écris son ID sur sa carapace. Avant que tu poses la question, j'ai essayé l'étiqueteuse mais les étiquettes ne tiennent pas. Le rouge à lèvres longue tenue est parfait.

Il prend le rouge à lèvres et inscrit les initiales TJ sur la carapace.

— Teddy Junior. Où vas-tu la mettre ?

— Avec les autres.

Au moment de me redonner la créature et le formulaire, Teddy regarde ma main tendue d'un air inquiet. Il lève la tête et plisse les yeux vers le ciel, se demandant s'il va pleuvoir. Puis il jette un œil alentour. Ce n'est pas assez bien pour son petit prince.

Teddy se sentirait peut-être mieux s'il réglait cette situation lui-même. En plus, il a déjà investi dans cette créature.

— Si tu préfères, garde-la jusqu'à ce que le zoo vienne la chercher. Garde la boîte bien à plat, évite de la remuer.

On confectionne un lit de fortune dans la boîte.

Teddy consulte l'heure sur son portable et pousse un de ses bâillements de lion.

— Merde, je commence bientôt. Je ne me suis pas levé aussi tôt depuis des années.

Perplexe, je consulte ma montre. À ma grande surprise, il n'est que 8 heures du matin. Étant très en avance moi aussi, je m'autorise une pause et m'assois à côté de lui sur la chaise de métal froid. C'est la première fois que je m'assois dans le jardin pour profiter du soleil matinal.

— Je ne peux pas fonctionner à une heure si matinale. Est-ce que je dois m'attendre à un premier jour éprouvant ?

Il arrache la feuille de son carnet, gribouille ses initiales en bas dans le coin et me la tend avec décontraction.

— Voilà ton dessin.

Je suis époustouflée. Le dessin, réalisé en quelques minutes à peine avec un stylo-bille à 1 dollar, est incroyable. Je m'attendais à un cartoon mignon mais je possède maintenant une œuvre d'art. J'ai envie de l'encadrer.

Ses chevilles vont enfler mais je m'en moque.

— Teddy, ton dessin est extraordinaire.

Haussement d'épaule désinvolte.

— Ce café aussi.

Il commence à dessiner avec des mouvements souples et déliés sur une page neuve. Une silhouette de femme dans un long cardigan en laine prend forme. Elle a des formes au niveau de la poitrine et des hanches, une taille fine flatteuse et une jolie cambrure. Il voit des courbes quand il me regarde ?

— Où es-tu allé hier soir ?

— Au bowling. Memory Lanes a un truc dément au menu appelé frankenfries. De temps à autre, il me faut ma dose.

— C'est quoi des frankenfries ?

— Memory Lanes est une chaîne. Chaque restaurant a sa version. Ici ce sont des frites recouvertes de macaronis – et de fromage – il fait des couches avec ses mains, TAKE-GIVE-TAKE – sur lesquelles ils mettent de la sauce à la viande et une couche de chapelure avant d'enfourner le tout au gril. Avant de te servir, ils enfoncent une saucisse de Francfort à la manière d'une torpille. On dirait de la bouffe pour chien. On va là-bas presque tous les vendredis soir après la fermeture.

Il veut dire ses potes tatoués et lui.

— Il faut que je regarde s'il y en a un près du nouveau salon, dit-il d'un air absent en faisant défiler la galerie sur son portable.

Il me montre la photo d'une pile de nourriture répugnante. Ses amis sont penchés autour du plat, faisant mine de l'avoir vomi. Des durs à cuire avec des piercings et des nanas qui en imposent.

— Regarde.

Il utilise deux doigts pour zoomer.

— De la bouffe pour chien délicieuse.

Une des filles regarde l'appareil photo et le garçon déluré qui le tient. Le regard dans ses yeux est clair : il est super sexy.

— C'est répugnant !

Je pèse mes mots.

— Quand tu as besoin de manger pour compenser, c'est la seule chose qui marche.

— Tu devais avoir besoin de compenser un truc bien dégueulasse.

— Exactement. T'as tout compris.

Scratch, scratch.

— Voilà ma triste soirée. Je suis rentré tard, m'imaginant seul au monde. Puis j'ai trouvé les affaires que tu avais laissées pour moi et je me suis rappelé qu'il y a des gens bienveillants partout.

Vous avez peut-être remarqué que je ne lui ai laissé qu'une seule serviette.

— J'aurais probablement dû le préciser mais j'apprécierais si tu n'hébergeais personne à Providence. À la rigueur un ami peut te rendre visite dans la journée à condition d'émarger au secrétariat, mais il faudra que tu me préviennes chaque fois que tu inviteras quelqu'un. En cas d'urgence.

— Qui est-ce que j'inviterais dans un village pour seniors ?

N'invite aucune des femmes de la photo. J'ai percé un trou dans le mur de mon petit monde et il est juste assez grand pour toi. Ne me fais pas entendre le rire d'une femme à travers notre mur.

Ses yeux couleur écaille de tortue se posent sur mon visage.

— Ohhh, j'ai pigé. Pas avec nos murs fins. Je ne ferai rien qui puisse te traumatiser, rassure-toi.

Il retourne à son dessin.

Vexée d'être prise pour une gamine je me défends comme telle.

— Pfff, je ne serais pas traumatisée.

Quel mensonge éhonté. Je n'ai aucun mal à deviner ce que j'entendrais de l'autre côté du mur. Le matelas qui grince, la tête de lit qui tape en rythme contre le mur. Une fille qui gémit du plaisir intense procuré par ses caresses, ivre d'extase d'avoir toute son attention. J'imagine les cheveux de Teddy tombant en rideau autour du visage de la fille, formant une flaque de pétrole sur l'oreiller tandis qu'il se penche pour un baiser.

Que dirait une personne sans filtre comme Teddy dans un tel moment ? Jusqu'où se laisserait-il emporter, qu'est-ce qui attiserait son imagination ? Il saurait exactement comment manier son charme. Je pense qu'il doit rire beaucoup au lit.

Et tout cela se produirait sur mes draps imprimés nuage.

— Bon, d'accord, je serais peut-être un peu traumatisée.

J'ai sorti ça sur le ton de la plaisanterie mais il y a un fond de vérité.

Je ferme la bouche pour contenir la pression qui enfle en moi.

Aucune nana ne s'enverra en l'air ici avec Teddy ou je jure que je ne réponds plus de rien…

— Mélanie m'a dit que tu allais t'inscrire sur un site de rencontres, alors j'espère que tu me feras la même courtoisie, dit-il sans lever la tête, les yeux rivés sur les boutons du cardigan qu'il dessine. Un rien me traumatise, moi aussi.

— Je doute que ça aille jusque-là.

— Ah bon, pourquoi ?

Je désigne ma silhouette du pouce.

— Tu n'arrives pas à… enlever ton cardigan ? essaie-t-il de deviner. Il y a un autre cardigan sous ce cardigan, des centaines comme une boîte de mouchoirs ? C'est un cardigan de chasteté ? Un cardigan magique ?

Sur la page, il parsème quelques étincelles bleues et noires autour des épaules et de l'ourlet.

Ses taquineries ne me piquent pas autant que je m'y attendais. Je dois être en train de m'habituer à lui. Je sors mon muffin de mon sac et le coupe en deux. Il est presque accueilli par des larmes de joie. Tandis qu'on déguste, je songe au mur extra-fin qui sépare nos cottages.

— Ce soir, quand je serai au lit…

Son attitude change aussitôt. Ses bâillements ensommeillés laissent place à des yeux plissés et pétillants. Je poursuis :

— Et quand tu seras au lit toi aussi (la flamme dans ses yeux s'intensifie) on devrait dire quelque chose à voix haute. Juste pour voir si l'autre peut entendre. Pas pour une raison tordue…

— Je kiffe les trucs tordus.

Il consulte l'heure sur son portable. Son écran de déverrouillage est la photo d'un signe néon : ALWAYS AND FOREVER. Il éteint l'écran et me tend sa tasse vide.

— Merci beaucoup. Je ferais mieux d'y aller.

— Passe une bonne journée.

Je me sens un peu coupable car je sais quel genre de premiers jours les Parloni réservent à leurs assistants.

— Je passerai peut-être plus tard, si j'ai une pause déjeuner.

Il regroupe ses affaires et expire un grand coup. Il est nerveux. Son instinct de survie s'éveille.

— Un dernier conseil pour moi ? demande-t-il avec la voix veloutée qu'il a probablement utilisée avec la réceptionniste de la clinique vétérinaire hier soir.

— Les Parloni font généralement une sieste. Si tu tiens jusque-là, viens déjeuner avec nous au secrétariat.

Il éclate de rire. Il pense que c'était une blague.

— Si je tiens jusque-là ? Bien sûr que je tiendrai jusque-là. Je serai d'autant plus motivé si je sais qu'on déjeune ensemble. J'ai hâte.

Je suis presque arrivée au secrétariat lorsque je réalise que j'ai hâte, moi aussi. Oh-oh, je suis dans de beaux draps…

8

Toute la matinée j'essaie de deviner à quelle heure les sœurs Parloni feront leur sieste. Peut-être que tourmenter Teddy lors de son premier jour de boulot leur a donné un regain d'énergie et qu'il ne viendra pas nous voir du tout. J'essaie de me convaincre que la paix et le calme sont les bienvenus.

Mme Petersham a appelé le secrétariat dans la matinée et nous a demandé d'aller lui acheter des magazines.

— C'est dans mes cordes, m'a assuré Mélanie, attrapant une poignée de pièces. Choisir des magazines est un savoir-faire que j'aurais dû mettre sur mon CV. Je reviens.

À quelle heure ?

J'en profite pour avancer sur ma liste de choses à faire. Je me rends sur la page d'accueil du site de PDC. Deux clics suffisent pour trouver le nouveau *site manager* de Providence. Rose Prescott, Associée junior au management est une blonde aux yeux bleus au regard implacable. Elle serait choisie en premier pour les sports d'équipe à l'école. Elle vous enverrait un palet de hockey dans la tête. Il n'y a absolument aucune similarité avec Teddy, de sa carnation à son expression déterminée.

— Teddy sourirait pour de vrai, lui, dis-je à voix haute dans le bureau désert.

Le photographe aurait un mal fou à prendre une photo de lui où il ne serait pas en train de rire, cligner, bâiller ou bouger. J'adorerais voir sa photo de carte d'identité, juste par curiosité. J'imprime le profil de Rose et l'ajoute à mon dossier PDC.

L'heure est venue de m'attaquer à la tâche suivante sur ma liste, celle que je n'arrête pas de remettre à plus tard.

Papa répond à la seconde sonnerie.

— Révérend Midona.

Y'a pas à dire : si Dieu l'appelle, papa ne pourra pas être accusé de ne pas prendre son travail au sérieux.

— Bonjour, c'est Ruthie.

Il appuie le téléphone contre sa poitrine et appelle :

— Abigail ! Abigail !

De longues secondes s'écoulent pendant que je reste là à attendre.

— Elle arrive, elle était dans le jardin.

Sentant qu'il va reposer le combiné, je demande précipitamment :

— Comment vas-tu ?

Et une coche dans la colonne fille dévouée.

— Ça va, je suis très occupé.

— J'espère que tu n'as pas attrapé cette grippe qui traîne.

Je viens de l'inventer. Je n'ai aucune idée des germes qui circulent dans son église, mais à ambiance désespérée, sujet de conversation désespéré.

— Je n'ai pas la grippe, répond papa.

On attend, téléphone à l'oreille.

Je romps le silence à nouveau :

— Est-ce que maman t'a dit que je remplaçais Sylvia comme manager pendant qu'elle est en croisière ?

Dès que j'entends le ton fanfaron dans ma voix, je réalise mon erreur. Ça me rappelle les fois où j'ai essayé d'être drôle, avant de réaliser trop tard que c'est moi qui allais être mise en boîte.

Il ne me loupe pas :

— J'espère que tu n'oublies pas de fermer le bureau à clé. Voilà ta mère.

— D'accord, bye.

J'écarte le combiné et expire profondément. Je me mets à trembler ; mes yeux s'emplissent de larmes. Je me montre prudente, désormais.

J'ouvre mon appli pour m'assurer que j'ai correctement suivi ma routine hier soir. Un élément – la porte de la salle de loisirs – n'est pas coché. L'ai-je fermée à clé ? Je sais que j'y suis passée mais j'étais distraite. Je ferme les yeux et me visualise devant, la poignée de main froide sous ma paume. Mais mes oreilles guettaient la moto de Teddy.

Maman interrompt ma minicrise d'angoisse.

— Ma petite Ruthie Maree. J'étais justement en train de penser à toi. Comment vas-tu ?

Soudain j'ai une envie folle de raccrocher. Non seulement je ressens le besoin dévorant d'aller vérifier que la salle de loisirs est bien fermée à clé, mais appeler la maison me met toujours sens dessus dessous.

— Bien et toi ?

Aussitôt je culpabilise de me montrer aussi sèche, alors j'ajoute :

— Tu veux qu'on s'appelle en visio ?

On ne peut pas m'accuser de ne pas faire d'efforts.

— Ton père a disparu, remarque-t-elle, vaguement surprise. Je me demande où il est allé.

— Il est peut-être sorti par la fenêtre.

Puis il s'est laissé glisser le long de la gouttière. Il est parti au pas de course. Je ferme les yeux un instant et essaie de remettre de l'ordre dans les émotions qui m'assaillent. J'ai la sensation d'être repoussée puis serrée trop fort. C'est pour cette raison qu'appeler la maison est toujours une corvée.

— Quelle imagination.

Maman ne relève pas la tension entre moi et mon père. Pour autant que je sache, elle n'a rien remarqué.

Je réfléchis à un sujet de discussion.

— Comment va la jeune maman avec le bébé – comment s'appelait-elle déjà ? Vivent-ils toujours avec vous ?

Je ne compte plus le nombre d'inconnus à l'expression hantée qui ont mangé avec nous à la table de la cuisine et qui ont dormi dans notre sous-sol. Le canapé-lit est toujours prêt avec des draps propres et une serviette pliée au bout. Mon père prend son travail très au sérieux.

— Rachel et Olivia. Tu aurais adoré ce bébé, Ruthie. C'était une petite chose adorable. Elle ne pleurait pas du tout la nuit.

Baissant la voix, elle ajoute :

— La maison paraît bien vide maintenant.

— Quand sont-elles parties ?

— La semaine dernière. De façon plutôt soudaine. Mais Rachel nous a laissé un message vocal sur le répondeur de l'église.

C'est beaucoup plus que ce que font la plupart des gens. La plupart sont reconnaissants qu'on leur soit venu en aide mais, dès qu'ils sont remis sur pied, ils reprennent leur route. Je sais qu'il en a toujours été ainsi, mais cela blesse ma mère et me donne envie de pousser un cri indigné : *Quel manque de savoir-vivre !*

— Pfff, ça ne m'étonne pas.

— C'est bien qu'elle soit partie, me rappelle maman, choisissant d'ignorer mon amertume. Grâce à la générosité de notre congrégation, elles ont pu toutes les deux traverser le pays pour aller chez sa grand-mère. Je suis soulagée.

Jusqu'à ce que le suivant frappe à la porte en pleine nuit durant une pluie torrentielle. Maman a encore fait don d'elle-même. Je ne sais pas comment elle se ressource. Je doute qu'elle prenne des bains et qu'elle regarde des séries télévisées nostalgiques.

— Tout se passe bien à Providence ?

— Oui, c'est calme et tranquille, comme toujours.

À peine les mots sortis de ma bouche, j'aperçois Teddy qui descend le sentier menant au secrétariat.

— En fait, il y a eu quelques développements intéressants en l'absence de Sylvia.

Mes parents connaissent Sylvia depuis que je suis enfant. Ils l'ont rencontrée par le biais de l'église.

— Elle doit s'éclater, dit maman. Je passe chercher le courrier tous les jours. Tu te rappelles quand elle est allée à Tahiti ?

Maman a probablement encore cette carte d'une église tahitienne sur le frigo alors que son voyage à Tahiti date de plusieurs années.

Je clique sur Rafraîchir dans ma boîte mail.

— Je n'ai pas eu de ses nouvelles non plus et elle n'a pas répondu à mes mails professionnels. Elle a juré qu'elle consulterait sa messagerie tous les jours. L'Internet du paquebot est peut-être capricieux.

— Tu sais comment est Sylvia. Elle répondra quand elle pourra.

Je grimace. Je connais effectivement Sylvia.

— On a deux nouveaux employés. Ils ont mon âge. C'est amusant de les avoir ici.

J'écris sur un post-it VÉRIFIER LA SALLE DE LOISIRS et le colle sur le dos de ma main.

— Génial ! s'enthousiasme maman avec une excitation sincère. Tu vas te faire de nouveaux amis. Ça te fera le plus grand bien, Ruthie Maree.

— L'un d'eux est mon voisin. Il a mon âge, il est super gentil.

— Un garçon.

Elle est perplexe. Elle me voit encore comme si j'avais quinze ans, pas vingt-cinq ans.

— Oh ! je ne sais pas quoi en penser, Ruthie, ajoute-t-elle.

— Tout va bien. C'est le fils du propriétaire.

— Tant que ce garçon n'entre pas chez toi, murmure maman lentement, pesant le pour et le contre. Alors je suppose qu'il n'y a pas de mal.

J'imagine Teddy appuyé dans l'encadrement de la porte de ma chambre, le sourire aux lèvres. Il se roulerait en boule au bout de mon lit si je le laissais faire. Papa est déjà tellement déçu. Si je la déçois elle aussi, qui me restera-t-il ?

— Non, bien sûr que non, maman, ce n'est qu'un employé. Ce n'est pas mon ami.

Quand je lève les yeux, Teddy se tient dans l'entrée. La main sur la poitrine, il prétend avoir été poignardé en plein cœur.

— Tu te montres prudente, hein, ma chérie ? Tu fermes bien la porte à clé le soir ?

— C'était il y a longtemps, lui dis-je.

Je ne sais pas ce qui est pire, sa question gênée ou le sarcasme dans la voix de papa. Parfois je rêve que j'actionne une poignée de porte, encore et encore.

— Désolée de devoir raccrocher, mais le... type de la maintenance vient d'arriver. Je peux te rappeler ce soir ?

— Je fais ma tournée ce soir, petite étourdie.

Depuis que je suis enfant, elle fait le tour des restaurants et des supermarchés dans son van pour récupérer des repas qu'elle distribue ensuite.

— Mais on s'appelle demain matin. Je veux entendre toutes les dernières nouvelles.

On raccroche sans qu'elle sache que mon existence est vide et que c'était là l'étendue des dernières nouvelles.

Teddy s'assied en face de moi. Il décolle le post-it du dos de ma main et le colle sur sa poitrine.

— Salut, marmonne-t-il, fermant les yeux. Je suis ton ami, que tu le veuilles ou non.

Je commence à reculer mon fauteuil pour me lever.

— S'il te plaît, reste, supplie-t-il.

Il est ébouriffé et fatigué. Je dois l'admettre : c'est quelqu'un que j'ai envie de regarder. Je profite qu'il ait les yeux fermés pour me rincer l'œil. Son T-shirt bleu marine moule son torse. Je découvre sur son biceps des tatouages que je n'avais pas eu l'occasion de voir : un poisson rouge, un cygne, un bocal contenant un cœur humain. Il bouge le bras ; quelques tatouages bonus apparaissent. Un escarpin, une dague, une plume noire. Lorsqu'il écarte le bras de son corps et tourne son poignet vers moi, je réalise que ses yeux sont ouverts et qu'il fait exprès de s'exposer à moi.

Je vire au rouge tomate.

— Désolée, c'était plus fort que moi. Alors, qu'est-ce qu'elles t'ont fait faire ?

Il replie son bras sur son estomac.

— Ma première erreur a été d'avouer que je ne suis pas du matin.

— Oh ! Teddy. Grosse erreur de débutant.

— À partir de demain, je commence à 6 heures.

Il me lance un regard plein de rancœur.

— Tu aurais pu me préparer, histoire que j'évite de tomber dans leurs pièges. Mais tu ne m'as rien dit exprès. Qu'est-ce que je t'ai fait ?

Son fou rire à la station-service me vient à l'esprit. Sans ajouter qu'à cause de lui PDC risque de raser Providence au bulldozer. Ces deux crimes lui passent complètement au-dessus. Le plus embêtant là-dedans c'est que je voudrais lui en vouloir mais que j'en suis incapable. C'est mon ami, que ça me plaise ou non.

— Je savais que tu serais à la hauteur.

Gros soupir ronchon.

— Après avoir enterré le chemisier blanc sous un citronnier, Renata m'a dit que je l'avais enterré sous le mauvais arbre. Alors je le déterre, l'enterre à nouveau, pensant en avoir terminé. Mais ensuite elle a décidé qu'il lui plaisait après tout, alors j'ai dû le déterrer et je dois maintenant le laver à la main.

— Mouais, OK.

Il me lance un regard effaré.

— Tu n'es pas du tout surprise. De quels trucs étranges as-tu été témoin ?

— Si tu savais. Et n'oublie pas, chaque fois qu'un de vous démissionne, c'est moi qui dois faire leurs quatre volontés. Va les retrouver, je suis sûre qu'elles t'attendent.

Le besoin d'aller vérifier la porte de la salle de loisirs est de plus en plus irrépressible.

Il me fait signe de rester où je suis.

— Je n'ai pas fini de me plaindre. Quand j'ai enfin déterré le chemisier, il n'était que neuf heures et quart. Ruthie, les choses que j'ai faites ce matin sont tout bonnement illogiques. Est-elle… saine d'esprit ?

Il secoue la tête.

— J'ai fait le Challenge du Gâteau.

— Ah. Moi aussi.

(Faire un gâteau avec ce que vous avez sous la main.)

— Elles n'avaient pas de farine, poursuit-il. J'ai fini par faire une étrange farine de cacahuète au robot ménager.

— L'important c'est que tu as essayé.

— Renata m'a fait dresser la table pour le goûter avec toute la belle porcelaine et une nappe, et les servir comme un maître d'hôtel. J'ai dû inventer un passé tragique pour mon personnage. Le gâteau était… comment dire…

Il essaie de trouver l'adjectif le plus approprié.

— Abominable. Elle me l'a fait enterrer sous le citronnier dans le premier trou.

Ses yeux vitreux croisent les miens.

— Je vais revivre ça tous les jours, dès 6 heures du matin ? Quel enfer…

— Aggie t'a-t-elle parlé de ton salaire ?

Son visage s'illumine.

— Elle m'a proposé un arrangement étrange.

Il marque une pause, perturbé, et secoue la tête, avant de reprendre :

— Ouais, carrément étrange. Elle a mis au point un plan incitatif. Chaque semaine, le salaire double jusqu'à un montant plafonné qui atteint le salaire dément d'un CEO. A ce rythme, au réveillon, je pourrai annoncer à tout le monde que je suis officiellement copropriétaire d'un salon de tatouage.

Son regard se perd dans le vague ; il est en train de rêvasser.

— C'est génial.

Je souris d'un air encourageant bien qu'à l'intérieur mon cœur se serre.

— Mais tu avais raison ce matin quand tu me disais « si tu tiens jusque-là ». Je ne sais pas si j'y arriverai.

Il se penche en avant et se vautre sur mon bureau. Sa joue atterrit sur ma calculatrice. L'écran se remplit aussitôt de chiffres.

— J'aurais dû le savoir, dit-il. Tu as toujours raison.

— Tu te comportes de façon très professionnelle. Pas du tout dramatique.

Je souris.

Ce corps masculin alangui sur mon bureau me trouble. Ses cheveux, noués en un chignon, sont retenus par un vieil élastique. J'aimerais tellement qu'ils soient détachés et qu'ils me submergent tel un tsunami que c'en est navrant.

De ce côté du bureau, tout ce que je peux voir, c'est la forme arrondie de ses épaules moulées dans du coton, et le rebord vulnérable de son oreille. Je n'aperçois qu'une partie de la rose à l'arrière de son bras mais je sais qu'elle est assez jolie pour devenir un motif de papier peint. Tout chez lui est assez beau pour figurer sur du papier peint.

Je tapote du doigt l'une des nombreuses fleurs tatouées sur l'intérieur de son poignet.

— Daisy[1]. Ah, je vois.

Chaque fois qu'il était à court d'idées, il a ajouté une autre marguerite pour sa sœur. La fille en moi a envie de soupirer *C'est trop mignon*. La femme en moi veut savoir exactement combien d'autres femmes sont marquées de façon indélébile sur son corps. S'il a un énorme

1. Marguerite, en anglais.

cœur quelque part avec un nom dedans, ça ne va pas me plaire du tout. Mes poumons gonflent d'une colère aussi brûlante que subite.

— Combien de sœurs as-tu ?

Il a beau faire semblant d'être mort, il répond quand même.

— Quatre. Elles pensent toutes que je suis inutile.

— Je suis sûre que non.

— C'est vrai, je suis inutile. Elles me le répètent tout le temps.

— Tu sais ce que dit toujours ma mère ? Tu as deux mains et un cœur qui bat, tu n'es pas inutile. Il faut vraiment que j'aille vérifier la porte de la salle de loisirs. J'ai été négligente hier soir.

J'ai ri dans mon bain et me suis baladée dans le noir en ne pensant qu'à lui. C'est frustrant de voir combien cet homme séduisant me perturbe.

Ses mains tiennent le bord de mon bureau. Elles sont juste là, à quelques centimètres de moi. GIVE et TAKE. Il a très belles mains, fortes, puissantes et capables de créer de petites œuvres d'art.

— Aide-moi à survivre aux Parloni. Tu m'entends ? J'ai besoin de toi.

Mes yeux se posent sur le nombre 50 inscrit de façon temporaire au dos de sa main droite. Ce rappel tombe à pic. Quelques feuilles de laitue, du repos et Teddy partira à la nage sans se retourner.

Je décide de jouer la carte de l'honnêteté.

— Et qu'est-ce qui m'arrivera à moi, une fois que je t'aurai aidé ? Tu ne t'es jamais dit que j'avais peut-être besoin d'aide, moi aussi ?

Il inspire brusquement. Je regrette aussitôt mes paroles.

— Je suis de retour, claironne Mélanie, lâchant son sac sur son bureau.

Dieu soit loué. Je vais pouvoir me concentrer sur autre chose que mon pouls qui s'emballe et les émotions qui m'assaillent. Je parie que le mec vautré sur mon bureau est soulagé de ne pas avoir à me répondre.

Elle sourit d'un air amusé.

— Oh-oh. Teddy est cassé ?

— On dirait bien. J'allais ouvrir son panneau de configuration. Hélas, je pense devoir couper ses cheveux pour y accéder.

Je soulève sa main. Elle retombe, inerte.

Mélanie pianote sur son portable en me racontant qu'elle est tombée dans les bouchons et Teddy fait le mort, alors je prends mon stylo et trace la lettre G sur sa première articulation avec la pointe du capuchon, en veillant à respirer de façon régulière car il est assez près pour m'entendre.

Pendant que Mel continue de bavarder, je m'adresse au corps inanimé de Teddy :

— Parfois, la nuit, j'ai l'impression d'être seule au monde.

Il ne bat pas d'un cil. Je trace la lettre I.

— Parfois je travaille tout le week-end. Sept jours sur sept, vingt-quatre heures sur vingt-quatre, c'est long. Je commence à être fatiguée.

— Et ensuite j'ai réalisé que c'étaient des magazines porno. Tu te rends compte ? s'exclame soudain Mélanie.

Je ris, histoire de lui faire croire que je l'ai écoutée. J'appuie mon stylo sur les lignes sexy de la lettre V. Il fléchit la main et frissonne de partout. Je lance alors le stylo à l'autre bout de la pièce et fais comme si de rien n'était.

— Il est toujours mort ? interroge Mélanie une fois son histoire terminée.

— Hélas, oui. Vale Teddy. Mettons-le avec tous les autres garçons Parloni. Du parpaing autour des chevilles et hop, dans le lac.

Elle me rejoint.

— Tu as raison, les tortues ont besoin de se nourrir. Tu prends les bras, je prends les jambes.

Teddy se redresse d'un bond.

— Je suis vivant.

Ses yeux noisette reviennent à la vie. On devine la trace des boutons de calculatrice sur sa pommette. Il est si craquant que j'en reste sans voix.

Quelque chose a changé. Depuis que je l'ai touché, que je lui ai dit ces quelques mots, il me regarde différemment.

— Tu peux recommencer ? demande-t-il en pliant les doigts.

— Recommencer quoi ?

Mélanie nous regarde d'un air soupçonneux.

Il me dévisage longuement. Puis voyant que mon expression lui crie CHUT, NE DIS RIEN, il s'adosse à son fauteuil en massant ses articulations.

— Comment ça va, Mel ? lance-t-il.

— Super bien. Je suis allée acheter des magazines pour une vieille dame. Elle m'a invitée à boire une tasse de thé. Il avait un goût d'écorce d'orange et il était super amer mais j'ai tout bu.

Elle ne se cache plus dans les toilettes pour fuir les résidents ?

— Mel, je suis si fière de toi, dis-je.

— Ne sois pas trop fière.

Souriante et les joues roses, elle commence à déplier le reçu et sortir la monnaie, passant derrière mon bureau pour remplir le formulaire comptable associé. Mais, soudain inquiète, elle baisse un regard apeuré vers moi.

— Je dois t'avouer quelque chose. J'ai un peu buggé et j'ai pris à Mme Petersham un magazine qui disait *Quinze façons de le faire hurler de plaisir* sur la couverture.

— Il n'est jamais trop tard pour apprendre.

Ils éclatent de rire.

— Teddy, tu as une bonne influence sur notre Mlle Midona. Elle est en train de se dévergonder. J'aurais peut-être dû garder cet article pour toi, Ruthie.

Mélanie me tapote l'épaule.

— Je pourrais l'incorporer dans ma Méthode Sasaki.

— Je n'arrête pas d'entendre parler de cette méthode, grommelle Teddy. Je déteste être exclu.

— C'est pas demain la veille que je vais faire hurler quelqu'un de plaisir.

Je n'arrive pas à croire que j'ai dit ça à voix haute, au bureau qui plus est. Eux non plus. Bouche bée, ils me fixent d'un air ravi. Mon regard se pose sur le post-it collé sur la poitrine de Teddy.

— Mélanie, as-tu ouvert la salle de loisirs ce matin ?

Teddy pousse un bâillement. À présent, j'ai vu chacune de ses dents blanc arctique.

— Pourquoi est-ce que ça t'obsède autant ? interroge-t-il.

— C'était déjà ouvert. J'ai cru que tu t'en étais occupée, répond Mélanie.

Elle commence à remplir le formulaire comptable en continuant de papoter.

— Ruthie, que se passe-t-il ? s'inquiète Teddy.

— J'ai merdé.

Je me concentre sur ma respiration.

— Les magazines sont si chers de nos jours, remarque Mélanie.

Je n'ai jamais été aussi heureuse d'avoir une intérimaire bavarde.

— J'ai un nouveau projet de rénovation qui impressionnerait même PDC, poursuit-elle. Teddy, tu veux savoir ce que c'est ?

Les yeux toujours sur mon visage, Teddy refuse de se laisser distraire.

— Tout va bien, tu n'as pas merdé, me promet-il farouchement.

Mon corps le croit. Chaque respiration devient plus facile, jusqu'à ce que j'habite mon corps de nouveau.

— Mon projet, c'est Ruthie, annonce Mélanie avec un grand geste du bras. Je vais la réparer.

Teddy est indigné :

— Ma vieille moto au garde-meuble a besoin d'être réparée. Pas Ruthie.

— Ruthie a besoin de se remettre en selle, rétorque Mélanie du tac au tac.

J'interviens :

— Ruthie n'a pas encore donné son accord.

(Mais Ruthie est secrètement émerveillée d'être en train de parler avec des gens de son âge. Peut-être Ruthie devrait-elle en faire une habitude ?)

— Je suis en train de créer un programme pour la faire sortir de sa coquille, continue Mélanie. Du fun, des rendez-vous, des nouvelles rencontres, de la romance. On va s'inspirer des films et faire un…

Elle aime faire des pauses dramatiques et celle-ci dure une éternité.

— … relooking.

Et… c'est mort.

— C'est non, dis-je.

— Mais regarde-la, Mélanie, commence Teddy.

Je commence à me ratatiner de l'intérieur. Pense-t-il que le combat est perdu d'avance ?

— Elle est parfaite. Pourquoi vouloir changer quoi que ce soit ?

Il soutient mon regard d'une façon qui me fait l'effet d'une main tendue.

— Tu as raison évidemment, répond Mélanie. Ruthie est une personne formidable. Mais si elle avait davantage confiance en elle, les autres pourraient voir combien elle est drôle et intelligente. Elle rencontrerait alors son âme sœur. J'ai déjà décidé que je porterais une robe de demoiselle d'honneur couleur lilas à son mariage.

Je la regarde bouche bée.

— Tu t'emballes tellement, c'est fou.

— C'est vraiment ce que tu veux ? me demande Teddy.

Jugeant la question trop personnelle, je m'abstiens de répondre. Il persévère :

— Si c'est ce que tu veux, alors je t'aiderai aussi.

— Ruthie, on t'aide tous les deux, c'est décidé, déclare Mélanie, toute contente. S'il te plaît, laisse-moi te relooker. Je rêve de t'épiler les sourcils depuis qu'on s'est rencontrées, ajoute-t-elle avec ferveur.

— J'ai essayé d'être cool au lycée et ça a été un fiasco. Je ne veux pas sortir avec quelqu'un qui me rencontre juste après le relooking de Mélanie. Je veux plaire à quelqu'un comme ça.

— Et comment décrirais-tu « ça » ? demande Mélanie en dégainant son carnet. Je ne suis pas allée très loin dans l'ébauche de ton profil. Tu ne m'as pas donné grand-chose à me mettre sous la dent.

— Tu peux commencer par dire que je suis une fée du logis.

J'emprunte l'expression de Teddy, espérant le faire rire mais il ne fait que me regarder plus intensément. Je suis incapable de détourner le regard.

La pièce s'assombrit autour de moi. Les pépites d'or dans ses yeux deviennent ma seule lumière. Mes autres sens s'éveillent. Je pourrais appréhender le monde rien qu'au toucher.

— Fée du logis un peu coincée recherche…

Toutes sortes d'images me viennent en tête. Fée du logis coincée recherche grand bad boy tatoué pour ébats passionnés. Elle veut qu'on lui fasse l'amour sur son lit, sur le coin de son bureau, contre son mur à fleurs, sur la pelouse au clair de lune. Ne plus fermer les portes à clé, jamais. Tout ce qu'elle veut c'est sentir la chaleur satinée de sa peau, enrouler sa crinière épaisse de cheveux noirs soyeux autour de son poing…

Le grincement d'une chaise casse mon fil de pensées. Teddy s'est penché en avant. Il est tellement suspendu à mes lèvres que ses articulations sont blanches.

— Continue, me lance-t-il, un défi dans la voix.

Je pense aux tatouages sur ses mains. Donner, prendre. J'ai tellement envie de prendre.

Mélanie a beau être la reine des pauses dramatiques, on peut également compter sur elle pour meubler le silence.

— Jeune active mignonne de vingt-cinq ans recherche jeune actif du même âge.

Elle hésite, les yeux pétillants, et enchaîne :

— Vous devez connaître quinze façons de la faire hurler de plaisir.

— J'en connais trente, répond Teddy du tac au tac.

Si Teddy Prescott entrait dans ma chambre et me montrait tout ce qu'il savait faire, la finesse de nos murs ou les gémissements que je pousserais n'auraient aucune importance. Il serait le seul à Providence qui m'entendrait.

Mélanie lui tape sur le dessus de la tête avec une règle.

— Et moi je connais cinquante façons de cacher ton cadavre, lui rétorque-t-elle. Ruthie cherche une âme sœur, pas un plan cul. Rentre-toi ça dans le crâne.

9

Le troisième jour, Teddy entre au secrétariat et pose la boîte de Kleenex contenant Teddy Junior sur le bureau de Mélanie. Elle observe la boîte d'un air dégoûté.

— Beurk. Je ne comprends pas pourquoi tu veux le garder, Teddy. Laisse-le à Ruthie.

— C'est mon fils que tu es en train d'insulter, rétorque-t-il.

J'observe la petite créature qui grignote un pissenlit.

— Compte tenu de sa mésaventure, TJ a l'air d'aller bien. J'appellerai le zoo pour demander à quelle date ils passeront le chercher.

— J'ai une invitation pour toi, Ruthie, dit Teddy. Il y a des termes et des conditions évidemment, mais ne t'inquiète pas, je suis invité aussi.

Il enfonce la main dans la poche arrière de son jean et sort une enveloppe chaude qui porte mon nom.

— Pourquoi est-ce que tout le monde s'attend à ce que je démissionne, au fait ? Ce job n'est pas si difficile.

Il a une trace noire sur sa pommette, des toiles d'araignée dans les cheveux et ses épaules sont recouvertes de poussière grisâtre.

Il éternue.

— C'est le job le plus facile que j'ai jamais eu.

— Pourquoi es-tu si sale ? lui demande Mélanie tandis que j'ouvre l'enveloppe.

— Elles m'ont fait ranger le grenier.

Je lève les yeux.

— Les pavillons n'ont pas de grenier.

— Pardi, ce serait trop facile. J'ai juste prétendu que le vide sanitaire était un grenier rempli d'antiquités et de cadavres. Elles se sont bien marrées. J'ai fait une sieste sur un gros coussin d'isolation.

Le souvenir le fait sourire.

— Je vais rêver de fantômes ce soir.

Je reporte mon attention sur l'invitation. C'est une carte carrée avec une bordure épaisse de vignes et de roses. Je parie qu'il l'a réalisée en quelques minutes à peine. Il ne se rend pas compte du talent qu'il a.

— C'est tellement joli qu'on dirait un faire-part de mariage, lui dis-je.

Il hausse les épaules, l'air de rien, mais une lueur de satisfaction illumine son regard.

— Tu pourrais nous aider avec les décorations de la fête de Noël.

Je lis l'invitation à voix haute avant que Mélanie se torde le cou pour essayer de la déchiffrer.

— Ruthie Midona est formellement invitée vendredi à un déjeuner tous frais payés dans un restaurant huppé, puis à un après-midi de fun avec les Parloni. RVSP oui verbalement, immédiatement, à T. Prescott.

Mélanie pousse un cri de frustration. Son nom ne figure nulle part. Je ne suis pas super emballée non plus. Je la pose sur mon bureau.

— Ce n'est pas une invitation. C'est une convocation.

— Pas exactement, commence Teddy d'une voix hésitante.

Mais il ignore ce que réserve l'après-midi en question. Je connais les sœurs Parloni depuis des années.

— C'est une convocation de juré, version Parloni. Je vais devoir m'asseoir sur un canapé blanc dans une boutique et regarder Renata essayer des tenues pendant qu'Aggie dormira sur mon épaule. J'ai du travail, je ne peux pas m'absenter.

— Décliner n'est pas une option, me signale Teddy d'un air navré. Renata a dit que si tu refusais je devais te porter jusqu'à la voiture.

— Sérieux ? Je ne suis pas invitée ? s'exclame Mel. Je te porterais moi-même si ça me permettait de quitter cet endroit.

— J'ai besoin que tu gardes TJ, intervient Teddy de sa voix la plus persuasive. Je ne fais confiance à personne d'autre que toi.

Elle rougit, contente et honorée. Je suis tellement jalouse que j'ai probablement l'air aussi bougonne qu'un crapaud. Ses yeux charmants reviennent à moi.

— Un déjeuner tous frais payés dans un restau chic, ce serait marrant, non ? Réfléchis-y. Je suis désolé, Mel, je ne suis que le messager.

Pendant qu'elle s'en prend à lui, je réfléchis. Certains jours, j'ai vraiment du mal à quitter Providence. Je sais que ce n'est pas normal. L'idée d'être dans une voiture que je ne conduis pas, de ne pas avoir le contrôle, de ne pas être libre de mes mouvements pour pouvoir rentrer immédiatement si on a besoin de moi me stresse tellement que j'ai envie de m'isoler quelques instants et inspirer profondément.

Teddy ramasse sa boîte à mouchoirs. Il la tient si délicatement.

— Fais-moi confiance, tout ira bien, affirme-t-il. Je serai avec toi. Je ne te lâcherai pas d'une semelle.

Je finis par répondre d'une voix hésitante :

— D'accord.

Le vendredi matin, Teddy arrive au secrétariat en proie à un dilemme. Les Parloni lui ont offert une montre en or pour le remercier de ses heures de bons et loyaux services. (Apparemment Aggie a appelé leur « spécialiste montres » qui l'a personnellement apportée. Comme je les envie d'être si riches !)

— J'ai tout essayé pour qu'elles la retournent. Est-ce qu'elles ont le droit de me faire un cadeau pareil ?

Il me tend la boîte. Je comprends aussitôt le problème. Échec et mat version Parloni : la montre est gravée au dos. Impossible à retourner. Impossible à mettre en gage.

La gravure dit : *Teddy Prescott, jeune homme remarquable.*

— Et comment !

Oups, c'est sorti tout seul.

Ses lèvres dessinent un sourire ravi. J'essaie de rester professionnelle.

— Je sais que tu ne les as pas manipulées pour qu'elles te l'achètent. Tu peux la garder.

J'ai débouché les W-C des Parloni à la ventouse mais je n'ai jamais reçu le moindre cadeau. Par contre, Renata passe son temps à me faire miroiter le fait qu'elle me mettra dans son testament pour me convaincre de lui rendre tel ou tel service.

Teddy la met à son poignet.

— Je n'ai pas porté de montre depuis que je suis enfant.

Il retourne travailler en regardant sa montre d'un air admiratif.

Quelque temps plus tard, le téléphone sonne.

Mélanie prend l'appel.

— C'est Jerry Prescott, me dit-elle.

Les yeux rivés sur la lumière clignotante de mon téléphone, je prends une profonde inspiration. On échange des politesses pendant environ trente secondes puis il entre dans le vif du sujet.

— J'appelle pour voir comment Teddy s'en sort. A-t-il pris ses marques ?

— Il s'en sort très bien. Vous le ratez de quelques minutes à peine.

— Il se comporte correctement ?

En arrière-plan, une voix de femme murmure « le soir ».

— Est-ce qu'il reste à Providence le soir ? ajoute Jerry. Il ne sort pas faire la fête ?

— Non, il reste chez lui. Il fait de grosses journées, il commence à 6 heures du matin. C'est son troisième jour aujourd'hui et les Parloni sont très contentes de lui.

J'ai l'air de fanfaronner mais c'est plus fort que moi.

Jerry éclate de rire.

— 6 heures du matin. Je ne l'en pensais pas capable. Rose, tu me dois vingt balles.

Ils ont parié sur la capacité de Teddy à garder ce boulot ? C'est horrible.

— Il fait du bon travail. Il a déjà commencé à s'investir dans notre programme de protection des tortues en voie d'extinction.

(Inutile de mentionner que sa botte taille 47 a écrasé l'une d'entre elles.)

— Ne le laissez pas vous éblouir, dit sèchement Jerry.

— Éblouir ?

Je me sens rougir. Mélanie murmure, comme une incantation : *éblouir.*

— Il éblouit les gens, répond Jerry. C'est un de ses défauts. Il pense que son charme lui suffira à s'en sortir dans la vie. Il a brisé de nombreux, nombreux cœurs.

Dans le fond, Rose demande : « Est-ce qu'il flirte avec les filles du secrétariat ? »

Je réponds avec une fermeté absolue :

— Cela n'arrivera absolument pas.

Mélanie lève son carnet : METS LE HAUT-PARLEUR S'IL TE PLAÎT.

Jerry cherche ses mots :

— Je ne veux pas donner l'impression que c'est un manipulateur. J'adore mon fils. Dans son esprit, il est très sincère mais il a tendance à profiter des gens qui sont trop charitables.

En arrière-plan, Rose déclare :

— Théodore ne s'est jamais soucié que de lui-même. L'univers tourne autour de lui. Il se prend pour le soleil. Tout comme sa mère, ajoute-t-elle avec méchanceté.

— C'est injuste !

Je couvre aussitôt ma bouche et ferme les yeux. Mélanie pousse un cri de surprise. Oh mon Dieu, qu'est-ce qui m'arrive ? Heureusement pour moi (et mon travail), Jerry avait encore le téléphone collé à la poitrine.

— Donnez-lui la main, il vous prend le bras, poursuit Jerry. Je ne plaisantais pas quand je disais qu'il n'avait plus de canapé à squatter.

Je songe à mon propre canapé. Allongé dessus hier soir, il m'a raconté sa journée en riant et en rouspétant. Renata lui a fait couper son Big Mac en petites bouchées et il a dû la nourrir comme un bébé.

— Je ne voudrais pas qu'il fasse de la peine à une gentille fille comme vous. Soyons francs, vous n'êtes pas son type.

Il éclate d'un rire tonitruant, avant de poursuivre :

— Mais je suis navré de vous dire que cela ne l'empêchera pas de tenter sa chance avec vous et votre intérimaire. Il fait tout pour que les filles l'adorent, c'est plus fort que lui.

Ma langue a doublé sous l'effet de la honte.

— C'est bon à savoir. J'entends ce que vous dites et j'apprécie votre inquiétude.

Je songe au canapé-lit de mes parents, prêt à accueillir la prochaine âme en peine.

— Théodore est un gros dragueur, prévient Rose. Avec lui la plainte pour harcèlement n'est jamais loin.

J'entends d'autres bribes de conversation étouffées.

— Oui, je lui dirai, répond Jerry.

Il reprend l'appel.

— Je vous ai dit quand on s'est rencontrés que j'avais beaucoup de pain sur la planche. Laissez-moi vous dire, Ruthie, ce terrain de golf n'est pas un trou en un.

Je me force à rire à sa blague parce qu'il paye mes factures.

— Rose vient de boucler le projet sur lequel elle travaillait. Elle est prête à faire de Providence son nouveau bébé et passer à la vitesse supérieure, annonce gaiement Jerry.

J'essaie de faire semblant d'être ravie.

— Va-t-elle se déplacer en personne ? Je serais ravie qu'elle nous rende visite. Elle pourrait voir combien Providence est un endroit spécial.

Je la ferai tomber amoureuse de cet endroit même si je dois apprendre aux tortues à lui faire remonter la colline en traîneau.

Jerry soumet cette option à Rose. Il explique l'importance d'une visite en personne mais elle le coupe. Je n'entends plus rien. Mon cœur chavire. Rose ne veut pas voir mon lac scintillant. Elle veut que cet endroit reste abstrait. Jerry confirme mes craintes.

— Elle préfère faire son évaluation à distance. De toute façon, mieux vaut que Teddy et elle ne se croisent pas. Maintenant rappelez-vous, continue Jerry d'un air faussement sévère, ne vous laissez pas éblouir. Rose vous appellera bientôt.

Il n'a pas tort. Rose appelle quatre minutes plus tard et me demande tellement de rapports que l'encre de mon stylo se vide. Je suis nerveuse. Sylvia m'a dit avant de partir en croisière qu'elle ne voulait pas que je touche aux comptes. *Épargne-moi un autre désastre*, a-t-elle dit. Je savais exactement à quoi elle faisait référence.

— Sylvia passe en revue tout ce que j'envoie à PDC. Vous avez les versions les plus récentes des documents.

— Renvoyez-les à nouveau. Et surtout, rappelez-vous ce qu'a dit Jerry. Si jamais Teddy vous met mal à l'aise, je veux que vous m'appeliez immédiatement. Vous ne l'aurez bientôt plus dans les pattes mais en attendant, tâchez de rester professionnelle.

Je me rends alors compte que j'ai vraiment, vraiment manqué de professionnalisme ces derniers jours. Ma poitrine se comprime.

— Bien sûr. Je vous enverrai les rapports dès que possible. Pourriez-vous me dire quel est le but de tout cela ? Une étude avait déjà été faite quand PDC a fait l'acquisition de Providence.

— Je n'ai pas participé au processus d'acquisition. Je veux tout reprendre depuis le début. Et avant que vous me reposiez la question, je n'ai pas le temps de visiter Providence. Je ne suis pas comme mon père, je ne perds pas mon temps à traverser le pays d'une côte à l'autre. Tout peut être fait à distance. J'ai besoin des identifiants et des mots de passe pour accéder aux comptes bancaires de Providence.

Je l'imagine le stylo levé, prête à écrire.

— Je ne les ai pas. Seule Sylvia les a.

— Une seule personne a accès aux comptes ? s'étonne Rose. C'est le cas depuis combien de temps ?

— Depuis toujours.

J'ai l'impression de trahir Sylvia. Je lui avais posé la question dès ma prise de poste mais elle m'avait répondu qu'elle me les donnerait quand elle me ferait confiance.

L'anxiété me gagne.

— Je me débrouillerai, répond Rose. Je veux également connaître vos procédures de recrutement. Vous, par exemple. A-t-on minutieusement vérifié vos références ? Casier judiciaire vierge, etc. ?

— Je ne m'en souviens plus. C'était il y a longtemps.

Il y a un dossier intitulé R. Midona dans le dernier tiroir de Sylvia mais je n'ose pas l'ouvrir. Il me fait peur.

— Je connais Sylvia depuis que je suis enfant. Un poste s'est libéré, on a discuté au téléphone et me voilà six ans plus tard.

J'essaie de montrer que mon recrutement a été un succès.

— Tout cela semble très informel.

Rose n'approuve pas.

— J'aurai également besoin de passer en revue tous les documents liés à la politique de l'entreprise. Vos systèmes ont-ils reçu une certification ISO ?

Elle marque une pause.

— Je dois vous laisser, j'ai un double appel. Mon assistant contactera le vôtre.

— Alors ? interroge Mélanie dès que j'ai raccroché.

— Il va falloir qu'on soit très prudentes.

Un pop-up apparaît à l'écran : je suis censée donner une réponse à Mélanie au sujet de la Méthode Sasaki cet après-midi. Avec la voix de Rose encore à mon oreille, mon manque de professionnalisme me frappe de plein fouet. Le cœur serré, je ferme le pop-up. Je sais que Mélanie sera très déçue quand je lui annoncerai que je n'ai plus le temps de participer à la Méthode Sasaki.

— On va être occupées ces prochaines semaines. Je vais faire de longues heures. Je n'aurai pas le temps de…

Un autre pop-up apparaît à l'écran, celui-ci pour me rappeler mon déjeuner avec les Parloni. Ils buzzent autour de moi comme des moucherons.

Je siffle dans ma barbe :

— Je n'ai pas le temps.

Mélanie sait exactement ce que je suis en train de faire et elle ne veut pas en entendre parler.

— Tu feras de longues heures certes mais je t'aiderai, m'assure-t-elle en soutenant mon regard de ses yeux foncés. On fera notre travail mais ce qu'on fait de notre temps libre ne regarde que nous. Et tu vas au déjeuner huppé avec Teddy et les Parloni. Tu n'as qu'à te dire que c'est un déjeuner avec un client. Fin de la discussion.

10

Teddy arrive quinze minutes avant le Déjeuner Huppé, vêtu de la tenue de chauffeur que j'ai vue sur de nombreux garçons Parloni. Cette fois, en revanche, le résultat est à couper le souffle.

Mélanie déglutit.

— Tu es drôlement sexy là-dedans, remarque-t-elle d'une voix rauque.

Qui pourrait lui en vouloir ? Elle est humaine, après tout.

— Tu ressembles à un strip-teaseur.

Il donne une pichenette au badge « Chaud lapin » et Mélanie est soudain éblouie, au propre comme au figuré.

— Il y a une bonne raison à cela.

Il pose sa casquette et la boîte contenant TJ sur son bureau puis tourne la tête vers moi.

— Comment tu me trouves ? me demande-t-il.

Un individu si canon n'a pas besoin de compliments de ma part.

— Dis au revoir à TJ, lui dis-je. Mélanie, Mark du zoo passe aujourd'hui, il sait où sont les enclos. Fais-le émarger à l'entrée et à la sortie. Aucun visiteur…

Mélanie lève les yeux au ciel.

— Je sais combien tu es obsédée par le registre des visiteurs. Tu aurais dû être vigile. C'est ta vraie vocation.

Sa remarque touche un point sensible car mon passé prouve le contraire, mais avant que le souvenir prenne racine, Teddy murmure :

— Quoi, déjà ?

Il caresse TJ d'un doigt avec une expression triste.

Je réalise alors quel est le problème.

— Ne t'inquiète pas, ils le ramèneront.

Ses joues reprennent leur couleur, ses yeux couleur écaille de tortue s'illuminent de nouveau. Sa bonne humeur retrouvée, il me sourit de toutes ses dents blanches.

— Je suis heureux de l'entendre. Vraiment, vraiment heureux. Merci, Ruthie.

Le voir soulagé me ravit. Je ne supporte pas de le voir triste. Je voudrais qu'il ne s'arrête jamais de sourire. Pourquoi est-ce que je ressens si fort les émotions qui s'opèrent en lui ? Arriverai-je un jour à lutter contre ce besoin irrépressible de lui venir en aide ? La mise en garde de son père est arrivée bien trop tard. Il aurait fallu que je l'entende cinq minutes avant d'arriver à la station-service habillée en grand-mère.

Teddy roule des épaules comme s'il était libéré d'un poids.

— J'emmène ta chef, Sasaki. Allons-y, Midona. Le déjeuner nous attend.

— Je n'en reviens pas de ne pas avoir été invitée, rouspète Mélanie.

Elle touche la tortue avec un stylo.

— Pfff, insiste-t-elle. Je ne suis pas un membre apprécié de cette équipe. Je suis exclue.

— C'est tellement dur de trouver une bonne baby-sitter au dernier moment, plaide Teddy.

Elle hoche la tête à contrecœur. La pauvre. Elle mérite de s'amuser. Et j'ai une conserve de soupe tout à fait correcte, j'en ai déjà mangé des centaines de fois pour le déjeuner.

— Rose vient de m'envoyer une liste de tâches et j'en aurai sûrement pour la soirée. Vas-y à ma place, Mel.

Son visage s'illumine. Elle tape dans ses mains. Mon estomac se contracte tristement.

— Amusez-vous bien.

— Oh-oh, tu sais ce que ça signifie, intervient Teddy. Je t'avais prévenue. J'ai pour instruction de te faire sortir du bureau de force.

— Hein ? Quoi ?

Il fait le tour de mon bureau d'un air décidé. Je recule dans mon siège à roulettes.

— Non, attends, c'est bon, je viens…

— Les règles sont les règles, déclare Teddy.

Une lueur amusée dans le regard, il prend mes mains et me met en position debout.

La mise en garde de Jerry Prescott me vient en tête, mais trop tard. Teddy se penche, cale son épaule contre mon estomac, me soulève et passe un bras autour de mes genoux. Je me retrouve la tête en bas, loin, loin du sol, le visage à hauteur de ses fesses. *Éblouie*, je vous dis.

Mon pied renverse un pot à stylos. Mélanie pousse un cri de joie, tandis que je proteste.

— Arrête, arrête !

Mes yeux tombent sur le tapis, le courrier entrant de Mélanie, puis ils croisent le clignement ébahi de TJ et finalement se posent sur la plante près de la porte.

— Mon sac ! Ma veste !

Il me hisse et me remonte. Mélanie lui amène mes affaires et les accroche sur son bras libre.

Je rouspète dans le dos de Teddy :

— Je dois commencer le boulot pour PDC.

— C'est pour quand ? demande-t-il à Mélanie.

— Son assistant m'a déjà envoyé un mail. On a le temps. Un long déjeuner ne changera rien. On avait un rendez-vous comptabilité clients de programmé mais on peut le reporter. Je considère qu'elle sera partie tout l'après-midi.

— Mais non, bien sûr que je vais revenir.

— Je sais que tu prévois de travailler tout le week-end, réplique

Mélanie. Je viendrai passer une demi-journée avec toi demain pour ne pas que tu sois seule.

Elle me passe la main dans les cheveux.

— Amuse-toi bien.

Les samedis de Mélanie sont sacrés. Elle fait la grasse matinée jusqu'à 14 heures.

— Oh Mel, tu n'es pas obligée.

C'est difficile de rester professionnelle en étant pliée sur l'épaule d'un homme. J'essaie de gérer cette situation d'une voix normale.

— Très bien, Teddy, tu nous as fait rire, maintenant repose-moi.

— Je ne t'entends pas rire.

Son bras se resserre autour de mes jambes.

— Tourne-la vers moi que j'aie son visage dans le cadre, lance Mélanie.

Je pousse un cri strident digne d'un ptérodactyle :

— Vous êtes morts. Vous m'entendez ? Morts !

J'essaie d'agripper l'encadrement de la porte, sans succès. Mon Dieu, que dirait Rose Prescott si elle me voyait ?

— À plus, Mel, lance Teddy. Tu es toute seule cet après-midi. Je la garde avec moi.

On entame notre descente du sentier. Les pavés défilent sous mes yeux.

— Veille sur mon garçon, dit-il à Mélanie. Il est intolérant au gluten.

Je crie :

— Il y a une feuille avec les procédures de fermeture dans le classeur noir que j'ai préparé pour toi. Active l'alarme. Ferme la porte à clé. Envoie-moi un SMS quand tu verrouilles la porte.

— Quoi ? Je ne t'entends pas.

— Verrouille la…

Elle répond sur le même ton :

— Je travaillerai sur la Méthode Sasaki sur mes heures de boulot et je me tournerai les pouces. Ne fais rien de trop coquin. On se voit demain, pas trop tôt.

Ma vie se résume désormais à un balancement hypnotique et au son de ses pas. Ce fessier… Je suis peut-être à l'hôpital dans le coma en train de faire le plus beau rêve de ma vie. Comment fait-il pour me porter aussi facilement ? Comment est-ce que j'arrive à tenir sur une de ses épaules ?

— Ne me fais pas tomber, s'il te plaît.

Il contourne une tortue, je m'agrippe à la ceinture de son pantalon.

— Ne tire pas trop fort, tu risquerais de l'arracher. Relax, je ne vais pas te faire tomber. Regarde-moi, Teddy l'homme des cavernes.

D'une voix plus forte, il s'écrie :

— Je l'ai, c'est bon !

Plus bas, il ajoute :

— Rose te mène la vie dure. Je suis désolé. Elle est assez terrifiante.

— Tu n'as pas rencontré Sylvia.

Je ne connais pas leur situation familiale mais je devine que Rose et Teddy sont issus de différents mariages.

La froideur avec laquelle elle a parlé de Teddy était incompréhensible. Il est si… chaleureux. Quand il s'arrête pour me remonter sur son épaule, mes mains glissent. Je me tiens mais à peine. Je frémis déjà de chagrin de savoir qu'on est bientôt arrivés à la voiture.

Teddy s'arrête quelques instants plus tard. Renata entre dans mon champ de vision.

— Un vrai sac à patates, piaffe-t-elle.

Je les maudis elle, ce sol plat et la Rolls-Royce qui signifient que notre petite promenade est terminée.

— J'ai toujours cru que les femmes aimaient qu'on leur fasse tourner la tête, répond Teddy en me posant par terre. Mais pas celle-là.

— Oh que si ! elles aiment ça, commente Renata d'un air entendu. Regarde-moi ces joues roses.

— Désolée pour le comportement de ces deux-là, me glisse Aggie, digne comme toujours. Ils ont vraiment une mauvaise influence l'un sur l'autre. Mettons-nous en route. On doit s'arrêter en chemin à cause de mon addiction.

Traduction : elle veut faire vérifier ses tickets de loto.

— Mesdames. Permettez-moi.

Teddy se précipite vers les deux portières arrière et aide les dames âgées à monter. Il ouvre la mienne également. Je remarque que le soleil se reflète sur son badge.

— Hé, souffle-t-il près de mon oreille avant que je m'installe. Tu sens si bon. Pas étonnant vu le temps que tu passes à barboter dans la baignoire.

Je tombe si lourdement sur mon siège que la voiture rebondit. Je sens encore son épaule contre mon estomac.

— C'était marrant, commente Aggie.

Je jette un œil vers elle ; sa sœur et elle se tiennent la main. Que c'est adorable. Je suis soulagée de la voir éveillée et plutôt en forme.

— Comment vont vos mains ?

Elle hausse les épaules l'air de dire, *C'est la vie*. Renata soulève celle qu'elle tient et commence à la caresser tendrement.

Depuis que je travaille à Providence, j'ai souvent songé que cela devait être agréable de vieillir auprès de quelqu'un qui vous aime. Mais cette fois, la pensée agréable laisse aussitôt la place à un sentiment de panique. Le temps s'écoule et je suis toujours célibataire. Si je ne veux pas finir mes jours toute seule, je dois vraiment passer à la vitesse supérieure. Quelle pression. Par réflexe, je pense au plan de Mélanie.

Pendant le trajet, Teddy nous faire rire en incarnant plusieurs personnages :

• Eddie le Conducteur de Bétail (« Arrêtez donc de chahuter là derrière, les petites vaches ! »)

• Tedderick le Chauffeur Nerveux (« Sapristi ! Nom de Dieu ! Oh seigneur ! »)

• Prescott Providence le Garde du corps (je pense qu'il cite Kevin Costner dans *The Bodyguard* mais il faudra que je vérifie)

— Je suis né pour ça, déclare-t-il, saluant de sa casquette de chauffeur un piéton à un feu rouge. Merci de m'avoir aidé à trouver ma passion.

(Ses longues jambes dans ce tissu gris en tweed sont devenues la mienne, de passion.)

— Tout le plaisir est pour nous, répond Aggie.

Renata se contente de sourire en regardant par la fenêtre.

La voiture respire le bonheur. Quitter Providence n'a pas été difficile ; pas quand Teddy me portait sur son épaule. J'ai connu de nombreux garçons Parloni et Teddy est le seul qui se soucie assez de moi pour se comporter ainsi. Je jette un œil à son profil. Un sourire aux lèvres, il observe avec affection ses patronnes dans le rétroviseur.

Il m'a reposée par terre il y a un moment, mais j'ai l'impression que mon cœur est resté drapé sur son épaule. Il ne bat pas de façon normale. J'espère qu'il ne remarque pas que je craque pour lui. Je prierai à genoux ce soir pour que Mélanie ne le remarque pas non plus, car sinon je suis foutue.

Il tourne la tête vers moi. Mon cœur rate un battement.

— Ça va ?

Je secoue la tête et me force à rire, parce que franchement non, ça ne va pas.

Teddy s'arrête devant un restaurant d'apparence intimidante niché dans un immeuble recouvert de lierre grimpant.

— On est arrivés à destination, le restau des snobs, lance-t-il.

Comme le bon petit chauffeur, il bondit hors de la voiture et fait sortir Aggie en premier. Elle se tient à son bras jusqu'à ce qu'elle ait rejoint le trottoir.

— À moi maintenant, lui crie Renata.

J'ouvre ma portière et sors. De ce que je peux voir du restaurant, je ne suis pas assez habillée. J'espère que Teddy et moi pourrons trouver un fast-food dans le coin.

Renata rajuste ses vêtements et passe une main veineuse dans ses cheveux.

— Je suis affamée et morte de soif, déclare-t-elle.

Elle passe son bras sous celui d'Aggie et elles entrent sans se soucier de nous.

Teddy se débarrasse de la veste et lance sa casquette tel un Frisbee sur le siège passager avant de remettre la clé au voiturier. Dans son pantalon sexy et sa chemise blanche, on dirait un jeune cadre branché qui se rend à un déjeuner client.

Il se met à nouer sa cravate. Je me retrouve momentanément aveuglée par le soleil qui se réfléchit sur sa nouvelle montre en or. Puis, remarquant que je l'observe, il lève les yeux au ciel d'un air amusé.

— Je suis allé en école privée, je sais faire un nœud de cravate.

Il attache ses cheveux.

— Être canon te permet vraiment de t'adapter à toutes les situations, dis-je en secouant la tête face à tant d'injustice.

Puis je pointe le doigt à travers la vitre.

— Regarde Renata qui fait paniquer le staff. Quelle que soit la table qu'ils ont dressée pour elle, elle n'en voudra pas.

— À quoi ça sert d'être vieille et riche si tu ne peux pas te la raconter ?

Il n'a pas tort.

— Tu as dit que tu me trouvais canon. Tu pourrais développer ? me glisse-t-il à l'oreille tandis qu'on entre dans le restaurant.

Sa main descend sur ma taille.

Je proteste dans un cri :

— Théodore !

Mais il sourit d'un air amusé, content de mon aveu.

Il y a bien une table pour quatre avec un signe réservé, mais on vient de les diviser en deux tables de deux.

— On s'assoit ici. Allez manger en tête à tête, crie Renata, dérangeant au passage des douzaines de gens bien habillés en train de déjeuner. Que c'est romantique, gazouille-t-elle.

Chaque client baisse ses couverts et me regarde. Je me sens super mal à l'aise dans ma tenue passe-partout.

— Ruthie, entraîne-toi à flirter sur Teddy. Comme ça tu seras prête le jour où tu auras un vrai rendez-vous.

— Un vrai rendez-vous ? répète Teddy, atterré. Pince-moi. La dernière fois que j'ai vérifié, j'étais réel.

— Tu sais ce qu'elle veut dire.

Mes joues virent au rose néon. On se faufile vers notre table sous le regard des clients qui continuent de nous fixer en silence, couverts toujours posés. Teddy tire ma chaise. Je m'y laisse tomber avec soulagement.

— Les prix ne sont pas indiqués sur le menu, remarque-t-il. Ce n'est pas bon signe.

Un serveur nous rejoint.

— Vos amies nous ont prévenus qu'elles commanderaient pour vous. Avez-vous des allergies alimentaires ou des restrictions particulières à me signaler ?

— Ouais : on est fauchés.

J'éclate de rire. Teddy sourit d'un petit air satisfait et se frotte les mains.

— Un déjeuner gratuit, une nouvelle jeunesse pour Teddy Junior…, ajoute-t-il. Est-ce normal d'être obsédé à ce point par ma tortue ?

Il sort son téléphone.

— Mel m'a promis des nouvelles. Je vais lui envoyer un texto.

— Quand une de mes tortues est vraiment malade, j'invente une excuse pour aller voir comment elle va.

Il hoche la tête.

— Tu es la seule qui sait ce que je ressens. Comment ça se fait qu'on puisse les emmener gratuitement au zoo ?

Il pousse mon pied sous la table.

— Qui a eu l'idée des formulaires ?

— Je savais qu'elles étaient en voie d'extinction, alors j'ai passé quelques coups de fil. Le zoo a envoyé des employés à Providence. Les formulaires viennent de moi, bien sûr. J'adore la paperasse, tu le sais bien.

Il secoue la tête avec affection.

— Donc tu as créé toute seule un programme de sauvegarde pour une espèce en voie d'extinction. Je parie que ton horrible Sylvia n'approuve pas.

Il lit la réponse sur mon visage.

— Mel m'a dit que tu devais lever des fonds. Alors que les habitants de Providence ont assez d'argent caché sous les coussins de leur canapé pour financer au moins dix fêtes de Noël.

— Ce n'est pas grave.

— Si. Les gens profitent de toi. Assure-toi que Rose ne te marche pas dessus elle aussi.

Il lève son téléphone vers moi. Mélanie a envoyé un selfie qui la montre en train de regarder la boite de Kleenex de TJ avec le plus grand sérieux. Elle a confectionné un chapeau d'infirmière en papier et l'a décoré d'une croix rouge.

— Cette fille est complètement barjo, commente-t-il affectueusement.

L'espace d'un horrible instant, je les imagine mariés. Quelle adorable anecdote à raconter à leur mariage. *Et je lui ai dit, je ne fais confiance à personne d'autre que toi. Un toast pour mon épouse !* Pendant qu'ils savoureront leur bonheur, j'aiderai le traiteur à débarrasser les verres vides.

J'essaie de ne rien laisser paraître de mon trouble.

— Même les papas tortues ont besoin d'une pause.

— Je sais que je me comporte de façon excessive. Je n'ai jamais eu d'animal de compagnie.

Son regard se voile de tristesse.

Avant que je puisse explorer le sujet avec lui – enfant il aurait sûrement pu avoir un poney s'il avait voulu, non ? – il cligne des yeux et lisse la nappe.

— Ce restau est vraiment chic. Est-ce que les autres garçons Parloni avaient aussi des repas gratuits ?

— Je ne crois pas. Je pense que tu es spécial. Je veux dire…

— Spécial, comme c'est gentil, répond-il chaleureusement.

Il s'empare d'un des petits pains minuscules et le tartine de beurre avant de l'engloutir.

— Comment était mon prédécesseur ?

Je m'adosse à ma chaise et redresse mes couverts.

— Il s'appelait Phillip. Il étudiait le journalisme et tenait un blog sur des baskets. Il a démissionné quand elles lui ont demandé de repasser un de leurs sous-vêtements.

— Quoi, tu parles de ce string imprimé léopard miteux ? Elles n'arrêtent pas de me narguer avec. J'ai trouvé bien pire au fond de mes draps.

Il a parlé si fort que nos voisins tournent la tête vers nous.

— Je l'ai plié à la japonaise, pas plus grand qu'une boîte d'allumettes.

J'éclate de rire.

— Tu vois, tu es capable d'être ordonné toi aussi.

— Depuis que je t'ai rencontrée, je plie tout. J'ai vécu dans le bordel toute ma vie. Je veux une étiqueteuse, je veux tatouer mes affaires. Parle-moi du garçon avant Phillip.

Teddy enfourne un autre petit pain.

Je suis distraite. Sous son sourire décontracté, Teddy vient de me montrer quelque chose de réel et profond. Être un Prescott semble plus difficile que je l'imaginais.

— Avant Phillip il y a eu Brayden. Dix-neuf ans, chômeur chronique. Il était choqué d'obtenir le boulot. Il était tellement fou de joie que c'en était triste. Il traînait dans mes pattes au secrétariat.

— Comment elle l'a fait fuir, celui-là ? demande-t-il la bouche pleine.

Je souris malgré moi.

— Elle a fait semblant d'être morte. Il est parti en courant et n'est jamais revenu. Il doit toujours la croire morte.

Je tourne la tête et observe Renata qui est en train de rire avec Aggie.

— Elle va vraiment trop loin. Parfois je la trouve un brin diabolique.

— Elle m'a fait le coup aussi. J'ai changé de chaîne, son cœur a redémarré. Et avant lui ?

Alors qu'il termine de beurrer un troisième petit pain, il se fige. Ai-je une expression particulière sur le visage ?

— Désolé, je n'ai pas pu me retenir.

Il dépose le petit pain sur mon assiette. Jamais un petit pain ne m'a paru aussi appétissant. Normal, Teddy l'a beurré pour moi.

Je réponds entre deux bouchées :

— Luke avait la vingtaine. Il a dévalé la colline en skate, a percuté une tortue et est tombé. Il a essayé d'intenter un procès à Providence. Par chance, j'avais noté chaque fois que je l'avais prévenu de ne pas le faire. Le jour et l'heure.

— L'assistante rêvée pour un avocat. Tu es une employée modèle, me complimente Teddy.

Malgré son ton élogieux, je suis gênée. J'ai tellement été traitée de lèche-cul…

— Tu en veux un autre ? demande-t-il, la main au-dessus du panier à pain. Tu as besoin de féculents. Dieu merci je t'ai sauvée de ta soupe en conserve.

— Oui, s'il te plaît. Après tout, j'ai évité une action en justice à ton père. Plus d'héritage pour toi.

Le serveur me remet un verre de vin. Je le prends mais je n'ai aucune intention de le boire.

— Bois, crie Renata.

Teddy secoue la tête.

— C'est tout à fait moi. Je tue le temps en attendant que l'héritage me tombe dessus.

Il beurre le petit pain suivant avec colère.

— Rose vivante, jamais je ne toucherai le moindre centime.

J'ai envie que son sourire revienne.

— Haut les cœurs, Teddy, tu es probablement l'assistant de Renata et Aggie Parloni qui a tenu le plus longtemps.

On trinque. Je prends une gorgée de vin et fais aussitôt la grimace. C'est répugnant. Mais je vais me forcer. Il faut bien que je devienne adulte.

Je me rappelle ce que Mel a dit : considère ce déjeuner comme un déjeuner d'affaires. Je devrais en profiter pour avoir une discussion professionnelle sérieuse avec le fils de Jerry.

— Jusqu'à maintenant, PDC ne se souciait pas de notre existence. On était complètement passés à la trappe. Je ne sais pas quel est le but de cette étude.

L'amertume dans mes paroles ne lui échappe pas.

— J'ai tout gâché quand je me suis pointé, n'est-ce pas ?

Il attend. Quand il me voit chercher mes mots, la lumière en lui s'éteint.

— Elle passera en revue les atouts et les points faibles et fera un compte rendu au conseil d'administration. Elle leur indiquera ce qui rapporterait le plus d'argent à PDC. Si cette colline vaut davantage recouverte de gratte-ciel, c'est l'option qu'elle choisira.

Je me demande quelles autres connaissances il a sans le savoir.

— Rose est-elle une personne charmante qui a un faible pour les personnes âgées ?

— Je dirais plutôt qu'elle devait avoir un jouet en forme de bulldozer quand elle était gosse.

Son expression impassible ne me plaît pas. Il ramasse son téléphone et pousse un bâillement.

Je vois bien qu'il essaie de mettre fin à cette conversation mais je persévère.

— Tu dirais ? Tu n'en es pas sûr ?

Je prends une autre gorgée de vin, et insiste :

— Tu pourrais peut-être la convaincre de venir visiter Providence. Si elle voit les lieux en personne…

— Je vais te dire une chose à mon sujet, me coupe-t-il.

Nos regards se croisent. Le sien est très sérieux, très adulte. Mon estomac dégringole. J'ai soudain peur.

— Je t'apprécie beaucoup, alors je vais te donner un spoiler sur la tournure que tout cela va prendre. Le fait que je m'appelle Prescott ne te sera d'aucune utilité. Je ne peux pas me retrouver impliqué. Si tu t'imagines que j'ai la moindre influence, tu es à des kilomètres de la vérité.

L'émotion me gagne.

— Alors cela t'est égal que Providence soit le foyer de nombreuses personnes âgées qui ne méritent pas d'être déracinées à cette période de leurs vies ? Le stress pourrait les tuer.

Il tourne la tête vers ses patronnes. Son regard se voile d'un regret sincère.

— Non cela ne m'est pas égal. Mais je ne peux pas t'aider. Même si je le voulais, Rose m'en empêcherait.

11

Le serveur nous apporte des salades pâlottes et guère appétissantes. La sauce, dressée en pointillé, ne suffirait pas à satisfaire une seule papille gustative. Les fleurs qui décorent l'assiette me rappellent celles que j'ai vues pousser sur le bord de la route. Mon estomac grogne de déception.

— C'est une tomate ? demande Teddy, l'objet en question planté au bout de sa fourchette.

Il a clairement envie de changer de sujet :

— Une betterave translucide ? Un oignon mort ?

— C'est le fantôme d'une tomate.

On racle nos assiettes à la recherche de quelque chose de comestible.

— Je ne veux pas me montrer ingrate car les Parloni nous offrent le déjeuner, mais pour l'instant seuls les petits pains sortent du lot.

— Tes parents sont toujours ensemble ? me demande-t-il.

J'acquiesce.

— Qu'est-ce qu'ils font dans la vie ?

Il va falloir que j'aborde ce sujet maintenant. Ce n'est pas une discussion sexy et, une fois qu'ils ont découvert qui je suis, les gens ont vite fait d'en tirer des conclusions.

— Tu as devant toi la fille d'un révérend.

Je prends une autre gorgée de vin, qui me fait tout autant grimacer que la première.

— Arrête de boire.

— Moins d'une seconde après avoir appris que je suis fille de révérend, tu m'interdis de boire de l'alcool ?

Je descends mon verre d'une traite et recrache aussitôt des vapeurs avinées. J'ai la gorge en feu.

— Non, j'ai dit arrête de boire parce que clairement tu n'aimes pas ça. Tu n'es pas obligée de faire tout ce que dit Renata. Elle fait moins d'un mètre cinquante. Qu'est-ce que tu risques ?

Teddy boit une gorgée d'eau. Il conduit, après tout.

— Tu vas toujours à l'église ?

— J'y vais pour éviter la dispute avec mes parents quand je leur rends visite. Mais je n'ai pas d'église attitrée ici, ce qui déçoit mon père.

Je m'impressionne moi-même d'avoir réussi à enfermer tous ces sentiments dans l'équivalent d'une boîte d'allumettes. J'ai perdu foi en l'église, mon père a perdu foi en moi, et de ces deux désillusions je ne sais pas laquelle est survenue en premier. Je lève mon verre en direction d'un serveur.

— Un autre verre, s'il vous plaît.

Avant que je puisse répondre, la voix de Renata nous parvient de l'autre côté du restaurant.

— De quoi est-ce que vous parlez, les tourtereaux ?

Les clients autour de nous grimacent.

Teddy me laisse répondre. Je ne peux même pas murmurer, son audition n'est pas assez bonne.

— Problèmes familiaux ? dis-je.

— Continuez, répond-elle en agitant son couteau.

Je me retourne vers la table. Les yeux de Teddy pétillent d'amusement. Soudain, les regards des clients autour de nous ne m'affectent plus autant. Je m'en fiche.

Le vin me réchauffe de l'intérieur, chaud et douillet. Je devrais probablement essayer de l'absorber. Je désigne les petits pains. Teddy se met aussitôt à en beurrer un autre pour moi.

— Tu les beurres mieux que moi.

J'essaie de me justifier mais il ne trouve pas ma demande étrange.

— J'ai faim et je suis déjà soûle.

Le serveur apporte mon second verre de vin. Le timing est parfait. Teddy me regarde d'un air inquiet.

— Tu n'as mangé que deux petits pains et le fantôme d'une tomate.

Il tourne la tête vers le serveur.

— Quel est le plat principal ?

— Poulet en crapaudine, répond celui-ci d'une voix plate. Mais la soupe arrive.

— On a trop faim pour des minipoulets. On peut changer notre commande ? Un steak, ça te dit, Ruthie ?

Très contrarié, le serveur s'éloigne, en marmonnant :

— Je vais avoir des soucis.

— Dieu merci, les Parloni payent. Je suis fauchée.

Je pourrais réclamer l'argent que Teddy me doit mais je n'y pense même plus. J'ai l'impression de passer ma journée à la fête foraine et je ne regrette pas du tout d'avoir acheté un ticket d'entrée.

— Je n'ai pas oublié, dit-il soudain.

Il farfouille dans sa poche arrière. J'entends un scratch. La femme attablée à côté baisse les yeux vers le pantalon de Teddy d'un air alarmé.

— Oh pitié, non, grogne-t-il, tapotant sa hanche. Pas maintenant, pas ici.

J'essaie de voir sous la nappe.

— Qu'est-ce qui se passe ?

Ma question le surprend.

— Tu ne devines pas ? Tu n'as pas vu le badge « Chaud lapin » ? C'est un costume de strip-teaseur. Tout tient par du velcro.

— Oh bon sang. Je ne compte plus le nombre de fois où je l'ai déposé au pressing. Que doivent-ils penser de moi ?

Je comprends mieux maintenant pourquoi les gens me regardent aussi étrangement. Je descends le second verre de vin.

— Que tu connais des mecs super sexy.

Une lueur espiègle dans les yeux, il sort soigneusement son portefeuille, cette fois sans trop de bruit, Dieu merci.

— Une dame super sympa l'a trouvé à la laverie automatique. Les bons samaritains sont toujours des femmes. Les mecs sont des cons.

Il l'ouvre et le dessin d'un papillon de nuit en tombe. Il attrape quelques billets usés.

— Vingt dollars. Merci.

Notre dette est effacée. Ne plus avoir ce lien entre nous ne me plaît pas.

Son portefeuille est une relique médiévale en cuir qu'un cheval et sa calèche ont dû piétiner un bon millier de fois. J'ai envie de l'ouvrir pour lire chaque carte et ticket de caisse. Je veux dormir avec sous mon oreiller. Oh non, c'est mauvais signe.

— Parle-moi de ton dernier petit ami, lance-t-il.

— Il s'appelait Adam. Ouais, je sais, je n'y suis pas allée de main morte dans le genre petit-ami-qui-plairait-à-mon-père-révérend.

Le serveur débarrasse ma salade. Je n'y ai même pas touché.

— On est sortis ensemble de seize ans jusqu'au… lendemain du bal de promo.

— Ça sent l'histoire croustillante.

À nouveau, on est interrompus. Un petit bol de soupe rose est posé devant chacun de nous. Le bol est froid.

— Qu'est-ce que c'est ? interroge Teddy.

— Soupe lituanienne froide de betterave, répond le serveur en réussissant l'exploit de garder une expression neutre.

Teddy masque son expression de désespoir. C'est plus sage. Il sait que ses patronnes le surveillent.

— Autant essayer.

Il enfourne une cuillerée et lève la tête vers le plafond, les yeux plissés d'un air pensif. Quel va être son verdict ? Miam, beurk ? Quelle importance ? Je dois écouter le conseil de Jerry Prescott avant qu'il soit trop tard. Encore que… il est peut-être déjà trop tard. Je devrais davantage me concentrer sur mes propres expériences, pas seulement attendre son verdict sur des charbons ardents. Je goûte la soupe épaisse.

— Elle a le goût de la craie, tu ne trouves pas ?

— On dirait de la sauce à la betterave qui a été laissée dehors sur le patio et qui s'est pris la pluie, répond Teddy.

Il la mange quand même.

— En plein dans le mille.

Je souris dans mon bol de soupe.

— J'adore quand tu souris. Ça me donne des papillons ici.

Teddy tape du poing sur son plexus solaire.

— Tu me racontes ce qui s'est passé avec Adam ? Est-ce qu'il t'a brisé le cœur ? Il faut que j'aille lui casser la gueule ?

Il me rappelle Mélanie.

Le vin me délie la langue.

— Le bal de promo s'est mal passé. J'ai été une erreur de jugement pour lui. Le lendemain matin, il est allé demander conseil à mon père. C'était horrible.

Ma voix se brise. La peur au ventre, je regardais la porte fermée du bureau de mon père, sachant exactement de quoi ils étaient en train de parler.

— Aller voir ton père ? C'est une violation de ta vie privée. Il n'aurait pas dû.

— Je ne sais pas si le terme violation…

— Ils pensaient que tes sentiments, ton expérience et ton intimité étaient moins importants que les siens. Ça me met hors de moi. Qu'est-ce que je t'ai dit ? Les gens te marchent dessus.

— Je n'avais jamais vu les choses sous cet angle.

Je finis mon vin.

— C'est la dernière fois que j'ai eu des… relations sexuelles. Le temps a passé, j'ai été prise par le travail. Trouver un petit ami est devenu une de ces choses que j'ai remises à plus tard. Jusqu'à ce que Mélanie débarque.

Woooah, rien de tel que l'alcool pour se confesser. Non seulement je suis pompette en pleine journée, mais je déjeune avec un homme qui me plaît et qui se trouve être le fils du patron. Je suis sûrement aussi transparente que du verre.

— Je dois donner une réponse à Mélanie cet après-midi au sujet de…

— La Méthode Sasaki, je sais. Elle m'a demandé de te convaincre de dire oui. Mais je ne veux pas. C'est la jungle, là dehors.

Il grimace.

— Et je te le répète, les mecs sont des cons.

— Tu es un mec.

— Des cons, maintient-il.

— Si je ne veux pas être seule dans un village pour seniors de vingt-cinq à quatre-vingt-quinze ans, je dois prendre le taureau par les cornes. Je veux que tu sois complètement honnête. Si c'était un vrai rendez-vous, je m'en sortirais comment ?

C'est venu de façon si détachée et platonique que je m'épate moi-même.

— Tu es toi-même et c'est tout ce qui importe.

Quand il voit que cette réponse vague ne me satisfait pas, il y réfléchit plus longuement.

— Tu sais écouter, tu es drôle, intelligente, honnête… N'importe quel mec aurait de la chance d'être assis à ma place.

Ses yeux se promènent sur mon visage comme un crayon sur une feuille à dessin.

— Tu es superbe.

Je m'interdis de ressentir l'impact de ces mots. Il a toujours un compliment prêt à dégainer. C'est un dragueur, voilà tout.

— C'est très gentil de ta part.

Pour un garçon plutôt centré sur lui-même, c'est surtout lui qui a écouté. Quand nos regards se croisent à nouveau, je ressens une décharge électrique dans le ventre.

— Tu as quelqu'un en vue ? demande-t-il.

— Absolument personne.

C'est un mensonge éhonté mais je le vois se ratatiner comme si je lui avais annoncé une très mauvaise nouvelle. Quelle question gênante. Bien sûr que j'ai des vues sur Teddy. Il est sur mon radar, de la même façon que je surveillerais un ouragan qui se dirigerait vers moi. Lui aussi est animé d'une puissante énergie qui illumine tout autour de lui.

Autant craquer pour un ouragan. Au moins je serais couverte par mon assurance.

— Vraiment personne ?

Il me donne une autre chance de répondre correctement. Qu'attend-il de moi ? Que j'admette que j'adore les paillettes jaune citron dans ses yeux noisette ainsi que la façon dont elles ressortent uniquement sous certaines lumières ?

— Mon radar est cassé.

Ma réponse ne lui plaît pas. Il s'attend à ce que tout le monde craque pour lui.

— On va le recalibrer. Qu'est-ce que tu recherches exactement ? Mel m'a montré la robe de demoiselle d'honneur de ses rêves.

— Lilas, je sais.

Ce que je veux vraiment ne peut pas être dit à voix haute.

Je veux être installée sur mon canapé devant *Tombé du ciel* et embrasser un mec aux mains tatouées et à la crinière de rêve.

— Je ne peux pas te le dire. Tu m'as dit une fois qu'un rien te traumatisait.

Comme c'est agréable de dire une chose aussi audacieuse. Ses pupilles noircissent.

— Traumatise-moi.

Il tend une main et la pose à plat sur la nappe. C'est une requête. Prends-la. Donne la tienne.

— J'en ai envie.

Est-ce un de ces moments auquel je repenserai plus tard en me demandant ce qui se serait passé si j'avais eu le courage de glisser ma main dans la sienne, au milieu d'un restaurant huppé un jour de semaine ? Ses doigts se seraient-ils refermés sur les miens ?

Donne, donne, donne.

— Je veux trouver un mec gentil et l'embrasser sur mon canapé.

Je guette sa réaction.

Elle n'est pas bonne. Une moue se forme. Il retire sa main. Tant pis, je ne saurai jamais si j'aurais eu le courage de poser ma main sur la sienne. Je souris pour cacher ma nervosité.

— Quoi ? C'était super soft.

Il fronce les sourcils.

— Il n'y a pas beaucoup de mecs inscrits sur des sites de rencontres qui seraient satisfaits d'en rester là, ajoute-t-il.

— Qui a dit que je voulais en rester là ?

Je lève les yeux tandis que deux assiettes sont posées devant nous. Ce steak accompagné de pommes de terre bat ma conserve de soupe à plate couture. Sortir de ma carapace a ses avantages. Teddy continue de me dévisager. S'il soupçonne que je craque pour lui ne serait-ce qu'un tout petit peu, il risque d'avoir pitié de moi. Je prends alors ma décision :

— Je vais le faire.

— Faire quoi ?

Sûre de moi et d'humeur joyeuse, je sors mon téléphone.

— C'est parti pour la Méthode Sasaki.

Je lis à voix haute le SMS que je tape :

— Je suis partante.

— Tu es sûre de toi ? Mel n'est pas du genre à abandonner. Elle va te trouver quelqu'un.

— Je ne veux plus consacrer toute ma vie à mon travail. Je veux une vie privée épanouissante. Si je ne saisis pas cette opportunité, je m'en mordrai les doigts.

Je plonge mon regard dans le sien. Teddy est mon voisin, mon ami. Il faut que je m'en contente. J'appuie sur Envoyer.

Sur mon téléphone, plusieurs points apparaissent, indiquant qu'elle est en train de répondre et soudain l'écran explose d'émojis. Des gifs ridicules de bébés qui dansent, des gibbons qui se balancent, des diamants, des cœurs, des bagues et des bouteilles de champagne tombent en cascade sur mon écran, l'inondant de joie. Je suis si émue que j'en pleurerais. Le fait qu'elle se montre aussi enthousiaste à la perspective de m'aider me touche profondément.

Bercée par le vin qui me réchauffe de l'intérieur, je décide de profiter de l'instant présent. Je suis assise dans un restaurant huppé en face d'un homme gentil, séduisant, qui m'apportera son soutien dans cette aventure. Enhardie par la boisson, je glisse mes doigts entre les siens et exerce une légère pression, relâchant avant qu'il puisse réagir.

— Qu'est-ce que j'ai à perdre de toute façon ?

Renata pousse un cri strident.

— Je ne vous ai pas commandé de steak !

Qu'est-ce que j'ai à perdre ? La vie !

12

Il devient évident que Teddy franchira le cap des deux semaines demain. Je suis en train de lui confectionner une petite médaille militaire. J'imagine déjà la scène : je l'accrocherai à son T-shirt, sur sa poitrine, il saluera, éclatera de rire et me demandera ce qu'il y a pour dîner.

J'ai l'impression d'avoir un colocataire. Ou un meilleur ami. Je comprends pourquoi les Parloni aiment avoir un charmant jeune homme à la maison. Il a créé La Tirelire des Bons Voisins il y a quelques jours et y a déposé de l'argent pour participer aux courses. Il sait que je déteste quitter Providence, alors il fait les courses pour moi. Il aime avoir une liste.

Il m'achète toujours quelque chose de sucré pour me récompenser d'être aussi gentille et raisonnable.

Pendant que j'attends mes commères pour la séance de Couture et Commérages de l'après-midi, je teste la poignée de porte de la salle de loisirs, histoire de faire travailler ma mémoire. Une porte fermée à clé me procure une sensation si agréable d'accomplissement. Une porte déverrouillée a du jeu et je ne le supporte pas. Je pratique cet exercice depuis pas mal de temps.

Mélanie me rejoint.

— Comment s'est passée ta réunion téléphonique ?

Elle me rappelle moi à l'époque où j'étais insouciante, quand je n'étais pas forcée d'assister à des réunions stressantes. Je l'envie profondément. Sylvia ressent-elle autant de stress au quotidien ?

Je me force à lâcher la poignée.

— Je ne m'en suis pas trop mal sortie. Qu'est-ce que tu fais là ? Tu es censée rester au secrétariat.

— Tu es partie avant que je puisse te demander quelles nouvelles tâches odieuses ils nous ont données. Ta lèvre supérieure perlait de sueur, tu avais une moustache de transpiration.

Mélanie sourit joyeusement à une des résidentes qui passe sur son scooter.

— Bonjour, madame D'Angelo !

Elle agite son téléphone devant moi.

— Détends-toi, j'ai fait transférer les appels sur mon portable.

En d'autres circonstances, je la féliciterais de se montrer de plus en plus sympathique avec les résidents mais je suis préoccupée.

— Mais le bureau n'est pas fermé à clé, si ? Mel, retournes-y.

Elle est trop occupée à prendre une photo de sa manucure contre la haie en fleurs pour relever.

— Que voulait Rose cette fois ?

— Les coordonnées de notre assureur. Elle demande également un rapport détaillé, mais c'est Sylvia qui s'en occupe d'habitude. J'aurai peut-être besoin de ton aide pour assembler les documents.

Moustache de transpiration ? Le mot est faible. Je poursuis :

— J'ai un mauvais pressentiment. Ils ont eu accès aux comptes en banque. Vu la façon dont ils en parlaient, tu penserais que Providence est en plein naufrage. Je ferais mieux d'appeler Sylvia.

Elle n'a répondu à aucun de mes mails. C'est elle qui a insisté pour que je lui donne des nouvelles régulièrement, mais j'ai l'impression de la harceler. Est-elle tombée par-dessus bord ? Ce n'est pas le genre de femme que j'arrive à imaginer en train de roupiller ivre morte et cramée par le soleil sur un transat.

Mélanie télécharge la photo de sa main sur son compte Instagram.

— Surtout pas. Prouve que tu as tout géré. Je fais des missions d'intérim depuis quinze mille ans et voici ce que j'ai appris. Si quelque chose te stresse au point de te donner mal au ventre, alors c'est une bonne expérience à ressortir lors d'un entretien.

— Tu oublies que mon objectif est de ne jamais repasser d'entretien.

Si Sylvia rentre et que j'ai foiré, elle me virera derechef. Je repense au canapé-lit dans le sous-sol de mes parents. Serai-je la prochaine à l'occuper ? Une fois n'est pas coutume, je prie.

Mélanie l'intérimaire n'est guère impressionnée par ma loyauté envers Providence.

— Tu as déjà choisi ton pavillon ? Prépayé ton caveau ? Beurk, Ruthie. On doit se concentrer sur la Méthode Sasaki pronto et te ramener dans le monde des vivants.

Elle fait demi-tour, se préparant à retourner au bureau. J'interviens :

— Hé, attends une seconde. Tout ce qui concerne la Méthode Sasaki doit rester entre nous. Je ne veux pas que PDC découvre qu'on fait les andouilles. Mieux vaut ne pas en parler devant Teddy.

— Je suis d'accord. Je pense que Teddy est un test.

— Un test envoyé par PDC ?

Je n'y avais pas pensé.

— Non, un test envoyé par les dieux de l'amour. C'est comme quand tu vas faire tes courses le ventre vide. Si tu n'as pas ta liste avec toi, tu finis au rayon pâtisserie et tu achètes une forêt-noire que tu dévores dans la voiture. Qu'est-ce qu'il y a sur ta liste de courses ?

Je sais quel genre de réponse je suis censée donner.

— Du muesli et du nettoyant W-C.

Elle tape dans ses mains.

— Exactement. Appliquons la même leçon aux hommes. Certains sont délicieux mais mauvais pour toi. Je sais qu'il traîne chez toi. Il rêve énormément de toi, d'ailleurs.

Je crève d'envie d'en savoir plus mais je reste totalement impassible, ne laissant même pas le moindre clignement me trahir.

— Teddy n'est pas un test. C'est mon voisin.

— Je lui ai parlé au bureau l'autre jour quand tu rendais visite à Mme Tuckmire. Je lui ai demandé s'il avait déjà été amoureux.

Le regard perdu au loin, Mélanie mordille sa lèvre inférieure.

J'ai l'impression qu'une scie à métaux rouillée glisse entre mes organes. Si Mel continue dans la même veine, elle va trembler et les perforer.

— Ce ne sont pas mes affaires. Et les tiennes non plus, je te signale, Mélanie Sasaki.

— Il a répondu que ce n'était pas dans son ADN d'aimer quelqu'un comme il se doit et pour toujours. Ça m'a vraiment fait de la peine pour lui.

Cela ressemble beaucoup à une mise en garde. L'embarras me donne des picotements. Elle commence à descendre vers le secrétariat.

— Rappelle-toi ta liste de courses, lance-t-elle par-dessus son épaule. Évite de te jeter sur ce qui est mauvais pour toi.

Elle fait bien de me le rappeler car depuis qu'elle a mentionné cette histoire de gâteau, j'ai envie d'organiser une petite soirée super romantique dans les collines. La voiture surplomberait un magnifique point de vue, les lumières de la ville scintilleraient en contrebas. Teddy déboutonnerait mon chemisier, descendrait la fermeture Éclair de ma jupe. Mes gémissements de plaisir couvriraient de buée les vitres de la voiture.

Entendant des bruits de pas, je tourne la tête. Teddy fait un jogging sur le sentier suivi par Renata sur son scooter. Je vais à leur rencontre.

— Bonjour, vous deux.

Teddy lève les sourcils d'un air amusé et passe devant moi sans s'arrêter. Mon cœur rate un battement.

— Il s'est montré impertinent, alors je le fais se dépenser. Fais le tour du lac, je te regarde.

Renata l'observe avec une satisfaction diabolique. Le dos bien droit, il donne l'impression de courir avec légèreté et facilité. Au soleil, ses cheveux brillent comme une cerise noire. Il faudrait vraiment que j'arrête de le reluquer. Mais on ne peut pas le nier, Teddy a un corps d'athlète et il est en grande forme.

— Je n'en suis pas si sûre, dit Renata.

(J'ai parlé à voix haute ? Oh non.)

— Il fait toute une montagne de commencer à 6 heures le matin, alors j'ai décidé de bousculer ses habitudes. Après son jogging, il boira un smoothie de kale et tofu.

— Quelle cruauté.

— Je suis une patronne merveilleuse, se défend Renata.

Elle tourne la tête vers moi.

— Tiens, tiens, murmure-t-elle lentement.

Je réalise alors que j'observe Teddy depuis une bonne minute et que je ne lui ai pas répondu. Même avec les yeux perçants de Renata sur moi, je ne peux pas m'en empêcher. Je suis comme fascinée. Il attire le regard comme un aimant. En comparaison, tout le reste est fade. Il a croisé deux résidents sur le chemin et court lentement en arrière pour discuter avec eux. Son rire se réverbère sur l'eau du lac et m'atteint en plein cœur.

— Tiens, tiens, répète Renata. Je ne sais pas quoi penser de ce nouveau développement.

Je me force à détourner le regard et salue Mme Penbroke qui nous dépasse sur son scooter.

— N'oubliez pas, l'atelier Couture et Commérages commence bientôt.

— Je n'oublierai pas, Ruthie, répond-elle. J'apporte ma broderie. Et plein d'histoires à raconter.

Elle fusille Renata du regard.

— Deux dollars pour la collecte aussi, s'il vous plaît.

Sachant combien les résidents boivent, ma levée de fonds pour la fête de Noël commence le premier de l'an.

— Concentre-toi, aboie Renata, tapant la branche de ses lunettes de soleil sur son scooter. Un petit oiseau m'a dit que tu allais bientôt t'inscrire sur un site de rencontres. Elle m'a demandé de créer un look-book pour ton relooking.

Renata me regarde de haut en bas.

— Que penses-tu du style Valentino ?

Bon sang, Mélanie. Renata va tout répéter à Sylvia.

— Oui, c'est vrai, j'y ai pensé, mais les nouveaux propriétaires de Providence passent en revue notre politique de management et Sylvia sera absente jusqu'à Noël. Je vais me concentrer là-dessus.

Regardez-moi, si responsable.

— J'ai également la fête de Noël à organiser. Vous n'y êtes jamais venue mais c'est un grand événement. Je ne pense pas pouvoir tout gérer.

Le dire à voix haute me fait réaliser combien c'est vrai.

— Je n'ai aucune expérience quand il s'agit de jongler entre vie privée et vie professionnelle.

— Tu es une fille intelligente. Tu y arriveras, et en plus tu craques déjà pour quelqu'un. Le voici qui arrive.

— Laissez-moi deviner, un autre tour, lance Teddy qui repart au trot avant qu'elle ait le temps de répondre.

Lorsqu'il me dépasse, je sens une onde d'énergie.

— Tu ne peux pas imaginer la satisfaction que je ressens dans de tels moments, me confie Renata qui fait semblant de tenir des jumelles. Comme si mon cheval était en tête au Kentucky Derby. Je m'occupe de lui depuis que c'est un poulain, et regarde comme il cavale.

— Je ne craque pas pour Teddy. Ce n'est pas du tout le genre d'homme que je recherche et vice versa.

J'ai peur de poser la question suivante.

— Est-ce qu'il va réussir ?

— Il sera peut-être obligé de marcher s'il a un point de côté.

— Vous savez ce que je veux dire.

Renata pousse un profond soupir.

— Hélas, je pense qu'il va franchir le cap des deux semaines.

— Ne fait-il pas vos tâches ménagères et votre lessive ?

Je me retiens de dire : *Il vous aide. Acceptez la personne formidable qui est apparue dans votre vie, espèce de vieille imbécile.* Il en va de même pour moi. J'ai eu la chance de croiser le chemin de Mélanie.

— Hélas oui, il est honteusement compétent dans tous ces domaines, concède-t-elle.

Puis elle change de tactique.

— Puis-je te donner une leçon de vie de dame âgée ? Bien. La vie n'est supportable que si tu as quelqu'un de séduisant à qui te plaindre. Si je n'avais pas mon Aggie, je n'aurais pas survécu les années 1990. Karl Lagerfeld, on se verra en enfer.

J'éclate de rire.

— Merci du conseil.

Elle désigne le lac de la tête.

— Tu me rappelles tellement Aggie. Vous êtes faites du même bois. C'est la raison pour laquelle je sais que tu seras vraiment malheureuse quand il aura obtenu les clés de son salon de tatouage et qu'il partira à cinq heures d'ici sans se retourner.

— J'espère trouver quelqu'un qui me correspond. J'aimerais avoir quelqu'un de séduisant à qui me plaindre quand j'aurai votre âge.

Réalisant ma maladresse, je m'empresse d'ajouter :

— Non pas que vous soyez âgée.

Renata me tapote le bras.

— Je suis aussi vieille que la poussière. Le voilà. Je parie qu'il est essoufflé comme un bœuf. Il a fourni tous les efforts pour son prétendu dernier tour, sans savoir que…

— Encore un tour, je commence à avoir des endorphines, nous lance Teddy en passant devant nous, respirant comme un sportif.

Renata est aussi impressionnée que contrariée.

— Il faut vraiment que je me montre plus maligne avec celui-là.

— Quant à moi, je dois vraiment aller me préparer pour l'atelier de cet après-midi.

Évidemment, elle n'en tient pas compte.

Elle remonte les manches de mon chemisier jusqu'aux coudes et déboutonne les deux boutons du haut ; tire sur ma jupe pour la remonter. Elle a accepté son rôle de conseillère mode dans la Méthode Sasaki.

— Achète une taille en moins. Ta taille est ici, dit-elle en dessinant une ligne imaginaire sur moi. Achète de grosses ceintures et fourre tout là-dedans. Qu'est-ce que tu as contre les vêtements neufs, au fait ? Ils ne te paient pas ici ?

— J'ai travaillé à la friperie de l'église, alors je sais qu'on y trouve des habits flambant neufs. C'est mieux pour l'environnement. Et oui, je surveille mon budget.

Renata tire sur mon élastique à cheveux. C'est difficile pour elle, et dans ces moments de lutte, je prends toute la mesure de sa fragilité. C'est la seule raison pour laquelle je me soumets ainsi. C'est une grande gueule certes, mais elle est coincée dans un corps de quatre-vingt-onze ans contre son gré.

Avec une tendresse dont je ne l'aurais jamais crue capable, elle déclare :

— Regarde-toi. N'importe quel jeune homme serait chanceux de t'avoir. Et une fois que tu l'auras trouvé, il ne laissera jamais partir une gentille fille comme toi.

Je me tourne et contemple mon reflet dans la vitre de la salle de loisirs. Renata a des doigts de fée. J'arrive presque à m'imaginer devant un bar, la main levée en salutation tandis qu'un homme marche vers moi. *Ruthie ? Enchanté de te rencontrer enfin. Tu es ravissante.*

— Merci. Je trouve aussi.

Teddy nous a rejointes. Les mains sur les genoux, il halète.

— Décris-moi en détail les sensations physiques que tu ressens, exige Renata. Je n'ai pas fait de jogging depuis les années 1980. Les années 1970. Ou les années 1960.

Elle fouille dans sa mémoire.

— Jamais, en fait.

— Comme une sensation de brûlure, mais c'est tellement bon, lâche-t-il, essoufflé, en se frottant les mains sur les cuisses.

Il transpire tellement que ses vêtements lui collent à la peau.

— Je n'arrive pas à retrouver mon souffle. J'ai super chaud, j'ai la vue brouillée.

Il parle la tête baissée vers le sol. Il n'a pas encore remarqué le mini-relooking de Renata.

Quel plaisir inattendu de voir de la couleur dans ses joues et des gouttes de transpiration scintillante parsemer ses sourcils. Est-ce le genre de respiration que je pourrais entendre à travers notre mur ? Je n'ai jamais autant pensé au sexe que ces derniers jours. Je vais pour reboutonner mon chemisier lorsque Renata me flanque une fessée avec ses lunettes de soleil. Elle a tapé si fort qu'elles se cassent.

— Ramasse, ordonne-t-elle à Teddy.

Il tombe à genoux, ravi d'avoir une excuse pour se reposer.

— À notre retour, je te dicterai une lettre que tu taperas. On l'adressera au directeur de la création de Céline. « Cher monsieur. La qualité de vos lunettes de soleil a baissé. »

— Pas de problème, répond Teddy en regroupant les morceaux.

Puis il lève les yeux vers moi.

Je lui demande alors :

— Tu récupères ?

Pas du tout. Le relooking le laisse sans voix. Ses yeux sont rivés sur le profond triangle de mon décolleté. Bras, taille, cheveux, il passe d'une partie à l'autre sans même cligner tandis que sa poitrine se soulève et retombe rapidement.

Je ne me suis jamais sentie aussi séduisante de toute ma vie.

13

— J'ai attendu 17 heures toute la journée, lance Mélanie tandis que je verrouille la porte du bureau derrière nous et qu'on remonte le sentier direction mon cottage. Je vais enfin mettre les pieds chez toi. Que l'aventure commence.

— Mon appartement n'a rien d'excitant, tu sais.

Mes avertissements et mes excuses ennuyeuses ne l'intéressent pas.

— Euh, hello, je vis encore au bout du couloir chez maman et papa. Tu es une femme adulte qui a son propre appartement. Je. Suis. Super. Excitée.

Elle entre dans le jardin d'un pas sautillant, passe quelques minutes à observer les tortues dans leurs enclos puis frappe à la porte de Teddy tandis que j'ouvre ma porte.

— Il n'est pas chez lui. Et il n'est pas invité, tu te rappelles ?

Elle tourne sa poignée de porte et passe la tête à l'intérieur. Super, Teddy ne ferme même pas sa porte à clé. Comme si je n'avais pas déjà suffisamment de raisons de m'inquiéter.

— Y a quelqu'un ? Teddy, tu es là ?

Seul le silence nous répond.

Teddy a… fait son nid. Il s'est dégoté un fauteuil en cuir en mauvais état et y a déposé un plaid. Il a posé mon magazine *Women's Health* et un bol blanc rempli de bonbons sur une table basse qu'il a clairement trouvée sur le bord de la route. A-t-il copié mon aménagement ? Je fais quelques pas à l'intérieur. Sur le mur de plâtre qui s'effrite, il a dessiné une immense TV à écran plat au feutre, assortie de la marque TEDDYVISION.

— Il a de la chance que son papa soit le propriétaire, remarque Mélanie. Mais quel taudis.

— Crois-le ou non, c'est une sacrée amélioration.

La façon dont il a plié son plaid me donne un pincement au cœur.

— Ooh, regarde, s'exclame Mélanie. Il a installé un terrarium. Il ne voulait pas mettre TJ dans l'enclos à son retour car il avait peur qu'il attrape une pneumonie.

La voir se comporter comme si elle le connaissait mieux que moi m'agace. J'ai sorti ce terrarium de la réserve moi-même.

— Ouais, je sais.

— Son petit gars lui manque beaucoup. C'est tellement mignon. Oh mon Dieu, s'écrie-t-elle soudain.

Elle a dû voir quelque chose de sacrément scandaleux.

— Il a emprunté *Reptiles et Amphibiens pour les Nuls* à la bibliothèque. Il fera un papa adorable un jour, tu ne trouves pas ?

Il paraderait avec son bébé partout, comme un petit trophée.

— Dans un futur très lointain, quand il aura grandi lui-même.

Je tire sur la manche de Mélanie.

— Sors de là. Laissons-lui son intimité.

On entre dans mon cottage.

— C'est exactement comme il l'a décrit, commente-t-elle. Il a dit que ton appartement ressemblait à la maison de Winnie l'Ourson dans l'arbre. Pas étonnant qu'il essaie toujours de s'incruster chez toi.

Elle tape sur le mur que je partage avec lui.

— Tu es la voisine d'un mec sexy. Couillon, étrange, mais indéniablement sexy. Qu'est-ce que ça fait ?

— C'est agaçant mais… plutôt agréable.

— C'est-à-dire ? demande-t-elle, un sourire perplexe aux lèvres.

— Par exemple, quand le minuteur de mon four sonne, il me dit à travers le mur qu'il a rêvé que je lui préparais un délicieux dîner.

— Il rêve souvent de ton cottage, lâche Mélanie d'une voix plate.

Elle prend un bonbon du bol sur ma table basse – exactement là où Teddy a posé le sien.

— Et il peut continuer à rêver en ce qui te concerne.

— Je vais chercher les snacks.

Je suis restée debout tard hier soir pour préparer une assiette de snacks tout en me répétant que Mel annulerait peut-être, histoire de ne pas être déçue. Après tout, elle est jeune et fun, alors que je suis sur le point de lui servir un apéro digne d'une femme d'intérieur des années 1950.

— Tu veux t'asseoir dans le jardin ?

— Ouais, après avoir fait le tour du propriétaire.

Elle prend tellement sa mission au sérieux que je l'imaginerais presque en train d'enfiler une combinaison de police scientifique. Ça ne me dérange pas trop ; il n'y a rien de scandaleux à trouver.

Je dispose l'assortiment de fromages et de crackers dehors dans la cour sur la table que j'ai surnommée la table de Teddy. Je dépose ensuite de la citronnade et des verres. C'est vendredi et, pour une fois, je passe la soirée avec quelqu'un de mon âge.

— Tu es si ordonnée, lance Mélanie de l'intérieur de l'appartement.

— Ouaip.

Au même moment, Teddy entre dans le jardin au pas de course et s'arrête en freinant sur le talon de ses baskets. Il tient un talkie-walkie à la main, à la manière d'un vigile. Il jette un œil à la nourriture sur la table et s'écrie :

— Yesssssssssss.

(Voici un secret : j'ai préparé un plateau de fromage plus large que nécessaire.)

(Un plus grand secret : mon cœur a raté un battement en le voyant arriver.)

— Je meurs de…

Il est interrompu par le grésillement du talkie-walkie.

— Faim.

— Tu n'as pas fermé ta porte à clé. Mélanie est entrée par effraction. Qu'est-ce que tu fais là ? C'est une soirée privée.

Il hausse les épaules.

— Y a rien à voler chez moi.

Je m'apprête à protester quand on est interrompus par la voix tranchante de Renata qui s'élève du talkie-walkie.

— Où es-tu ? Quel est ton 10-20, Bébé Panda ?

Il ne répond pas. Elle fait une autre tentative.

— Je lui ai dit que ça ne marcherait pas. Réponds, Bébé Panda, où es-tu ? TERMINÉ.

Quelques secondes plus tard, une nuée d'oiseaux s'envole au-dessus de nous.

Teddy s'autorise un soupir à fendre l'âme puis appuie sur le bouton latéral.

— Affirmatif, Fashion Victime, 10-4. Je vais en avoir pour un moment. Bébé Ruth a sorti une grande assiette avec fromage, raisin et crackers. Il y a même un troisième verre, juste pour moi. Terminé.

— Cheese party dans le jardin un vendredi soir ! s'exclame Renata. Il y a du vin ? Décris quels types de fromages. Terminé, évidemment.

Je vais à l'intérieur tandis qu'il commence à les énumérer – « cale-porte jaune et dur, palet de hockey blanc crémeux, fromage dégoûtant avec des morceaux mystère ». Mélanie est dans ma chambre, en train de passer en revue les objets sur ma commode.

— Teddy est là, dis-je.

— Bien, répond-elle distraitement. Tout ton maquillage est là ?

Elle ouvre une ombre à paupières de l'ongle comme si elle soulevait le couvercle d'une boîte de Petri.

— Je ne suis pas sûre. Il y en a peut-être aussi dans la salle de bains.

C'était un mensonge éhonté.

— J'ai déjà regardé. OK, donc tout ceci est très vieux et doit aller à la poubelle.

(Elle n'a pas tort. J'ai utilisé cette palette pour le bal de promo.)

— Lors de la semaine 3 de la Méthode, je jetterai un œil à tes vêtements.

Je baisse la voix.

— Je ne veux pas qu'on aborde la Méthode Sasaki devant lui. On le laisse traîner avec nous jusqu'à ce qu'il s'ennuie et rentre chez lui.

— Bonne idée.

Elle sort.

— Salut, Teddy. Oh ! saluuuuut le fromage.

Ils s'attaquent au fromage en bavardant.

— Renata fait vrombir son scooter en ce moment même, nous prévient Teddy, qui a disposé plusieurs crackers tartinés sur sa main pour une dégustation plus efficace.

Il m'en tend un avec un petit geste cérémonieux du bras.

— Je préférerais que tu t'en ailles, lui dis-je aussi gentiment que possible.

Il me lance un regard blessé.

— C'est une discussion privée.

— On n'est pas amis ?

Là, il m'a eue.

— Si tu crains que je parle de ton projet à mon père ou Sylvia, je n'en ferai rien. Je veux simplement t'aider.

— C'est bon, laisse-le rester. C'est impossible de se débarrasser de lui de toute façon.

Mélanie me tend une feuille de papier.

— Je veux que tu signes ce document d'abord.

On dirait une décharge de responsabilité.

— Je soussignée Ruthie Maree Midona – ah c'est pour cette raison que tu voulais connaître mon deuxième prénom – déclare par la présente participer à la Méthode Sasaki de mon plein gré et avoir été informée de mon droit de renoncer à n'importe quelle étape du programme.

— Mais j'espère que tu n'en feras rien, interrompt Mélanie.

Je continue de lire :

— Je décharge Mélanie Sasaki de toute responsabilité dans les cas suivants :

• Échec du programme

• Cœur brisé

• Tourmente, peine et chagrin liés aux rencontres en ligne

• Assassinat par un blind date (Teddy s'étouffe sur son cracker)

• Coûts associés à une grossesse non prévue (c'est à mon tour de m'étouffer)

• Dépenses variées associées au Relooking

• Coûts associés au mariage probable qui résultera de la participation à la Méthode

— Appose tes initiales sur chaque page, ordonne-t-elle.

J'hésite pendant un long moment sur cœur brisé.

— Tu es une personne très créative. Où as-tu trouvé ce modèle ?

Elle regarde mon stylo qui plane au-dessus de l'emplacement dédié à la signature.

— J'en ai trouvé un en ligne et l'ai modifié. Le plus important là-dedans c'est que tu reconnaisses que ta participation est volontaire. En bas de la page, tu remarqueras que je dépose la marque Méthode Sasaki. Enfin, je le ferais si je savais comment. Ce que j'essaie de dire, c'est : ne volez pas mon idée extraordinaire. Un jour la Méthode Sasaki me rendra riche.

— Quel plaisir de signer un tel document.

J'essaie de ne pas me montrer trop sarcastique.

— Mais je veux une clause de confidentialité.

— Je n'en ai pas rédigé.

Je tourne la tête vers le fils de Jerry Prescott. Les yeux fermés, il mâche d'un air bienheureux.

J'écris l'avenant suivant : *Toute information concernant la participation de Ruthie Maree Midona à la Méthode restera strictement confidentielle.*

— On signe tous. Quoi qu'il se passe, je veux que ça reste entre nous. J'ajoute également une clause ici qui dit qu'on ne travaillera pas sur la Méthode pendant les heures de travail et qu'on n'en parlera pas non plus. Aucune ressource du bureau ne sera utilisée.

— Oups, trop tard, s'excuse Mélanie. J'ai volé neuf feuilles de papier et une demi-cuillerée d'encre. Désolée, Teddy, je rembourserai ton père. Mais le classeur, je l'ai acheté pour l'occasion avec mon propre argent.

— Relax, je ne vais pas lui dire.

Teddy prend le stylo et signe à côté de mes nouvelles clauses. C'est une signature surprenante, très adulte, qui serait tout à fait à sa place sur des contrats immobiliers.

— Ou peut-être que si, finalement ? Je fais peut-être de l'espionnage industriel. J'ai été envoyé pour enquêter sur les vols de feuilles de papier qui ont cours à Providence.

Je commence à remarquer qu'il vérifie toujours si je ris à ses blagues. Je lui souris. Satisfait, il s'adosse sur son siège et déguste des raisins comme s'il était au paradis. Mélanie et moi signons le document.

— Allô, allô, coasse le talkie-walkie. Fashion Victim en route. Terminé.

— Renata ne me dérange pas, me confie Mélanie. Elle me donne l'impression que vieillir ne sera pas trop effrayant.

— Je ferais mieux d'aller chercher plus de fromage.

— Il en reste ? Je ne suis pas obligé de me retenir ? demande Teddy la bouche pleine et la main TAKE sur le couteau.

— Tu es en train de te retenir, là ?

Il avale et dit, le regard très sérieux :

— Veux-tu m'épouser, Ruthie Maree ?

Je déteste l'admettre, mais ses paroles me touchent en plein cœur. Complètement éblouie, les joues rougies par l'émotion, je reste bouche bée.

Mélanie fait mine de ranger son dossier.

— Mon travail ici est donc terminé. Rappelle-toi, des robes de demoiselle d'honneur couleur lilas.

— Même le fromage qui a l'air dégueu ne l'est pas, commente Teddy quand je retourne à l'intérieur pour nous ravitailler. Celui-ci c'est noix, cream cheese et miel. Je mettrai une cravate lilas pour être assorti à tout le monde.

Je m'appuie contre le bar de la cuisine pour reprendre mes esprits.

— Je t'interdis d'épouser Ruthie, lui lance Mélanie. Dans le cadre du programme, je lui demanderai de faire une liste pour décrire son homme idéal mais, dès que je t'ai rencontré, j'ai su que tu n'étais pas son type.

— Je suis le type de tout le monde.

À en juger par son ton, il lui sourit de toutes ses dents.

— Le fait que tu le penses confirme que tu n'es clairement pas le sien, répond Mélanie du tac au tac. Tu es peut-être le prochain candidat pour la Méthode Sasaki,

Une vague de panique m'envahit tandis que je regarde dans mon frigo. Teddy qui fait des rencontres ; Teddy qui se montre drôle et charmant. Enfin, il l'a toujours été. Mais aujourd'hui, je le connais et je n'ai plus envie qu'il rencontre quelqu'un d'autre. Oh non.

Sans le savoir, Mélanie empire les choses.

— Je pars du principe que tu n'as pas de petite amie. Si tu n'es pas célibataire, honte à toi.

— Si j'en avais une, penses-tu que je dormirais sur un matelas vieux de soixante ans au milieu de nulle part ? À manger – *crunch, crunch, crunch* – des morceaux de salade volés aux tortues ?

Je sors avec les ravitaillements quand Renata apparaît au bout de l'allée, une bouteille de vin dans le panier de son scooter et un verre vide au poing.

— Ouvre cette bouteille, ordonne-t-elle à Teddy.

— Bonjour, Fashion Victim, lance Mélanie. Votre perruque est de travers.

Elle a raison. Une des oreilles de Renata est recouverte de mèches de cheveux.

— À mon âge, de travers c'est mieux que rien.

Renata avance son scooter jusqu'à la table. Elle n'a aucune intention d'en descendre.

— Quel petit apéro sympathique. Qu'est-ce que j'ai manqué ?

— J'ai signé une décharge de responsabilité très créative, dis-je. On était sur le point de commencer la semaine 1 de la Méthode Sasaki. Si Mel veut bien expliquer de quoi il retourne.

Mélanie sort un autre document de son dossier secret et reste silencieuse un moment, le temps de prendre son courage à deux mains.

— Semaine 1 d'un programme de huit semaines, annonce-t-elle comme s'il s'agissait d'une publicité.

Elle s'arrête, hésitante.

La présence de Renata la déstabilise. C'est compréhensible. Elle pourrait faire douter de lui un CEO milliardaire.

Je l'encourage.

— Tout va bien, on est entre nous.

Mélanie feuillette les pages.

— Je vous rappelle que c'est la première fois que je fais ça, murmure-t-elle.

— Pitche-le, ordonne Renata. Vends-le.

Elle mord bruyamment dans un cracker. Elle est jeune à nouveau, à la tête d'une réunion de travail pendant que son staff tremblant présente la maquette de la prochaine couverture de *HOT OR NOT.*

— Contente-toi de me l'expliquer, Mélanie.

Elle se lance.

— Ruthie a besoin d'y aller en douceur. Alors on fera différentes activités hebdomadaires avec pour objectif un premier rendez-vous la quatrième semaine. D'ici à la fin des huit semaines, j'aimerais la voir heureuse en couple avec un mec super sympa. Regardez ma première fiche d'exercices.

On se penche tous au-dessus.

— Ruthie notera toutes les qualités qu'elle recherche chez un homme, ce qu'elle trouve rédhibitoire et le genre d'activités qu'elle aimerait faire lors des rendez-vous. Il y a plusieurs colonnes et listes à remplir. On sait qu'elle est douée pour ça.

— Quatre semaines ? Huit ?

Renata n'est guère impressionnée.

— Pourquoi pas maintenant ? enchaîne-t-elle.

Je croise le regard de Teddy. Il me regarde comme il m'a regardée à la station-service, de haut en bas, d'un œil curieux, inquisiteur, pensif.

Mélanie a imprimé un calendrier.

— On est ici, dit-elle en montrant du doigt. D'ici à la semaine 6, Ruthie aura trouvé quelqu'un pour l'accompagner à la fête de Noël. Et d'ici à la semaine 8, ce sera le nouvel an. Elle se réveillera peut-être auprès de quelqu'un.

Elle fait un clin d'œil, sourit d'un air satisfait et éclate de rire.

Je demande à Teddy :

— Alors, qu'en penses-tu ? Huit semaines, ça te paraît faisable ?

— Pfff, trop facile.

Il fait la moue et pointe du pouce par-dessus son épaule.

— Et si tu finis en avance ? N'oublie pas que le mur qui sépare nos cottages est très fin.

— Tu seras parti depuis longtemps, répond Mélanie. Qu'est-ce que ça peut bien te faire ?

— Ouais, je serai parti.

Voir la date de départ de Teddy inscrite noir sur blanc me perturbe profondément. Raison de plus pour me lancer dans ce processus avec sérieux et assiduité. Il doit bien y avoir un mec célibataire dans cette ville qui ne prévoit pas de partir.

— Huit semaines, c'est ridicule, commente Renata, qui peine à couper le bloc de cheddar. Trouve l'élu de ton cœur aujourd'hui.

La voir lutter avec le fromage me fait marquer un temps d'arrêt. Ignorer son conseil serait arrogant, étant donné son âge. Je me demande quelle approche adopter quand elle perd patience et s'écrie :

— Pour l'amour du ciel, que quelqu'un avec des os solides coupe ce fromage pour moi ! Maintenant, parlons de la Méthode Parloni.

(On retient tous notre souffle.)

— Va au bar et trouve quelqu'un dont les dents ne te révulsent pas. Garçon ou fille, peu importe. Rentre, enlève tous tes vêtements, batifolez ensemble. C'est ce qu'on faisait à l'époque.

Elle tend une main royale. Teddy y place un cracker recouvert de fromage.

— Je parie que Bébé Panda a batifolé dans une tonne de lits.

J'interviens aussitôt :

— C'est du harcèlement sexuel. Teddy est votre employé.

Teddy hausse les épaules.

— Elle ne peut pas me harceler avec la vérité.

S'attend-il à ce que je sois scandalisée ? Je le savais déjà. Évidemment qu'un mec avec un tel visage et un charme aussi ravageur s'est envoyé en l'air dans tous types de lit, du sac de couchage en passant par un lit à baldaquin.

Je me force à soutenir son regard, sinon il pensera que je suis une gamine sans expérience. Dans cette lumière, ses yeux ne sont ni noisette ni verts. Comment s'appelle cette couleur ?

— Mais pas dernièrement, me promet-il. Je ne batifole plus.

— Laisse-moi traduire pour toi.

Le regard de Renata dérive vers moi. Elle descend son verre de vin d'une traite. Gulp.

— Il veut batifoler avec toi, Ruthie. Seigneur, est-ce que ce ton sincère marche pour toi, Ted ?

Dans le talkie-walkie Teddy répond :

— 10-6, occupé, terminé.

Ils éclatent tous de rire. Je ris aussi, pour montrer que je suis bon public, mais l'embarras me brûle les joues. Mon lit n'est pas très digne d'une partie de jambes en l'air. Rentrerait-il même dedans ? Bien sûr que oui. Il se ferait une place n'importe où.

Mélanie m'explique la fiche d'exercices pas à pas. Elle y a visiblement consacré beaucoup de temps et d'efforts. Quand l'air se rafraîchit et que le premier moustique fait sa descente, elle regroupe ses affaires et se tourne vers moi :

— Je voudrais te demander une faveur en retour. Tu peux refuser, bien sûr.

Je hoche la tête tandis que j'aide Renata à enfiler sa veste.

— Vas-y.

— Mon contrat se termine en décembre et j'ai envie de trouver le job de mes rêves. Je suis intérimaire depuis si longtemps que je ne sais plus ce que j'aime faire. Peux-tu faire une sorte de Méthode Midona pour moi ?

Mon cœur se serre en entendant la vulnérabilité dans sa voix. Elle a foi en moi à ce point ? Et elle a peur que je dise non ? Je ferais n'importe quoi pour Mélanie Sasaki.

— Oui, évidemment. Mon seul regret c'est que tu ne me l'aies pas demandé plus tôt ; j'aurais alors pu être aussi bien préparée que toi. Voici ce que je te propose. Tu complètes cette fiche d'exercices mais pour des jobs. Note ce que tu aimes faire et ce que tu ne ferais jamais. J'adorerais t'aider à trouver le job de tes rêves, Mel.

Mes yeux se posent sur les enclos dans mon jardin. La Ruthie enfant qui rêvait de devenir vétérinaire serait horrifiée d'apprendre que je travaille comme assistante administrative. Elle serait entrée d'un pas déterminé dans le salon de Teddy et aurait piqué *Reptiles et Amphibiens pour les Nuls*.

14

Une fois mes invitées parties, je ramène le plateau presque vide à l'intérieur.

— J'ai bien envie d'organiser une cheese party mensuelle à Providence. Tu savais que je gérais tout un programme d'activités ?

— Oui, mademoiselle Midona, je le savais, répond sèchement Teddy, allongé sur mon canapé.

Je laisse tomber un flyer décrivant toutes les activités organisées à Providence sur son visage.

— La fête de Noël ici, c'est quelque chose. Sérieusement. On invite les résidents de la maison de retraite de Bakersfield pour équilibrer le ratio hommes-femmes et je vais chercher ces vieux messieurs en bus. Je les ramène le lendemain matin. Inutile de dire que c'est un trek très lent vu que la majorité a plus de quatre-vingts ans.

Le four est en préchauffage. Une fois que j'aurai commencé à faire couler l'eau de mon bain, ma routine aura repris ses droits. La seule différence, c'est qu'il y a un héritier de l'immobilier de un mètre quatre-vingt-quinze vautré sur mon canapé, la ceinture défaite. Il a enlevé ses baskets gigantesques comme s'il vivait là.

— Alors, tu penses quoi d'une cheese party ? Les résidents adoreraient, non ?

— Ouais. Tout le monde aime le fromage.

Les lèvres pincées, il s'empare de la télécommande et commence à zapper.

— Dis-moi ce qui ne va pas, Théodore.

Je fixe la fiche d'exercices donnée par Mélanie sur un clipboard et m'assois au bout du canapé près de ses pieds vêtus de chaussettes noires.

— Mel a laissé un espace blanc à côté de *Nom*, dis-je, amusée. Comme si elle avait d'autres clients et ne voulait pas mélanger les dossiers. Mais qui suis-je pour désobéir à un formulaire ?

J'écris RUTHIE MAREE MIDONA.

— Apparemment il faut que je fasse une liste. C'est dans mes cordes.

— Je préfère quand il n'y a que toi et moi, bougonne-t-il.

Il sait qu'il n'y a de place que pour un seul mec sur ce canapé.

— Je n'ai jamais vécu dans un endroit où toutes les journées se ressemblent, ajoute-t-il. C'est la première fois.

— Oui, la vie à Providence est assez routinière.

— Non, je veux dire ici, avec toi. La minuterie du four, la baignoire qui se remplit… Quand j'étais petit (il s'interrompt ; le sujet a l'air difficile pour lui), je ne savais jamais où j'allais passer la nuit. Maman et papa n'ont jamais vraiment mis en place de système de garde, ils s'arrangeaient au jour le jour. J'atterrissais chez le plus malchanceux.

— Je n'aurais pas pu le supporter.

— Je le supportais à peine.

Il se redresse et se cale contre les coussins. Je fais de même et allonge mes jambes entre les siennes.

— Je sais que je donne l'impression d'être éparpillé, mais je vis de cette façon depuis longtemps. J'aimerais profiter de cette routine encore un peu.

On est comme deux personnes allongées ensemble dans une baignoire. C'est tellement naturel que j'ai l'impression de faire ça depuis des années. Il tire sur l'élastique de ses cheveux. Sur son épaule, sa somptueuse crinière noire me fait l'effet d'un corbeau. Teddy est mi-homme, mi-animal.

— Ta liste ne va pas me plaire, lance-t-il en désignant le clipboard.

— Parce qu'elle ne parlera pas de toi ?

Il cligne pour dire *oui.*

— Teddy, tu es en train de tomber dans un narcissisme dangereusement sexy.

Je tapote la page avec mon stylo en essayant d'ignorer l'intensité de son regard posé sur moi et la façon dont son énergie essaie d'attirer mon attention, telle une main qui tirerait sur ma manche.

— Sexy ?

— Votre Honneur, je n'ai rien à ajouter.

Ses jambes se resserrent autour des miennes. Je fais de gros efforts pour ne pas sourire.

— Choisis un programme, s'il te plaît. Tu me rends dingue à changer de chaîne.

— Mettons *Tombé du ciel.* Je sais que tu regardes cette série, je l'entends à travers le mur.

Il commence à chanter le générique : *Whenever you're alone, I call your name, whenever you're lost, you know you'll get home…*

Est-il en train de me taquiner ? Le sang me monte au visage.

— Tu as appuyé ton oreille sur le mur ou quoi ? J'ai mis le volume si bas que j'ai été obligée de mettre les sous-titres.

Il hoche la tête et continue à chanter d'une voix ravissante (évidemment il sait chanter. Y a-t-il une seule chose qu'il ne sache pas faire ?) *Life's got ups and downs, we play that game, but when will you learn ?*

Même moi, avec mon cœur de pierre, je ne peux pas résister. Je chante la dernière phrase avec lui. « *When will you learn, you're heaven sent ?* »

On harmonise nos vocalises. Je lui souris.

— Tu me prends pour une vraie ringarde, non ?

S'il te plaît dis oui.

Fais-moi descendre de mon nuage.

— Si tu es une ringarde, alors moi aussi. Je kiffe cette série. Mets l'épisode où Francine va s'acheter des soutifs.

Il continue à fredonner le générique, tapant son orteil en rythme contre ma hanche. Mon regard se pose sur la feuille d'exercices vierge. Je crains de ne pas aimer ce que je m'apprête à écrire. Si je laissais parler mon cœur, ma liste pourrait facilement ressembler à ceci :

Recherche :

- *Homme de grande taille*
- *Tatoué*
- *Aux yeux envoûtants*
- *À la crinière folle*
- *Au sourire charmeur*
- *Aux mains talentueuses et artistiques*
- *Tous ceux qui ne sont pas lui, s'abstenir*

Je ferais mieux d'utiliser un crayon et une gomme.

— J'ai trois saisons de retard sur cet épisode. Je les regarde toujours dans l'ordre. Et je ne te laisserai pas regarder celui-là de toute façon, espèce de pervers. Francine est censée être au lycée.

Il hausse les épaules.

— Hé, j'étais au lycée, moi aussi, quand la série était diffusée. Mes sœurs et moi ne rations jamais un épisode. Je les attendais avec impatience. Alors tu en es où ? On ne voudrait pas bouleverser le système *Tombé du ciel* de Ruthie.

(Il l'ignore mais, grâce au marathon organisé par mon forum, il y a effectivement un système.)

— Je ne les regarde qu'une seule fois par an, et si je les regarde dans l'ordre, l'expérience est plus satisfaisante. Le fil narratif progresse si bien.

— Je n'en doute pas, Fée du logis.

Il se sourit à lui-même.

— Une seule fois par an. Quelle retenue. C'est ce que tu veux faire avec l'homme de tes rêves ? Te lover avec lui sur le canapé devant une série TV religieuse ? Ça te rappelle la maison ?

Nos jambes sont entrelacées comme si c'était la chose la plus naturelle au monde. On est en quelque sorte lovés l'un contre l'autre, maintenant qu'il en parle. La sensation d'une autre personne appuyée contre moi, son poids, sa chaleur… C'est vraiment le paradis.

— Moi aussi j'attendais les épisodes avec impatience. Ma routine ? Elle date d'il y a longtemps.

— C'est-à-dire ?

— Depuis…

Je m'interromps. Il me pousse du pied pour que je continue.

— Ma mère fait le tour des supermarchés et des restaurants le soir pour récupérer de la nourriture invendue. Elle a commencé quand j'avais huit ans. Une entreprise locale lui a même fait don d'un van, c'est devenu très professionnel. La nourriture est distribuée à des soupes populaires et des œuvres caritatives. Elle ne rentre pas avant minuit.

— Elle était absente toute la soirée, donc. Mais ton père était à la maison.

J'hésite.

— Tu vas penser que je suis une mauvaise personne. Je détestais qu'elle soit absente. Après sa journée de travail, papa est fatigué, contrarié, préoccupé. Il se ressource dans le silence. Je n'étais pas à l'aise avec lui. Il passait généralement toute la soirée dans son bureau.

— Donc tu as créé ta propre routine.

Les yeux de Teddy regardent alentour avant de revenir vers moi. Une lueur de compréhension anime son regard.

— Et tu savais quand *Tombé du ciel* passait à la TV. Tu pouvais compter dessus. Comme moi.

— Ce n'est pas tout. Il y avait toujours un inconnu qui vivait chez nous. Il y a une pièce au sous-sol avec un lit pour quiconque en a besoin. J'étais une enfant fragile. J'avais du mal à le supporter, mais en tant que fille de révérend je n'ai pas eu le choix.

Un inconnu qui se brosse les dents dans la salle de bains ; un inconnu assis sur ma chaise au petit déjeuner.

— Tu m'as demandé quand on s'est rencontrés si j'avais des parents stricts. Ils le sont, mais ils attendaient de moi que je prenne les bonnes décisions toute seule. En ce sens, j'étais plutôt livrée à moi-même. Je pense qu'on a un peu en commun là-dessus.

— Je comprends mieux l'importance de ta routine, maintenant. J'aurais peut-être dû en instaurer une moi aussi.

— Il n'est pas trop tard. Prendre soin de soi est important même en tant qu'adulte.

Il me contemple d'un air pensif.

— Je continuerai de m'incruster dans ta routine jusqu'à ce que tu en aies marre et que tu fermes ta porte à clé. Donc toutes ces affaires que tu as laissées pour moi dans la cour, le premier soir… Ce n'était pas la première fois que tu prenais soin d'un inconnu. Et c'est pour cette raison que me voir débarquer à l'improviste a été difficile pour toi.

J'ai un peu honte de moi. Même si je me suis montrée généreuse, à l'intérieur, j'ai toujours été réticente.

— Je ne dirais pas difficile.

— Tout va bien, je comprends. Les choses sont moins paisibles quand je suis dans les parages.

— Qui t'a dit ça ?

Occupé à chercher le bon épisode, il ne répond pas. Je lui demande :

— Tu ne vas pas parler pendant les épisodes, n'est-ce pas ? Attends, j'ai pensé à quelque chose à mettre dans la colonne des choses rédhibitoires.

J'écris sur la fiche : *N'aime pas* Tombé du ciel.

Teddy se met en position assise, faisant trembloter ses abdos, lit ce que j'ai écrit puis se rallonge avec un grognement satisfait.

— Mes sœurs me donnaient une tape sur l'oreille si je parlais. Tu peux faire pareil si tu veux.

J'appuie sur Play et on chante le générique ensemble. J'attrape un plaid à grosses mailles pour mes genoux, Teddy attrape l'autre bout. On tire dessus en riant. Comment peut-il déjà y avoir une telle complicité entre nous ?

L'épisode se termine, le suivant commence. J'enfourne deux cordons bleus de poulet au lieu d'un. Je pensais que je ne supporterais rien d'autre que le silence, mais ça me plaît de parler pendant les épisodes. Il fait des observations pertinentes et amusantes pile au bon moment. J'en piquerai d'ailleurs une pour lancer un fil de discussion sur le forum.

— À l'époque, je pensais que j'épouserais Francine Percival. C'était la fille de mes rêves, confie Teddy quand le générique de fin défile à l'écran.

Je lui tends son assiette.

— Oh wouah, je pourrais m'y faire.

Ces deux déclarations déclenchent un signal d'alarme dans ma tête. Je vais lui faire passer un test.

— Qu'est-ce qui te plaît chez Francine ? En dehors de son physique parfait.

L'actrice est aujourd'hui le visage d'une marque française de cosmétiques. C'est un test pour Teddy.

— Elle est si ordonnée et soigneuse.

— Oh.

Des paroles qu'on a souvent employées pour me décrire. Mais cette fois elles sont prononcées d'une voix rauque ô combien sexy. Je pose mon assiette sur la table basse et prend mon clipboard. Dans la colonne Recherche j'écris : *Honnête.* Puis j'ajoute : *Qui sait écouter. Sûr de lui.*

— Elle est réservée, continue-t-il en mangeant. Il se passe des tas de choses dans sa jolie petite tête mais elle ne laisse rien paraître. Elle est très maîtresse d'elle-même. Les spécimens comme moi trouvent ce genre de personnalité vraiment fascinant. J'adore son humour pince-sans-rire. Si la série est drôle, c'est surtout grâce à elle.

La finesse de son analyse me surprend.

— J'aime sa personnalité, moi aussi. Il y a cet épisode où elle se fait enlever les dents de sagesse, et son crush Ash Dangerfield lui rend visite à l'hôpital…

— Oh ouais. Elle est en train de se réveiller de l'anesthésie.

Teddy sourit.

— Francine lui fait une déclaration. Aucun filtre. Mon Dieu, si seulement ça pouvait m'arriver.

— Elle est ridicule dans cette scène, mais elle arrive à rester digne. Francine peut tout affronter. C'est libérateur d'en parler à voix haute. Je n'ai trouvé personne dans la vraie vie qui regarde cette série, encore moins un mec.

Je retourne à mon clipboard et essaie de réfléchir aux qualités que je recherche chez un homme sans penser à Teddy. *Fiable. Mûr. Perspicace.* Hélas, toutes ces qualités pourraient décrire Teddy. Il a relevé tous les défis lancés par Renata et il s'est montré admirablement dévoué envers ses nouvelles patronnes.

— Les mecs comme moi, commence Teddy (mon ventre dégringole dangereusement) se demandent ce qu'il faudrait faire pour qu'une nana comme Francine…

Il enfourne une énorme fourchette de nourriture et avale.

— … lâche prise, poursuit-il. Pour qu'elle n'ait plus aucune retenue.

Ses yeux s'embrasent.

— Ouais, je suis sûre que tu te poses souvent la question, dis-je.

Il essaie d'attraper le clipboard mais je l'éloigne. Hors de question qu'il jette un œil à ma liste, elle confirmerait ses soupçons.

— Occupe-toi de tes affaires.

— Qu'est-ce que tu as écrit ?

La main tatouée TAKE fait une autre tentative.

— On partage tout, tu te rappelles ?

J'ai laissé la porte d'entrée ouverte, alors je ne devrais pas être surprise d'avoir ce gros chat noir lové sur mon canapé.

Je passe à la colonne suivante.

— Voyons voir… Qu'est-ce que je trouve rédhibitoire chez les hommes…

— Quoi ? Depuis tout ce temps tu faisais la liste des qualités ? Putain. Je suis scandalisé.

Il pose son assiette vide sur la table basse, se rallonge, met les pieds sur mes genoux et drape son avant-bras sur ses yeux.

— Je me sens trop bien ici. Laisse-moi rester.

— Quoi, ce soir ?

— Pour toujours, répond-il avec sincérité.

Il jette un œil à mon assiette et se lèche le coin des lèvres.

Je me pince l'arête du nez.

— Il faut que tu arrêtes de me dire des choses pareilles.

— Pourquoi ?

— Je…

Les mots ne me viennent pas.

— Quoi ? Dis-le, dit-il sur un ton de défi.

— Je risquerais de m'habituer à t'avoir à la maison.

Je me demande sur combien de canapés de nanas il s'est lové. J'ajoute :

— Qui était ton dernier bon samaritain ?

— Que veux-tu dire ?

— Pendant la réunion, ton père a dit que tu n'avais plus de canapé à squatter. Tu as également dit que les bons samaritains étaient généralement des femmes.

Il cligne les yeux plusieurs fois, comme s'il réfléchissait à la meilleure façon de se sortir de ce pétrin.

— Pas toujours. J'ai dû demander à quelques copains d'école

de m'héberger jusqu'à ce que je ravale ma fierté et appelle vieux papa Prescott.

Il retire ses pieds de mes genoux.

— Je n'aime pas y penser.

Il s'assoit, prend mon clipboard – j'avais relâché ma vigilance – et se rallonge. Ses yeux oscillent de gauche à droite tandis qu'il lit. Son visage arbore une expression maussade que je ne lui ai jamais vue.

— Ennuyeux à mourir, décrète-t-il quelques instants plus tard. Voilà quelqu'un qui n'a jamais payé son loyer en retard de sa vie. C'est vraiment ça que tu recherches ? C'est lui l'homme de tes rêves ? Donne-moi le stylo. Je vais faire quelques modifications.

— Ne te moque pas de moi et mes aspirations.

Je trace une ligne imaginaire sur les articulations de ma main.

— Je sais que tu as TAKE tatoué sur le corps, mais l'égoïsme n'est pas une qualité séduisante.

— Générosité est souligné deux fois. L'homme de tes rêves est un modèle de charité et de vertu.

J'ai écrit cette qualité en songeant que la générosité pouvait prendre de nombreuses formes. Teddy est très généreux quand il s'agit de veiller sur autrui et de leur témoigner de l'attention. J'essaie de récupérer le clipboard.

— Tu devrais apprendre à devenir un peu plus égoïste, insiste-t-il.

Il lève un doigt pour me faire taire avant que j'aie le temps de protester.

— Sainte Ruthie de Providence doit apprendre à penser à elle.

— S'il y a bien quelqu'un qui peut m'apprendre, c'est toi.

— Tu pourrais suivre le conseil de Renata. Ne fais pas comme si tu ne voyais pas de quoi je parle.

Il désigne ma chambre éteinte en faisant une spirale avec son doigt.

— Je rêve de me glisser sous ta couette en patchwork. S'il te plaît, réveille-moi demain matin.

— Ne plaisante pas là-dessus.

— Je te mets au défi.

Pour une fois, sa voix envoûtante et hypnotique pénètre mon bouclier anti-Teddy.

— Qu'est-ce que je dois faire pour que tu te laisses aller ? Tu sens ce qu'il y a entre nous, je le sais.

— Ta suggestion n'est pas très romantique. C'est ce que tu fais d'habitude ?

— C'est vrai, on ne m'a jamais accusé d'être romantique, mais je suis convaincu que j'adorerais t'embrasser. C'est tout ce qu'on fera. On s'embrasse et tu me laisses dormir dans ton lit ce soir. C'est super romantique, non ?

Est-ce que toutes les rencontres amoureuses se déroulent ainsi ? Honnêteté brutale et nudité potentielle ? Je suis tellement larguée dans le domaine des relations amoureuses que j'ai l'impression de patauger. Je tapote le clipboard.

— Je préfère m'en tenir à la Méthode Sasaki. C'est un processus, avec des listes et des puces. C'est plus facile à gérer.

Il se penche pour enfiler ses baskets. Dans la pénombre, son regard est indéchiffrable.

— Je vais te poser une question. Je connais la réponse mais j'ai besoin de l'entendre. Comptes-tu quitter Providence un jour ?

Par réflexe, sans réfléchir, je réponds :

— Bien sûr que non.

— Ouais, lâche-t-il avec une profonde tristesse. J'ai enfin pigé. Je te laisse tranquille.

15

Lorsque nous arrivons à la piscine, je fais descendre les résidents du minibus –, un processus des plus laborieux – puis je remonte l'allée tant bien que mal, alourdie par des sacs à main, sacs de gym et plus inquiétant encore, deux cannes oubliées. Teddy est appuyé contre le mur de l'entrée en maillot et débardeur. Il porte une visière qui dit VIANDE FRAÎCHE. À n'en pas douter, un cadeau de Renata.

Il s'écarte du mur en souriant.

— Laisse-moi t'aider.

— Qu'est-ce que tu fais ici ?

Je ne l'ai pas beaucoup vu ces deux derniers jours.

— On participe au cours d'aquagym. Enfin, je participe. Les Parloni m'asticoteront. Elles sont à l'intérieur.

Je me sens plus légère au fur et à mesure qu'il me décharge des sacs. C'est la première fois que je le vois en débardeur. J'essaie de ne pas trop m'attarder sur les nouveaux tatouages que je découvre sur ses bras incroyables.

On entre. Je salue Jordan, un des assistants managers.

— On est douze aujourd'hui. Non attends, treize.

J'indique Teddy.

— Plus deux spectatrices.

Jordan lance un regard sceptique vers Teddy.

— Vous faites de l'aquagym ? demande-t-il.

— Il paraît que c'est bon pour le transit, répond Teddy gaiement en passant les portes coulissantes.

Tandis qu'on se dirige ensemble vers la piscine, Jordan sort un billet plié de vingt dollars de la poche de son short.

— Tiens. La vieille dame super impolie me l'a donné comme si j'étais portier dans un hôtel de luxe.

Le regard de Jordan se pose sur Teddy.

— C'est son petit-fils ?

— Non, son aide à domicile.

— Ah ouais ? Ben il faut qu'il l'empêche de distribuer son argent à tort et à travers. Ça ne me plaît pas du tout.

Jordan me tend l'argent.

— Rends-lui, OK ?

— Bien sûr.

Jordan est quelqu'un d'honnête. La fiche d'exercices que j'ai soumise à Mélanie ce matin me revient en mémoire. L'honnêteté fait partie des qualités que je recherche chez un homme. Sa façon de veiller sur les clients âgés me plaît. C'est ça, avoir un radar ? Je le laisse soutenir mon regard quelques instants mais je ne ressens rien à l'intérieur.

Je jette un œil vers Teddy et réalise que mon radar est calibré très spécifiquement.

— Où est Sandy ?

D'habitude, elle est au bord de la piscine, prête à commencer le cours. Jordan s'excuse pour aller l'appeler. Je me dirige vers Teddy, perdu près des gradins et enseveli sous les sacs à main.

Tout bien considéré, la journée commence bien. Teddy va retirer son débardeur et se retrouver trempé de la tête aux pieds. Je vais pouvoir me rincer l'œil. Tout cela se déroule pendant les heures de travail. La vie est un cadeau. Le sourire aux lèvres, je tends les bras pour récupérer les sacs.

— Il vient de te donner son numéro de téléphone ? s'indigne Teddy.

— Non, il m'a rendu les vingt balles que Renata lui a laissés en pourboire pour la simple et bonne raison qu'il existe.

Je mets les sacs à l'épaule.

— J'espère que ça ne lui arrive pas souvent.

— Elle laisse un pourboire seulement aux gens qu'elle trouve beaux. C'est une de ses règles.

— Oh ! génial. Elle ne m'a jamais laissé le moindre pourboire.

Soulagée que la tension entre Teddy et moi se soit évaporée, je vais suspendre les sacs dans les vestiaires avant d'aller rejoindre Renata et Aggie dans les gradins. Elles ont toutes les deux l'air en forme et animées. Je remets discrètement l'argent dans le sac à main de Renata – un Hermès Birkin, jeté comme un vulgaire sac de patates sur le béton mouillé.

— J'avais oublié combien les gradins étaient durs et froid, grommelle Renata comme si c'était ma faute. Et l'odeur du chlore. Je ne voulais pas venir mais Théodore a insisté. Alors, qu'est-ce que tu attends ?

Elle désigne la piscine.

— Vas-y, entre, montre-moi comment tu fais la nage du petit chien.

— Je reste généralement en dehors. De cette façon je peux voir si quelqu'un est en difficulté.

Je plie des serviettes pour en faire des coussins, afin qu'elles soient assises plus confortablement.

— C'est quoi cette histoire qui circule, au fait ? Providence va être rasé ? Les vieux ne parlent plus que de ça.

Renata ne s'inclut pas dans ce segment démographique.

— Donne-nous un scoop, s'il te plaît. Les commérages, c'est de l'argent.

— Je ne sais pas. La famille Prescott possède le site et ils font une étude de faisabilité. Pourriez-vous en toucher deux mots à Teddy ? J'espérais qu'il nous aiderait à sauver Providence.

Elle y réfléchit.

— Je ne sais pas. Ce serait peut-être le coup de pouce dont

Aggie a besoin pour quitter cet endroit. Une vue sur Central Park lui donnerait l'impression d'être beaucoup plus jeune.

Aggie pousse un profond soupir. Elle est occupée à gratter un ticket de jeu avec la célèbre pièce porte-bonheur qu'elle possède depuis qu'elle est enfant.

— Je voudrais qu'il tombe amoureux, dis-je.

Voyant que Renata hausse les sourcils, je m'empresse d'ajouter :

— De Providence.

Je me tourne pile au moment où Teddy empoigne le pan de son débardeur et le retire. Des cris de joie s'élèvent des vieilles cochonnes dans l'eau. Je dois avoir l'air troublée car Renata me dit :

— Je veux une description exacte de ce que tu ressens.

— Je prie pour que son torse ne soit pas aussi beau que son dos.

En réalité, je prie tout court. Sa peau a l'air douce et sucrée comme du miel. Il est tatoué de partout. Des tatouages bébêtes mais réalisés à la perfection, dont certains disparaissent sous le bandeau de son maillot. Son corps est un carnet de coloriage et je suis une fille soigneuse, appliquée, qui colorie toujours entre les lignes.

Il se retourne et roule son débardeur en boule.

— Tu viens dans l'eau ? me demande-t-il.

— Nom de Dieu.

C'est sorti tout seul. Il faut dire que :

• Son torse est canon

• Vraiment, vraiment canon

• Vraiment, vraiment, vraiment *canon*

— Pardon ?

Il se dirige vers nous. Je me ratatine contre les gradins.

— Oh je vois, Ruthie s'évanouit devant la splendeur de mon corps.

(Oui.)

— Tu viens dans l'eau ? répète-t-il.

Il passe le doigt sous la bretelle de mon maillot une pièce ennuyeux.

— Si tu as mis ton maillot c'est que tu y songes.

Je suis à deux doigts de tomber la tête la première dans un kaléidoscope de peau tatouée, alors je rétorque, sur la défensive :

— Sylvia ne me paie pas pour participer. Je travaille.

Alors que je me préparais ce matin, j'ai réalisé que c'était peut-être une des dernières occasions de faire trempette avec Teddy.

— Sylvia ne te paie pas pour diriger un programme d'activités et pourtant nous voici, répond Teddy patiemment. Allez, viens dans l'eau. Vis cette expérience avec moi.

Il fait si chaud là-dedans que je l'envie d'être torse nu. Du moins, c'est ainsi que j'essaie de justifier ma passion soudaine pour son torse de rêve.

Jordan nous rejoint.

— Sandy a dix minutes de retard. Si vous pouviez les faire s'échauffer, ce serait génial. Je dois rester à l'accueil. Faites-les marcher sur place dans l'eau, ce genre de choses.

— Bien sûr, je peux m'en occuper, dis-je. OK, les filles. Sandy a un peu de retard, alors on va commencer sans elle.

Je suis tout à fait capable de donner un cours d'une demi-heure. Après l'échauffement, est-ce que je leur ferai faire des battements de jambe ou des levers de jambe ? Avant que je puisse décider, je suis interrompue.

— Teddy peut faire le cours, lance Renata derrière nous. Qu'en pensez-vous, les filles ?

Des cris de joie s'élèvent. Elle piaffe.

— On va se marrer.

— Décale-toi sur le côté, me dit Teddy, il faut que je fasse s'échauffer ces dames.

Il noue ses cheveux. Les muscles de son torse se contractent. On dirait un mannequin en pleine séance photo pour un magazine branché. Je me sens tellement étourdie que j'ai l'impression de m'être assise sur une fléchette tranquillisante.

— J'ai déjà chaud, crie quelqu'un.

Elles gloussent tellement fort que je perds momentanément l'audition.

— OK, commençons. Marchez sur place.

Elles sourient toutes, le visage levé vers lui comme des tournesols, tandis que l'eau ondule autour d'elles.

— Bougez vos bras comme ça, dit-il en joignant le geste à la parole.

Évidemment il est doué pour ça aussi. *Argggggghhh.*

J'aurais été plus à même de donner le cours car cela fait deux ans que j'y assiste mais, évidemment, elles s'éclatent plus avec Teddy qui est pourtant moins qualifié que moi. Je n'ai jamais été ovationnée, pas une seule fois. Je parie même que les résidents ne remarquent pas tout ce que je fais pour eux. J'ai encore sur les bras la trace de tous les sacs à main que je me suis trimballés.

Je rejoins Aggie et Renata sur les gradins.

— Tu as l'air bien grognon, Ruthie Maree, remarque Aggie. Qu'est-ce qui ne va pas ?

— Il m'énerve.

Je fusille du regard son dos majestueux et essuie mon visage avec mon T-shirt.

— J'ai organisé les cours d'aquagym et j'ai assisté à chaque séance pendant deux ans, et il lui suffit de…

Je perds mes mots quand il commence à faire la danse de l'Égyptien le long du bord de la piscine.

Réprimant un sourire, je grommelle :

— Il se croit tellement drôle.

J'enfouis mon visage dans mes bras pliés, mais lève la tête quelques instants plus tard car Renata ne dit plus un mot : captivée par les facéties de Teddy, elle sautille sur son popotin minuscule, s'imaginant en train de faire les mouvements. Elle fait la danse de l'Égyptien version assise. C'est terriblement mignon. Il est évident qu'elle adore Teddy.

Naturellement, elle gâche tout.

— Pourquoi faut-il toujours que tu fasses des histoires pour rien ?

s'exclame-t-elle à son volume habituel. Vas-y et puis c'est tout. Tu es un top model à côté de toutes ces vieilles poules flasques.

(Certaines de ces poules lui lancent un regard meurtrier. Elles la noieraient, si elles le pouvaient.)

— OK, OK.

Je passe mon T-shirt par la tête, enlève mon short et plonge dans l'eau avant de changer d'avis. Ça fait des années que je n'ai pas mis le pied dans une piscine.

Une fois remontée à la surface, j'essaie de ne pas reluquer Teddy, mais les lumières fluorescentes donnent aux vallées de ses muscles une lueur divine. C'est incompréhensible qu'une personne aussi détendue et accro au fromage ait un tel corps. Quel plaisir pour les yeux. Mes jambes flageolent. Je coule jusqu'aux yeux.

— Merci d'accueillir Mlle Ruthie Midona, lance-t-il au groupe.

Maintenant c'est à moi qu'on sourit et c'est moi qu'on ovationne.

Je comprends alors que la vie nous demande un investissement total, de se mouiller jusqu'au cou. Pendant les minutes qui suivent, on obéit à Teddy, notre prof. On exécute chaque mouvement de danse qui lui passe par la tête. On fait le moonwalk. On twiste. On chante des chansons. Les Parloni nous accompagnent en tapant des mains. On hurle de rire, on coule à moitié. Je ne suis pas aussi en forme que je le pensais. Mais pour la première fois depuis des années je m'amuse comme une folle.

Notre prof habituelle finit par arriver, transpirante et perturbée.

— Vous devez être Sandy, la salue Teddy. Je les ai fait s'échauffer pour vous.

Sur ces mots, il fait une bombe – c'est interdit – qui éclabousse presque le plafond avant de me rejoindre à la nage.

— Tu imagines qu'on est payés pour faire ça ? dit-il, s'essuyant le visage avec les mains.

J'arrive à peine à y croire, en effet. On fait de l'aquagym un jour de semaine sur nos heures de bureau, et en plus, on est payés.

Je ne savais pas que les mecs pouvaient se montrer si curieux à l'idée d'essayer de nouvelles activités. Teddy se donne à fond. Il est soit en train de rire, soit en train de suivre le cours avec une ride de concentration sur le front. Ses flexions du biceps sont sublimes. On s'aligne contre le bord pour faire des pompes. Il ne remarque pas comment les vieilles dames se chipotent pour être à côté de lui. Inutile d'être jalouses, mesdames ; il est là pour chacune d'entre vous, permettant même à celles qui sont fatiguées de s'accrocher à ses épaules. J'en ai presque besoin moi-même.

Je sais qu'il est payé, mais sa seule tâche était de conduire les Parloni à la piscine. Il distribue son énergie et sa gentillesse de façon si généreuse. Il est vraiment, vraiment adorable de laisser ces dames âgées s'accrocher à ses épaules pour leur permettre de profiter de sa jeunesse et sa beauté.

J'aimerais tant qu'il réalise combien il est généreux.

Sandy nous accorde dix minutes de temps libre après le cours et distribue des nouilles de piscine. Je devrais sortir de l'eau pour m'habiller et aider, mais je ne veux pas que Teddy assiste à ma sortie. J'attends une minute, espérant qu'il sorte de la piscine et s'éloigne, mais il s'éclate comme un fou. Une bouée autour du cou, il porte Mme Washington sur son dos et bombarde telle une fusée. J'en connais une qui ira se coucher heureuse ce soir.

J'aurais dû mieux anticiper ma sortie. Je refuse de remonter cette échelle sous la lumière fluorescente avec de l'eau ruisselant sur mes fesses et mes cuisses. Je n'ai pas porté ce maillot depuis des années et il me rentre dans les fesses. L'arrière de mes genoux est très bizarre. Je me retrouve complètement coincée. Je n'aurais jamais dû entrer dans l'eau.

Sa passagère descendue, Teddy me rejoint à la nage.

— Tout va bien ? On dirait que tu as envie de faire pipi. Retiens-toi. Pense à des trucs secs.

— Allons, tu sais que je ne suis pas du genre à briser les règles.

— Je dirais que je suis soulagé, mais…

Il rit jusqu'à ce que je m'inquiète pour sa propre vessie. Il se met à nager autour de moi en cercle.

— Sérieux, qu'est-ce qui se passe ? Tu as l'air stressée.

— Je veux que tu fermes les yeux pour que je puisse sortir de cette piscine.

Il couvre son visage mais écarte les doigts, laissant apparaître un œil noisette amusé. J'éclate de rire. Sa main retombe, révélant des sourcils mutins.

— C'est quoi le problème ?

— Le problème, c'est la gravité.

On est physiquement très proches, mais le fait de flotter dissipe quelque peu la tension. Je m'explique :

— Tout le monde n'est pas aussi canon que toi en maillot.

— Tu me flattes.

On se rapproche encore. Nos mains font des cercles dans l'eau, nos genoux se touchent.

— Tu me trouves mignon, Ruthie Maree ?

Je commence à être essoufflée, et demande :

— Ça fait quoi d'avoir autant confiance en soi ?

Je m'enfonce un peu plus dans l'eau.

— J'ai confiance en moi quand je suis avec toi. Mais lorsque je n'obtiens pas la réaction que j'espère de ta part, je commence à douter de moi. Je regarde mon reflet dans une cuillère et je trouve que je suis une abomination. D'ici à l'heure du dîner, je suis une épave et l'homme le plus moche au monde.

Il interrompt ce torrent de paroles et ferme les yeux une seconde.

— Je te dis vraiment des trucs débiles, lâche-t-il, exaspéré. Je ne sais pas ce qui me prend. En réalité, je suis cool et tout à fait normal.

Je hoche la tête.

— J'ai envie de te croire.

Il s'immobilise. Il est assez grand pour avoir pied. Il pose ma main sur son épaule pour que je puisse me reposer. Ses cils mouillés forment des pics. Sous ma paume sont tatouées une allumette et sa flamme. J'ai l'impression de sentir cette étincelle.

Un sourire amusé étire ses lèvres.

— Tu me donnes l'impression d'être mignon.

— Comme si tu avais besoin de moi pour booster ton ego.

— Oh ! mais si.

À force de me retenir de sourire en sa présence, je me transforme en vraie rabat-joie. Mais si je baisse la garde, que se passera-t-il ? Rien ne pourra l'arrêter. Il m'anéantira.

— Le mains où on peut les voir ! nous crie une des résidentes.

Les hurlements de rire résonnent tout autour de nous.

— OK.

Je lève mon autre main. Leurs rires s'intensifient.

— Sérieux, elles me soupçonnent de te peloter pendant le boulot ? Quelle bande de vieilles cochonnes.

Les rouages tournent dans mon cerveau, et je rectifie :

— Oh. Elles te parlaient à toi.

— On a la conscience coupable ? Où en étions-nous ? Ah oui, la confiance en soi.

Il prend ma main et m'entraîne dans une valse aquatique improvisée.

— Marche avec assurance, comme le font les nanas canon. Tu en fais partie. Tu veux entendre un secret ?

Même avant qu'il ouvre la bouche, je vois le compliment foncer droit sur moi tel un aileron de requin.

— Les filles soigneuses et ordonnées sont celles que je préfère, murmure-t-il d'une voix suave, les pupilles noires de désir.

Je ne sais pas comment il peut passer d'un mode à l'autre aussi facilement. Il y a encore quelques minutes, il faisait l'andouille dans l'eau.

— Bon.

L'heure est venue de rejoindre le bord. Mieux vaut sortir de l'eau avant que les choses ne dérapent. Je commence à m'éloigner, mais il tire sur mon bras et me ramène vers lui dans un tourbillon.

— Mais tu ne me crois pas.

Il me tire plus près.

— Tes yeux sont…

Il cligne les yeux, soudain mal à l'aise. Pourquoi se sent-il gêné ? Mon cœur rate un battement.

— Envoûtants, finit-il par dire.

Puis il pousse un grognement.

— Putain, je suis un gros ringard.

Il plonge sous l'eau quelques instants.

— Tu me dragues uniquement parce que je suis la seule femme de moins de cinquante ans que tu as pu trouver dans la piscine, lui dis-je sévèrement quand il refait surface.

Mais il est trop tard. Je suis flattée. Il pose sa main au creux de mon dos. Une décharge électrique descend le long de ma colonne vertébrale. Seul le fin tissu de nos maillots mouillés nous sépare.

— Apprends à accepter un compliment. Apprends à t'apprécier. Tu es superbe.

Jamais je n'aurais pensé qu'on emploierait un tel mot pour me décrire.

— C'est gentil de ta part.

— Oh ! je ne suis pas gentil. J'ai failli retomber dans mes vieux travers l'autre soir, chez toi. Il faut que je t'avoue un secret. Je suis raide dingue de Francine Percival.

— Pas étonnant, elle est sublime.

— J'adore les nanas ordonnées et organisées qui ont des étiqueteuses et sentent le bain moussant. Qui rangent leurs conserves de soupe dans le placard avec des étiquettes bien alignées. Qui remplissent leur baignoire à la même heure tous les soirs. Mon Dieu, ça me rend fou de savoir que tu te balades dans un nuage de bain moussant. J'ai envie de manger tout ton fromage et de me blottir contre toi dans ton lit. Je l'avoue.

Troublée par ses paroles, je réponds avec difficulté :

— Je suis au courant.

— Tu le ressens, n'est-ce pas ?

Son visage se décompose tandis qu'il baisse les yeux vers mes jambes qui flottent. Peut-être se dit-il qu'il est seul à ressentir ça.

— Il y a une alchimie intéressante entre nous, ajoute-t-il.

Je regarde le mot GIVE, tatoué sur sa peau. Il est toujours si courageux. Je vais essayer de me montrer courageuse, moi aussi.

Je pose ma main sous son menton et lève son visage. Sa bouche forme un « o » de surprise. J'inspecte ses lèvres et la porcelaine de ses dents. Sa barbe de trois jours me fait l'effet de sable mouillé sous ma paume. Il a un côté si animal.

Je décide de lui donner ce qu'il désire si fort. On ne peut pas dire que ce soit le secret le mieux gardé, de toute façon.

— Teddy, tu es si beau que ça me rend dingue.

— Tu es si jolie qu'il me faut un nouveau taille-crayon, répond-il du tac au tac.

Ses yeux descendent sur ma bouche. Ses pupilles se dilatent, noires d'encre. Tout autour de nous s'évapore ; plus rien n'existe. Il va m'embrasser. Je sors tout juste de ma retraite amoureuse et je suis très inexpérimentée dans ce domaine, mais même moi je sais que c'est le moment.

Il se rapproche d'un autre centimètre.

Voilà des années que je n'ai embrassé personne, et la plupart des baisers que j'ai reçus étaient chastes, sans la langue. Je ne me rappelle pas comment on fait, mais Teddy si. Le temps s'est arrêté, on est comme suspendus. Nos genoux se touchent. Soudain son regard se voile. Il cligne des yeux, mettant fin à la brume de désir qui nous enveloppe, et s'éloigne. Nos genoux ne se touchent plus. On flotte désormais à une distance respectable.

— Je sais que tu veux juste marquer ton territoire canapé et cheddar, dis-je pour masquer l'étrange mélange de déception et de soulagement qui m'envahit.

Fatiguée, je coule jusqu'au menton.

— D'après ta fiche d'exercices de la semaine 1, que j'ai photocopiée et gardée dans la poche arrière de mon jean, le gars de tes rêves ne me ressemble pas du tout. Tu cherches quelqu'un de fiable, quelqu'un qui restera. Une personne mature, généreuse, qui a des principes.

Il m'offre son poing d'un air solennel. Je caresse ses articulations.

— Rien ne t'obligeait à participer à ce cours, mais sache que tu as égayé leur journée. Tu viens de faire une différence pour beaucoup de gens.

Je l'observe tandis qu'il réfléchit à mes paroles.

— Tu t'intéresses à ce qui se passe dans ma tête. Ça signifie beaucoup pour moi.

— Que se passe-t-il ici ? braille Renata des gradins. Qu'est-ce que je t'ai répété en boucle, Théodore Prescott ?

Elle se lève et s'approche du bord. La gorge serrée, je fixe le carrelage mouillé sous ses pieds.

Puis Teddy plonge son regard dans le mien.

— Ne pas séduire Ruthie si je n'ai pas l'intention de rester. Ruthie est une perle rare qui doit être protégée à tout prix.

— Correct, aboie Renata. Et qu'es-tu en train de faire, là ?

— Je suis en train de lui expliquer que je ne suis pas son type, répond-il d'un ton léger.

— Exactement. Sors de la piscine. Tout de suite, ordonne Renata d'une voix très autoritaire.

Il s'éloigne de moi à la nage et grimpe l'échelle. Je sors peu après et rejoins la terre ferme où je frissonne et grelotte tout l'après-midi.

16

— Tu as fait du bon travail, se réjouit Mélanie, la tête dans mon placard. Ta première fiche d'exercices était excellente. Tu as été vraiment sincère sur l'homme de tes rêves.

(En réalité non, pas vraiment.)

— Merci, Mel. La tienne a l'air bien, aussi.

Assise sur mon lit, je lis sa fiche d'exercices, version job de rêve.

— A priori tu recherches un boulot où les journées ne se ressemblent pas.

— Ouais, autrement j'ai l'impression de m'encroûter.

Elle lance une poignée de vêtements encore sur leurs cintres sur le lit.

— Mais n'essaie pas de me distraire. On est en train de parler de toi. Place à la semaine 2 de la Méthode Sasaki.

Mon maillot est sur un cintre, suspendu à ma tringle à rideaux. Il est sec depuis trois jours mais je ne l'ai pas rangé. Il me rappelle que ce qui s'est passé entre Teddy et moi était réel.

J'ai changé quand j'ai sauté dans cette piscine. J'ai rajeuni.

Ma peau est devenue plus sensible, mes sens se sont éveillés. Je suis étourdie depuis qu'on a nagé dans la même eau et qu'il a prononcé les mots *superbe, alchimie, envoûtants*. J'aurais besoin de me balader toute nue dans mon cottage pendant quelques minutes pour reprendre mes esprits, mais chaque fois que je touche un bouton ou une fermeture Éclair, il frappe à ma porte d'entrée pour emprunter un couteau, une fourchette, une assiette, une poêle…

Après le dîner, il s'approprie quelques gouttes de liquide vaisselle et lave les assiettes. Puis, adossé dans l'encadrement de ma porte d'entrée, il sèche ma vaisselle avec mon torchon en me racontant les tâches ridicules que Renata lui a fait faire tandis que je garde les yeux fixés sur ses bottes sur le seuil de mon cottage. Il crée une barrière entre nous. Le fait qu'il s'y sente forcé me donne de délicieux frissons dans l'estomac.

Sans réfléchir, je dis à Mélanie :

— Teddy me fait douter de ce projet.

Elle fait volte-face et lance un blazer en tweed sur le lit d'un air furieux.

— Je rêve ou tu viens de me dire que Teddy Prescott te fait douter de moi et ma Méthode ? Tu vas suivre le conseil d'un gamin comme lui ?

Je me sens forcée de le défendre :

— Tu es dure.

— Non, j'ai raison.

Elle lève un chemisier en faisant la grimace.

— Rappelle-toi, Teddy est un test. Tu dois rester forte et résister à l'envie de lui sauter dessus.

— Je n'ai aucune envie de lui sauter dessus.

C'est un mensonge et elle n'est pas dupe. Elle lève la main pour m'interrompre.

— Ma mère dit que dans toute relation il y a un adorateur et un adoré. Un qui aime, un qui est aimé. Il faut que tu saches lequel tu es.

— Adorateur. Adoré.

Je répète ces mots inconnus. Je pense à ma mère et mon père. La distribution des rôles est évidente. Il ne lui achète même pas de cadeau d'anniversaire alors qu'elle lui prépare des gâteaux à trois étages.

— Donner et prendre.

— Exactement. Théodore Prescott est à la recherche perpétuelle d'une adoratrice. Et il prendra toute l'adoration jusqu'à t'épuiser. Puis, comme une grosse abeille, il partira, bzz, bzz, bzz…

Teddy serait probablement d'accord avec sa description, mais je préférerais qu'elle n'en dise pas plus.

— Je te préviens, s'il est chez lui, il peut t'entendre à travers le mur. Il me dit « À tes souhaits » quand j'éternue.

— Pffff. S'il était chez lui, il serait déjà là en ce moment même, allongé sur ton lit avec sa tête sur tes genoux, essayant de te faire remarquer combien il est séduisant.

Elle réfléchit à ce qu'elle vient de dire.

— Son but dans la vie, c'est de te faire rire. Dixit Teddy lui-même.

J'ai vraiment besoin de parler de cette situation avec quelqu'un. Je saisis la perche.

— Je me demande s'il pense vraiment les choses qu'il me dit.

— On s'est fout ! aboie Mel tel un prof de karaté. Il n'est pas ton type.

C'est ce que Teddy lui-même m'a dit.

— Est-ce que c'est… le tien ?

(Sérieux, c'est le type de tout le monde. Excepté le mien, apparemment.)

Elle y réfléchit brièvement. J'ai l'impression que quelque chose d'important pèse dans la balance. Si Mélanie décide qu'elle veut Teddy, je devrai… je ne sais pas, au juste. M'écarter ? Mais je ne suis pas en travers de son chemin. Il faudra que je creuse un trou à mains nues sous le citronnier de Renata pour enterrer cette alchimie à un mètre de profondeur. Malgré la douleur atroce, je le ferais. Mais seulement pour Mel.

Elle secoue la tête.

— Il est canon, mais au moment où je l'ai rencontré, j'ai su. Dans ma vie, il n'y a de place que pour une seule diva canon et exigeante. Et c'est moi. Je cherche un adorateur.

Elle passe ses doigts dans sa queue-de-cheval.

— Il y aurait trop d'amertume entre nous. Hé, c'est quoi cette vieille moto affreuse garée dans la cour ? Il devrait avoir carrément honte d'être vu là-dessus.

— Qu'il ne t'entende surtout pas. Il l'appelle Fille de Rêve.

Je ressens aussitôt une pointe de jalousie.

Jalouse d'une moto : décidément, je tombe bien bas.

— Il l'a sortie du garde-meubles. C'est une Indian de 1939 qu'il a héritée de son papi. Ils l'ont restaurée ensemble avant sa mort, mais Teddy doit faire quelques réparations dessus. Je suis sûre que s'il commence à pleuvoir il la rentrera dans son salon.

Je consulte l'appli météo.

Il la répare pour rester occupé le soir. Pour s'empêcher d'entrer dans mon cottage. Il me l'a dit en toute franchise, avec une lueur dans l'œil.

— Tu en sais beaucoup sur lui, dis donc, remarque Mélanie tandis qu'elle continue de passer en revue mes vêtements.

L'évaluation peut être résumée à : nope, beurk, mémé, hmm, peut-être, pourquoi ?

— Il me dit tout.

Je réfléchis à ce qu'elle a dit, et demande :

— Tu penses vraiment qu'il est exigeant ? Ses besoins sont basiques. Il suffit de rire à ses blagues, croiser régulièrement son regard quand il te raconte des histoires et lui laisser les restes de pâtes dans ton frigo.

— C'est exactement ce qu'une adoratrice dirait.

Mélanie renifle l'aisselle de mon manteau, comme si c'était tout à fait normal. Elle consulte l'étiquette d'entretien et le pose sur le lit.

— Ne le laisse pas profiter de toi. Il n'a aucune limite.

— Il a emprunté une goutte d'huile d'olive hier soir. Je ne sais pas du tout comment je vais la récupérer.

Je commence à me dire que la vie serait plus simple si j'arrêtais de fermer ma porte à clé.

— Mais il me donne des choses lui aussi, tout le temps.

— Comme quoi ? lâche-t-elle, un défi dans la voix.

Mélanie ne sera guère impressionnée par les cadeaux éphémères de Teddy. Il me cueille des dahlias sur la rive du lac. Bon, je les ai plantés moi-même, donc ils sont en quelque sorte déjà à moi, mais il ne le sait pas. Il a dessiné des cœurs au rouge à lèvres rouge sur mes tortues convalescentes. Il a ratissé les feuilles de la cour, m'a apporté des cookies au gingembre encore chauds de chez les Parloni.

Mais ce que je préfère, ce sont les petites œuvres d'art qu'il dessine pour moi au dos de tickets de caisse et de menus. Dans l'espace entre les pizzas Hawaïenne Suprême et Mega Meatlovers, il a dessiné une fille dans une baignoire. *Je vais te dessiner le tatouage parfait, j'ai juste besoin d'un peu de temps.*

C'est un beau chat noir, qui dépose des plumes et des feuilles de lierre sur mon paillasson. Il ne m'a rien donné d'autre que de la gentillesse, son amitié et les pépites d'or dans ses yeux couleur écaille de tortue. La solitaire que je suis se sent inondée de cadeaux.

— Alors ? Cite-moi une chose qu'il t'a donnée. Quelque chose qui a coûté de l'argent dans un magasin.

J'hésite. Mélanie lève les bras en l'air.

— Ruthie, c'est pour cette raison que je m'inquiète pour toi. Tu es trop charitable. En plus, il sera parti plus tôt qu'on ne le pense.

Un poids me tombe sur l'estomac.

— Il a dit quelque chose ?

— Non, mais on sait maintenant qu'il retombe toujours sur ses pieds. Le connaissant, il trouvera la somme exacte dont il a besoin pour acheter ses parts dans un sac en papier dans la rue.

Mélanie ouvre mon tiroir à sous-vêtements mais le referme presque aussitôt en secouant la tête d'un air chagriné.

— Ne le laisse pas te faire souffrir, Ruthie. N'oublie pas, l'entreprise de sa famille va peut-être raser Providence et il refuse de faire quoi que ce soit pour t'aider.

Un pic d'anxiété s'élève en moi.

— On ne sait pas si PDC va nous poser problème.

— J'ai lu le classeur d'articles de presse ennuyeux sur PDC que tu m'as donné quand j'ai commencé. J'ai également trouvé une interview de Jerry en ligne. Il parlait de son mantra à la noix, *La vie c'est le changement* qu'il nous a sorti à la première réunion. Je croyais que c'était juste un discours de vieux patron blanc mais il y croit vraiment. Ils ne laissent pas tels quels les sites qu'ils achètent.

Pour me calmer, je ramasse un chemisier en soie sur le lit et le plie soigneusement sur mes genoux.

— Mais Providence est unique et très bien géré. Ils finiront par s'en rendre compte.

— J'ai travaillé dans beaucoup d'endroits et c'est couru d'avance. Cet endroit va changer. Tu seras peut-être même expulsée. Teddy s'en ira et moi aussi. Évidemment, on continuera de se voir et de s'appeler. Mais avant de partir, je veux m'assurer que tout ira bien pour toi. Tu sais pourquoi ? Parce que je suis ton adoratrice.

La solitaire que je suis ne s'est jamais sentie aussi chanceuse.

Sans m'en rendre compte, je baisse la tête et fais une prière. Ce vieux réflexe vient la plupart du temps lors de demandes égoïstes – *Pitié, faites que je trouve une bonne place de parking*. Mais cette fois je prie de gratitude. Pour la première fois depuis des années, je remercie Dieu d'avoir fait entrer ces deux personnes dans ma vie. Je sais que je serai triste lorsqu'ils partiront, mais pour l'heure j'ai de nombreuses raisons de me réjouir.

Quelques larmes tombent sur le chemisier en soie.

— D'après ta fiche d'exercices, tu recherches quelqu'un de fort et mature. Quelqu'un qui soit là pour toi et qui te soutienne dans les moments difficiles.

Mel me prend le chemisier en soie et le tapote pour essuyer les larmes.

— Il est temps que quelqu'un prenne soin de toi. Tu le mérites.

— Tu devrais devenir thérapeute, dis-je, la voix gorgée d'émotions.

— Ajoute-le à ma liste de possibilités.

Elle continue de trier ma garde-robe en fredonnant pendant quelques minutes.

— OK, voici ce qu'on garde.

Alors que je fonds de soulagement – la pile sur le lit est immense – elle pointe vers l'arrière, vers la minuscule collection suspendue dans mon placard.

J'écarquille les yeux avec effroi.

— Mel, tu es en train de me dire que je dois me débarrasser de presque tous mes vêtements ?

Chaque vêtement est attaché à un souvenir ; associé à un moment de triomphe quand je l'ai trouvé à la friperie.

— Cette chemise est 100 % soie. Il y avait encore l'étiquette.

Elle n'en a rien à cirer.

— Ils retournent là où tu les as trouvés. Tout ceci est… vieux. Ces marron et jaune crème ne sont pas tes couleurs. Sans vouloir te vexer.

Ça ne me vexe pas. Ce qui me vexe, c'est la façon dont elle soulève ma jupe en laine par la ceinture, d'un seul doigt, et d'un air dégoûté.

— Je ne gagne pas assez pour remplacer une garde-robe entière en une seule journée. Je peux t'affirmer que chaque vêtement sur ce lit était un bon achat.

— Tu n'as même pas de jean, si ? Tu peux porter ça ce soir – elle décroche de son cintre une robe noire et me la tend – pour ton activité de la deuxième semaine.

D'un geste cérémonieux, elle sort une feuille de son classeur. Mais au lieu de me la donner elle la tient éloignée.

— Teddy a essayé de jeter un coup d'œil à la Méthode Sasaki. Je l'ai surpris alors qu'il essayait d'ouvrir ma session sur mon ordinateur. Il a joué la carte du fils du patron. Non mais quelle honte.

Le souvenir la fait grimacer.

— Il était tout stressé à essayer de deviner ce qu'on allait faire ensuite.

— Ah tiens, justement. Je sais qu'il a réussi à obtenir une copie de ma première fiche d'exercices.

— Je ne sais pas du tout comment c'est arrivé. Il a demandé à la lire, je lui ai dit d'aller se faire voir. Puis un Snickers géant est apparu devant moi. Entre-temps, il s'était volatilisé. Soit c'est un sorcier, soit c'est un vampire.

Elle secoue la tête pour dissiper les brumes du souvenir. Pauvre enfant.

— Je parie qu'il est venu te voir en plein après-midi, pile au moment où tu es la plus faible. C'est dur de lui résister.

— Mais toi, tu y arrives.

Elle y réfléchit.

— C'est pour cette raison qu'il n'arrête pas de te courir après. C'est la première fois qu'il a un défi à relever. À partir de maintenant, restons discrètes pour qu'il ne sabote pas tout.

Je survole la fiche de la semaine 2 qui est en majorité vierge, avec des lignes sur lesquelles noter mes réponses. Je lève les yeux vers elle. Je ne comprends pas bien l'exercice.

— Tout ce que j'ai à faire, c'est aller passer une heure toute seule quelque part et remplir la fiche d'exercices ?

— Un endroit où traînent les gens de ton âge. C'est tout. Et pendant que tu seras là-bas, tu vas écrire qui est Ruthie Midona. Je veux que tu te décrives sur une page. Quand tu rencontreras des mecs, tu devras être capable de te présenter rapidement et de façon positive, comme tu le ferais à un entretien.

— Tu n'as pas organisé de surprise, rassure-moi ? Est-ce qu'un stripteaseur va débarquer ?

Elle rit si fort qu'elle doit s'essuyer les yeux.

— Je garde ça pour la semaine 3.

— M'asseoir toute seule et remplir ma fiche d'exercices…

Où vais-je bien pouvoir aller ?

— Je fais pitié à ce point ?

— Tu ne fais pas pitié, me rassure-t-elle. Quitter Providence génère chez toi de l'angoisse et tu fermes les portes à clé de façon obsessionnelle. Oui, j'ai remarqué et non, il n'y a aucune honte à avoir. Tu aimes les checklists, alors j'ai pensé que cet exercice t'amuserait. Être seule en dehors de Providence, c'est te pousser suffisamment hors de ta zone de confort. J'y ai beaucoup réfléchi, je sais que tu en es capable, affirme-t-elle en soutenant mon regard.

Je ressens la même vague de soulagement que lorsqu'elle m'a donné ma première feuille d'exercices. Elle a pris soin d'adapter l'exercice à mes forces et mes faiblesses.

— Je suis vraiment reconnaissante que tu prennes le temps de…

Elle lève la main pour me faire taire.

— N'oublie pas, tu m'aides en retour. Alors, quelles sont tes consignes, dans mon cas ?

Elle sort une copie de la fiche d'exercices et me la tend.

Je prends un stylo et modifie légèrement le paragraphe d'instructions.

— Décris-moi ta vie rêvée dans dix ans. Je me dis que si on connaît l'objectif final on peut travailler en amont et remonter les étapes à partir de là.

— Dix ans, répète-t-elle, ébahie. J'aurai trente-deux ans. Préhistorique.

Visiblement elle n'a pas beaucoup prêté attention aux résidents de Providence.

— Réfléchis à l'endroit où tu veux habiter, la maison dans laquelle tu vis. Est-ce que tu travailles à temps plein ? À temps partiel ? Fais comme si tu passais un entretien dans dix ans et que le recruteur te demandait de parler de toi.

Elle hoche la tête, range la fiche soigneusement et commence à regrouper ses affaires.

— Voici un spoiler pour la semaine prochaine, dit-elle. On va faire du shopping à la friperie, alors réserve-moi ton vendredi soir. On choisira des vêtements qui sont plus adaptés à ton âge. Commence à emballer ceux-là. Pas de triche.

Elle se tourne et prend une photo des quelques vêtements qu'il reste dans le placard. Elle compte les cintres. Rien ne lui échappe.

— Pas de triche. Promis.

Je suis complètement endoctrinée dans le culte de sa Méthode Sasaki.

— J'aurai une ébauche de ton profil prête pour lundi. Alors accroche-toi, ma belle. On va passer à la vitesse supérieure.

Par-dessus son épaule elle ajoute :

— Et pour l'amour du ciel, achète de nouveaux sous-vêtements.

Elle s'en va. Je remarque combien son pas est sautillant et léger. Je pense que Mélanie sait d'elle-même ce que m'a dit Teddy : *Marche avec assurance comme le font les nanas canon. Sois sûre de toi. Tu es superbe.*

Je rêverais d'être aussi insouciante que Mélanie Sasaki.

Mais avec son aide je peux peut-être retrouver mes vingt-cinq ans. C'est la première fois que quelqu'un fournit autant d'efforts pour m'aider. Je lui dois de m'atteler à ce processus de découverte de moi-même et d'écouter ses conseils. Si elle me met autant en garde contre Teddy, c'est uniquement pour m'éviter de foncer droit dans le mur.

Je retourne à l'intérieur, prends sa fiche remplie et entame des recherches pour lui faire une liste de carrières potentielles. Elle a été si gentille avec moi ; il est temps de lui rendre la pareille.

17

Un tableau noir représentant une assiette dessinée à la craie trône près de l'entrée. Un hot-dog phallique est enfoncé dans une pile de frites, elle-même recouverte de macaronis au fromage. Au-dessus de l'assiette, *Venez goûter nos Frankenfries* est écrit en lettres épaisses.

Il m'a fallu un peu plus d'une heure pour arriver au bowling Memory Lanes alors qu'il n'est qu'à sept minutes de voiture de Providence. Il faut dire que ma voiture était surprise de me voir et lente à démarrer.

Puis j'ai dû remonter à toute vitesse pour vérifier la porte de mon cottage (elle était bien fermée). Ensuite, assise dans ma voiture, moteur allumé, j'ai validé l'inscription de nouveaux membres sur le forum. J'ai écouté une méditation de cinq minutes. J'ai quitté Providence mais j'ai fait demi-tour (deux fois). Enfin, je suis arrivée à bon port. Je considère donc que cette soirée est une réussite.

Je reçois un SMS de Teddy :

Où es-tu ? Je me sens seul.

Je soupçonne qu'il a faim. Avant que je puisse répondre, il commence à m'inonder de SMS. Les messages suivants sont reçus en l'espace d'une minute :

Fille de Rêve de 1939 refuse de me faire la conversation.

Je vais organiser une battue avec des chiens pour te retrouver.

Ta petite Tortue Mobile n'est plus là.

Tu es avec un mec ? ? ? ?

Je vais me noyer immédiatement dans ma baignoire.

Rectification – me noyer dans TA baignoire, elle est plus confortable.

Je ris dans ma voiture comme une grosse ringarde. Il me manque, lui aussi. Je lui réponds avant qu'il commette un acte désespéré :

Je fais mes devoirs.

Puis je lui envoie une photo du tableau noir.

Un groupe d'enfants entre dans le bowling en courant et en poussant des cris d'excitation. Je suis contente de mon choix, cet endroit est convivial, rassurant. Je ne suis pas douée en selfie, mais je réussis à me prendre avec le panneau d'entrée du bowling, ce qui servira de preuve pour Mélanie. Je porte même la robe noire qu'elle a choisie pour moi. Ça faisait bien longtemps que je n'avais pas senti la brise fraîche sur mes bras nus.

— Carte d'identité, aboie le barman lorsque j'ai atteint le haut des marches.

— Woah, OK.

Je la lui tends.

— J'ai vingt-cinq ans.

Il vérifie, vérifie une seconde fois, puis éclate de rire.

— On dirait que t'as douze ans.

Je préfère encore être prise pour une gosse de douze ans qu'une des Golden Girls. Tandis que je range ma carte d'identité dans mon sac, je me demande si je devrais me bourrer la gueule. Pourquoi pas avec la bouteille de ce liquide vert derrière le comptoir ? Je laisserai ma voiture ici toute la nuit et commanderai pour la première fois un Uber pour rentrer à la maison. Je remonterai l'allée jusqu'à mon cottage en rampant derrière les tortues. Elles dévoreront mon cadavre.

— Des Frankenfries et un Coca, s'il vous plaît.

Voilà, je me dévergonde.

Le barman regarde d'un air sceptique autour de moi.

— Tu es toute seule ? Les Frankenfries sont faites pour être mangées à plusieurs. C'est une très grosse portion. Les restes ne sont pas terribles.

Je suis certaine que Teddy mangera les restes à mon retour. C'est un vautour, qui guette les charognes que laissent derrière elles les Parloni. Je pose mon argent sur le comptoir. Transaction terminée.

Mon verre de Coca à la main, je réfléchis. Quel box choisir ? Devrais-je m'asseoir près de ce groupe d'hommes ou ce groupe de femmes ? Je choisis les femmes, ce qui va probablement à l'encontre de la Méthode Sasaki. Le barman ne devrait pas se sentir navré pour moi. J'ai deux bons amis. Simplement, ils ne sont pas là.

Oh ! merde. Je n'ai pas envoyé de message à mes amis du forum depuis… (je pianote sur mon téléphone pour trouver la discussion de groupe)… neuf jours. Je les connais depuis dix ans. Je commence à taper quelques phrases mais aucune ne sonne bien. Comment m'excuser d'avoir oublié leur existence ? Ce sera avec eux que j'échangerai des gifs de *Tombé du ciel* quand Mélanie et Teddy seront partis. Je réfléchirai à une façon d'expliquer mon absence une fois que je serai rentrée.

Encore que : ils ne m'ont pas écrit non plus.

Je sors ma feuille, ouvre ma trousse, enfonce mes écouteurs dans mes oreilles. Je pourrais tout aussi bien être assise seule à la bibliothèque du lycée. La fiche d'exercices de Mélanie a un joli motif de ruban torsadé sur la bordure. Je sors un crayon rose et me mets à le colorier soigneusement tandis que je réfléchis à l'exercice qui m'attend.

Qui suis-je, exactement ? Je suis en train de changer, alors la question est pertinente.

J'ai beaucoup aimé la Ruthie qui avait de l'eau jusqu'au cou à la piscine. J'ai mis de côté mes doutes et mon inexpérience et j'ai posé ma main sur le menton d'un bel homme. J'ai eu l'impression de vivre un fantasme. Je n'ai pas reçu de baiser, mais savoir qu'il voulait m'embrasser me suffit.

Sentant la banquette s'affaisser, je lève les yeux. Teddy est là, les avant-bras appuyés sur la table. Il a apporté son carnet à dessins. Ravie de le voir, je retire mes écouteurs.

— Je n'ai jamais rien vu de si beau de toute ma putain de vie, déclare-t-il.

Alors qu'une nuée de papillons s'envole dans mon ventre, je remarque qu'il regarde par-dessus mon épaule.

— Et une commande de Frankenfries, annonce le barman en les posant sur la table. Salut, Teddy, comment ça va, mec ? (Évidemment, Teddy connaît tout le monde.) Tu déménages quand à Fairchild ? Je voudrais t'envoyer un ami. Il a besoin de faire quelques retouches sur un vieux tatouage.

Teddy se frotte les mains et répond, les yeux rivés vers l'assiette.

— Je devrais pouvoir prendre des rendez-vous à partir de Noël.

Il marque une pause et ajoute :

— Mais attendons peut-être le nouvel an, le temps que je sois bien installé.

Le barman tourne la tête vers moi et me sourit.

— Je transmettrai le message. On ne dirait pas comme ça, car il a l'air d'un paumé, mais ce mec est le meilleur, niveau tatouages.

Il remonte sa manche pour me montrer une superbe ancre de bateau.

— Je sais qu'il est très doué. Et il n'est pas paumé.

Les yeux de Teddy se plissent d'amusement devant ma réponse indignée.

— Tu débarques toujours pile au moment où il y a de la nourriture, dis-je, une fois le barman parti.

Teddy cale ses chevilles contre les miennes.

— J'ai une chance incroyable. Regarde-toi, qui fais tes devoirs un vendredi soir dans un de mes endroits préférés. Pourquoi avais-tu l'air si triste ?

— Je viens juste de découvrir que je ne suis pas aussi belle qu'une assiette de Frankenfries.

Je laisse glisser ma main de mon épaule nue jusqu'à mon coude. Il n'en perd pas une miette.

— Et je me suis souvenue que tu déménageais.

Il ignore ma réponse, préférant m'offrir un magnifique compliment :

— Tu es sublime.

J'ai l'impression de ressentir l'ivresse que j'ai ressentie dans la piscine lorsqu'on flottait à quelques centimètres l'un de l'autre.

— Tu as le genre de peau qui empêche les tatoueurs de fermer l'œil la nuit.

À travers la fumée qui s'élève de la nourriture, il m'observe avec une étincelle dans le regard.

— Je suppose qu'une toile vierge doit être attirante pour un tatoueur.

Je me sens devenir plus audacieuse :

— Si je décidais de faire quelque chose de fou et que tu me dessinais enfin le tatouage idéal…

— Impossible. Ce serait comme tatouer une pêche.

Ne prêtant pas attention à ce qu'il est en train de faire, il enfourne plusieurs frites recouvertes de macaronis brûlants. Très, très mauvaise idée. Les mains en coupe au-dessus de sa bouche, il crachote, ses yeux vert et noisette embués de larmes.

Je sors un mouchoir de mon sac.

— Mais tu as tatoué d'autres filles. Tu penses que ça ne m'irait pas ?

Il secoue la tête avec vigueur.

— Il faudrait que je le fasse dans un endroit secret, pour que mes parents ne le découvrent pas.

Il déglutit avec difficulté, et répète :

— Un endroit secret.

Puis il recrache un panache de fumée.

— Je ne t'ai même pas dit ce que je voulais.

J'attends jusqu'à ce que son sourcil se soulève.

— Je veux le logo de *Tombé du ciel*.

Il éclate de rire et reporte son attention sur l'assiette.

— Teddy, essaie de te contrôler…

J'utilise ma fourchette pour sortir une seule frite de la pile et souffle dessus.

Il se penche en avant et croque ma frite. Évidemment.

— J'ai oublié, on partage tout.

Mon sarcasme lui passe au-dessus. Il sourit, tout content.

— Tu commences à comprendre.

Il prend une longue gorgée de mon verre. Apparemment on partage même les pailles. Je le provoque :

— Si j'étais à un rencart, est-ce que j'aurais droit à ma propre boisson ?

Il réalise ce qu'il a fait.

— Pardon, je me suis jeté sur la nourriture, comme toujours. Je pense que j'ai des espèces quelque part…

Il commence à farfouiller dans ses poches.

Je secoue la tête.

— Continue d'économiser ton argent. Tu t'en sors très bien.

J'essaie de sortir une autre frite mais recouverte de macaronis et de fromage elle tombe sur la table dans un ploc, manquant de peu ma feuille.

— Par contre, la dégustation se passe plutôt mal.

— La nuit dernière, j'ai rêvé que je payais Alistair une semaine avant la date limite. Tu crois que c'est un signe ?

J'ai suffisamment entendu parler de ses rêves pour savoir qu'ils prennent vite une tournure bizarre.

— Que s'est-il passé ensuite ?

— J'ai su que c'était un rêve car la clé de la porte d'entrée avait la taille d'une planche de surf. Je me suis réveillé alors que j'essayais de la faire rentrer dans ma poche. Mon boxer était descendu jusqu'aux genoux.

Je me fends d'un rire, bien qu'entendre parler de clés et de verrous me perturbe. Le soulagement d'avoir de la compagnie a laissé place au stress. J'ai été capable de quitter Providence car je savais que Teddy y serait. Je sais que je ne suis pas obligée de rester là-bas 24/24h, 7 jours sur 7, mais je suis quand même moins nerveuse quand j'y suis.

— Je ne sais plus si mon devoir va compter du coup. La consigne est claire : je dois passer la soirée seule.

— Mel ne le saura jamais.

Une fois qu'il a eu mangé un quart de l'assiette (avec les doigts), il écrit mon nom en haut de la feuille d'exercices dans une calligraphie élégante.

— Je vais t'aider. Dis-moi tout ce qu'il y a à savoir sur toi et je l'écrirai. Commence par le début. Ruthie Maree Midona est née à… minuit. Midi. Je chauffe ?

Je commence à regrouper mes stylos.

Il soupire.

— Si tu veux, je m'en vais. Mais tu me manquais tellement. Je suis rentré et j'ai vu que ton cottage était éteint. J'ai suivi le chemin que tu prends quand tu fais ta ronde, jusqu'à ton petit point de vue près des poubelles, celui où tu aimes te percher pour regarder les lumières en contrebas.

Sa déclaration me perturbe.

— Tu m'as suivie ?

— Puis j'ai reçu ton SMS. Je me suis rappelé qu'il y a quatre types chelous qui traînent ici tout l'après-midi pour picoler. J'ai eu peur qu'ils t'accostent et mettent des roofies dans ton Coca. Voilà pourquoi j'ai été aussi rapide.

Il prend mon verre et boit quelques gorgées.

— Heureusement qu'ils n'ont rien mis dedans, sinon on serait tous les deux inconscients, dis-je.

— Je m'inquiète pour toi, toute douce et gentille, là-dehors dans ce monde horrible.

Dans le silence qui suit on entend des boules de bowling renverser des quilles et le cri de joie d'un enfant. Près des pistes, un groupe est en train de chanter joyeux anniversaire autour d'un gâteau recouvert de bougies.

— Le monde extérieur n'est pas horrible.

Je souris. Comment pourrait-il l'être, quand il y a de la nourriture surprenante, des enfants heureux et les jambes de Teddy autour des miennes sous la table ?

— Si tu penses ça, c'est que tu es resté cloîtré trop longtemps à Providence.

Il ouvre son carnet à dessins et commence à se servir dans ma trousse.

— Je suis si content que tu ne passes pas la soirée avec un mec, déclare-t-il joyeusement.

Je fais des efforts pour me montrer altruiste et l'encourager pendant qu'il économise pour ses parts dans le salon, mais il refuse d'en faire de même pour moi et mes objectifs.

— Dans un avenir proche, je dînerai aux chandelles avec un homme. Au même moment, tu seras assis dans ton salon de tatouage à tatouer *Live Laugh Love* en bas du dos d'une fille en police Comic Sans.

— C'est la chose la plus dégoûtante que tu pouvais me dire, crache-t-il.

Je prends une autre frite. Ce volcan de nourriture a enfin suffisamment refroidi pour être dégusté sans danger. Je lève ma fourchette. Il se penche en avant pour m'observer, par anticipation.

Un tel mélange ne devrait pas fonctionner. Mais chaque bouchée est un kaléidoscope de saveurs salées, les textures alternant entre croustillant et fondant. Le macaroni fondant et riche se mélange à la sauce. Des souvenirs de hot-dogs fumants dégustés enfant remontent à la surface.

Je ne sais pas combien de temps je flotte dans ce brouillard gustatif. Tout ce que je sais c'est que rien n'est grave quand je mange des féculents et du gras. Le fromage adoucit la vie. Chaque fois que je lève les yeux, je le trouve en train de me sourire, sa joue posée sur son poing. Les quelques taches de rousseur sur l'arête de son nez ont la couleur de la cannelle. Il y a un halo blanc lumineux autour de sa tête. Je suis en train de faire un rêve très agréable. Ou carrément une attaque liée à toute cette nourriture.

Tandis que je me ressers, je sens une larme couler sur mon visage.

— Qu'est-ce qui m'arrive ?

— Mon ange, c'est le paradis dans une assiette. Je te l'ai dit.

Il n'a pas pris une seule frite ou tracé une seule ligne pendant que je me goinfrais.

— Toi, quand tu prends ton pied, tu n'y vas pas de main morte, remarque-t-il.

Il faut vraiment que je me mette au travail. Je farfouille dans ma trousse.

— Je vais avoir besoin de ce crayon. C'est le seul que j'ai. Il faut que je puisse gommer si besoin.

Il commence à dessiner avec, déclinant ma requête.

— Écris au stylo. Tu sais qui tu es. Merci d'avance pour le cauchemar *Live Laugh Love* de ce soir, au fait. Tu m'entendras pleurer à travers le mur.

Il me regarde d'un air curieux puis éclate de rire.

— Tu sais que tu es super marrante, non ? Tu tapes dans le mille à chaque fois.

Surprise et gênée, je change de sujet :

— Merci. As-tu dessiné toi-même tous tes tatouages ?

— Tu penses que quelqu'un d'autre les a dessinés ? Tu ne reconnais pas le talent quand tu le vois ?

Il sourit de toutes ses dents.

— Je les ai dessinés, déclare-t-il, Alistair les a tatoués pour moi. Parfois quand il était énervé contre moi, il appuyait super fort. Une vraie torture.

Il a beau plaisanter, je pense qu'il dit vrai.

— Est-ce qu'ils ont tous une signification ?

Il se contente de sourire.

— Tu en as combien ?

C'est sorti avant que je puisse me censurer. Combien de filles ont posé cette même question ?

— Je ne sais pas. Tu peux les compter pour moi si tu veux.

Il hausse les sourcils d'un air amusé. Ses yeux sont rieurs, son sourire espiègle. Mon cœur papillonne dans ma poitrine.

Il enfourne plusieurs frites.

— La fan de listes que tu es adore faire des inventaires, hein ? lance-t-il la bouche pleine.

Il prend ma main et commence à compter les tatouages sur son bras avec mon doigt.

— Un, deux…

J'ai très envie de continuer mais je ne veux pas qu'il le sache.

— Tellement sexy avec ta bouche pleine de bouillie. Retenez-moi.

Il se fend d'un bruit entre le reniflement et l'éclat de rire. Que c'est gratifiant de le faire rire de la sorte.

— Je vais écrire toutes tes infos, de ta vie d'adulte jusqu'à ta naissance. Tu as fait des études de quoi ?

Crayon levé, il est prêt.

Mon sourire s'évapore.

— Mes parents n'avaient pas les moyens de m'envoyer à l'université. J'ai suivi une formation en gestion des entreprises.

— T'as dû aller à des fêtes démentes.

— Ouais, une orgie interminable.

Dieu merci il n'était pas en train de boire, sinon j'aurais été aspergée de Coca.

— J'étais la plus jeune d'au moins vingt ans, facile.

— Sexy.

Je remarque une femme au bar en train de nous regarder. Enfin, elle regarde Teddy. Il faudra bien que je m'y habitue mais je ne peux pas dire que ça me plaise.

— La plupart des gens étaient en reconversion professionnelle. J'ai enfin pu me détendre.

Gênée d'en avoir trop dit, je pousse l'assiette vers Teddy.

— Tiens, mange.

Il refuse de se laisser distraire.

— Pourquoi as-tu pu enfin te détendre ?

— Je me sens plus à l'aise avec les gens plus âgés.

Il me fixe, attendant la suite. J'entrelace mes doigts nerveusement.

— Comme tu le sais, je suis fille de révérend. Et sans surprise, j'ai beaucoup été harcelée à l'école. Mais dans une classe entourée d'adultes je me suis sentie à nouveau en sécurité.

— C'est pour cette raison que tu as atterri à Providence ? Les personnes âgées ne peuvent pas te blesser ?

Il y réfléchit et ajoute :

— Ce n'est pas vrai, remarque. Renata n'est pas assez forte pour utiliser un moulin à poivre, mais elle est plus mortelle qu'un boxeur enragé. J'étudie son comportement dans un but scientifique.

— Mes parents connaissaient ma patronne, Sylvia, par le biais de l'église. Tu sais comment les femmes au XIXe siècle étaient envoyées travailler comme gouvernante ? C'est ce qui s'est passé. Je n'ai pas postulé ; ils m'ont envoyée ici. Il faut vraiment que je trouve une façon plus flatteuse de parler de mon boulot, sinon les mecs vont prendre la fuite dès le premier rendez-vous.

Je jette un œil vers le bar. La fille est encore en train de nous observer. Elle doit connaître Teddy.

— Ta description était très bien, s'exclame Teddy avec indignation. Pourquoi aurais-tu besoin de reformuler quoi que ce soit ?

— C'est l'objectif de cet exercice. Me préparer au premier rendez-vous.

— Tu pourrais dire que tu as utilisé ton réseau pour obtenir le boulot. Ta Sylvia a l'air d'être une vraie peau de vache. Elle ne t'aurait pas engagée si tu étais nulle.

— Oui, probablement. Je suis vraiment bonne dans mon boulot. S'il te plaît, mentionne-le quand tu parleras à ton père.

— Je suis bon dans mon job, moi aussi. Mon vrai job, pas celui où je commande des survêtements Gucci en ligne en taille XXXS. Peux-tu le dire à Alistair ? Il faut que je trouve un moyen de grave l'impressionner. Je n'ai pas été impliqué dans la partie administrative du salon. Tu as des idées, Fée de l'administration ?

— On dirait qu'il va falloir que tu embauches et que tu te comportes en patron. Es-tu prêt pour ça ?

Il rougit d'un air gêné.

— Être un patron ne m'intéresse pas vraiment, mais j'ai envie d'assembler une bonne équipe.

— Est-ce que vous avez des comptes clients ?

Il réfléchit. Je n'ai aucune idée concrète de ce que ce type de commerce implique mais j'ai envie de l'aider.

— Si quelqu'un devait revenir plusieurs fois pour retravailler son tatouage, comment est-ce que tu garderais une trace du montant qu'il leur reste à payer ou du devis qu'on leur a fait pour le prix global ?

— On l'écrit juste dans le registre.

— Qu'en est-il de la prise de rendez-vous ?

— Le registre.

— Le personnel ? Les informations clients ?

— Tu connais la réponse.

— La fée de l'administration te recommande de grave impressionner Alistair en obtenant un devis pour un logiciel. Un qui envoie un texto aux clients pour leur rendez-vous suivant, ce genre de choses. Peut-être que les deux salons peuvent figurer dans la même base de données pour que vous puissiez voir les rendez-vous et disponibilités des uns et des autres. Un outil qui puisse gérer le personnel et la facturation. Il dira peut-être que tenir un registre revient moins cher, mais au moins tu auras fait une suggestion.

— Mon ange…

Il soupire. Mais avant qu'il puisse finir sa phrase la femme qui nous observait perchée sur un tabouret au bar se dirige vers nous. Elle a quelque chose à dire. Alors qu'elle se rapproche, Teddy et moi inspirons brusquement.

Elle est enceinte jusqu'aux yeux.

18

— Teddy ? Teddy Prescott, s'exclame la femme, passant sa main sur son ventre protubérant. Je te cherche depuis une éternité.

Le visage de Teddy passe par une multitude d'expressions : déni, colère, marchandage, déprime, acceptation. Il soupire, hoche la tête. Alors qu'il est en train de choisir un siège enfant dans sa tête, elle éclate de rire.

— Oh ! voyons. On est sortis ensemble il y a six ans. Désolée de t'avoir fait peur.

Il pose sa tête sur ses bras et se laisse mourir.

Pas désolée du tout, chuchote-t-elle à mon intention.

Je viens de perdre six ans d'espérance de vie.

— Bon sang, Teddy. Apprends à te servir d'un calendrier.

Teddy se redresse et essaie de sauver la face.

— Anna. Comment vas-tu ? Que fais-tu ici ?

Il fixe d'un air mi-fasciné mi-horrifié son ventre énorme sous ses vêtements serrés, puis détourne le regard.

— As-tu besoin qu'on te conduise à l'hôpital ? Combien de bébés y a-t-il là-dedans ?

Il examine le sol pour voir si elle a perdu les eaux. Ses bottes couinent sur le carrelage.

Elle énumère les réponses sur ses doigts.

— Le travail n'a pas encore commencé, mais mon mari m'emmènera à l'hôpital le moment venu. Un seul bébé. Et c'est Brianna, pas Anna.

— Désolé. Tu sais comment je suis avec les prénoms.

— Je sais comment tu es. Je n'aurais jamais pensé qu'il oublierait mon nom, ajoute-t-elle d'un air triste à mon intention. Certaines personnes ne changent jamais.

Pressée de m'en aller, je commence à me glisser hors du box.

— Voulez-vous vous asseoir ?

— Merci mais non. Je voulais simplement dire bonjour.

Ses yeux tombent sur le bordel enfantin sur notre table. Je sais qu'elle se demande quel âge j'ai. Les gens se posent toujours la question.

J'essaie de détendre l'ambiance.

— J'enseigne la lecture à Teddy, le pauvre n'a jamais appris.

Ils laissent tous deux échapper une exclamation de surprise.

— Il monte son entreprise et a fait appel à mes services.

— C'est gentil de ta part de l'aider. Ce n'est pas quelqu'un qui apprend vite, répond Brianna avec un sourire, mais qui disparaît presque aussitôt. Tu ne sors pas avec lui, si ?

J'aimerais tellement pouvoir répondre que oui.

— Non, bien sûr que non.

— Tant mieux. Il disparaîtra du jour au lendemain et oubliera ton prénom. Du moins ce fut mon expérience.

Elle porte le tatouage d'un merlebleu sur l'intérieur de son avant-bras. Je reconnais la griffe de Teddy. J'ai l'impression d'être poignardée en plein cœur. Mais être jalouse ne sert à rien. Des tas de filles là dehors se baladent avec ses tatouages sur le corps. Mais je n'en fais pas partie.

— On s'éclate bien avec lui, mais quand il part il part pour de bon. Il ne mérite pas que les nanas se retrouvent malheureuses. Enchantée de t'avoir rencontrée. Au revoir, Teddy.

Elle s'éloigne. Lorsqu'elle a atteint les escaliers, son mari se précipite et prend son bras pour l'aider à descendre lentement.

Son geste est si adorable et affectueux que ma gorge se serre d'émotion.

J'aimerais tellement partager un tel lien avec quelqu'un, faire ma vie avec un homme qui se soucierait tant de moi qu'il tiendrait ma main pour m'empêcher de tomber.

Teddy essaie de faire comme si de rien n'était, mais il est clairement affecté. Il ne lève pas les yeux. Il appuie son crayon si fort sur la feuille qu'il va la trouer.

— Est-ce que ça va ?

— Ça s'est mieux passé que d'habitude, répond-il avec une gaieté feinte. Elle ne m'a pas renversé de boisson sur la tête ni giflé.

— Est-ce qu'elle s'est montrée injuste ?

Je le regarde tandis qu'il y réfléchit. Puis il secoue la tête.

— À combien de filles as-tu fait ça ?

Combien de filles as-tu déçues, blessées, abandonnées ? Je n'ai pas besoin de développer, il a saisi le sens de ma question. Je sais quelle sera sa réponse avant même qu'il ouvre la bouche. Ses yeux l'ont trahi.

— Toutes. Ma mère a raison : rien ne dure pour toujours.

— Parle-moi d'elle.

— Elle est très jolie, avec de plus beaux cheveux que moi. Impossible, hein ?

Il essaie de plaisanter mais je ne souris pas.

— Elle s'appelle Ruby. Ruby…

Il marque une pause pour réfléchir.

— Hardiman. Grant. Non, c'est Ruby Murphy maintenant. Bizarre de ne pas connaître le nom de ta propre mère.

— Combien de fois a-t-elle été mariée ?

— Parfois j'ai à peine le temps de récupérer mon costume au pressing qu'elle se remarie déjà. Six fois. Et comme tu l'as découvert ce soir, je lui ressemble beaucoup.

Ses yeux cherchent les miens.

— Tu sais que je vais partir, hein ? Et tu ne vas pas essayer de m'en empêcher ?

— Bien sûr que non. Tu pars pour ouvrir et gérer ton salon de tatouage. Un jour, je ferai les cinq heures de route pour me faire tatouer. Tout le monde en a un sauf moi. Tu as tatoué un merlebleu sur le bras de Brianna.

Il semble surpris.

— Comment sais-tu que c'était le mien ?

— Je reconnais le talent quand je le vois.

On se sourit.

— Je te reconnaîtrais partout, Théodore Prescott.

— Si ça ne marche pas avec Alistair, je ne sais pas ce que je ferai, confie-t-il à voix basse. Il me manque encore plusieurs milliers de dollars. Il parle de choisir une devanture mais, vu la façon dont il en parle, il est évident qu'il pense que je ne remplirai pas ma part du marché.

Mon téléphone nous interrompt. Voyant qui appelle, Teddy et moi échangeons un regard paniqué. Ce sont les Parloni.

— Allô ? Que se passe-t-il ?

— Ruthie, c'est quoi ce bruit horrible ? braille Renata.

Dans le fond, j'entends une sirène.

— On est tous sourds et à moitié morts, mais ce raffut nous empêche quand même de dormir. La moitié des résidents est dehors à se demander si ce sont les pompiers.

Je reconnais enfin la sirène.

— C'est l'alarme du secrétariat.

— Eh bien, va l'éteindre, aboie Renata. Je ne sais pas comment tu fais pour ne pas l'entendre. Je n'arrive pas à joindre Théodore. Il n'y a personne ici pour régler le problème. Ce n'est pas beaucoup demander, si ? Du calme et de la tranquillité ? Tu sais combien on paie pour vivre ici ?

Elle pousse un cri strident de frustration.

— Je suis désolée. Je serai là dans cinq minutes. S'il vous plaît, ne le dites pas à Sylvia. Je sais que j'ai verrouillé la porte. J'en suis sûre.

— C'est une fausse alerte. Il n'y a rien à voler dans le bureau.

Teddy pense qu'il m'aide, mais la nourriture dans mon estomac se transforme en parpaing. J'ai des sueurs froides, l'impression d'être un animal, seulement animé de réactions primaires. Il essaie d'attraper ma main. J'ai un mouvement de recul.

— Je t'accompagne, dit-il.

Mais il est trop lent. C'est quelqu'un qui n'est jamais pressé. Il ne peut pas m'aider.

— Ruthie, attends-moi.

Je dévale l'escalier, ma main frôlant à peine la rambarde. Si je tombe, je me rattraperai toute seule. Je cours vers ma voiture sans penser à lui. En fait, je ne pense à rien du tout.

Je conduis comme si Brianna avait commencé le travail sur ma banquette arrière. Je remonte l'allée en courant vers mon bureau qui braille comme un nouveau-né. Je trébuche sur un pavé en essayant d'éviter une tortue. L'espace d'un instant, je visualise la scène : mes bras qui moulinent désespérément et cette course frénétique font peine à voir. Passé et présent se mélangent : je me revois à seize ans, distraite et négligente à cause d'un garçon.

L'alarme continue de brailler mais je n'entends rien excepté le battement déchaîné de mon cœur.

Je m'acharne sur la poignée. Ce n'est que lorsque je perçois la douleur dans mon poignet que je réalise que la porte est verrouillée. Je lâche mes clés deux fois, déverrouille la porte, me laisse tomber à l'intérieur, désactive l'alarme et m'effondre sur le bureau de Mélanie. Aussitôt, une crise d'angoisse m'emporte. Ma respiration devient sifflante.

— Que s'est-il passé ? demande Teddy de l'entrée.

Il s'avère qu'il est capable de se dépêcher quand il l'a décidé.

— La porte était fermée à clé, n'est-ce pas ? Respire, respire.

Il me fait asseoir dans le fauteuil de Mel et me baisse doucement la tête entre les genoux. J'ai un mal fou à respirer.

À travers le brouillard qui m'enveloppe, je l'entends qui m'encourage à expirer.

Je réponds quelques instants plus tard.

— Oui, c'était fermé à clé. Il n'y a pas eu d'effraction. C'était une fausse alerte.

Je me redresse. Pourquoi fallait-il qu'il me suive ? Le dernier mec qui a assisté à une telle scène était Adam. Chaque fois qu'il me regardait, il en avait le souvenir dans les yeux. Je sais que ce n'est pas séduisant du tout.

Teddy s'agenouille entre mes pieds et écarte les bras ; je m'effondre contre lui. Il a passé tant de temps sur le seuil de ma porte, à me suivre, commentant et questionnant tous mes faits et gestes, que l'odeur de son corps à travers son T-shirt m'est devenue familière. Mon canapé est imprégné de son parfum divin. Mon écharpe sent comme lui, mon oreiller, ma salle de bains…

Attendez une seconde.

— Tu t'es servi de mon shampooing ? C'est du vol. Pas étonnant que tes cheveux brillent autant.

Il recule légèrement pour me regarder. Il refuse de se laisser distraire.

— Tu m'expliques ce qui s'est passé ?

Il ne veut pas dire ce soir. Il veut dire la chose qui s'est passée il y a des années.

— La plupart des gens ne vérifient pas chaque poignée de porte de façon obsessionnelle comme tu le fais.

— Comment diable as-tu fait pour voler du shampooing sans que je le remarque ?

Je recule jusqu'à ce que les roues du fauteuil commencent à rouler.

— Je regrette de ne pas avoir discuté un peu plus avec Brianna histoire de savoir si tu as toujours été comme ça, dis-je. Si tu veux quelque chose, demande.

— Je veux que tu m'expliques ce qui te ronge de l'intérieur.

Il tire le fauteuil vers lui de ses deux mains.

— L'alarme qui se déclenche et qui écourte ta soirée, c'est ennuyeux mais ce n'est pas dramatique. Mais on aurait dit que c'était la fin du monde pour toi. Raconte-moi.

J'expire. Ça fait des années que je n'ai pas parlé de cette histoire à voix haute.

— Quand j'avais seize ans, j'ai appris combien il était important d'être prudent. C'est tout.

Il secoue la tête.

— Ça m'étonnerait.

Personne ne m'a jamais interrogée à ce sujet, alors je ne sais pas par où commencer. Le début, je suppose ?

— Quand j'avais seize ans, notre église a organisé une levée de fonds pour récolter de l'argent pour… un ouragan ou un tremblement de terre. La station de radio locale couvrait l'événement live. Il y avait plein de festivités : des jeux, un cortège, un concours de mangeurs de tartes, la totale. On se serait cru dans un épisode de *Tombé du ciel*.

— J'imagine tout à fait. Pour info, j'imagine ton père dans la peau de Pasteur Pierce.

Je souris faiblement.

— J'aurais bien aimé. Mon petit ami Adam m'a accompagnée. Je pensais que j'étais amoureuse. Il allait dans un autre lycée, alors on était super contents de passer la journée ensemble. Chaperonnés par ses parents et les miens, évidemment.

Quand je repense à cette journée, tout ce que je me rappelle c'est la couleur du polo d'Adam et l'odeur de fumée écœurante qui s'échappait des steaks en train de griller.

— Nos parents approuvaient la relation. Tout était parfait.

Teddy commence à grimacer.

— Je déteste savoir d'avance que ça a mal tourné.

Il se rapproche à genoux.

— On en arrive à la partie qui fait mal, n'est-ce pas ?

Je prends une profonde inspiration.

— Des enchères avaient été organisées pour booster le montant total. À la fin de la journée, on avait récolté dix mille dollars. C'était une somme énorme, beaucoup plus qu'on espérait, et c'était du cash. Les gens avaient été vraiment généreux. Dix mille dollars, tu te rends compte ? Mon père m'a dit d'aller déposer l'argent dans son bureau.

— Oh merde, lâche Teddy d'un air sombre.

Si j'arrive à raconter cette histoire, c'est uniquement parce que Teddy sait si bien écouter. C'est ce que j'ai toujours préféré chez lui. Chaque fois qu'il m'écoute, son expression change. Son visage s'adoucit avec compassion ou se fronce d'inquiétude, ses yeux s'enflamment de surprise, l'indignation lui durcit le sourcil. Il sait si bien écouter que j'arrive à parler du moment où j'ai perdu confiance en moi et où j'ai perdu ma foi.

— J'ai monté l'argent et l'ai déposé dans le tiroir du bas du bureau de papa tout en discutant avec Adam. L'argent a été volé tôt ce soir-là, probablement quand on était en train de manger les restes du barbecue.

Teddy arbore une expression sinistre.

— Qu'a dit la police ?

— Mes parents ne l'ont pas appelée. C'était trop humiliant pour eux de dire à tout le monde que la levée de fonds avait été inutile car leur fille n'avait pas verrouillé la porte. Il n'y avait pas eu effraction.

— Ruthie…, murmure Teddy avec compassion.

— Mon père était fou de rage. Il a dit que j'étais trop absorbée par moi-même et déconcentrée par un garçon pour faire la seule chose qu'il m'avait demandée. Dix mille dollars envolés.

— La seule personne qui est en faute est celle qui a volé cet argent.

— Ce n'est pas tout. Mes parents se sont servis du peu qu'il y avait dans les économies destinées à payer mes études pour rembourser le montant qui avait été volé. Ils en ont parlé pendant longtemps et ont même envisagé de ne rien révéler à personne. Mais ça n'aurait pas été une leçon suffisante. Papa m'a forcée à me tenir devant toute la congrégation le dimanche pour expliquer ma négligence et que j'abandonnais mon rêve de devenir vétérinaire pour faire pénitence.

— Quel ramassis de conneries.

Teddy fulmine de colère. On dirait que le diable est agenouillé à mes pieds.

Sa fureur me surprend.

— Pourquoi es-tu énervé ? Je le méritais.

— Ils auraient dû te défendre. Si tu as dit que tu as fermé la porte à clé, tu l'as fait.

— Mais je ne sais pas, justement. Je suis incapable de m'en souvenir. C'est le trou noir. Et je me suis juré de ne plus jamais revivre ça. À partir de ce moment-là, j'ai utilisé des checklists et suivi une routine précise. J'espérais que toi et Mélanie n'aviez pas remarqué.

— Et Adam ? T'a-t-il défendue ?

Je détourne le regard. Teddy plisse les yeux.

— Ta mère ? Elle t'a crue, elle, non ?

Je ne réponds pas.

— Tu aurais pu devenir véto, mais à la place l'argent de tes études a servi pour un ouragan. Je n'arrive pas à croire que tu aies dû abandonner ton rêve.

— Je ne me faisais pas d'illusions ; je ne pensais pas devenir véto mais j'aurais peut-être pu devenir assistante vétérinaire ? Une fois le compte-épargne vidé, on savait tous que ça n'arriverait plus. Le pire c'est que mon père pouvait pardonner à tout le monde dans cette congrégation, mais pas à moi. Il a perdu foi en moi et j'ai perdu ma foi en Dieu.

Teddy se penche en arrière pour mieux voir mon visage.

— J'ai envie d'aller flanquer mon poing dans un mur. Ruthie, je vais te dire quelque chose et il faut que tu m'écoutes, d'accord ? Tu es prête ?

Je hoche la tête.

— Ce qui t'est arrivé est merdique et j'en suis navré. Mais tu dois laisser le passé derrière toi.

Il observe mon visage quelques instants et reprend :

— Je consulte une psychologue de temps en temps. Je pourrais te donner ses coordonnées.

Je me sens mieux d'avoir vidé mon sac. La conversation a été cathartique. Je m'essuie les yeux.

— C'est pour ça que tu sais si bien écouter ?

— Ah bon ?

Il est troublé.

— On ne me l'avait jamais dit.

— Je n'ai jamais rencontré quelqu'un qui sait si bien écouter.

Je passe les doigts dans ses cheveux, admirant la brillance apportée par mon shampooing.

— À plusieurs reprises je me suis dit que je devrais consulter quelqu'un au sujet de mes… troubles obsessionnels compulsifs.

C'est la toute première fois que je prononce ces paroles à voix haute ; que je m'autorise à réellement l'envisager.

— Pour quelle raison vois-tu une psychologue ?

— Comment vivre avec des cheveux aussi sublimes, répond-il.

Il se lève et m'aide à me redresser.

— Réactive l'alarme. Je me charge de fermer la porte à clé.

Tandis qu'on remonte la colline, je réalise qu'on se tient la main, mais également qu'il a répondu à ma question sérieuse par une réponse bébête.

— On peut parler de la raison pour laquelle tu vois un thérapeute ?

Teddy enjambe une tortue.

— Je veux que tu saches que je serai toujours là pour toi. Lorsque je serai à Fairchild, il te suffira de m'appeler et je viendrai, d'accord ?

Sa voix faussement enjouée me fait me sentir mal. Je lui ai confié le pire moment de ma vie mais lui refuse de se confier à moi. Je ne peux pas l'y forcer.

— J'aimerais que tu me fasses confiance comme je te fais confiance.

— Je ne suis pas un mec à qui tu devrais faire confiance. Brianna vient de t'expliquer pourquoi.

On entre dans le jardin. Dans l'obscurité, j'aperçois Fille de Rêve, qui est garée. Il m'a vue brisée et m'a aidée à me relever. Il fait pareil avec elle, il la démonte pièce par pièce pour mieux la reconstruire.

— Tu m'emmèneras faire un tour dessus avant que tu partes ? Comment tu feras pour emmener deux motos, au fait ?

— Je t'emmènerai faire un tour. Promis.

Il déverrouille ma porte avec mon trousseau de clés, m'installe sur le canapé et allume les lampes. Complètement à l'aise dans ma cuisine, il sort ma tasse préférée du placard.

— Hmm, voyons voir. Infusion bonne nuit ou chocolat chaud ?

Il tourne la tête vers moi.

— Qu'est-ce que tu attends ? Mets *Tombé du ciel.*

Il me cale un coussin dans le dos et me tend la tasse fumante. La discussion que j'ai eue avec Mélanie me revient en tête. Ce soir, j'ai vraiment l'impression d'être adorée.

— Je suis désolé d'avoir volé ton shampooing, s'excuse-t-il en lançant l'épisode. Tu accepterais de me laisser un double des clés ? Avant de partir, j'aimerais vraiment prendre un bain dans ta baignoire entouré de bougies.

Après tout ce que j'ai partagé ce soir, cette requête me semble bien dérisoire.

— Bien sûr.

19

— Il ne nous manque plus qu'une superbe photo et on pourra valider ton inscription, déclare Mélanie. Tiens, attrape.

Assise à son bureau, elle me lance du maquillage. Je baisse les bras une fois que le maquillage arrête de pleuvoir.

— Tu oublies. On ne travaille pas sur la Méthode Sasaki pendant les heures de bureau.

Je me lève de mon fauteuil pour ramasser le maquillage mais je suis si raide que je reste pliée en deux.

— Aïe, mon dos.

Mes lunettes, qui se balancent sur leur chaîne, me percutent le visage.

— Espèce de vieille mémé, raille Mel avec affection. Fais gaffe ou je télécharge une photo de ton derrière dans cette position. Tu recevrais plein de messages de mecs chelous.

— Je vais te (je ramasse un rouge à lèvres) tuer (un blush), Mélanie Sasaki.

Je saisis l'illuminateur et le recourbe-cils. Elle a même lancé un pinceau. Je me redresse avec difficulté.

— Vu la douleur que j'ai dans les articulations, une tempête s'annonce.

— Tu vieillis de jour en jour. D'ici à la semaine 6, je te ferai une couleur châtain pour camoufler tes cheveux blancs. Avant de partir il faut vraiment que je te fasse quitter cet endroit.

Elle prend une longue gorgée de la grosse bouteille de jus vert pâle sur son bureau. Elle m'a informée lors de ses gorgées précédentes qu'il avait le goût d'une diarrhée de céleri. On est mercredi et Mel en est à son troisième jour de détox. Je donnerais n'importe quoi pour qu'elle arrête. Mais même si elle râle et me donne de nombreux détails peu ragoûtants, je dois avouer qu'elle me fait bien rire.

Et dire que quand elle a commencé à travailler au secrétariat je pensais que je ne tiendrais pas dans la même pièce qu'elle jusqu'à l'heure du déjeuner sans hurler... Aujourd'hui, le temps passe trop vite.

— Ton contrat se termine dans un mois. C'est passé comme un éclair.

— L'agence d'intérim m'envoie déjà de nouvelles offres de missions. Ils pensent que je dirai oui à n'importe quoi. D'habitude c'est le cas, mais je suis fatiguée. J'espère qu'on aura trouvé le job de mes rêves d'ici là.

Je pose la question, bien que je connaisse déjà la réponse :

— Est-ce que tu envisagerais de travailler pour les Parloni ?

Elle me lance un regard noir.

— Tu me détestes à ce point-là ? Tu sais ce qu'elles ont fait faire à Teddy hier à l'heure du déjeuner ? Elles ont commandé McDo et il a dû dresser leur assiette à la manière d'un restaurant cinq étoiles.

Elle fait défiler sa galerie sur son portable.

— Regarde-moi ces bêtises.

Il a coupé les Big Mac en minuscules quartiers. Ils sont disposés à côté d'une pile de frites façon Jenga, un nugget de poulet et un gribouillis artistique de sauce aigre-douce. Je ne peux pas dire à Mel que j'ai déjà vu cette photo, pendant que Teddy était allongé sur mon canapé, sa tête sur un coussin. Un coussin qui était posé sur mes cuisses.

Depuis ma crise d'angoisse provoquée par l'alarme de vendredi dernier, Teddy ne se retient plus d'entrer dans mon cottage. Il ne traîne plus sur le pas de la porte. Au contraire, il baigne dans mon hospitalité – littéralement. Il prend des bains en chantant à tue-tête

Wonderwall sans même fermer la porte à clé. Mélanie piquerait une crise si elle le savait. Je ne sais vraiment pas comment c'est arrivé, alors je ne serais pas en mesure de l'expliquer.

Non seulement il ne m'a pas fait me sentir minable mais il m'a accompagnée à chacune de mes rondes. Il fait la vaisselle, il connaît chaque intrigue secondaire et l'histoire de chaque personnage de *Tombé du ciel*. J'ai l'impression que Teddy est un cadeau du ciel. Mais je sais que penser de la sorte ne me rend pas service.

Il est temps de se remettre au boulot.

— Avant ton départ, j'aimerais que tu m'aides à organiser la fête de Noël. Cette année, j'aimerais faire un thème bal de promo vintage. Imagine toutes les dames dans de jolies robes.

— Oui, oui, oui ! s'enthousiasme Mélanie. Les fêtes, c'est mon truc. J'adore tout planifier, inviter des gens et les voir s'éclater.

Elle sort son carnet et commence à griffonner.

— Alcool. Traiteur. Décorations. Playlist. Invitations. Make-up, eyeliner. Hmm, qu'est-ce que je vais bien pouvoir porter ? Oh mon Dieu, je peux me coiffer en choucroute.

Elle fait mine de mâcher sa gorgée de jus avant d'avaler.

Dans mon carnet spécial projets, sur la page intitulée CARRIERES POTENTIELLES POUR MEL j'écris *Organisatrice d'événements*.

— Commençons par les invitations. Je préviens généralement quatre semaines avant la fête, alors elles doivent partir cette semaine. Tu sais dessiner ?

— Je fais des missions d'intérim depuis une éternité. Je sais tout faire.

Son regard se voile. Mélanie regarde autour d'elle.

— Je n'arrive pas à croire que je m'apprête à dire ça et c'est peut-être la détox qui me rend émotive, mais je serai triste de quitter cet endroit. J'en ai marre des nouvelles têtes, de tout le temps changer d'entreprise. Ce serait agréable d'arrêter de bouger pendant quelque temps.

— Tu n'as plus peur des personnes âgées ?

Elle souffle un grand coup.

— J'avais peur, au début. J'ai trouvé ton album photo et les programmes funéraires dans ton tiroir. Cet aspect-là me fait peur. Mais lorsque tous les résidents sont heureux et occupés, l'ambiance est plaisante. Et en plus, tu es là.

Mélanie prend l'appel d'un résident.

— C'est notre travail de rendre leurs vies aussi agréables que possible, tu as raison, dis-je une fois qu'elle a raccroché.

Je consulte ma messagerie. J'ai reçu un mail de Dorothea de PDC intitulé « Requête ».

— Je lui ai envoyé, me précise Mélanie avant même que je finisse de le lire.

— Merci.

PDC a envoyé un géomètre expert à Providence hier. Je l'ai suivi pendant qu'il visitait les lieux, essayant de déterminer la raison de sa venue. J'ai fait de mon mieux pour vanter les mérites de notre lac et notre colline. Il a fini par s'impatienter : « À moins que vous ne soyez un géomètre expert qualifié vous aussi, je pense que vous m'avez suffisamment aidé ».

Rouge de honte, je suis retournée au secrétariat où un message de Rose Prescott m'attendait sur mon bureau. Elle m'a fait sortir un diagnostic d'amiante de 1994. Clairement, elle me déteste. Mélanie a retiré les toiles d'araignée de mes cheveux lorsque je suis ressortie des archives.

Mais ça valait le coup rien que pour entendre l'approbation réticente dans la voix de Rose quand je l'ai rappelée.

L'heure est venue de féliciter Mélanie.

— Tu as vraiment fait de l'excellent travail. Je ne sais pas comment j'aurais fait sans ton aide ces dernières semaines.

Ses joues rosissent. Elle irradie.

— Puisque tu sais dessiner, pourrais-tu imiter une invitation de bal de promo des années 1950 ?

— Trop mignon. Carrément. Je vais peut-être faire équipe avec ce vieux Ted, vu qu'il est si « inspiré » (elle fait des guillemets avec ses doigts) en ce moment.

Elle plisse les yeux.

— Qu'est-ce qui l'inspire autant, à ton avis ?

Moi et le nouveau départ que représente mon cottage. Teddy sait enfin exactement ce qu'il fait tous les soirs. Il est beaucoup moins fébrile et éparpillé depuis. « Je n'ai jamais été aussi détendu, Ruthie. » Mais je ne peux pas le dire à Mel.

Je hausse les épaules.

— Bonne idée pour les invitations, faisons-le participer. Ton contrat sera terminé mais j'espère vraiment que tu viendras. On en donnera une à Teddy. Il ne pourra pas venir mais il saura qu'il est toujours le bienvenu.

Elle lève les yeux au ciel.

— Il a enfin réglé le problème avec les impôts, m'explique-t-elle. Devine quoi ? Ils l'ont remboursé. Il pensait qu'il irait en prison mais il reçoit un chèque à la place. Un farfadet l'a embrassé à la naissance, ou quoi ? Son compte en banque se remplit bien.

Elle revient à sa liste de préparatifs.

— À le voir, on dirait que c'est vraiment facile d'économiser pour le rêve de sa vie. Je le déteste.

Teddy me dit tout, mais ça, il ne me l'a pas dit.

— Moi aussi. Il est carrément insupportable.

On est toutes les deux de grosses menteuses à qui il manquera terriblement.

— J'ai fini de rédiger ton profil, annonce Mélanie, les yeux sur son écran.

On est interrompues par une silhouette vêtue de noir à la porte.

— Oh ! va-t'en, s'il te plaît, on travaille, là, lance-t-elle.

— Je ne m'en irai pas, répond Teddy d'un air indigné.

Il s'assoit à mon bureau dans le fauteuil visiteur.

— Je reste jusqu'à ce que la nourriture arrive. Qui est insupportable ?

— Nourriture, murmure Mélanie d'un air envieux.

Elle dit que sa détox a pour but d'éliminer les toxines de ses organes ; quels organes, elle refuse de le dire. Ce que j'ai remarqué, moi, c'est que le jus provoque des vertiges et des accès de paranoïa.

— Qu'ont-elles commandé ? demande-t-elle à Teddy avec un regard vorace de loup affamé.

— De grosses salades.

— Des salades, répète-t-elle, chagrinée. La chance.

— Il paraît que les impôts t'ont remboursé, dis-je à Teddy.

— Oui. Je ne m'attendais pas à ce que mon prochain bon samaritain soit le service des impôts. J'allais te le dire.

Sauf qu'il ne l'a pas fait. Savoir qu'il se rapproche de son objectif me rend très triste et il le sait.

Il n'y a pas si longtemps, je me plongeais avec délectation dans mon bain dans le sanctuaire paisible de mon cottage, entourée de bougies. Je pensais que ma routine était sacrée et intouchable mais les choses ont changé. Passer mes soirées sur le canapé auprès de Teddy et mes journées avec Mélanie m'a rendue sociable et m'a fait apprécier la compagnie d'autrui. Leur départ commence vraiment à m'inquiéter.

— Vous faisiez quoi ? demande Teddy à Mélanie d'une voix fatiguée.

— J'étais sur le point de lire à voix haute le profil de Ruthie et de prendre sa photo.

Remarquant mon expression, elle s'empresse d'ajouter :

— Sauf qu'évidemment je n'allais pas faire ça pendant les heures de boulot. J'aurais attendu 17 h 01, une fois que Ruthie et moi aurons fini de pointer sur le compte de Providence les paiements qu'on a faits pour la consommation d'eau.

— Les filles, je me fous de ce que vous faites comme boulot.

Teddy s'adosse à son fauteuil et retire l'élastique de ses cheveux magnifiques avant de les secouer de ses mains.

— Rose va transformer Providence en ranch d'alpagas rien que pour me faire chier. Profitez-en tant que ça dure.

Ses mains glissent dans ses cheveux, les caressent. Je l'observe jusqu'à ce que mes doigts brûlent sur les accoudoirs de mon fauteuil. Je ne suis pas la seule à être affectée.

— Arrête de me tourmenter ! s'emporte Mélanie.

Elle se lève, court jusqu'aux W-C et claque la porte derrière elle. Le jus l'a fait éliminer au moins quatre fois depuis 9 heures ce matin.

Il cligne des yeux d'un air blessé.

— Qu'est-ce que j'ai fait ?

— Tu lui donnes l'impression que ses cheveux sont moins beaux que les tiens. Elle porte son extension tous les jours maintenant. La queue-de-cheval lui tire sur le crâne.

J'ajoute, d'une voix mal assurée :

— Ranch d'alpagas, hein ? Tu as entendu quelque chose ?

Teddy continue à démêler ses cheveux avec sa tête penchée en arrière. Les yeux vers le plafond, il répond :

— Non, mais même si je savais quelque chose, je ne pourrais pas te le dire. Conseil d'administration, parts et tout le tintouin. Je ne veux pas être poursuivi par mon propre père, ce serait gênant.

Il bâille. Ses molaires m'avaient manqué.

— Rose serait la première à témoigner contre moi.

— Un géomètre expert est passé.

Il grimace.

— Ce n'est jamais bon signe. Arrête d'essayer de me charmer avec tes immenses yeux marron. Je sais ce que tu attends de moi mais je ne peux pas t'aider.

Mélanie sort des toilettes. Elle a refait sa queue-de-cheval.

— Teddy, tu utilises quoi comme après-shampooing ?

— Je me rince les cheveux à l'eau de pluie avec un bouchon de vodka.

Les yeux de Mel lui sortent de la tête, me rappelant un cartoon.

— Sérieux, s'émerveille-t-elle, appuyée sur son bureau. À l'eau froide ?

— Très froide. Comme de la glace.

Il lâche ses cheveux.

— Tu as un Tangle Teezer dans ton sac, Mel ? Bien sûr que oui, tu es une fille. Viens me coiffer.

— Je peux te faire une tresse damier ?

Il hoche la tête.

Elle l'approche d'un pas vacillant et pose les deux mains dans ses cheveux. Teddy ferme les yeux à demi, visiblement au septième ciel. Les miens sont probablement mi-clos aussi. Elle a les poignets enfoncés dans cette crinière noire brillante. J'adore Mel mais j'ai envie de lui hurler dessus.

Mais Teddy guette ma réaction, alors je dois faire attention de ne rien laisser transparaître.

— C'est forcément une perruque. Ils sont trop parfaits pour être authentiques.

Mélanie tire sur la racine de ses cheveux jusqu'à ce qu'il couine.

— OK, c'est bon. Les articulations de Ruthie disent qu'il va pleuvoir. Je vais mettre un seau sous la gouttière du garage.

Je lui épargne cet effort.

— Il plaisantait. S'il te plaît, mange quelque chose avant de tomber dans les pommes.

Je lui passe une banane. Elle abandonne ses cheveux et je recrache la fumée verte étouffante dans mes poumons. Les narines de Teddy se dilatent ; je suis sûre qu'il l'a sentie. Il me lance un sourire narquois. J'ai envie d'enfoncer sa tête dans un seau d'eau sale.

— Ma détox, couine Mélanie. Mes toxines.

On la regarde tandis qu'elle épluche violemment la banane et en engloutit la moitié.

— Avant que tu demandes, non, je ne te dirai pas ce que dit le profil de Ruthie, dit-elle à Teddy la bouche pleine.

— Je swiperai toutes les filles du monde jusqu'à ce que je la trouve.

Elle déglutit bruyamment.

— Tu en serais bien capable, rétorque-t-elle d'un air sombre.

— On dirait que c'est déjà fait.

Oups. Qu'est-ce qui me prend de dire des choses pareilles ? Je retourne à mon ordinateur et ouvre un mail de l'entreprise qui gère l'entretien de Providence pendant que Teddy me fixe du regard.

— Apparemment, ils envoient un électricien jeudi prochain.

Je réponds au mail et note le rendez-vous dans l'agenda pendant qu'il continue de me fixer d'un air pénétrant de ses yeux noisette lumineux.

— La banane était bonne, commente Mel.

— Pourquoi tu fais une détox ? lui demande Teddy.

— J'avais rendez-vous avec un mec au Thunderdome. Il a dit que j'étais plus grosse qu'il s'y attendait.

Ce n'est pas ce qu'elle m'a dit au sujet de la détox. Mais je ne suis pas étonnée qu'elle raconte cela à Teddy. Il y a quelque chose chez lui qui donne envie de se confier.

Je vois rouge.

— Pardon, il a dit quoi ?

— Mon profil dit que je suis à moitié japonaise. Il en a tiré des conclusions.

Elle passe la main sur son ventre.

— Je devrais être plus fine.

Teddy est tout aussi indigné que moi.

— Tu vas changer pour faire plaisir à un mec ? Tu es plus intelligente que ça, Mel.

— Je n'ai pas eu trop de chance dernièrement, se défend-elle. Je suis désolée, Ruthie, mais c'est la jungle là-dehors.

— Il a révélé sa nature d'abruti dès le début, ça t'évite de perdre ton temps, dis-je. Ne change rien chez toi. Mange mon yaourt.

Je lui tends une cuillère. Elle me l'arrache presque de la main.

Elle lance la peau de banane à la poubelle, mais celle-ci reste collée sur le mur au-dessus.

— Merci, maman et papa, vous êtes les meilleurs.

Elle se dirige vers le frigo. Dans le bureau silencieux on l'entend avaler, pousser des gémissements de plaisir et racler son pot de yaourt.

— Je vais lire le profil de Ruthie à voix haute, mais seulement parce que je veux l'opinion d'un mec bien, annonce-t-elle, une fois de retour à son bureau.

Teddy est perturbé.

— Trouve quelqu'un d'autre alors.

— Brunette de vingt-cinq ans, jolie comme un cœur…

Je lève la main.

— Objection.

— Rejetée, tranche juge Théodore Prescott. Très pertinent.

Le mélange banane-yaourt est une sacrée drogue. Les joues de Mélanie retrouvent progressivement leur couleur.

— Laisse-moi lire jusqu'au bout. Pas d'interruption. Brunette de vingt-cinq ans, jolie comme un cœur, cherche âme sœur *old school* pour faire s'enflammer son cœur. Pas de coups d'un soir, de mecs chelous, petites bites, mecs fauchés, ou laidrons.

Je pousse un cri horrifié.

— Mélanie ! Retire la dernière phrase.

— Je lui prête une partie de mon profil, dit-elle à Teddy avec un sourire. Il est trop bien.

— Eh bien, me voilà éliminé.

Entendant le bruit d'un scooter, il se lève.

— Je suis sûr que vous en débattrez en mon absence.

— Mec fauché, crie-t-on à l'unisson.

— C'est aussi un weirdo, ajoute Mélanie.

Je l'interromps d'un signe de tête avant qu'elle puisse faire d'autres commentaires.

Teddy revient, les plats à emporter dans les mains.

— Je me sens beaucoup mieux mais j'ai besoin d'air, déclare Mélanie. Je vais monter leur repas aux filles. Je veux parler carrière avec Aggie. Vous saviez que c'était une avocate réputée ?

Elle lui prend les sachets des mains et sort.

Généralement, quand Mel et sa joie de vivre quittent le bureau, je me sens envahie de nostalgie. Mais pas cette fois car Teddy est là. Les paillettes jaune citron dans ses yeux illuminent mon univers.

Nous y voilà. Un autre moment auquel je repenserai un jour, soit en secouant la tête, soit en me félicitant. J'avais un voisin célibataire, séduisant. Teddy est un pari risqué, c'est sûr, mais j'ai l'impression d'avoir attendu ce colosse tatoué toute ma vie. Si je lui demandais de me consacrer les dernières semaines qu'il lui reste, que répondrait-il ?

— Laisse-moi prendre la photo pour ton profil, dit-il avant que je puisse me lancer.

Il lève son téléphone.

— Oh ! merde, lâche-t-il en regardant l'écran d'un air chagriné.

— Montre-moi.

Il me tend son téléphone. Il y a mieux comme photo à mettre sur un site de rencontres. Je suis à mon bureau, je porte mes lunettes autour de mon cou, et oui, marron et crème n'est pas ma meilleure palette, mais j'ai l'air de quelqu'un d'intègre, j'ai une jolie peau, bonne mine, un regard pétillant et un sourire doux et craquant.

— La parfaite petite secrétaire. Au moins ce n'est pas de la pub mensongère.

Ma blague ne le fait pas sourire. Il se ratatine légèrement, les yeux rivés sur l'écran et essuie une trace sur le verre avec son pouce. Il pousse un profond soupir.

Je vais prendre exemple sur lui. Si je le dis sur le ton de la plaisanterie, il ne saura pas que je suis sérieuse.

— J'ai peur d'avoir oublié comment on embrasse. Je n'ai embrassé personne depuis Adam. Mon bal de promo me paraît bien loin.

Ma longue traversée du désert le laisse sans voix. Il se penche en avant, les coudes sur les genoux.

— Ne t'inquiète surtout pas. Tu devrais voir ta bouche quand tu parles.

Je souris.

— Quand tu souris, ajoute-t-il. Je suis sûr que tu embrasses très bien.

Je me demande si je pourrais le convaincre de tester cette théorie.

— Tu veux venir dîner vendredi soir après ma virée shopping avec Mel ?

La simple mention de nourriture lui fait hocher la tête. Il se frotte les mains sur les cuisses. Je me demande si ce n'est pas un peu sournois de le faire venir pour soutirer un baiser. Je devrais me montrer honnête.

— Je dois t'avouer une chose : j'essaierai probablement de t'embrasser. Pour des raisons purement scientifiques.

Mon audace lui fait écarquiller les yeux. Il rit d'un air inquiet.

— Ce n'est pas une bonne idée. J'ai fait preuve d'une retenue impressionnante en ta présence. On ne voudrait pas que je retombe dans mes vieux travers.

Je ne me démonte pas.

— Ça ne me dérangerait pas. Maintenant que tu sais ce que j'ai derrière la tête, tu viens toujours dîner ? Je peux difficilement m'inviter dans ton abri anti-atomique. C'est vraiment dommage que ton père n'ait pas pu te trouver un endroit plus chaleureux.

— Il a dit que je pouvais emménager dans un des pavillons inoccupés.

Il hausse les épaules d'un air désinvolte.

— Les Parloni m'ont dit lors de mon deuxième jour que je pouvais prendre leur chambre d'amis. J'ai des options très confortables. Mais je resterai là où je suis.

— Pourquoi ?

— Parce que tu es ma voisine.

Je suis complètement sous son charme et je suis sûre qu'il s'en rend compte. J'étire mes bras au-dessus de ma tête.

— Merci pour la photo. Quand Mel revient, elle va finaliser mon inscription. Que les bites pleuvent sur moi.

J'enfouis mon visage dans mes mains, et reprends :

— Laisse-moi reformuler.

— Ne me parle pas de tous ces connards et leurs bites, crache-t-il.

Il attache ma photo à un texto et range son portable. Une seconde plus tard il carillonne dans sa poche.

— Au sujet de vendredi. Je me comporterai en mec bien, alors ne te fais pas de faux espoirs.

Je ne sais pas si ce sont les ombres de fin d'après-midi qui s'étirent qui me jouent des tours mais il semble nerveux. Pourquoi le serait-il ? Il n'y aura que moi.

— Un de ces jours je me comporterai en vilaine fille. J'espère que tu seras encore là pour y assister.

L'audace dont je fais preuve depuis quelque temps me surprend moi-même. J'aime bien cette nouvelle Ruthie. Puis je ruine mon aura de bad girl sexy, mais je pense qu'il ne m'en voudra pas :

— Maintenant, parlons logiciels. Qu'as-tu trouvé pour ton studio ?

20

— J'ai été obligée de les inviter, s'excuse précipitamment Mélanie lorsqu'elle se gare près la friperie, derrière une Rolls-Royce Phantom que je connais bien. Elles me demandaient toutes les deux quand et où aurait lieu le relooking et j'ai répondu ici et maintenant. Tu m'en veux ?

— Pas du tout. Pourquoi es-tu si nerveuse ?

Je le suis aussi maintenant de savoir que Teddy est à l'intérieur.

— Je mise beaucoup sur cette troisième semaine, se contente-t-elle de répondre.

On entre. Renata est en train de discuter avec Kurt, le vendeur, qui se tient derrière la caisse.

— Alors, combien me donnerais-tu pour une redingote vintage Hermès ? Je n'aime pas les boutons. Ça me permettrait de faire de la place dans mon placard.

— On n'achète pas de vêtements, répond-il d'une voix lente et patiente.

Cette conversation dure visiblement depuis un moment.

— N'avez-vous jamais fait don de vêtements à Goodwill ? suggère-t-il.

Renata passe en revue le plateau de bagues sur le comptoir, les repoussant sur le côté au fur et à mesure comme un perroquet rejetant des graines.

— Si j'en faisais don, à combien la vendrais-tu ?

— Il y a écrit ici que toutes les vestes coûtent trois dollars, lance Teddy de la section homme, au fond.

— Trois dollars ? s'écrie Renata. Le monde est-il devenu fou ?

— Les dons ne sont pas obligatoires mais ils sont très appréciés, lui répond Kurt en ramassant les bijoux.

Il m'aperçoit. Son visage s'illumine.

— Salut, Ruthie. Comment vas-tu ?

Kurt a dans les vingt-cinq ans et Alléluia ! il a enfin fait quelque chose pour ses cheveux. Avant, il avait une longue coupe au bol et des mèches lui tombaient dans les yeux. Il arbore désormais une coupe qui laisse apercevoir son front. J'avais toujours pensé qu'il y aurait des boutons là-dessous, mais il s'avère qu'il a une peau nette et qu'il est plutôt pas mal.

Si je n'avais pas croisé le chemin de Teddy et senti son énergie vibrante, je trouverais peut-être même Kurt mignon.

— Je vais bien, merci, Kurt. Bonjour Renata, bonjour Teddy, merci d'être venus. Pas d'Aggie aujourd'hui ?

Je tourne la tête vers les rayons du fond.

— Elle est trop fatiguée, répond Renata, les yeux baissés et les lèvres pincées.

Je jette un œil au portant derrière la caisse. Comme je m'y attendais, Kurt se tourne et sort une petite sélection de vêtements.

— Qu'avons-nous là ?

— Je sais que tu as dit que tu ne portais pas de rouge, prévient-il, mais cette jupe est ton style. Ou est-elle trop courte ?

À l'arrière, un Teddy furieux se redresse de toute sa taille. Son visage arbore l'expression d'un taureau prêt à charger. Heureusement, Mélanie s'avance et serre la main de Kurt.

— Mélanie Sasaki, créatrice de la Méthode.

(Cela ne lui évoque absolument rien, et à voir son expression, il trouve ça super étrange.)

— Jetons un œil. Houlà, trop court. Et celle-là, c'est un non catégorique, s'exclame-t-elle en éliminant une robe marron. C'est ce que l'ancienne Ruthie aurait porté. Fini, les vêtements marronnasses de bibliothécaire. Mais les autres ne sont pas mal.

— Ne casse pas son image de fille sage, crie Teddy du fond.

Renata tapote la pile de vêtements sur le comptoir.

— Va les mettre dans sa cabine d'essayage, dit-elle à Kurt comme si on était dans une boutique. Maintenant, Ruthie, explique-moi ceci.

Elle claque des doigts. Teddy vient se planter devant moi en mode homme de main et sort une enveloppe de la poche arrière de son jean. C'est l'invitation au bal de Noël.

Je me prépare mentalement à la dispute qui va suivre.

— Quelle partie de l'invitation avez-vous besoin que j'explique ?

— Le thème. Bal de promo vintage.

Elle prend la carte de la main de Teddy et l'agite devant moi tandis que ses yeux me transpercent tel un laser.

— Tu voulais me narguer ?

J'en reste sans voix.

— Pardon ?

Je tourne la tête vers Teddy mais il hausse les épaules.

— Je travaille à l'organisation de cette fête toute l'année, dis-je, sur la défensive. Je ne vous narguerais jamais à propos de quoi que ce soit.

— Je ne suis pas allée à mon bal de promo. C'est le plus grand regret de ma vie. Tu le savais. Comment ?

Elle baisse les yeux vers l'invitation pastel.

— Tu as cherché sur Google, avoue-le. J'ai vu une émission à la télévision qui disait que les secrets de tout le monde étaient sur Internet maintenant.

— Je doute que les gens nés avant 1930 soient concernés, pipe Teddy.

Sa patronne miniature lui flanque un coup de poing dans l'estomac. Il n'a probablement rien senti mais il se plie en deux, la main sur le ventre.

— Appelez… la sécurité…

Il fait mine de suffoquer. Kurt se balance d'un pied sur l'autre, indécis.

— Renata, je ne suis pas voyante.

J'en ai marre d'avoir toujours tort, mais j'essaie de garder mon sang-froid. Le sujet est visiblement très douloureux pour elle. J'ajoute :

— Raison de plus pour venir à notre bal de promo version Providence.

— Et bien entendu j'irai en tant que personne âgée, grogne Renata les dents serrées. J'étais censée y aller lorsque j'étais jeune et jolie. Je voulais m'afficher avec l'amour de ma vie, devant tout le monde. Mais Aggie a dit qu'on ne pouvait pas.

— Pourquoi ?

Mélanie, énervée par la réaction de Renata, nous interrompt.

— La plupart des résidents sont ravis, dit-elle. La semaine avant le bal, une entreprise de location de vêtements passera à Providence pour que celles qui le souhaitent puissent louer une robe. Mes invitations sont super jolies, vous devez bien l'admettre.

— Louer une robe ? Louer. Une. Robe ? C'est de pire en pire ! s'écrie Renata.

Mélanie hausse les épaules.

— Faites ce que vous voulez. Vous n'êtes pas obligée de venir.

Je m'empresse d'intervenir :

— Mais on espère que vous viendrez. Vous pourriez entrer en portant une tenue carrément spectaculaire.

Cette idée semble la tenter.

— On élira même le roi et la reine du bal. La musique sera d'époque.

— Mon père a reçu une invitation, déclare Teddy, la main toujours posée sur son ventre. Mélanie a dit que tu en avais même envoyé une à Rose. Mais où est la mienne ?

Il semble sincèrement blessé.

— Ne t'ai-je pas dit quand on s'est rencontrés que j'adorais les soirées déguisées ? insiste-t-il.

— Elle est là.

Je la sors de mon sac et la lui tends.

— J'allais te la donner ce soir.

— Ce soir, murmure lentement Mélanie d'un air soupçonneux. Que se passe-t-il ce soir ?

— Je veux me faire tatouer en hommage à l'amour de ma vie, avant le bal, déclare Renata.

Elle se replonge dans l'invitation, fascinée, puis me lance un autre regard perçant.

— J'ai quelques idées. Teddy connaît quelqu'un.

Il traduit :

— Renata veut une consultation avec Alistair.

— Je lui ai dit qu'un tattoo de prison ferait l'affaire mais il refuse catégoriquement, têtu qu'il est, me dit Renata. Imagine-moi avec une larme coulant sur le visage.

Elle indique les rides profondes sur sa joue.

— Je veux que ce soit toi qui le dessines, Teddy, même si tu insistes pour que ton ami réalise le tatouage. Si le résultat est horrible…

— Le résultat sera fabuleux. Merci pour l'invitation, ajoute-t-il, la fourrant dans sa poche.

On entend toutes la note de regret dans sa voix.

— Ruthie, nomme un seul garçon qui est revenu nous voir après son départ, lance Renata.

Je souris faiblement.

— Pour être honnête, vous les avez tous fait fuir.

J'aimerais que Teddy proteste mais le silence règne. Peut-être que Renata dit vrai, peut-être qu'il ne reviendra pas.

— Tu ne me dis jamais où tu en es de ton objectif.

Il se tourne et passe mollement en revue un portant de pyjamas pour femmes.

— J'ai dit à Aggie de le payer sous le salaire minimum mais elle refuse d'écouter. Et parce qu'il est trop bien payé, je vais devoir trouver un nouveau garçon. C'est impossible de recruter pendant la période de Noël.

Elle se montre égoïste pour cacher sa tristesse. Je vais essayer d'en faire de même.

— Je pourrai enfin passer mes soirées dans le calme et la tranquillité.

Ma blague ne fait pas sourire Teddy. La culpabilité m'envahit aussitôt.

Je me tourne vers Renata.

— J'en conclus que vous répondez non à ma gentille invitation ?

— N'exagère pas, ronchonne-t-elle. Laisse-moi en parler à Aggie. Ce sera peut-être l'occasion de réparer une erreur.

Je me demande si l'amour de sa vie est encore en vie.

Constatant que Mélanie ne participe plus à la conversation, je tourne la tête. Elle est en transe, occupée à swiper à gauche et à droite sur son téléphone.

— Et on a un autre ping, annonce-t-elle.

Elle veut dire que j'ai eu un *match* et que j'ai reçu un message. Il me semble que c'est ainsi que l'appli fonctionne. Je n'en suis pas sûre car pour l'instant elle ne me laisse pas m'en servir. Tenant le téléphone d'un air protecteur contre sa poitrine, elle ajoute :

— Laisse-moi jeter un œil avant.

Elle baisse la tête vers son portable et pousse un soupir de soulagement.

— C'est bon, rien de cochon.

Teddy fait quand même la grimace.

Renata prend le téléphone de force de la main de Mélanie et louche sur l'écran.

— Non. Non, pas pour Ruthie.

Je tends une main.

— C'est à moi de décider.

— Que se passe-t-il ? me demande Kurt, plaqué contre le comptoir à cause d'un groupe de gens timbrés.

— J'ai eu un autre message sur MatchUp. Autrement dit, un miracle.

J'en lis le contenu. Comme tous ceux que j'ai vus jusqu'à présent, c'est un simple *Ça va ?* La photo montre un mec d'apparence banale assis sur le capot d'une voiture.

— Pas très inspirant. Oh ! j'ai retrouvé ma jupe en laine !

J'ai rendu tous les vêtements rejetés par Mélanie lors de son évaluation. Je me dirige toute joyeuse vers ma jupe comme si je retrouvais une vieille amie mais, cette fois, le tissu trop épais et la couleur fauve terne me sautent aux yeux. Je peux faire mieux. Je commence à parcourir les vêtements sur le portant.

— Je suis aussi sur MatchUp, m'indique Kurt.

Je souris d'un air contrit.

— Regarde à quoi nous en sommes réduits, dis-je.

Teddy me rejoint dans l'aile étroite entre jupes et pantalons et s'appuie contre mon dos. Le cintre que j'ai dans la main glisse sur le portant dans un long couinement.

— On dîne toujours ensemble ce soir ?

Sa question a l'air innocente mais elle ne l'est pas du tout.

— J'ai pensé à ce que tu as suggéré pour le dessert.

Il passe son bras autour de mon cou et serre doucement. Je me retrouve enveloppée dans sa chaleur, ses muscles, ses tatouages. On s'ajuste à la perfection.

Avant que j'aie le temps de répondre, Mélanie s'écrie.

— Hé ! Lâche-la ! Je t'avais prévenu.

Elle se faufile vers nous, attrape Teddy par les vêtements et le tire vers l'arrière du magasin. Ils se lancent dans une conversation animée qui m'intéresse beaucoup, mais je ne peux pas les espionner car Renata est en train de tirer sur ma manche.

Elle me tend une robe.

— Tiens. Essaie-la contre toi. Hmmm, Kurt, mets-la dans sa cabine d'essayage.

Elle ajoute à mon intention :

— Cet endroit est intéressant. C'est comme faire les poubelles. Qui sait ce que je pourrais bien trouver ?

Elle disparaît la tête la première dans un portant de pull-overs.

Je chuchote à Kurt, *Désolée*, mais il me sourit. Je le rejoins à la caisse.

— Elle se croit dans un magasin.

— J'ai eu cette impression.

Il jette un œil vers Mélanie, qui est en train de réprimander un Teddy abattu et penaud.

— C'est la première fois que des amis t'accompagnent.

— Je n'avais pas d'amis avant.

Je réalise avec surprise que ça fait des jours, peut-être même une semaine, depuis que j'ai écrit à mes amis du forum, et c'était au sujet d'un problème d'admin. Pourtant on échange discussions profondes, bavardages et gifs de qualité depuis dix ans.

— Enfin, je n'avais pas d'amis sous l'âge de soixante-dix ans.

— Et moi, alors ?

Sous son air taquin, je sens qu'il est blessé.

— Je te mets de côté les meilleures fringues depuis un an.

— C'est vrai. Tu es un bon acolyte de shopping. Bon, je ferais mieux de m'y mettre.

Je me rends dans la cabine d'essayage et passe en revue la pile de vêtements. Ils sont très divers. On dirait que tout le monde a une idée différente de la personne que je devrais être. Après un faux départ – je n'arrive pas à remonter une jupe en cuir sur mes cuisses – je passe une robe par la tête. Elle me va, et quand il s'agit de shopping de seconde main, cela signifie que les trois quarts du combat sont gagnés.

— Mélanie, tu peux remonter ma fermeture Éclair, s'il te plaît ?

Maintenant c'est moi qui me crois dans un magasin. J'entrouvre légèrement la porte pour qu'elle puisse se faufiler à l'intérieur.

— Oh ! la vache ! s'exclame-t-elle tandis qu'elle remonte la fermeture. Quels nichons tu as. Cette robe les met vraiment en valeur.

— Je ne vais plus oser sortir de la cabine maintenant.

J'appuie les mains sur mes joues brûlantes.

— Mais tu as raison.

Mélanie consulte l'étiquette.

— Quatre dollars. Vendu. Robe de premier rendez-vous trouvé, crie-t-elle au reste de notre entourage.

— Je ne peux pas porter ça.

— Teddy, donne-nous une opinion de mec.

Elle tourne la poignée. Il nous tombe dessus ; il était appuyé contre la porte. Ils échangent un long regard ; Mélanie est clairement contrariée. L'ambiance est encore tendue entre eux après leur dispute.

— Ruthie débarque à un premier rendez-vous dans cette robe. Comment réagit le gars ?

Teddy me regarde de haut en bas. Il ouvre la bouche, y enfonce son poing et mord.

— OK, bien, répond Mélanie vivement.

Elle le pousse en arrière et lui ferme la porte au nez.

— Regarde-toi, Ruthie. Regarde-toi vraiment. On peut voir tes – elle a du mal à trouver un mot qui ne soit pas *nichons* – courbes.

C'est vrai. J'ai des courbes. Et une silhouette plutôt jolie.

— Je suis un mec, lance Kurt. J'ai mis cette robe de côté pour elle au lieu de la mettre en magasin. Je n'ai pas le droit de regarder ?

— Me cherche pas, mec, aboie Teddy.

— C'est moi le juge officiel, intervient Renata. Laissez-moi entrer.

Teddy, notre vigile, la laisse entrer. Je suis heureuse d'être entourée de gens qui se soucient de moi mais je commence à étouffer, on est trop nombreux.

— Oui, je pense que cette robe pourrait marcher. Je me demande s'ils pourraient la raccourcir au mollet. Ruthie est plutôt petite.

Mélanie soupire.

— Il n'y a pas de tailleur sur place, madame Parloni.

— Je peux entrer, aussi ? demande Teddy par le gond de la porte.

— Dans tes rêves, lui répond Renata du tac au tac.

— Il faut qu'une de vous deux sorte, sinon je ne vais pas pouvoir la retirer.

Mélanie et Renata se défient du regard. Qui prendra le dessus ? À ma grande surprise, Renata cède.

— En fait, Mel, tu sors aussi. Je suis ta patronne, tu ne peux pas me voir en sous-vêtements.

Maintenant que je suis seule, je peux me contempler dans cette robe. Je me mords le poing. La vache ! Je fais exactement mon âge.

Les autres vêtements n'arrivent pas à la hauteur de cette formidable trouvaille, mais avec les efforts de Mélanie et Renata une petite garde-robe prend forme, parfois au prix d'un débat houleux.

— Je lui en achèterai un neuf, proteste Renata près du portant de jeans.

Je sors la tête de la cabine pour voir ce qui se passe.

— Un jean de seconde main, c'est hors de question, insiste-t-elle. Regarde celui-là. Il y a un trou dans l'entrejambe.

— Arrêtez d'enfoncer vos vieux doigts osseux dedans, s'écrie Mélanie. Je vais faire un cauchemar ce soir, c'est sûr.

— Je n'ai jamais entendu le mot entrejambe prononcé avec autant de violence, dis-je à Teddy pour le faire rire.

Il reste impassible.

Je retourne devant le miroir pour examiner la robe rose que je porte. Comparée à la robe miracle, celle-ci n'est pas terrible.

— Merci d'être venu m'aider aujourd'hui.

— Ouais, c'est tellement généreux de ma part de te regarder essayer des robes, rétorque-t-il sèchement. Quel saint.

Je lisse les plis de la robe.

— Je suis sérieuse. Grâce à votre soutien à tous, j'ai eu le courage de me lancer dans cette aventure. Quand je me regarde dans le miroir, j'entrevois une Ruthie différente, et aujourd'hui j'ai enfin la force de sortir de ma carapace et de rencontrer des hommes.

Il ne répond pas. Je me sens soudain gênée.

— Ce que je viens de dire était trop sérieux et profond ?

Mélanie s'approche, regardant ma robe d'un œil critique.

— Trop courte. Enfin elle te va bien mais tu ne la porteras jamais.

— C'est bête mais j'ai toujours voulu essayer une combinaison. Sauf que je n'ai jamais osé.

— Kurt. Combinaisons.

Mélanie claque des doigts. Il file aussitôt. Renata les suit d'un pas lent, criant qu'Emilio Pucci en fait une jolie en soie.

Je fais le bilan des vêtements suspendus dans la cabine.

— OK, je garde ceux-là. J'ai eu mon petit miracle aujourd'hui.

Alors que j'essaie d'attraper la fermeture Éclair dans mon dos, Teddy se faufile par la porte entrouverte, me pousse en arrière et ferme la porte derrière nous.

— Tu me rends fou.

Les yeux rivés sur ma bouche, il empoigne mon menton de sa main chaude.

— Je ne supporte pas de rester là dehors. Le pire, c'est que tu ignores la vérité à ton sujet.

Sa profonde tristesse me prend au dépourvu.

— La vérité ?

— Ça me rend triste que tu ne saches pas que tu es ravissante telle que tu es. Tu n'as pas besoin de changer. Tu n'as pas besoin de mettre de robe, comme si ça allait réparer quelque chose. Rien chez toi n'a besoin d'être réparé.

Ma gorge se serre.

— Je sais. Mais changer quelques petites choses me donnera

l'impression de prendre un nouveau départ. Si je me sens mieux dans ma peau, je pourrai alors plaire.

— C'est toi la robe à mille dollars dans cette friperie. Je n'arrive pas à croire que personne ne t'ait encore choisie. Qu'est-ce qu'il faut que je fasse pour que tu me croies ? Pour que tu abaisses ta garde ? ajoute-t-il, frustré.

Ses paroles font voler en éclats mes inhibitions.

Les mains pleines de vêtements, je le tire vers moi et je reçois le baiser tant espéré depuis notre rencontre. Exaltés, on se presse l'un contre l'autre. Il me tient fermement ; il sait que je manque d'assurance. Mais tout va bien, je gère. De quoi est-ce que je m'inquiétais ? Je suis en train de l'embrasser et tout se passe bien. Le contact de son doigt sous mon oreille me fait frissonner. Quel privilège de sentir sa peau d'aussi près.

Alors que je commence à me détendre, il penche la tête pour changer l'angle du baiser et descend la fermeture Éclair dans mon dos. Mon corps est parcouru de frissons. C'est la partie que j'ai oubliée. Les mouvements. Il glisse sa langue entre mes lèvres, sûr de lui. Je sais qu'il s'est entraîné avec beaucoup de nanas, et je ne vais certainement pas me plaindre d'être entre les mains d'une personne aussi douée.

Une onde électrique me remonte la colonne vertébrale. Ce baiser déclenche une poussée d'adrénaline ; sa bouche magnifique me procure des sensations obscènes. Je l'attire plus près, plus près, plus près. *Montre-moi ce que tu sais faire. Enseigne-moi ce que j'ignore.* Peu importe qu'il finisse par partir ; je veux profiter de ce moment à fond. Il nous reste du temps avant son départ. On pourrait s'embrasser pendant des heures et des heures.

Mais soudain, Teddy s'écarte. Je vacille. La frustration m'envahit. Je n'ai même pas eu le temps de passer mes mains dans ses cheveux.

J'essaie de me rapprocher de son visage de nouveau mais il résiste. Le sentiment de rejet est toutefois adouci par la sensation de sa main qui caresse mon dos nu. Je réalise alors qu'il a besoin d'un moment pour reprendre ses esprits. Je sais qu'il a embrassé de nombreuses nanas, alors le voir si perturbé me donne le tournis.

— Woah, tu es douée, souffle-t-il. Tu embrasses tellement, tellement bien.

— Tu as besoin de quelque chose, Ruthie ? demande Kurt à travers la porte.

Même lui a l'air de croire qu'il travaille dans une boutique maintenant. Compte-t-il me proposer d'aller chercher une autre taille ?

Teddy retire sa main de ma robe. J'en déduis que notre moment est passé, mais il plante alors sa main sur mes fesses et écarte les doigts. On se regarde dans les yeux. Les siens irradient de jalousie.

— Non, tout va bien, dis-je d'une voix chevrotante.

— Je pourrais t'envoyer une demande d'ami, pour qu'on s'envoie des messages, lance Kurt, sûr de lui, à travers la porte.

La main de Teddy sur mes fesses serre plus fort. Je ne trouve pas mes mots, j'ai l'impression que mes neurones m'ont lâchée.

— Bon ben…, reprend Kurt après un long silence.

Le pauvre, comme c'est gênant.

— Réfléchis-y.

— Ouais, réfléchis-y, me murmure Teddy à l'oreille. Tu préférerais être dans cette cabine avec lui, plutôt qu'avec moi ?

Il me mordille le lobe de ses dents parfaites. J'ai envie de clouer la porte fermée pour ne plus qu'on soit dérangés.

— La prochaine fois je te donnerai peut-être un vrai baiser.

— Un vrai baiser ?

Je me liquéfie sur place.

Il rit et caresse ma joue brûlante de son pouce. Mon regard dévie vers le miroir. Nos différences sautent aux yeux. Il est si grand, si bad boy, avec cependant une main artistique et délicate, posée sur mon menton. Pendant tout ce temps j'ai pensé qu'on était mal assortis, mais sous les vêtements, peau contre peau, on est mieux accordés que je pensais. Il a suffi de quelques-uns de ses baisers pour que mon teint devienne lumineux. Il a des pouvoirs magiques.

— Tu aimes nous regarder dans le miroir. Je m'en rappellerai.

Sa bouche s'étire en un sourire carnassier.

— Non, ne sois pas gênée. C'est plus amusant pour nous deux si tu me dis ce que tu aimes.

— Je ne sais pas ce que j'aime, dis-je. Mais je suis très ouverte d'esprit.

— Oh ! bon sang. Je ferais mieux de sortir d'ici avant de perdre le contrôle.

Il lance un sourire narquois dans la direction de Kurt.

— Heureusement que je suis là pour repousser tes admirateurs.

— Ruthie, appelle Mélanie. On n'a pas pu trouver de vraies combinaisons, mais je t'ai trouvé un combi-short adorable.

J'entrouvre la porte d'un iota pour le récupérer.

— Je ne sais pas où est Teddy mais il faut que je le recadre, continue-t-elle. Il se comporte de manière ridicule.

— Comme souvent, j'ajoute.

Bingo. Il fait la moue.

— Au fait, Kurt craque pour toi, et d'après ta liste il correspond à l'homme que tu recherches.

— Ouais, on dirait.

La grande main de Teddy serre mes fesses à nouveau. Un couinement m'échappe.

— Teddy va te mettre des bâtons dans les roues exprès, rouspète-t-elle. Il ne peut pas participer à la Méthode Sasaki s'il fait tout capoter dans le seul but de continuer à squatter ton canapé. Je vais aller voir s'il est dehors…

Elle s'éloigne.

Je lève la tête vers lui.

— Elle dit vrai ?

— Ouais. Plutôt mourir que perdre ma place de Mec Préféré de Ruthie.

C'est tout ce qu'il a en tête. Lui-même, mon fromage, mon canapé, l'adoration que j'ai pour lui. Il ne pense pas à ce que je deviendrai après son départ. Après le départ de Mel.

Au retour de Sylvia, une fois que l'hiver sera revenu à Providence, je serai seule et ce sera plus dur que jamais.

— Dehors.

Il obéit.

Il a clairement de l'expérience quand il s'agit de se faufiler hors des cabines d'essayage : ni Mélanie ni Renata ne poussent de cri strident. Kurt ne le met pas dehors en le traitant de pervers. Rien ne se passe. Avec Teddy, le crime est toujours parfait.

Je dépense un total de soixante-sept dollars. Dans l'univers de la friperie, cette somme représente assez de vêtements pour remplir le godet d'un tracteur. Chaque vêtement a été approuvé à la fois par Mélanie et Renata, alors j'ai toute confiance. Tandis que Kurt fourre mes achats dans des sacs, je remarque qu'une palette de couleurs se dessine : roses, jaunes, gris. Encore étourdie des baisers de Teddy, je suis en train de formuler le savon que je vais lui passer pour lui expliquer que le rôle d'un ami est de soutenir, quand Kurt pousse un bloc-notes et un stylo vers moi sur le comptoir.

— Laisse-moi ton numéro, je t'enverrai un message.

Son regard trahit toute sa nervosité. Il prend un gros risque et je sais combien me demander mon numéro doit être stressant. De l'entrée, Mélanie observe la scène. Elle lève un pouce dans ma direction.

Et oui, j'y ai réfléchi.

• Kurt est sympa.

• On joue dans la même cour.

• Il vit ici.

• Il n'a rien d'un tueur en série.

• Il pense à moi et me met des vêtements de côté depuis un an.

Je note mon numéro. Je dois être réaliste concernant ce que je peux espérer de la Méthode Sasaki. Et Teddy et son énergie vibrante finiront par partir. Qui sait, Kurt pourrait faire un bon *match*.

— Allons dîner, un de ces jours, propose Kurt.

Pile à ce moment-là, une main familière remonte mon dos, enserrant ma nuque.

Kurt reprend le bloc-notes sans lever les yeux. Teddy est une grande baraque et il se montre très possessif envers la fille au fromage.

Je me tortille pour essayer de me libérer de la poigne chaude de Teddy.

— Merci pour ton aide aujourd'hui, Kurt.

Personne ne peut me reprocher de ne pas faire preuve de détermination quand j'ai un objectif en tête.

— Un dîner est une bonne idée. On se tient au courant. Et merci pour les vêtements, comme toujours.

Renata reste à l'intérieur pour payer une pièce de marque, alors j'en profite pour m'entretenir avec Teddy. Dès que je suis sortie de la friperie, je fais volte-face :

— Tu ne te comportes pas en bon ami quand tu agis comme ça.

— Tu n'aimes pas m'embrasser dans les cabines d'essayage ?

Il sourit d'un air narquois.

— C'est toi qui m'as attiré à toi, rappelle-toi. J'ai senti ton cœur tambouriner. Ce loser ne te suffirait jamais.

— Tu prétends m'aider mais tu ne penses qu'à toi-même. J'ai énormément pris sur moi pour te soutenir dans ton objectif, même si ça veut dire que tu devras déménager. Je te soutiens parce que je sais ce qu'il représente pour toi. Je fais abstraction de la douleur que je ressentirai au moment de ton départ.

— Je ne veux pas te faire souffrir.

— C'est pour cette raison que tu ne me dis pas où tu en es ? Combien d'argent as-tu économisé ?

— J'ai appelé Alistair hier pour lui dire que je peux d'ores et déjà lui virer la moitié.

— C'est formidable.

J'écarte les bras en grand et ajoute, un trou dans la poitrine :

— C'est comme ça qu'on se réjouit pour un ami qui se rapproche de son rêve. Et qu'a répondu Alistair ? Je parie qu'il était heureux.

— Il m'a dit que c'était paiement en totalité ou rien. Il pense que je n'irai pas au bout, il ne me fait pas confiance. À l'heure actuelle, tu es la seule personne qui me pense capable de réussir. C'est la raison pour laquelle je ne veux pas te perdre. Tu as l'air persuadée que j'aurai les clés du studio d'ici à Noël.

Sa tirade me laisse perplexe.

— Bien sûr que tu vas y arriver. Tu es Teddy Prescott.

— Justement. Je suis moi. Je n'ai jamais terminé quoi que ce soit d'important.

— Ceux-ci m'ont tout l'air d'être terminés, pourtant.

Je désigne ses tatouages. Ce ne sont que des traits à l'encre noire, aucun des tatouages n'a été rempli, mais chacun est parfaitement réalisé. Il s'écarte d'un air contrarié comme si ma foi en lui l'énervait.

— Alistair m'a dit que je n'aurais jamais la patience de rester assis le temps nécessaire pour les remplir. Il a probablement raison.

— Peu importe l'opinion que les gens ont de toi. C'est à toi de décider qui tu es.

Alors qu'il est sur le point de répondre, nous sommes interrompus.

— Vous pouvez ramener Ruthie ? crie Mélanie, debout près de sa voiture, la portière ouverte. Merci, bisous, à plus tard.

Elle lève le bras.

— Oh ! attendez ! Ruthie a eu un autre ding. On fera le tri lundi.

Renata sort du magasin.

— Qu'est-ce qui se passe ici ? Il y a un problème ?

Teddy lève la main sur laquelle est tatouée TAKE.

— Ouais, je prends trop, comme toujours, répond-il.

— Tu n'as pas tort, Théodore Prescott, lui rétorque Renata tandis qu'il lui ouvre la portière. Tu as été un garçon très égoïste aujourd'hui. Ruthie n'est pas ton jouet, ni une façon de passer le temps. C'est une vraie personne.

Il nous ramène jusqu'à Providence sans piper mot.

21

Le temps qu'on échappe aux Parloni, il fait nuit. Teddy m'accompagne lors de ma ronde. Guidée par ma checklist, j'actionne les poignées de porte pour vérifier qu'elles sont bien fermées et tire fermement sur celle du local à poubelles. Je fais comme s'il n'était pas là, histoire de m'habituer à son départ. La ronde terminée, on se tient côté à côte contre le grillage. Je le sens qui me dévisage tandis que je contemple les lumières en contrebas.

Après un long moment, je prends la parole :

— Tu fous en l'air tous mes plans.

Ma colère s'est évaporée. Je me sens vide et triste.

— Tu fous en l'air les miens, rétorque-t-il.

— Comment ?

— Tu crois que je peux atteindre mon but. Tu es certaine que j'achèterai mes parts à Alistair dans le délai imparti.

Sa voix est lourde de reproches.

— Je devrais m'en excuser ?

— Non. Mais c'est la première fois que quelqu'un croit en moi. J'ai du mal à m'y faire. J'ai vraiment peur de te décevoir.

Il tourne la tête. L'obscurité masque son expression.

— Je n'arrête pas de me demander ce qui se passerait si j'abandonnais. La vie à Providence n'est pas si mal, après tout.

— Écoute le conseil de quelqu'un qui avait un rêve et n'a pas été au bout. Tu dois continuer et persévérer.

Mon cœur se serre. L'encourager comme une amie platonique me demande de plus en plus d'efforts. Pourtant, je poursuis :

— Tous les soirs, je choisis une maison. Si tu passes une mauvaise journée parce que Renata t'a humilié ou parce que tu en as marre de vivre dans la pauvreté, viens ici et imagine ta vie de rêve.

— Laquelle as-tu choisie ce soir ? demande-t-il, le regard rivé sur la ville en contrebas. Et quel est ton souhait ?

— Tu le connais, mon souhait. C'est la raison pour laquelle je me suis tant énervée contre toi, aujourd'hui. Peu d'occasions se présentent dans ma vie, alors chacune compte.

Je redescends la colline, Teddy dans mon sillage, et déverrouille ma porte d'entrée.

— Et si je ne voulais pas réussir ? Si je voulais tout dépenser pour partir en vacances ? Je pourrais rester vivoter à Providence indéfiniment.

Plusieurs émotions bataillent en moi. Mon cœur gonfle d'espoir, évidemment, mais ma raison le recadre rapidement.

— Rien ne dit que Providence restera tel quel. Je perds un peu plus espoir chaque jour.

— Alors je prendrai ma retraite ici et maintenant.

— Hors de question.

J'entre et dépose mes achats sur le canapé. Pour une fois, il ne me suit pas à l'intérieur.

Je bougonne dans ma barbe :

— Parfois, c'est vraiment dur d'être altruiste.

Teddy s'assoit sur une des chaises du jardin. La pleine lune donne à ses cheveux des reflets argentés. Dans la nuit, sa silhouette sombre a quelque chose d'effrayant mais d'érotique, aussi. Je devrais partir en courant, mais l'envie de me blottir contre lui est si forte que j'en suis bouleversée. Heureusement l'obscurité masque mes traits. Alors que je m'apprête à fermer ma porte d'entrée, il prend la parole.

— Tu penses qu'on en a terminé ?

Que diable suis-je censée répondre ?

— Euh…

— Je n'en ai pas fini avec toi.

Vous savez cette voix rauque et manipulatrice qu'il prend chaque fois qu'il a quelque chose à me demander ? Elle n'a jamais été aussi convaincante. Un de mes genoux se plie ; je perds l'équilibre. Voilà le genre d'effet qu'il provoque en moi.

— Il est tard, dis-je faiblement.

— On n'a pas encore atteint tout notre potentiel.

Il tapote sa cuisse.

— Viens ici. Viens chercher ton vrai baiser.

Mélanie a raison, Teddy est un test et il m'a été envoyé. Qui pourrait bien résister à une offre comme celle-là ?

Il n'en a pas terminé.

— Je veux que tu m'embrasses comme tu m'as embrassé dans la cabine d'essayage, poursuit-il. Mais plus longtemps et plus langoureusement. Et que tu… enroules mes cheveux autour de ta main.

Sa jambe tressaute nerveusement.

— Je vais glisser la main dans la poche de ton cardigan super lentement.

— Qu'est-ce qui te prend ?

Mes jambes – les traîtresses ! – me portent vers lui.

Il me sourit d'un air narquois.

— Je t'ai goûtée. Et là, c'est moi qui me comporte avec courage. Je sais que tu vas te contenter de rentrer chez toi et de transpirer et de rêver de moi toute la nuit.

— Ça fait quoi d'avoir autant confiance en soi ?

Il cligne des yeux. J'insiste :

— De ma vie je n'ai jamais rencontré quelqu'un qui se pensait aussi irrésistible.

— Irrésistible pour toi.

Je ne relève pas.

— C'est à cause de ton éducation ? Tu as quatre sœurs, correct ?

Étais-tu le bébé pourri gâté à qui on cédait tous ses caprices ? Tu te sens mal quand tu n'es pas le centre de l'attention ?

Un silence assourdissant s'abat sur nous.

— Je n'ai fait la connaissance de mes sœurs qu'à l'âge de huit ans. Alors, non, je ne pense pas que le problème soit d'ordre psychologique. Mais je demanderai à mon thérapeute histoire d'être sûr.

Il me lance un regard si perçant que je le sens à travers mes vêtements.

— Je suis juste un mec normal qui aime t'embrasser. Et je m'offrais en sacrifice pour que tu puisses t'entraîner et explorer.

J'essaie de ne pas me laisser distraire.

— Je pensais que tu avais trois sœurs et que Rose était ta demi-sœur.

— Ce sont toutes mes demi-sœurs, explique-t-il patiemment. Tu n'as pas trouvé cette petite info croustillante quand tu as fait des recherches sur mon père en ligne ? Elles sont toutes issues de son premier mariage. Celui que j'ai bousillé.

— Je n'ai pas fait de recherches sur… OK, c'est vrai. Pardon. Je n'étais pas au courant.

— Tu as une sacrée image de moi, dis donc. Fils Prescott pourri gâté, complètement accro à l'attention des autres, qui n'en fout pas une en attendant d'hériter.

— Tu me tiens trop à distance pour que je puisse apprendre à vraiment te connaître. Tu n'as pas ton pareil pour éviter les questions.

— J'aimerais que tu aies une autre opinion de moi.

— Quand on s'est rencontrés, tu pensais que j'étais vieille, et je crains que ta première impression ne soit la bonne. C'est pour cette raison que je fais tant d'efforts pour me comporter en femme de vingt-cinq ans. Dis-moi pourquoi tu vois un thérapeute. Est-ce à cause de ta famille ?

— Évidemment. Personne ne voulait de moi enfant et maintenant j'ai ce réflexe tordu de vouloir à tout prix qu'on m'aime. Je me suis comporté comme ça avec toi aussi, ajoute-t-il, sans remarquer combien le mot *aime* me bouleverse. J'en ai conscience et je veux me comporter différemment désormais.

— Tu tiens absolument à avoir ton propre studio de tatouage parce que…

Je ne finis pas ma phrase exprès. Il tapote à nouveau sa jambe. J'insiste :

— Non, réponds-moi. Je sais que ce n'est pas qu'une lubie ni un élément de plus à ajouter à ton CV. Tu tiens à y arriver d'ici à Noël pour pouvoir…

Le silence est insupportable.

— Je veux voir l'expression de Rose quand je le lui annoncerai.

— Ah.

La plupart des mecs travaillent toute leur vie pour prouver quelque chose à leur père. Mais Teddy essaie désespérément d'impressionner sa sœur.

— Rose est-elle la seule personne que tu n'as jamais pu charmer ?

— Ouais. Les trois autres, Poppy, Lil, et Daisy pensent toutes que je suis un gros paumé mais elles m'adorent. Rose pense que je suis un SDF doublé d'un mec sans talent. Elle m'en veut d'avoir détruit leur famille.

— Qu'est-ce que tu as fait ?

— Je suis né. Tout a dégringolé à partir de là.

Comme s'il m'avait attrapée avec un lasso invisible, je m'avance presque inconsciemment et viens me planter entre ses bottes. Cet homme a des super pouvoirs.

— Ce baiser à la friperie ? Ce n'était pas un baiser ordinaire, dit-il. J'ai embrassé des tonnes de nanas et ce baiser remporte la palme. S'il te plaît, ne me demande pas de parler de mes problèmes de famille.

Sa voix s'adoucit. Mes yeux picotent de larmes.

— Embrasse-moi, plaide-t-il.

Posant les doigts sous son menton, je penche sa tête en arrière. L'étincelle dans son regard, sa langue qui humecte sa lèvre sont presque insoutenables. Mais avant de me laisser aller, j'ai une chose importante à lui demander.

— Quand tu partiras, fais-le en douceur, d'accord ?

Il hoche la tête. Tout ce que je désire se trouve ici : un partenaire qui est d'accord pour me laisser explorer ; quelqu'un qui tient à moi, veille sur moi et fera en sorte que son départ ne me fasse pas trop souffrir. Pour l'heure, aucun homme rencontré sur une appli de rencontres ne pourrait me donner autant.

Notre baiser me procure une vraie sensation de soulagement, comme lorsque je ferme ma chambre après une journée particulièrement éprouvante et m'appuie contre la porte. Toutes les difficultés s'évaporent. En cet instant, tout devient facile. On se laisse guider par nos corps. On s'embrasse dans un gémissement profond. Je lève une jambe pour enjamber sa cuisse mais ma jupe trop serrée gêne mes mouvements. Pour une fois je ne vais pas me laisser entraver par ma timidité. Je la remonte à mi-cuisse et chevauche Teddy, me tenant à la boucle carrée de sa ceinture et à ses épaules, ce qui le prend par surprise.

Lorsque je mets enfin les mains dans ses cheveux, je pousse un gémissement de plaisir franchement embarrassant. Il éclate de rire contre ma bouche.

— Mes cheveux te rendent folle de désir, je le savais, me dit-il sur une inspiration.

J'embrasse sa bouche souriante, aspirant son souffle.

Il n'a pas tort. J'enfonce les doigts dans sa crinière noire épaisse et soyeuse. Je lui gratte le crâne. J'empoigne ses cheveux et tire, ce qui l'affecte fortement. Tourmenté par cette torture délicieuse, il est incapable de reprendre son souffle. Je m'écarte pour jouir de l'effet que je produis en lui. Des pépites émeraude et ambre illuminent son regard.

— J'adore tes yeux couleur écaille de tortue.

Il cligne les yeux et me regarde d'une façon si troublée que mon cœur rate un battement.

Teddy vient-il de ressentir une émotion forte ?

J'ai trouvé quelqu'un en qui j'ai toute confiance. L'heure est venue de me débarrasser du bouclier que je gardais en sa présence et qui me protégeait de son charme dangereux. Je suis sûre que, de toutes les femmes avec qui il est sorti, je suis celle qui a tenu le plus longtemps. Je contemple sa lèvre inférieure divine en pensant à ses sourires espiègles. Je l'embrasse. Je la lèche.

Ses dents sont blanches et parfaites. J'appuie ma langue sur sa canine rien que pour sentir la douleur. Jamais je n'ai eu envie d'explorer quelqu'un de la sorte et il me laisse faire, me laisse caresser sa langue de la mienne dans un baiser passionné.

Cheveux, bouche, dents… J'explore maintenant la peau de Teddy, me laissant tomber plus avant dans son orbite. Je prends son menton dans mes mains. Sa barbe de trois jours me picote les doigts. Je réalise alors combien la peau des hommes est différente de celle des femmes. Je descends sur sa gorge. Sa peau est plus épaisse, plus chaude que la mienne. Je racle mes ongles contre sa peau, le griffe et l'explore lentement de mes dents.

Il m'empoigne comme s'il crevait d'envie de m'explorer à son tour.

Son pouls s'emballe dans son cou. Je l'embrasse, bouche ouverte, pour le sentir.

— Comme c'est flatteur, dis-je. Si tu poses les mains sur moi, je ne réponds plus de rien.

Il pousse un gémissement purement sexuel. Je comprends les vampires maintenant.

— Ruthie.

J'entends sa mise en garde. Je sens ses mains trembler sur mon corps.

— Encore un peu, s'il te plaît. C'est tellement agréable.

Alors que je cherche ses lèvres pour un autre baiser sous le ciel noir tacheté d'étoiles, il pose une main sur mon menton.

— À mon tour, décrète-t-il.

Il se tortille. Je sens une légère pression sur mon épaule. Il a enfoncé sa main dans la poche de mon cardigan. J'éclate de rire contre sa bouche.

Mais il ne me laisse pas m'amuser longtemps ; il a une mission pour moi.

Il veut que j'accueille ses baisers et ses caresses avec attention et gratitude, que chacun de mes baisers lui montre combien je le trouve séduisant. Je frémis et me liquéfie un peu plus à chaque changement de tempo, chaque approfondissement. J'ai l'impression qu'il dessine sur moi ; crayon qui glisse avec légèreté sur la page, la suggestion de courbes, des traits de crayon plus épais et plus appuyés qui s'enfoncent sur la page. Travail sur les contours. L'intensité de nos baisers ne m'effraie pas du tout. Je tâtonne dans l'obscurité pour essayer de trouver le bord de ses vêtements.

— Du calme, du calme.

Son souffle est chaud dans mon cou.

Il ne supporte pas d'écarter sa bouche de moi. Il me lèche, me suce, me mordille. S'il a envie de me faire ça partout sur le corps, qu'il ne se gêne surtout pas.

— Bon sang, Ruthie, grogne-t-il, mon épaule dans sa bouche. Tu as un goût divin.

Sa voix se fait plus rauque – il est en train de perdre pied. L'épaule de mon cardigan gêne sa progression. Il la fourre dans sa bouche. J'éclate de rire et mon rire se réverbère sur les murets en pierre du jardin.

— Ne mange pas mes vêtements, s'il te plaît. J'en ai besoin.

— Pas moi, répond-il, descendant ses mains sur mes hanches.

Il empoigne l'ourlet de ma jupe. Je m'immobilise aussitôt. Quels sous-vêtements est-ce que je porte ? Du coton blanc tout simple.

Teddy se lève, me tient brièvement par les épaules pour me stabiliser et va se placer derrière la table pour mettre une barrière physique entre nous.

— Pardon, bafouille-t-il. Tu vois ?

Ses joues roses, son teint lumineux, ses yeux brillants contrastent avec l'encre de ses tatouages, ses veines protubérantes, ses poings serrés.

— J'ai du mal à me contrôler.

— Tu n'as rien fait de mal. Tout va bien. Je me rappelais simplement que mes sous-vêtements ne sont pas sexy.

Je dois lui montrer que je ne suis pas raide dingue amoureuse de lui, mais les paroles suivantes sortent avec une honnêteté brutale :

— C'était le meilleur baiser de toute ma vie.

Je grimace d'un air gêné.

— Alors pourquoi as-tu l'air mal à l'aise ? demande-t-il.

— Je t'ai sûrement paru trop intense.

Tandis que je rembobine ce que je viens de lui faire, les gémissements que j'ai poussés, je commence à me ratatiner de honte.

— Ne sois pas gênée. Tu es une nana géniale.

Son ton est très doux, mais c'est le début d'une phrase que les filles comme moi entendent tout le temps. *Tu es une nana géniale mais je préférerais qu'on reste amis.*

— J'ai été trop loin ?

Teddy éclate de rire et sort ses clés.

— Je suis un grand garçon. Je peux gérer. Mais on ferait mieux d'arrêter là. Ferme ta porte avant que je te suive à l'intérieur.

22

Nous en sommes à la semaine 4 de la Méthode Sasaki. Je n'ai plus envie de continuer mais il est impératif que Mélanie et Teddy ne s'en aperçoivent pas. Je tiens à garder ma fierté. On est vendredi soir et on est tous les trois allongés au bord du lac autour d'une boîte de pizza vide. Sous l'œil attentif de son papa, TJ broute près de la couverture qu'on a étalée pour pique-niquer.

— J'ai discuté avec trois mecs sympas toute la semaine sur ton compte MatchUp, me dit Mélanie. Pas de connard, pas de prince étranger, aucune demande de virement Western Union, aucune demande de photo nue. Je pense qu'on a de réels candidats.

Teddy tend le bras pour faire tourner sa tortue à quatre-vingt-dix degrés.

— Vous mettez la barre si bas que même TJ ne pourrait pas passer dessous, remarque-t-il d'un ton acide.

Nos regards se croisent. Les joues de Teddy tournent rose pastel.

J'ai toujours pensé que ce serait moi qui serais troublée après notre baiser, mais l'opposé s'est produit. Je suis restée cool. Teddy est si troublé qu'il :

- A lâché des sachets de plats à emporter
- S'est pris des haies
- A paniqué en agitant les bras quand il s'est pris des toiles d'araignée
- A glissé sur des crottes de canard
- A tellement été déconcentré que Renata l'a accusé de voler des médicaments dans leur armoire à pharmacie

Toute la journée, mon cœur tambourine car je sais pourquoi il se comporte de façon aussi étrange : il ne se remet pas de la façon dont je l'ai embrassé. Et je suis la seule au courant.

— Si tu commences à râler, je préfère que tu t'en ailles, aboie Mélanie. Nous en sommes à la semaine 4, Ruthie, ajoute-t-elle d'une voix plus douce. Je te laisse désormais gérer ton compte MatchUp. Voilà ton identifiant et ton mot de passe.

Elle me les tend cérémonieusement. Ils sont tapés en haut de la fiche d'exercices de la semaine 4 qui décrit l'activité de cette semaine.

Je lis la consigne à voix haute pour que Teddy puisse en profiter.

— Objectif : un rendez-vous au Thunderdome. Méthode : flirt par messages et discussion en ligne avec deux mecs, points bonus si tu flirtes avec deux mecs dans la vraie vie.

— Je n'arrête pas de penser à toi, me dit Teddy. Et voilà, déjà un dans la poche, ma jolie.

Teddy lève une main vers moi pour un high five. Je n'ose pas lui taper dans la main devant Mélanie. Elle pèterait un câble. Il baisse la main d'un air penaud.

— Quoi, je ne suis pas un mec ?

Nos regards se croisent. On remonte le temps ; je le chevauche, je l'embrasse jusqu'à en perdre haleine ; ses mains me serrent contre lui…

Mélanie en a ras le bol.

— Toi, tu ne comptes pas. T'es vraiment lourd à essayer de tout faire capoter. C'est super égoïste.

À côté d'elle, sur la couverture, trône une pile de livres de référence :

- *Amour et Astrologie*
- *Aura au féminin, aura au masculin, aura du couple*
- *Pierres précieuses pour la chance, l'amour et la libido*
- *Les plus beaux prénoms pour enfants*

Le dernier, duquel dépassent de petits marque-pages violets, m'inquiète.

— Je t'avais dit de ne pas t'emballer, Mel.

Je le sors de la pile.

— C'est quoi ce délire, s'inquiète Teddy à voix basse quand il lit le titre.

Elle secoue la tête.

— Pas de panique. Je regarde les noms des mecs avec qui je discute pour toi, c'est tout.

J'ouvre le livre à un des marque-pages et survole la page, à la recherche d'un indice. Un léger trait au crayon a été tracé à côté du prénom Paul.

— Paul. Petit, humble, maître de lui-même.

Elle hausse les épaules.

— J'ai décidé qu'il ne te correspondait pas.

— Que je comprenne bien. Tu choisis des mecs pour moi en te basant sur la signification de leur prénom ?

Elle hoche la tête comme si ce n'était pas du tout, mais alors pas du tout étrange.

— Celui que je préfère sur MatchUp, c'est Brendan. Brendan veut dire Épée. Sexy, non ?

Teddy se tourne sur le dos, remonte sur la couverture en se tortillant et pose sa tête sur mes genoux. Note : je porte un nouveau jean moulant. Au bureau. Un vendredi. Quand Teddy m'a vue dedans, il est resté sans voix. Sa tête posée lourdement sur mes jambes, il lève les yeux vers le livre dans mes mains.

Je parierais un milliard de dollars sur ses paroles suivantes. Il est tellement narcissique qu'il en devient prévisible. Je feuillette déjà le livre à la recherche de la lettre T.

— Dis-moi ce que Ruthie veut dire, demande Teddy.

Mon milliard de dollars : envolés. Je baisse la tête et le regarde bouche bée.

Teddy se penche sur le côté pour faire faire demi-tour à TJ. D'après moi, TJ a envie de continuer à gambader et en est parfaitement capable. Mais Teddy est fusionnel avec son petit compagnon. Il a modifié les paroles de la chanson qu'il chante à tue-tête sous la douche en *Wondershell*[1]. Il m'a même demandé s'il était possible de le garder. « Fairchild est super proche du zoo. Vingt-cinq minutes à peine. Je pourrais le mettre à la garderie. Tu le savais, Ruthie, que le zoo était à moins de trente minutes de mon nouvel appartement ? »

— Je sais que ça semble fou, déclare Mélanie, mais je pense que les gens sont le reflet de leurs prénoms. Prenez mon prénom, par exemple. Mélanie veut dire « de couleur noire ». Et regardez.

Elle brandit sa queue-de-cheval noire comme preuve.

— J'ai d'ores et déjà éliminé plusieurs candidats. Le nom d'un type voulait dire crémier. Tu imagines ?

Je pense à toutes les possibilités qu'elle a probablement effacées.

— J'ai de la chance que quelqu'un veuille discuter avec moi, mais tu élimines Paul car son prénom veut dire petit ? Pour autant qu'on sache, il pourrait faire deux mètres.

Du coin de l'œil, je remarque que Teddy étire les jambes.

— Paul pourrait être mon âme sœur, mais tu as décidé de l'éliminer car la signification de son prénom ne te plaît pas ? j'insiste.

Mélanie secoue la tête.

— Je lui ai posé la question. Il fait un mètre soixante.

Teddy me prend le livre. Mes mains tombent alors sur ses cheveux. Mélanie ne semble pas le remarquer, alors je vais en profiter pour les démêler. C'est comme tricoter. Une activité répétitive et apaisante pour m'occuper le soir sur le canapé pendant que *Tombé du ciel* m'emplit d'une délicieuse et réconfortante nostalgie.

Je pourrais caresser les cheveux de Teddy pendant des heures.

Il feuillette le livre.

— R. Voyons voir. Rhiannon, Rhonda, Rose…

Il trébuche brièvement sur ce dernier avant de continuer.

— Rowena, Rukmini, Ruth.

Il lit la définition et baisse le livre.

1. Carapace miracle.

— Troublant. Tu sais quoi, Mel ? Tu pourrais écrire une suite à la Méthode Sasaki. Trouvez l'amour de votre vie grâce à la signification des prénoms. J'y crois maintenant.

— J'ai déjà le titre, annonce-t-elle, toute fière. *La Signification Sasaki.*

— J'hallucine, lançons Teddy et moi à l'unisson.

— Alors, que veut dire Ruth ?

Rien qu'à voir son expression, elle s'apprête à me mettre en boîte, c'est certain. À une époque je me serais préparée au pire, la boule au ventre, mais aujourd'hui je souris. Amis, pique-nique, lac, coucher de soleil… Je ne reconnais plus ma vie.

Elle se lance.

— Laisse-moi deviner. Ruth veut dire « Personne qui fait des listes ».

Je lui lance une croûte de pizza au visage et corrige :

— Ça veut dire « Reine de l'organisation ».

— Ruth…, commence Teddy.

Il me lance un immense sourire, qui me touche en plein cœur.

— Amie ou compagne pleine de compassion et gentillesse.

Je m'esclaffe.

— Dans le genre sexy, on fait mieux.

De cet angle je peux voir qu'il a fini de lire la description, mais il continue quand même.

— Personne sublime aux yeux noisette. Ravissante à la lueur du coucher du soleil. Porte de doux cardigans aux poches profondes. Aime les bains moussants. Saute dans les piscines. Prépare des plateaux de fromage. Ange tombé du ciel.

C'est la plus jolie description de moi que j'ai jamais entendue. Je passe ma main dans ses beaux cheveux.

— C'est plus intéressant que la signification originelle. Être à la fois une Ruth et une Vierge… J'ai porté cette croix toute ma vie.

— Tu es du signe du Lion, Teddy, devine Mélanie. Ça crève les yeux. Regarde-moi le Lion qui se prélasse pendant que la Vierge le caresse.

Je me force à rire.

— Ouch, beaucoup trop près de la vérité.

Je lis dans les yeux de Mel la question qu'elle a trop peur de poser.

— J'ai perdu ma virginité au bal de promo. Et… c'est la seule fois que j'ai eu des rapports. Teddy le sait déjà.

— Après une période de disette aussi longue, je t'autorise un coup d'un soir, dit-elle.

Ses yeux se posent sur mes mains dans les cheveux de Teddy, allongé tout à son aise. Elle pince les lèvres.

— Un coup d'un soir avec un inconnu, pas avec Teddy ici présent. Que veut dire le nom Théodore, au fait ?

— Devine.

S'il espérait de la flatterie, il est cruellement déçu.

Moi : SDF

Mélanie : Petit ourson

Moi : Colosse aux longues jambes

Mélanie : Catastrophe ambulante

Moi : Gros paumé

Mélanie : Fils à papa paresseux

Il éclate de rire.

— La ferme, les filles. Vous êtes complètement à côté de la plaque. Mon prénom me va à la perfection.

Il tend le bras et tourne TJ vers nous.

Je reprends le livre et le feuillette jusqu'à la lettre T. Je lis à voix haute :

— Théodore.

Je marque une pause.

— Non mais je rêve ! Don de Dieu.

Mélanie pousse un cri dont les échos rebondissent sur la colline.

— Tu penses que je suis un don de Dieu ?

Il remonte un peu sur mes cuisses. Il me donne l'impression d'avoir les genoux les plus confortables au monde.

— Merci, Ruthie. Tu boostes toujours mon ego.

— Revenons à nos moutons, booster l'ego de Ruthie, lui rappelle

Mélanie. Ouvre l'appli Mlle Midona. Maintenant ouvre les messages. Les trois discussions du haut sont nos Mr. Ruthie potentiels.

— Tu as écrit à combien de mecs en te faisant passer pour moi ?

Je fais défiler des kilomètres de messages.

— Mel, c'est dingue. Combien de temps as-tu passé là-dessus ?

— Je suis allée à la pêche aux beaux mecs pour toi, se défend-elle. Tu devrais me remercier. Ce mec sexy à lunettes appelé Christopher a demandé si tu voulais boire un café.

De mes genoux s'élève un grognement féroce d'ours.

— Comment ai-je obtenu autant de correspondances ? Tu as photoshoppé ma tête sur une silhouette sexy en bikini, ou quoi ?

Et pourtant, non. C'est la photo que Teddy a prise de moi à mon bureau. Flattée, je ressens une vague de bien-être qui me réchauffe de l'intérieur.

— C'est fou.

— Ça ne me plaît pas que tu te sentes plus flattée par des inconnus que par moi, bougonne Teddy.

Je lisse la ride de son front.

— C'est parce que contrairement à toi ils ne s'intéressent pas à moi pour mon wi-fi.

— Où est passée ta vieille moto cassée, au fait ? demande Mélanie. Elle n'est plus dans la cour.

— Je suis sûre qu'elle est sur son lit, le guidon posé sur les oreillers.

Chaque fois que je le fais sourire, j'ai l'impression d'avoir remporté une victoire.

Mel me prend mon téléphone et commence à taper.

— Si tu n'as pas d'objections, on va choisir Brendan.

Teddy ouvre la bouche mais elle lui coupe l'herbe sous le pied.

— Pas d'objections de Ruthie, précise-t-elle.

Elle regarde l'écran puis sourit.

— Il a répondu tout de suite. Il est intéressé. J'ai un rendez-vous jeudi prochain au Thunderdome. On n'aura qu'à lui proposer cette date-là. Je veillerai sur toi de loin.

La perspective d'un rendez-vous m'effraie mais j'acquiesce néanmoins.

— Ça marche.

Mel consulte l'heure.

— Oups, le soleil baisse. Il faut que j'y aille. Lis la fiche de la semaine 4. Parle avec des mecs sur MatchUp. Flirte avec deux mecs dans la vie réelle, je m'en fous si ce sont des intellos à la bibliothèque. L'important c'est de t'entraîner sur quelqu'un qui n'est pas Teddy. Ensuite on fixera un rendez-vous pour jeudi.

Teddy s'étire et s'installe plus confortablement.

— Elle peut s'entraîner sur moi autant qu'elle le désire, déclare-t-il.

Mel baisse la tête et le gratifie d'un sourire carnassier.

— Profite de pouvoir te prélasser sur Ruthie tant que ça dure, espèce de fripouille.

— J'y compte bien, répond-il du même ton mielleux.

Mélanie regroupe toutes ses affaires, ce qui lui prend un long moment.

— Bye, lance-t-elle dans le coucher de soleil rose poudré. Teddy, prépare-toi à la laisser partir.

Teddy se dresse sur un coude, une main protectrice drapée sur TJ.

— Fais gaffe où tu mets les pieds ! lui crie-t-il. Pfff, elle ne regarde pas où elle va, marmonne-t-il dans sa barbe avant de se laisser retomber sur mes genoux dans un grognement.

Chaque fois qu'il lève les yeux pour croiser mon regard, je me sens totalement éblouie. J'ai rendez-vous avec un dénommé Brendan la semaine prochaine. Ou était-ce Brandon ? Le mec à l'épée. Comment pourrais-je penser à quelqu'un d'autre quand Teddy est confortablement installé sur moi ?

— Je me demandais si tu voudrais te joindre à moi et aux Parloni pour une virée dimanche, lance-t-il.

— Où va-t-on ?

Il fronce le sourcil et lèche sa lèvre d'un air nerveux.

— Alistair sera au studio pour voir comment avance l'aménagement. Il a dit ça en passant, comme s'il pensait que venir ne m'intéresserait pas. Je pourrais faire d'une pierre deux coups. Renata peut faire faire un devis pour son tatouage en hommage à l'amour de sa vie et voir s'il accepte de le réaliser. Elle arrêtera enfin de me harceler à ce sujet. Viens avec nous. Elles vont toutes les deux s'endormir sur la banquette arrière. J'ai trouvé un podcast *Tombé du ciel*, on peut l'écouter sur la route.

Il sait comment rendre les choses tentantes.

— Vu ce qui s'est passé la dernière fois avec l'alarme... Je ne préfère pas.

Il hoche la tête en silence et regarde vers le lac, les yeux emplis de déception.

— Je ne peux pas partir, tu le sais bien.

— Je mettrai au lit chaque résident. Je mettrai un bouclier de protection sur Providence.

Il lève le visage vers moi. Mon cœur rate plusieurs battements.

— Je vérifierai que chaque porte est verrouillée, murmure-t-il, portant le coup de grâce. Je te porterai sur mon épaule et te déposerai sur le siège passager. Tu n'auras rien à faire, ce sera facile.

— Pourquoi as-tu besoin de moi ?

— Je suis nerveux de voir Alistair et je veux te montrer dans quelle pièce j'installerai mon atelier. Pourquoi est-ce que j'ai besoin de toi ? Quelle question étrange. J'ai toujours besoin de toi.

La ride sur son front est revenue.

— Qu'adviendra-t-il de Providence, à ton avis ?

Il embrasse Providence du bras. Mon cœur se serre. Alors que je tourne la tête pour profiter de ce cadre magnifique, j'aperçois quelque chose.

Une tortue à écailles dorées se dirige vers nous. J'aperçois du rouge sur sa carapace mais me détends quand je réalise que ce n'est pas du sang. Cette tortue, c'est Sharpie.

— Hé, regarde. C'est Numéro Un. Teddy, c'est ma première tortue.

Il lève la tête et me sourit.

— Tu n'oublies jamais un visage ?

Dans sa barbe, il ajoute :

— Cette nana est trop adorable.

Je me penche sur le côté pour la ramasser. C'est un grand garçon maintenant, aussi gros qu'un livre de poche. Il remue les pattes vigoureusement, fâché d'être dans les airs. Je baisse les yeux vers Teddy et essaie de réprimer mon sourire en voyant son air captivé.

— Je dois échanger quelques mots avec cette tortue. Je sais que cela peut sembler étrange mais qui sait quand je la reverrai ?

— Prends ton temps.

— Numéro Un, dis-je à la créature au regard perçant, quand je t'ai rencontrée, je ne savais pas grand-chose. Mais grâce à toi, j'ai découvert que je pouvais me rendre utile même sans devenir vétérinaire. Tu m'as donné de l'espoir. Tu es celle qui a tout changé pour moi et j'espère qu'on se reverra un jour. Laisse-moi juste…

Je dépose la tortue sur la couverture, la prends en photo et farfouille dans mon sac. Je mesure la carapace avec le cordon de mes écouteurs et clippe une barrette pour marquer l'emplacement.

— Je noterai sa taille dans sa courbe de croissance.

Je lâche Numéro Un, qui part d'un pas furieux.

— Le plus difficile c'est de les laisser partir. J'ai été si négligente. J'aurais dû savoir que le feutre laisserait des traces.

Je me lave les mains au gel hydroalcoolique en me demandant si c'est le bon moment pour convaincre Teddy de relâcher TJ.

— Maintenant cette créature rare et précieuse est marquée à vie à cause de moi.

Sous ce ciel rose scintillant, mes paroles ont quelque chose de solennel. Je suis soudain gagnée par une vague de mélancolie inattendue. Et comme toujours, car on partage tout, Teddy le sent.

— Tu n'es pas négligente, m'assure-t-il.

La certitude dans sa voix apaise la petite fissure dans mon cœur.

— On est allongés au beau milieu du fruit de ton dur labeur et ta gentillesse. Tu as laissé ta marque partout.

Il jette un œil à son avant-bras tatoué, lève la tête vers le ciel et soupire.

— J'aimerais être ne serait-ce qu'une fraction de la personne que tu es. Parfois, je perds pied quand tu me regardes. J'ai l'impression que tu… lis en moi.

Je souris faiblement.

— Je ne suis pas si géniale que ça.

Il éclate de rire.

— Teddy, tu es une bonne personne. Je te le garantis. Tu es très vaniteux, mais tu as toutes les raisons de l'être.

Je passe les doigts dans sa crinière noire et soyeuse.

— Et tu as fait quelque chose que personne d'autre n'a fait.

— Quoi ?

Ses yeux reflètent la lumière des étoiles. Je n'arrive pas à croire que cette créature rare et précieuse soit allongée sur mes genoux. Le jour où il partira dans la nuit, j'aurai le cœur brisé.

— Tu es resté plus longtemps qu'aucun autre garçon.

Je me penche et dépose un baiser sur son front.

— Peu importe le temps qu'il nous reste à passer ensemble. Je suis heureuse qu'on se soit rencontrés. Personne au monde ne t'arrive à la cheville.

Ce sont des mots qu'il adore entendre mais j'espère que c'est parce qu'ils viennent de moi.

— Ne penses-tu pas que l'heure est venue de laisser TJ partir ?

Je sais que ma question risque de le blesser mais il est temps.

Le regard de Teddy dérive vers sa tortue, toujours à distance de bras.

— Il n'est pas prêt.

— Il faut qu'il prenne la route, comme Numéro Un. Et comme toi, bientôt.

— Chaque fois que tu me parles, j'ai l'impression que tu me dis au revoir. Les autres nanas partaient du principe que j'allais rester et ça me donnait envie de me barrer. Mais ça c'est… pire.

Ses yeux cherchent les miens.

— Pire comment ?

Ne trouvant aucun nœud dans ses cheveux, je réalise que ça fait un moment que je le caresse.

— Tout va bien, je sais depuis le début que tu finirais par partir.

— Le fait que tu t'attendes à ce que je parte me… donne des démangeaisons ici.

Il enfonce un doigt dans sa poitrine. Par réflexe, je commence à le gratter à travers son T-shirt. Il rit mais c'est un rire triste.

— Arrête de te montrer aussi généreuse et attentionnée envers moi. Je ne mérite pas tes gratouilles adorables.

Il s'écarte en roulant et s'agenouille. Ne plus avoir sa tête sur les genoux me laisse une étrange sensation de vide. Il soulève TJ.

— Ruthie pense que tu es prêt.

Il tourne la tête vers moi.

—Tu es sûre que je ne peux pas l'emmener avec moi ? Je prendrais très bien soin de lui.

Je m'agenouille moi aussi.

— Je sais. Mais il doit trouver une épouse. Ou un mari. En réalité j'ignore si c'est un mâle ou une femelle. C'est ici qu'est sa place. Vivre sa vie dans un terrarium dans ton nouvel appartement ne sera pas aussi agréable que vivre ici.

On lève les yeux vers le dôme céleste au-dessus de nous. Dans le soleil couchant, le ciel se décline en une palette de violets. Une brise se lève. Je sens du pollen et le parfum de Renata dont Teddy empeste. (Il l'appelle Beurk Numéro Cinq.) Mes yeux se posent sur la berge vaseuse du lac, sur la couverture en laine. Providence est protégé par ce dôme d'étoiles argentées. Peut-être que ce soir, pour une fois, je peux me reposer.

— Je suis vraiment fatiguée de veiller sur tout et tout le monde.

C'est sorti tout seul, sans préambule.

Il hoche la tête et repose TJ.

On le suit du regard tandis qu'il se dirige vers le lac.

— Je suis vraiment fière de toi. Quand ma première tortue s'est éloignée, je me suis sentie vexée.

— Allez, rentrons. Tu as vu les super glaces que j'ai mises au congel ? Je crève d'envie d'en manger une.

Il parle comme si on allait passer toute notre vie ensemble blottis sous la couette.

Je sais que c'est très loin de la vérité, mais mon Dieu que ce serait agréable d'avoir quelques souvenirs passionnés auxquels me raccrocher quand je serai à nouveau seule.

Nous sommes face à face, agenouillés, assez près pour se toucher.

Ma créature grande et rare est avec moi sur cette couverture de pique-nique. Je dois saisir cette opportunité. J'ai besoin de faire quelque chose d'audacieux, sinon je me demanderai toute ma vie : et si ?

— J'ai peu d'expérience dans ce domaine, mais ce cadre me paraît vraiment romantique.

— Il l'est.

Teddy me regarde avec une étincelle dans les yeux.

— Tu en as mis du temps à t'en rendre compte.

Ses pupilles noires m'hypnotisent. Je lui demande :

— Peux-tu m'embrasser, s'il te plaît ?

Il se penche vers moi.

— Tes désirs sont des ordres.

Une fraction de seconde avant de poser ses lèvres sur les miennes, il ajoute :

— Mais seulement si tu m'accompagnes au studio.

— D'accord.

Mon vœu est alors exaucé. C'est le plus parfait des baisers.

23

— On est arrivés ? demande Renata de la banquette arrière en bâillant comme une enfant. C'était rapide.

Au contraire, le trajet a été si long que Teddy et moi avons presque fini d'écouter les onze épisodes du podcast. J'ai mal aux cuisses d'être restée si longtemps assise, et au ventre tant Teddy m'a fait rire. Mais je ne me plaindrai pas : j'ai pu reluquer son profil ô combien séduisant pendant des heures.

— Aggie, appelle Renata en poussant sa sœur. On est arrivés au salon de tatouage. Aggie.

Je pivote sur mon siège. Aggie est appuyée contre la portière, les yeux fermés, la bouche ouverte. Mon cœur fait un bond affolé dans ma poitrine. Renata commence à la secouer.

— Réveille-toi, Aggie.

Aggie pousse un profond grognement et se redresse en position assise. On soupire tous de soulagement.

— J'ai cru que tu étais morte, l'accuse Renata.

— Pas encore, répond Aggie.

Elle autorise Renata à la dorloter, ce qui dure un moment. Renata redresse son col, tapote sa main. Dans le rétroviseur je remarque que ses yeux scintillent de larmes.

— Tout va bien, tout va bien, répète Aggie.

Renata laisse échapper un sanglot.

— Tu m'as vraiment fait peur ! Et regarde, j'étais à deux doigts d'avoir mon tatouage ! Il aurait été trop tard.

— Il n'est pas trop tard, nous sommes là, répond Aggie.

Elles se penchent l'une vers l'autre, front contre front. Conscients d'interrompre un moment intime, Teddy et moi sortons de la voiture. Quelque chose m'échappe mais je ne saurais dire quoi.

— Pfiou, on a eu chaud, commente Teddy. Ce genre de frayeur arrive souvent ?

— Oui. J'ai retrouvé plein de gens morts.

— Sérieux ? Comment tu fais pour gérer ?

— J'ai une checklist qui me guide étape par étape.

Cette réponse ne le satisfait pas.

— Et une fois que les pompes funèbres sont parties et que les membres de leur famille sont rentrés chez eux, je pleure dans mon bain.

Je ne veux pas me rappeler la dernière fois que c'est arrivé. Il y a quatre mois environ, la petite et fragile Mme Higgins n'a pas répondu à la porte quand je suis allée lui rendre visite. Je l'ai trouvée au lit, froide comme la glace. Et dire que j'ai laissé ces trois-là me convaincre de quitter Providence, laissant tout le monde derrière.

Ma gorge se serre.

— S'il te plaît, parle-moi de ton studio. Fais-moi penser à autre chose.

Teddy passe un bras autour de mon épaule.

— Voici la devanture. Le logo a été peint hier. Qu'en penses-tu ?

La devanture arbore un motif de tatouage rétro, une ancre avec une feuille de parchemin au-dessus.

— Always and Forever. Plutôt romantique pour un salon de tatouage.

— Je trouve aussi. Vas-y, entre, je vais faire descendre les filles.

Entrer dans un tel endroit devrait faire partie des exercices de la Méthode Sasaki car cela demande du cran. Je me retrouve dans une salle d'attente presque aménagée. Il y a un canapé noir encore enveloppé de plastique, un ordinateur débranché et une vitrine vide dans laquelle sont empilées des boîtes de bijoux. Sur le comptoir traînent, éparpillées, des photos de tatouages. La peau à vif fraîchement tatouée me fait grimacer mais je les passe en revue, cherchant la marque de fabrique de Teddy.

— Ici, ici, ici, dis-je en posant le doigt sur plusieurs photos.

— Je peux vous aider ?

Un homme me rejoint. Ses yeux se posent sur Teddy dehors.

— J'y crois pas, il est venu.

Son ton ne me plaît pas. J'indique les photos.

— Je cherchais les tatouages dessinés par Teddy.

— Un tel talent est facile à repérer. On les suspendra sur le mur, là. Je suis Alistair.

C'est un homme barbu, plus âgé que j'imaginais et habillé dans une tenue froissée en flanelle. Il fait davantage ouvrier du bâtiment, d'autant plus qu'il a de la peinture sur son avant-bras et qu'il est recouvert d'une couche de poussière.

Je tends la main.

— Je suis Ruthie Midona, la voisine de Teddy.

— Vous êtes Ruthie, répète-t-il, comme si j'étais célèbre.

On se serre la main.

— Si je m'attendais.

— Que voulez-vous dire ?

— Je m'attendais à quelqu'un de différent.

Sa réponse m'intrigue. J'aimerais en savoir plus mais son regard est attiré par les Parloni qui se tiennent aux bras de Teddy.

— Woah. Je ne pensais pas qu'il tiendrait une semaine.

— Moi non plus. Mais il fait des journées de douze heures. Il ne se plaint jamais et croyez-moi, il aurait bien des raisons de se plaindre.

— Je vais lui faire faire le tour du propriétaire, crie Teddy de l'extérieur, ralenti par ses patronnes âgées. Attends-moi, Ruthie.

Je murmure à l'intention d'Alistair :

— J'espère que vous allez arrêter de lui mener la vie dure. Il se donne à fond pour pouvoir acheter ses parts à temps, il a tellement envie que ça marche. Donnez-lui l'impression d'être heureux qu'il soit là, d'accord ?

Alistair cligne des yeux de surprise. Les joues rouges d'embarras, il va ouvrir la porte d'entrée.

— Tu arrives juste à temps, Teddy. J'ai besoin de ton avis sur la peinture que l'entrepreneur a suggérée.

Teddy sourit d'un air radieux puis regarde vers moi par réflexe.

Et soudain… je réalise que je suis amoureuse.

J'ai toujours pensé que le sentiment amoureux s'accompagnerait de douceur mais ce que je ressens est farouche, intense. Je ressens le besoin viscéral, irrépressible, de tenir son cœur au creux de mes mains et de le protéger de tout ce qui pourrait l'abîmer. Le monde extérieur est dangereux, turbulent, procure déceptions et souffrance. Je suis la seule assez délicate pour protéger une chose aussi précieuse.

— Allez chercher l'aiguille, je ne rajeunis pas, ordonne Renata à Alistair.

— On était d'accord, c'est une consultation pour discuter du modèle, intervient Teddy.

Renata va pour protester mais Teddy continue :

— Je ne le dessinerai pas pour vous et c'est mon dernier mot. C'est Alistair le meilleur.

À en juger par ce que j'ai vu dans la salle d'attente, c'est Teddy le meilleur. J'aimerais qu'il s'en rende compte.

La rapidité avec laquelle j'ai accepté mes sentiments pour Teddy me surprend moi-même. C'est comme choisir un manteau dans une friperie et l'enfiler ; il va comme un gant. Je n'ai pas besoin de regarder dans un miroir pour le savoir. Je continue simplement de le porter. Mais dans l'état actuel des choses, donner une chance à cette histoire me paraît impossible. On a tellement roulé que mon dos me fait mal. Je ne sais pas combien de fois je pourrais refaire le trajet.

Alistair, Renata et Aggie descendent le couloir et Alistair les fait installer dans une des petites salles.

— Alors, qu'aimeriez-vous comme tatouage ?

— J'ai quelques idées, répond Renata en fouillant dans son Birkin à la recherche de son bloc-notes. C'est un hommage à l'amour de ma vie.

Est-il mort ? À quand remonte leur histoire ? Je sais qu'elle ne s'est jamais mariée. Dans la séquence YouTube où Renata insulte Karl Lagerfeld, avec une Aggie jeune et ravissante assise près d'elle. Je sais qu'il y avait de la tension entre elles à leur bal de promo. Étaient-elles toutes les deux amoureuses du même homme ? Plutôt satisfaite de ma théorie croustillante, je décide d'en toucher deux mots à Teddy plus tard.

— Vous allez réaliser son souhait le plus cher, déclare Aggie. Elle n'a pas pu fermer l'œil hier soir, elle n'a fait que se tourner et se retourner.

Alistair leur sourit.

— Je suis honoré. Mais avant toute chose, il faut que je jette un œil à votre peau pour voir si on peut la tatouer.

— Comment ça ?

Renata se fige comme un serpent avant l'attaque. Alistair ne la connaît pas, alors il continue, sans se douter qu'il est en train de mettre les pieds dans le plat :

— Vous êtes plus âgée que mes clients habituels. Je n'ai jamais travaillé sur quelqu'un d'aussi âgé…

Il s'interrompt et réalise qu'il vient de retirer la goupille d'une grenade. Teddy et moi avons déjà descendu le couloir de moitié quand elle explose.

On entre tous les deux dans une salle au bout du couloir. Il y a un fauteuil, un comptoir et un tabouret.

— Voilà mon atelier, annonce Teddy en faisant glisser ses mains sur le comptoir. J'ai choisi cette salle parce que j'ai vue sur l'accueil. J'ai hâte d'accrocher les photos de mes tatouages au mur. Alors, qu'en penses-tu ?

C'est la seconde fois qu'il me pose la question. Mon avis le préoccupe.

— C'est génial, Teddy. Mais tous les patrons ont un bureau. Où est le tien ?

La question le surprend.

— Je n'y avais pas pensé. Je vivrai à l'étage, alors je suppose que je pourrais travailler de la chambre d'amis. Je vais parler à Alistair des choses que je veux mettre en place ici.

Je remarque alors qu'il a un dossier bien rempli sous le bras.

— J'ai fait faire un devis pour un logiciel. Et j'ai téléchargé une version d'essai gratuite pour faire une simulation. Merci de m'en avoir donné l'idée. Avec de telles propositions, il me prendra au sérieux.

— Tu crois en ton projet et tu te donnes à fond. C'est le plus important. Je suis fière de toi.

— Merci, répond-il, visiblement ému.

Je réalise alors que c'est un des nombreux au-revoir qui nous attendent. J'ai soudain envie de mettre fin à cette conversation.

— Tu m'as aidé à prendre suffisamment confiance en moi pour me lancer dans cette aventure, continue-t-il. Je ne sais pas comment gérer une entreprise. Entre Alistair et toi, je sais que j'aurai toujours quelqu'un à qui faire appel quand je ne saurai pas faire quelque chose.

Donc à Providence, assise à mon bureau, je recevrai un appel quand, par exemple, il ne saura pas comment ajouter un nouveau client à la base de données. Dans le fond, j'entendrai de jolies nanas en train de papoter et de choisir leurs bijoux de piercing, accoudées sur la vitrine. Dès qu'il aura raccroché, elles flirteront avec lui. Je ne me suis jamais fait d'illusions, j'ai toujours su comment ça se passait avec les clientes mais j'ai néanmoins l'impression d'être insignifiante. Une vague de lassitude m'envahit soudain. J'ai aidé tant de garçons au service des Parloni à avancer dans la vie au fil des années.

— Ça ne te dérange pas si je vais attendre dans la voiture ?

Il semble anéanti.

— Mais ça fait longtemps que j'ai envie de te montrer mon salon de tatouage. Viens t'asseoir.

Il tapote le fauteuil sur lequel, je présume, les clients s'installent. Je m'assois.

— Qu'est-ce qui t'arrive ? demande-t-il.

— Prétendons que je suis une nouvelle cliente.

Je tends le bras dans l'espoir qu'il me touche.

Il rit et fait rouler son tabouret vers moi.

— D'accord, Nouvelle Cliente, que veux-tu ?

— Je veux être enregistrée correctement dans ta base de données et recevoir un SMS de rappel pour mon prochain rendez-vous. Et je veux un tatouage de merlebleu.

Il est surpris.

— Un merlebleu ? Pourquoi ?

— J'ai vu celui que tu as tatoué sur Brianna. Il était beau. J'ai ressenti de la jalousie. Alors un merlebleu imaginaire, s'il te plaît.

Il recule sur son tabouret, attrape un stylo et revient vers moi. Il le débouche et contemple ma peau d'un air indécis.

— Allez, vas-y.

Il hésite sur la face interne de mon bras.

— Tu n'as ni poil ni tache de rousseur. Cette peau n'est pas réelle.

Il la regarde d'un air admiratif et la frotte du pouce puis de la paume, créant une friction chaude entre nous.

— Je n'ai même pas envie d'y faire un point.

— Surprends-moi.

Je lève les yeux vers le plafond. Peu après, je sens la pointe froide du stylo sur ma peau.

— La Ruthie du lycée est en train de paniquer. Elle me hurle de ne pas te faire confiance, que tu vas écrire quelque chose de méchant.

— Bien sûr que non.

La pointe froide du stylo me chatouille la peau.

— Comment avance l'évaluation de Providence ? demande-t-il.

Je ferme les yeux, fatiguée rien que d'y penser.

— Rose n'est pas du tout satisfaite des documents que je lui envoie. Chaque fois elle demande « C'est tout ? » Elle ne se rend pas compte que c'est un tout petit secrétariat et que les choses sont probablement beaucoup plus simples qu'elle en a l'habitude. En l'absence de Sylvia, je fais de mon mieux.

— La philosophie de vie de papa, c'est « La vie, c'est le changement. » Celle de Rose est « C'est tout ? » murmure Teddy.

Le stylo marque une pause. Je jurerais sentir qu'il fait un léger ricochet et tremblote sur ma peau.

— Mais Mélanie m'a dit que tu gérais très bien la situation. Je suis vraiment fier de toi.

Une fois encore j'ai l'impression que les au-revoir ne sont pas loin. Je lève les yeux vers le plafond.

— Rose sera vraiment impressionnée quand elle apprendra que tu es copropriétaire.

— Tu parles. Elle se moquera de moi et me demandera combien de temps est-ce qu'il faudra pour que je me lasse et que je passe à autre chose. Je ferais mieux de quitter Providence avant qu'elle fasse quelque chose de vraiment hargneux.

Il bouge le stylo, travaillant les finitions. J'aime la sensation de sa grande main qui tient mon coude, le frôlement de ses articulations.

— Cet endroit ne l'impressionnera pas.

La tristesse perce dans sa voix.

— Pourquoi est-elle si méchante avec toi ?

L'envie de meurtre dans ma voix le fait sourire.

— Elle a peur qu'un jour je revienne à la raison et que j'essaie de prendre la place de papa. Ça la rend malade que je sois le seul fils.

Le stylo s'arrête.

— C'est la seule qui en fait toute une histoire. Peut-être que certains membres du conseil lui ont dit quelque chose.

J'incline la tête pour regarder son expression tout en évitant soigneusement de baisser les yeux vers mon bras. Ce sera peut-être la seule occasion d'avoir la griffe de Teddy sur moi. J'ai envie de garder le suspense jusqu'au bout.

— Quiconque te connaît sait que voler son boulot ne t'intéresse pas.

— Ouais mais elle ne me connaît pas justement. Elle s'est toujours comportée en chien de garde, montrant les crocs chaque fois que je m'approche trop près.

Il lève la tête vers moi.

— Pas de triche.

— Bien sûr que je ne vais pas tricher. Ne suis-je pas digne de confiance ?

On se sourit.

— Tu es très digne de confiance, affirme-t-il.

Ses yeux se plissent de concentration.

— Je parie que tu gardes les secrets qu'on te confie toute ta vie.

— On ne m'en a pas confié beaucoup.

Je serre mon bras libre contre mon ventre.

— C'est donc cela le problème de Rose ? Elle pense qu'un jour tu vas débarquer en costume et exiger tout ce qui te revient de droit en tant que mâle Prescott ?

— C'est ça, le truc, répond-il.

Il marque une pause et se redresse.

— Je n'attends pas d'héritage.

— Je sais. Tu ne donnes jamais l'impression que tout t'est dû.

— Je veux dire, au sens propre. Je suis issu du second mariage de papa. J'ai été un « enfant de l'amour », ajoute-t-il en faisant des guillemets avec les doigts. Je t'ai dit que je n'avais rencontré mes sœurs qu'à l'âge de huit ans. C'est parce que j'ignorais leur existence. Et elles ne savaient pas que j'existais non plus.

— Oh mon Dieu. Est-ce que Jerry – ton père – était présent dans ta vie ?

Il détourne le regard, faisant appel à ses souvenirs.

— Je me souviens qu'il était souvent absent. Maman disait toujours qu'il était en voyage d'affaires. Quand il rentrait il me ramenait du matériel d'art plastique. J'en raffolais. Mais en fait il n'était pas en voyage d'affaires, il était auprès de sa femme, Dianne Prescott, et leurs quatre filles. Et en attendant ses visites, on était fauchés. Maman ne sait pas gérer un budget. Il paraît que je lui ressemble tellement que c'en est effrayant.

J'ai le sentiment que c'est Rose qui lui a mis ça en tête.

— Comment ont-elles découvert ton existence ?

— Un énorme fiasco, causé par ma mère évidemment. Elle est très excessive, elle en fait des tonnes, explique-t-il avec un sourire gêné. Et elle a tendance à picoler, même si elle a l'air de se contrôler ces temps-ci. Elle s'est pointée à la cérémonie de renouvellement des vœux de Jerry et Dianne, complètement bourrée. Tu sais cette partie dans la cérémonie où on demande…

Je finis pour lui, emplie d'un mélange de fascination et d'horreur.

— Si quelqu'un s'oppose à cette union, qu'il parle maintenant ou se taise à jamais. Oh non, elle n'a pas fait ça !

— Si. Elle a fait exploser leur mariage. Dianne a fait ses valises, vidé un compte, lancé une procédure de divorce. L'explication officielle c'est qu'elle est allée dans un centre de remise en forme en Suisse mais je pense qu'elle a fait une dépression.

— C'est horrible.

— Imagine la catastrophe. Quatre petites demoiselles d'honneur aux prénoms de fleurs se sont soudain senties perdues. Daisy, Lily, Poppy et Rose. Elles ne comprenaient pas où était leur maman et pourquoi leurs parents n'étaient plus mariés. Papa m'a fait entrer dans le salon, a dit aux filles que j'étais leur nouveau frère puis a quitté la pièce pour prendre un appel professionnel.

Il se penche en avant, s'empare de mon poignet de sa main chaude et recommence à dessiner comme s'il avait besoin de se changer les idées.

— Dire que c'était gênant serait un euphémisme, ajoute-t-il.

— Ont-elles été méchantes avec toi ?

— Daisy, Poppy et Lily sont plus jeunes que moi. Je leur ai dit qu'elles pouvaient m'habiller comme elles le voulaient. Elles étaient contentes. Et quand mes cheveux ont poussé, j'ai servi de cobaye pour tester de nouvelles coiffures. Elles m'ont tout de suite adoré. Jusqu'à l'âge de treize ans, elles m'appelaient…

Il s'interrompt et éclate de rire.

— Pourquoi est-ce que je te raconte tout ?

J'ai une boule dans la gorge. Je voudrais qu'il me raconte tout, et pour toujours.

— S'il te plaît, dis-le moi. Je sais garder un secret, rappelle-toi.

Il se lève, attrape le bas de son T-shirt et le remonte. Il cherche sur lui-même comme s'il farfouillait dans le tiroir à bric-à-brac de la cuisine pour trouver une paire de ciseaux.

— D'accord. Là.

Il se tourne sur le côté. Au prix d'un gros effort pour me concentrer sur l'art et pas le corps de Teddy (ce qui est pour le moins difficile), je repère ce qu'il est en train de me montrer. Un autre tatouage de fleur.

— Elles t'avaient surnommé Tournesol ? C'est mignon comme tout.

Tandis qu'il baisse son T-shirt je m'autorise quelques secondes pour contempler son corps. Comment des côtes et des muscles peuvent coexister si harmonieusement, je n'en ai aucune idée.

Il se laisse retomber lourdement sur le tabouret.

— Mais Rose avait mon âge. En fait, on a moins de six mois d'écart. Comment papa a fait pour jongler entre deux nouveau-nés en même temps… non, oublie ça. Il n'a pas beaucoup jonglé. D'après maman, il ne passait que deux fois par semaine, sous couvert d'une séance à la salle de sport.

— Mais lui et ta mère étaient amoureux. Ils se sont mariés au final, non ?

Mon cœur se serre. Je sais qu'il n'y aura pas de happy end.

— C'est ça le plus triste. Ils ont été mariés dix-huit mois. Il s'avère que maman aimait avoir un amant riche et secret qui passait deux fois par semaine avec de l'argent. Elle ne va pas tarder à troquer son mari actuel pour un autre. Je m'inquiète tout le temps d'être comme elle. Je l'ai été, précise-t-il d'une voix à peine audible.

— Tout le monde est capable de changer. Tu peux devenir qui tu veux.

Je le sens qui fait quelques petites retouches sur mon bras. Le tatouage est bientôt terminé.

— Rose m'en veut, vingt ans plus tard, d'être entré dans ce salon. Tu avais totalement raison quand tu disais que Rose est la seule fille que je n'ai jamais été capable de charmer. Et si je te le dis, c'est parce que je ne vais pas être capable de sauver Providence de ses griffes. Au contraire, le fait que je sois là aggrave chaque jour un peu plus la situation.

— Est-ce qu'elle sait que tu as un tatouage en son honneur ? Je l'ai vu sur l'arrière de ton bras. Il est si beau.

— Elles en ont toutes un, répond-il d'un ton léger, comme si cela ne signifiait rien d'avoir un tatouage en hommage à chacune de ses sœurs sur lui. Mais cette rose a fait plus mal que tous les autres réunis.

— Montre-lui qu'elle est importante pour toi et que tu aimerais que vous preniez un nouveau départ. La prochaine fois que vous vous verrez, ce sera différent.

— Inutile d'essayer, explique-t-il patiemment. J'accepte les choses comme elles sont. C'est trop douloureux autrement. Merci de m'avoir écouté, Ruthie Midona. J'espère que ton tatouage éphémère te plaira.

Il se lève pour aller voir où en est Renata. Je reste assise, stupéfaite, les yeux rivés sur mon bras. Teddy a dessiné un ange haut d'environ douze centimètres, vêtu d'une robe fluide – ou est-ce un cardigan ? Sa silhouette, élégante a de jolies courbes et de tout petits orteils. Les ailes déployées, l'ange s'envole vers le ciel. Et dans ses mains se trouve une tortue minuscule.

Non seulement il me plaît, mais je l'adore.

Si je ne m'étais pas engagée à vie à Providence, si son rêve ne l'obligeait pas à s'installer à cinq heures d'ici, on pourrait être heureux ensemble, lui et moi. Je vais probablement devoir suivre son conseil et accepter la situation telle qu'elle est. C'est trop douloureux autrement.

— Viens, lance Teddy du couloir, je vais te faire visiter les lieux. Tu veux voir ma nouvelle chambre ?

24

Je suis très silencieuse sur le chemin du retour. Ce n'est pas le cas des Parloni. Endormies l'une contre l'autre, elles ronflent la bouche grande ouverte.

— Tu es fatiguée ? s'inquiète Teddy. Tu as faim ? Je peux m'arrêter quelque part.

— Pas la peine.

Je grimace intérieurement. Je devrais faire un effort pour me montrer moins distante.

— C'est simplement que… Voir ton salon de tatouage et ton appartement rend les choses plus réelles.

— T'as vu, c'est sympa, hein ?

Galvanisé par ses projets d'avenir, Teddy me lance un sourire radieux.

— Mon temps de trajet sera encore plus court qu'à Providence. Je peux dévaler l'escalier en vingt secondes à peine. Comment as-tu trouvé la salle de bains ?

C'est la seconde fois qu'il me pose la question.

— Je me suis allongé dans la baignoire pour vérifier qu'elle était confortable, ajoute-t-il.

Je tiens à préciser que j'ai fait de gros efforts pour me montrer enthousiaste quand il m'a demandé de monter à l'étage pour visiter son nouvel appartement. Pendant qu'il me tenait par les épaules de ses mains chaudes tatouées GIVE et TAKE, j'ai joué le jeu et me suis extasiée devant :

• La salle de bains (« Wow, elle est toute neuve – j'adore le carrelage ! »)

• La cuisine (« Tu pourrais faire entrer une dinde entière dans ce four, Teddy ! »)

• Le salon (« S'il te plaît, ne ramasse pas un canapé sur le bord de la route »)

• La vue (« Je parie que cet arbre est magnifique à l'automne ! »)

Plus je me montrais emballée, plus il était heureux et exalté. Quand il m'a fait visiter la chambre, je suis restée muette tant j'avais la gorge serrée. Après tout, ce ne sera jamais la mienne. Mais elle était charmante, elle aussi. Je frissonne de tout mon corps rien que de penser à la façon dont il m'a massé les épaules à l'intérieur, en me décrivant le système de chauffage de l'appartement. Haut de gamme, naturellement.

— Je pense que la chambre d'amis fera un bon espace de travail, dit-il, ravi.

Il caresse ma jambe, baisse la climatisation et fait pivoter la bouche d'aération pour que je n'attrape pas froid.

— Si j'installe mon bureau sous la fenêtre, je risque d'avoir du mal à me concentrer. Heureusement il y a assez de place pour deux bureaux.

— Oui, la pièce est grande.

Il a de la chance. Son bureau sera très ensoleillé le matin.

— Installe deux bureaux, un pour faire tes papiers, un autre pour ton art.

— Tu mettrais ton bureau contre quel mur ? me demande-t-il.

— Je ne sais pas, dis-je, à court d'opinion. Celui du fond.

On est presque arrivés à Providence. Une fois rentrée je ne serai plus obligée de maintenir cette façade réjouie. Je plongerai dans mon bain et m'apitoierai sur mon sort. J'ai toujours su que ce moment viendrait. Je dois me faire à l'idée que Teddy va partir.

— Je mettrai mon bureau sous la fenêtre pour profiter du soleil, déclare-t-il. J'y déposerai même des plantes en pot.

La décision prise, il fredonne joyeusement tandis qu'il nous conduit au parking de l'étage pour que les Parloni aient moins de distance à parcourir. Elles ont l'œil vitreux et sont fatiguées. Aggie est si lourde au creux de mon bras que le temps qu'on atteigne leur pavillon je suis épuisée.

La visite à Always and Forever a été un succès. Même s'il l'a bien caché, j'ai remarqué qu'Alistair avait été surpris que Teddy se pointe et carrément stupéfait qu'il ait sélectionné un logiciel. Leur discussion est devenue de plus en plus animée, des espaces de rangement aux sanitaires. Alistair est maintenant convaincu de la nouvelle approche professionnelle de Teddy, et celui-ci est heureux comme un porcelet dans la boue.

Je suis sincèrement contente pour lui.

— Vous ne m'avez pas montré le motif de votre tatouage, dis-je à Renata tandis qu'elle s'installe dans son fauteuil.

— J'aime créer un effet de surprise. Je me fais tatouer mardi prochain.

Elle jette un œil vers la cuisine, ouvre la bouche pour crier, mais se retient en voyant que Teddy est déjà en train de réchauffer un plat au micro-ondes pour Aggie et elle.

— Bien, grommelle-t-elle. Quel dommage de devoir chercher un autre garçon alors que celui-ci commence à être bien rodé.

— C'est dommage en effet mais on savait que ça arriverait.

Je pose la télécommande de la TV près d'elle et défais la boucle de ses chaussures. Aggie dort déjà à poings fermés.

Je lance en direction de la cuisine :

— J'y vais. Bonne soirée.

— Attends ! répond Teddy.

Je savais qu'il essaierait de me retenir, mais je ne peux plus me permettre d'attendre.

Au contact de l'air froid nocturne, toutes les frustrations que j'avais enfouies remontent à la surface. Il ne se rend compte de rien. C'est une des choses qui me rendent folle chez lui. Il est si focalisé sur lui-même, tellement habitué à prendre, qu'il ne réalise pas combien c'est douloureux d'être abandonné. Je passe devant le pavillon numéro 15, celui où j'ai trouvé Mme Higgins. Des photos sous cadre de son mari et ses enfants étaient posées sur sa table de chevet. À ce rythme-là, je doute que ce soit mon cas le jour où on me découvrira morte.

Plusieurs émotions me submergent : un chagrin prématuré pour le départ de Teddy ; le cœur qui chavire en pensant que ma carrière à Providence sera ponctuée par la disparition de personnes auxquelles je tiens. J'ai adoré le nouvel appartement de Teddy. En comparaison, mon cottage est sombre et froid mais je sais que je n'aurai jamais le courage de chercher un nouvel appartement, faire les cartons et partir.

Un jour, Teddy rencontrera une fille qui sera exactement son genre et elle se servira de ce beau four tout neuf et se prélassera dans cette baignoire de rêve.

Arrivée devant mon cottage, je lève la tête et crie :

— Merde ! Merde, merde, merde !

J'ai déjà la clé dans la porte quand je l'entends se rapprocher au pas de course. Le temps qu'il entre dans le jardin dans un beau dérapage, je l'ai refermée.

— Ouvre, dit-il. Pourquoi est-ce que tu cries ?

— Je suis fatiguée. Je vais prendre un bain. Bonne soirée.

Mes yeux se posent sur le petit ange sur mon bras. Dès que j'aurai trempé mon bras dans l'eau, il s'estompera. Ma frustration s'accentue. Est-ce qu'un jour j'aurai quelque chose à moi et pour toujours ?

— J'entre quand même, me dit-il en se servant de la clé que je lui ai donnée.

Il se tient dans l'entrée, éclairé par la faible lumière du jardin et les papillons de nuit qui virevoltent en cercle. Jamais je n'aurai envie d'être avec un autre que lui. J'ai un rencard jeudi et ce sera la première audition de mon second choix. Personne ne lui arrivera jamais à la cheville.

— Qu'est-ce qui te met dans un état pareil, Fée du logis ?

Il tend le bras pour repousser quelques mèches de mon visage, mais le voir sur le pas de ma porte me fait exploser en mode grenade.

— Ne m'appelle pas comme ça !

— Mais je t'ai toujours appelée ainsi, proteste-t-il, se ratatinant de trente centimètres.

À voir son expression, on dirait que je l'ai grondé en le frappant avec un rouleau de papier journal.

Il se rapproche.

— Que se passe-t-il ? Je réglerai le problème. Dis-moi, dis-moi, insiste-t-il comme s'il tenait vraiment à moi.

Je pose les mains sur sa poitrine et le pousse en arrière.

— Tu ne vois pas que j'ai envie d'être seule ? Ici, c'est chez moi. Rends-moi la clé.

— Je veux comprendre ce qui se passe. Est-ce que j'ai dit quelque chose ?

— Tu ne penses jamais à ce que moi je peux ressentir. C'est super frustrant.

L'inquiétude et l'affection dans ses yeux me bouleversent. Il faut que je le fasse sortir.

— Je t'ai fait plaisir. Je suis venue avec toi, je t'ai tenu compagnie pendant le long trajet. J'ai visité ton studio de tatouage et ton nouvel appartement. Que veux-tu de plus ?

— Je veux que tu sois heureuse.

— Impossible.

— Qu'est-ce que tu as ressenti ce soir ?

— Je me suis sentie abandonnée. Comme toujours.

Les mots coulent à flot, sans que je puisse les arrêter.

— Tu m'as narguée avec ta nouvelle vie, et regarde où je me trouve, une fois encore. Je suis de retour à Providence, où je resterai sûrement jusqu'à la fin de mes jours car je suis terrifiée du changement et de prendre une mauvaise décision.

— Je ne te narguais pas. Je voulais t'impressionner.

— Pourquoi ? Dans quel but ? Tu essaies de compenser parce que tu n'arrives pas à séduire Rose ?

À peine les mots sont-ils sortis de ma bouche que je suis convaincue d'avoir compris sa motivation. Je poursuis :

— Oh mon Dieu, c'est exactement ça. Tu essaies de me charmer pour te convaincre que tu en es encore capable. Je ne suis rien de plus qu'un défi qui te fait passer le temps. Et tu ne seras pas satisfait tant que je ne serai pas éperdument amoureuse de toi.

Il baisse les sourcils.

— Je voulais t'impressionner parce que tu comptes beaucoup pour moi.

— J'ai aidé assez de beaux mecs pour savoir que dès que tu auras la clé de ton salon de tatouage tu n'auras plus besoin de moi.

Il est ahuri.

— Plus besoin de toi ?

— Si tu avais vraiment besoin de moi, tu ne quitterais pas Providence. Tu ne me quitterais pas.

Je déglutis et m'efforce de continuer :

— Tu m'abandonnes. Tu m'abandonnes pour aller commencer ta nouvelle vie pendant que moi je serai ici toute seule, sans personne pour se soucier de moi. Personne pour s'occuper de moi ou prendre ma défense. Sylvia reviendra et me remettra à ma place. Je resterai là impuissante pendant que PDC transformera Providence. Chaque personne sur cette colline finira par mourir. Et moi, je serai coincée ici. Pour toujours.

— Ça me rend dingue que tu ne puisses pas partir.

Ignorant mes mains qui le repoussent avec frénésie, il m'enveloppe dans ses bras.

— Si j'ai essayé de t'impressionner ce soir c'est parce que je voulais te montrer qu'il y a tout un monde là-dehors qui n'attend que toi. Tu es comme un lapin pris au piège. Cet endroit est mauvais pour toi.

Je sais qu'il a raison, mais par réflexe je secoue la tête contre sa poitrine.

— Je veux t'emmener avec moi. C'est pour cette raison que je voulais que la baignoire te plaise.

Avez-vous déjà été surpris par le battement de votre propre cœur ? Quand vous appuyez votre oreille contre votre oreiller et n'entendez plus que votre cœur qui tambourine à vos oreilles. Vous êtes confrontés à votre mortalité et son horloge qui fait tic-tac. Quel miracle, quel privilège de se sentir vivant.

C'est exactement ce que je ressens tandis que j'assimile ses paroles.

Il resserre ses bras autour de moi.

— Toute ma vie, j'ai prié, murmure-t-il au-dessus de ma tête. Chaque fois que tout partait en vrille, j'ai prié dans ma tête. Je voulais trouver la paix. Chaque fois que j'ai égaré mon portefeuille ; pendant le divorce, quand ma mère venait taper des crises sur la pelouse de papa ; quand aucun d'eux ne voulait me prendre ; toujours savoir que j'étais au mauvais endroit. J'ai prié pour que viennent la paix, le calme, une sensation d'équilibre. Tout ça je l'ai trouvé auprès de toi. Je suis amoureux de toi.

J'écarte mon oreille de sa poitrine et lève la tête vers lui.

— Attends, quoi ?

Il prend mon menton dans ses mains et m'embrasse. Je n'ai pas besoin de lui demander de répéter car il me dit qu'il m'aime, encore et encore, un sourire sur les lèvres, un rire dans la gorge. Il me fait reculer. Je sens des meubles dans mon dos et à l'arrière de mes cuisses ; bar, canapé, mur ? Je ne sais pas. Tout ce que je sais, c'est que Teddy Prescott m'aime et qu'il a enfin décidé de me le dire. Et le plus beau là-dedans : je le crois.

Combien de fois me suis-je demandé ce que ça ferait d'avoir toute son attention ? Je le sais maintenant. Il est joueur, affectueux, généreux de sa bouche et ses mains. Son corps tremble comme s'il était à deux doigts d'éclater de rire.

Je retire son T-shirt. Son vœu est alors exaucé : le voilà complètement immergé dans mon papier peint. Le contraste de sa collection de tatouages contre les fleurs et les vignes est saisissant. Je le contemple tandis qu'il frissonne et se passe la main dans les cheveux. Le regard inquiet, il respire de façon saccadée.

Je comprends alors qu'il est au bord d'un précipice.

Je l'y rejoins et prends sa main.

— Je t'aime, moi aussi.

Son soulagement est palpable. Le soulagement m'envahit alors moi aussi. Il en a toujours été ainsi, depuis le moment où je lui ai sauvé la mise à la station-service. Ses épaules se relâchent, il expire et tend les bras vers moi. Me voilà à mon tour plaquée contre les fleurs de conte de fées, réveillée d'un sommeil profond par un baiser d'amour véritable.

Fille de révérend. Bad boy tatoué. Donner, prendre. Adorateur, adoré. Ensemble, nous sommes tout cela. Le plus naturellement du monde, nous faisons quelques pas en arrière et franchissons le seuil de ma chambre, la seule pièce dans laquelle Teddy n'est jamais entré. Il rompt notre baiser.

— J'ai tant rêvé de cette chambre, s'exclame-t-il, super enthousiaste.

Je le laisse explorer les objets posés sur ma commode pendant quelques minutes. J'ai toujours pensé qu'il avait le réflexe de prendre et de posséder, mais en réalité il veut tout simplement apprendre à me connaître. Son doigt glisse le long du dos de ma brosse à cheveux puis il soulève mon pot de crème hydratante pour lire l'étiquette.

— Oooh, s'exclame-t-il, c'est adorable. Tu n'as pas de rides.

Il me tire vers lui.

— Ton visage est si beau qu'il hante mes nuits. S'il te plaît, dis-moi comment s'appelle ton ours en peluche, murmure-t-il contre mes lèvres en me poussant délicatement sur le lit.

— Teddy.

Je découvre que se mettre nu avec quelqu'un peut être amusant.

Je suis les motifs sur son corps : des fleurs, des bijoux, un os à vœux, un poisson rouge, une carte de la reine de cœur. Je pose les lèvres sur un lapin, une bague en diamant, une couronne. Il a une tête de mort effrayante sur le flanc mais je l'embrasse sur la joue. Une section entière est constituée de plumes et de feuilles. Chaque centimètre de lui est une œuvre d'art et je le lui dis. Il rit et me remercie. Mon exploration terminée, je déboucle sa ceinture.

Mon chemisier blanc ennuyeux et ma jupe en jean sont les choses les plus excitantes qu'il ait jamais vues. Il me regarde d'un air si appréciateur que j'en reste sans voix. Troublée, je demande une explication.

— En quoi est-ce que je suis sexy ? Je possède une étiqueteuse, pour l'amour du ciel.

Il se laisse tomber dans mes bras comme si ses jambes ne le tenaient plus. Le devant de son jean hors de prix arbore une grosse bosse. Je suis visiblement très, très sexy.

Je pensais qu'il serait charmeur, qu'il dégraferait mon soutien-gorge du bout du doigt, mais Teddy n'est pas le Casanova au regard de séducteur auquel je m'attendais. Il est aussi éparpillé au lit que dans la vie mais ça ne le rend que plus adorable. Pour commencer, un rien le distrait. Il voit une tache de rousseur sur ma clavicule et perd pied. *J'ai toujours eu envie de faire ça*, murmure-t-il en déposant un baiser contre ma peau. Complètement désorganisé, il retire une de mes chaussettes, défait la fermeture Éclair de ma jupe, les deux boutons du bas de mon chemisier (et un au hasard au milieu) puis rabat la couette sur nous.

— Je suis en train de rêver, souffle-t-il, parsemant une traînée de baisers sur mon cou. Je suis dans mon lit, en train d'avoir un de mes rêves coquins spécial Ruthie.

Il s'étire et touche le mur.

Je suis probablement en train de rêver moi aussi ; blottie au creux d'un biceps tatoué, je suis embrassée tendrement par quelqu'un qui pense que je suis une personne merveilleuse. Ce n'est que lorsque je sens la chaleur de son torse sur le mien et mes draps sur mes jambes que je réalise qu'il a retiré mes vêtements. Il est doué, finalement.

Je m'immobilise et il le sent. On flotte ensemble, le souffle court, comme dans la piscine.

— Tu veux continuer ? demande-t-il.

Je hoche la tête et pose la main sur ses cheveux. Il ferme les yeux de soulagement.

On plonge ; on remonte à la surface pour reprendre notre souffle. Il me montre des choses issues de mes rêves enfiévrés : sa main tatouée sur mon sein, sa crinière noire légère et soyeuse sur mon oreiller. Mon monde vole en éclats. Je contemple les minuscules fleurs sur mon papier peint et les marguerites sur son avant-bras tandis qu'il fait glisser sa main vers le bas, encore plus bas, en me disant qu'il a l'impression de rêver.

Découvrant combien je suis excitée, il fanfaronne. Il exige dix compliments avant de daigner bouger ses doigts. J'en suis arrivée à quatre ou cinq quand il cède en riant. Il me fait tellement de bien que je le complimente une bonne vingtaine de fois ensuite. Je n'ai jamais ressenti le moindre plaisir avec mon premier petit ami, Adam ; j'étais trop focalisée sur son bien-être et son expérience. Je n'ai jamais considéré mon corps comme autre chose qu'un instrument pour l'amener à la jouissance. Mon expérience avec Teddy est complètement différente. Il ne cherche qu'à me faire sourire et frissonner. Il se concentre uniquement sur mon plaisir, sans se préoccuper du sien. J'atteins mon premier orgasme grâce aux caresses tendres et nonchalantes de son pouce sur mon clitoris. Il me prend par surprise car il ne semblait pas avoir un agenda précis en tête. Je spasme et frémis contre sa main GIVE entre mes cuisses.

— Oh ! génial, commente-t-il.

Je craignais d'être trop mal à l'aise pour le caresser à mon tour mais j'avais tort : nous sommes amis avant tout, nous pouvons parler de ces choses-là. Je lui dis que j'ai envie d'essayer ceci et cela… Il me laisse faire.

Voyant son sexe pour la première fois, je m'exclame :

— Superbe ! Mais je pensais qu'il y aurait un tatouage. Ou un gros piercing en argent.

Teddy glousse.

— Certaines choses sont sacrées. J'espère que tu n'es pas trop déçue.

Je pose les mains sur son membre. Il entrelace ses doigts avec les miens et pousse des gémissements de plaisir. Je prends et donne jusqu'à ce qu'il se retrouve moite de sueur.

Pressée de l'accueillir en moi, je désigne l'armoire de la tête.

— Dans le tiroir, dis-je. Mélanie a insisté pour que j'achète des préservatifs. Elle a dit que chaque pèlerin avait besoin de matériel pour son voyage, un truc dans le genre.

Teddy me dépose un baiser galant sur la joue et se dirige vers l'armoire. Il arrache l'emballage de ses dents et le recrache par terre.

— Tu as bien fait. Mais à partir de maintenant, ils sont tous pour moi. La Méthode Sasaki, c'est fini, souffle-t-il à mon oreille.

Je suis troublée car on va passer à la vitesse supérieure sans avoir parlé de notre avenir, mais Teddy me repositionne sur le lit, me demande deux fois si je suis bien installée, pose sa bouche sous mon oreille et relève mon genou sur sa hanche. À présent, plus rien ne compte.

— Encore, dis-je.

On frissonne l'un contre l'autre. Je m'étire autour de son membre jusqu'à l'accueillir entièrement. La tendresse de ses doigts tandis qu'il repousse quelques mèches de cheveux de mes yeux me donne envie d'enfouir mon visage dans son épaule. Il refuse. Il penche mon visage en arrière et plonge son regard dans le mien tandis qu'il bouge en moi. Je lui dis ce qui me fait du bien et, quand on trouve l'alignement parfait, il rit à l'expression sur mon visage.

— Nous y voilà. Essaie de jouir dans cette position. Mais si tu n'y arrives pas, pas de pression. J'ai plus d'un tour dans mon sac.

— Si tu continues et que je me caresse là en bas, je sens que je vais jouir.

J'essaie de faire le vide dans ma tête. Le lit grince. J'ai vingt-cinq ans. Je me sens tellement vivante. Mon sang galope dans mes veines. Portée par l'affection amusée et la tendresse dans ses yeux noisette, je bascule. Une vague de plaisir me submerge et l'orgasme m'emporte. Il me couvre de mots doux tandis que je tremble dans ses bras.

Le plaisir que je ressens est décuplé car je le partage avec lui.

— C'était bon ? me demande-t-il.

Je réponds par un hochement de tête.

— Bien. Tu te sens de continuer ?

Mon corps tremble encore suite à cet orgasme intense. Cette fois, concentré sur son propre plaisir, Teddy change de position, ce qui m'ouvre à des sensations différentes.

— Laisse-moi juste…, commence-t-il.

Son souffle tourne court. Ses muscles se tendent, il donne tout ce qu'il a. Le sentant au bord du précipice, je soulève le bassin pour venir à sa rencontre et décupler son plaisir. Il pousse un grognement, se fige, avant d'être parcouru de violents tremblements.

Je passe les bras autour de ses épaules et l'enlace jusqu'à ce que la vague soit passée. Il me dépose un baiser délicat sur la joue, que je m'empresse de lui rendre. On se connaît désormais intimement. Je me suis toujours demandé ce qu'on ressentait après le sexe : du bien-être, de la gratitude, l'envie de sourire. Je ne me suis jamais sentie aussi heureuse.

— Je ne m'attendais vraiment pas à ce que ce soit aussi bon dès la première fois, dis-je.

Il éclate de rire.

— Non, vraiment, j'insiste, c'était tellement bon. Une fois que j'ai trouvé cet angle…

— Tout est une question d'angles, dans mon expérience.

Il grimace et se reprend :

— Pardon, je…

— Tout va bien. Tu savais ce que tu faisais et je ne m'en plaindrai pas.

On reste enlacés un long moment. On se confie tous les moments où on a eu envie l'un de l'autre. Il est fou de désir quand je porte mes lunettes. Je lui dis que son derrière moulé dans ses jeans hors de prix est une œuvre d'art. Le bruit des tuyaux qui remplissent ma baignoire l'excite. Sa manne brillante éveille la flamme du désir dans mon bas-ventre.

— Je veux être tatouée sur toi.

L'audace de mes paroles me surprend moi-même.

Il hoche la réponse en silence. On échange d'autres baisers, tous plus enivrants les uns que les autres.

— Il faut que j'aille vérifier que tout va bien au secrétariat, dis-je, remarquant l'heure sur mon réveil.

— Rien de tel qu'une petite virée au bureau après une super partie de jambes en l'air, glousse-t-il. Mais je m'en suis déjà assuré pour toi. Tout va bien, Fée du logis. Tu es en sécurité.

Il embrasse ma tempe et me recouvre de la couette.

Il se montre si tolérant envers mes troubles compulsifs que je me sens suffisamment à l'aise pour poser la question suivante.

— Ce n'est probablement pas le moment idéal pour te demander cela, mais est-ce que tu pourrais me donner les coordonnées de ton thérapeute ?

Il éclate de rire.

— Je t'ai traumatisée à ce point-là, ce soir ?

Son sourire s'évapore, il poursuit :

— Oui. Bien sûr. Je vais même faire mieux que ça. Je t'y emmènerai. Je tiendrai ta main dans la salle d'attente. Tout se passera bien.

La soirée est fabuleuse.

On prend un bain ensemble, ce qui est infiniment plus satisfaisant que parler à travers le mur. Teddy, qui sent la licorne rose grâce à mon bain moussant, me sèche avec une serviette avant de me balancer sur le lit. La seconde fois qu'il plonge en moi, j'y suis mieux préparée. Nos ébats sont plus rythmés, le tempo plus rapide. On change de position trois, quatre fois en riant, on se surélève avec des oreillers, jusqu'à ce que la passion nous submerge et qu'on ne pense plus à rien. Mes entrailles se contractent, un orgasme d'une intensité inouïe déferle en moi, libérant des ondes de plaisir d'une force incroyable. Teddy atteint l'orgasme peu après.

Nos ébats terminés, je prépare des macaronis au fromage, une serviette enroulée autour du corps.

— Ce look décontracté te va bien, me lance Teddy pendant qu'on dîne installés au bar. Tu me gâtes, dis donc.

— J'aime gâter les gens. J'apporte à Mélanie un yaourt tous les après-midi. Elle ne l'a pas encore remarqué. C'est ma façon de dire je t'aime.

Je me fige aussitôt, gênée. Ai-je imaginé tout ce qui vient de se passer ? Mais lorsque je regarde son visage, il sourit d'un air béat, les yeux fermés, la joue posée sur son poing.

— Qu'est-ce qui t'arrive ?

— Je suis amoureux de la fille de mes rêves.

Je souris.

— La fille de tes rêves est garée… tiens, où est ta moto, au fait ? Tu m'as promis une virée, rappelle-toi.

Je dépose nos assiettes creuses dans l'évier et commence à les rincer à l'eau chaude. Il ne pipe mot.

— Non ? On avait bien dit qu'on se ferait une virée ?

— Je suis vraiment désolé. Dès qu'elle a été réparée, je l'ai mise en vente. Je pensais que j'avais du temps devant moi mais j'ai reçu une offre en quelques heures. Je sais que Mel et toi pensiez que c'était un vieux tas de ferraille mais les Indians sont très prisées.

— Oh.

Il vient de me faire part de ses sentiments mais je me sens étrangement triste néanmoins. Je me faisais vraiment une joie à l'idée de partir en balade avec lui en moto.

— As-tu obtenu un bon prix ?

— Une fortune.

Il n'a pas l'air de s'en réjouir.

— Je ne t'en parle jamais car tes yeux deviennent très tristes, mais j'ai presque assez économisé pour acheter mes parts.

Il va partir, alors qu'on vient de se mettre ensemble.

— Allons au lit, lui dis-je, ne sachant quoi répondre.

On retourne dans la chambre, où on reste allongés peau contre peau. Je me force à sentir chaque sensation pour les cataloguer avec une précision d'archiviste. Je fabrique des souvenirs dont j'aurai besoin un jour.

Tout bien considéré, je suis quand même la nana la plus chanceuse qui soit.

25

Je suis une épave. Un zombie. On est lundi matin et je suis à mon bureau en train de fixer l'écran de mon ordinateur sans comprendre ce que j'ai sous les yeux. Pourquoi l'écran a-t-il l'air différent ? Il est bleu vif, au lieu du vert sauge habituel. La nuit d'ébats passionnés que j'ai passée avec Teddy a-t-elle changé ma vision ?

— Salut, Ruthie. Oula, tu as mauvais mine, s'exclame Mélanie, en avance pour une fois. Qu'est-ce qui t'est arrivé ?

J'ai les jambes flageolantes, les lèvres enflées, la tête lourde, et je me sens lessivée. Personne ne mérite de prendre son pied autant de fois en une seule nuit. Je me suis réveillée enveloppée par Teddy. Alors que mon visage était posé sur l'oreiller, il l'a levé vers un rayon de soleil afin de décrire la teinte noisette exacte de mes yeux. Puis il a sauté hors du lit pour me préparer une tasse de thé.

Mélanie attend visiblement une réponse, alors j'opte pour l'explication la moins compliquée.

— Quelque chose cloche avec l'ordinateur.

J'entre mon mot de passe. Un petit pop-up apparaît. J'enfile mes lunettes pour le déchiffrer.

— Accès restreint. Qu'est-ce que ça veut dire ?

— Ça veut dire que le siège a verrouillé le réseau. J'ai déjà vu le cas se produire plusieurs fois. Appelle PDC.

Elle pousse un bâillement et se rend dans les toilettes avec sa trousse de maquillage.

— Je ne sais même pas s'il y aura quelqu'un à cette heure matinale.

Je compose le numéro de l'assistant de Rose Prescott mais tombe sur le répondeur. Je laisse un message, lui demandant de me rappeler. Mel réapparaît, maquillée cette fois.

— Qu'est-ce qu'on fait maintenant ?

Un sourire espiègle aux lèvres, elle s'assoit à son bureau.

— On prépare ton rendez-vous au Thunderdome ?

— Pas pendant les heures de bureau.

Il va falloir que je trouve une façon de lui dire merci mais non merci, la Méthode Sasaki s'arrête là. J'ai annulé le rendez-vous avec Brendan sur le chemin du bureau. J'espère avoir cette conversation avec elle quand je saurai quoi répondre aux questions qu'elle me posera inévitablement : *Tu quittes Providence ou il reste ici ?*

Je suis tellement épuisée que je ne remarque pas tout de suite que quelqu'un se tient dans l'entrée.

— Je peux vous aider ?

Un homme en costume aux cheveux grisonnants entre, pose une petite valise contre le mur et plonge la main dans la poche de sa veste.

— Duncan O'Neill, commissaire aux comptes. Je suis envoyé par PDC. Rose Prescott supervise l'évaluation.

— Je n'étais pas au courant.

— Commissaire aux comptes, répète Mélanie. Vous pensez que quelqu'un détourne de l'argent.

Duncan lui lance un regard perçant mais elle continue :

— C'est déjà arrivé pendant mes missions d'intérim. C'est pour cette raison que tu n'as plus accès au réseau. Il va passer en revue tous tes dossiers et tous les comptes. J'ai raison ?

— Oui, plus ou moins, répond Duncan, légèrement troublé. Rose a identifié des anomalies.

Je l'appelle illico. Elle répond à la seconde sonnerie.

— Duncan est arrivé, je présume.

— Vous êtes sur haut-parleur avec Mélanie et Duncan. Pourriez-vous m'expliquer ce qui se passe ? J'aurais apprécié d'être prévenue de cette visite.

— Ce n'est pas ainsi que ce genre d'audit fonctionne. Ruthie, je vais être franche avec vous.

Elle a l'air aussi exténuée que moi.

— Je me suis pris la tête pour essayer de comprendre les rapports comptables que vous m'avez fournis. Les frais de location payés par les résidents, moins les salaires et les coûts d'entretien du site ne correspondent pas au montant qu'il y a sur les comptes.

— Je ne comprends pas. J'étudie les chiffres chaque lundi et ils correspondent toujours.

Rose perd patience.

— Ouais, ouais, vous faites tout dans les règles. À vous entendre on croirait que vous gérez seule le Hilton à Paris, pas trente-neuf pavillons délabrés.

C'est une question piège ?

— Il y en a quarante, ce que vous sauriez si vous aviez daigné vous déplacer pour visiter cet endroit que vous avez tellement envie de changer.

J'attends mon sort, le souffle coupé.

Duncan se penche vers le téléphone.

— Appelez-moi sur mon portable, Rose. Tout de suite.

— Oui. Je pense qu'on a identifié notre problème.

— Moi ?

Je tourne la tête vers Duncan et poursuis :

— Je peux ouvrir mon compte en banque personnel ici sur l'écran tout de suite. Je n'ai aucune économie, je vis au jour le jour. Je ne sais pas de quoi vous m'accusez au juste mais je n'ai rien fait.

J'ai prononcé ces paroles par le passé, mais cette fois je suis prête à me défendre bec et ongles.

Rose soupire.

— Ce n'est pas vous qui êtes partie en croisière. Laissez Duncan faire son travail, donnez-lui tout ce qu'il demande et n'appelez pas Sylvia. Si elle essaie de vous contacter, je veux que vous raccrochiez. Vous avez compris ? Je surveille vos mails sortants et je sais que vous la tenez au courant de tout ce qui se passe à Providence.

Teddy apparaît sur le seuil et fait semblant de faire des biceps curl avec un large sac en papier.

— Je suis passé apporter à ma nana sexy un petit déjeuner tout chaud, annonce-t-il. Ne t'inquiète pas, Mel, je t'ai apporté des galettes de pomme de terre.

Remarquant Duncan, il ajoute :

— Euh, bonjour. Je ne vous ai rien apporté. Désolé. Vous êtes en réunion.

Il baisse la tête et fait une grimace gênée l'air de dire *oups !*

— Faites comme si je n'étais pas là.

Il se faufile jusqu'à mon bureau.

— Je laisse le sachet ici.

Il repousse une mèche de cheveux derrière mon oreille.

— Teddy, voici un commissaire aux comptes. Ta sœur Rose a demandé un audit car il manque de l'argent sur les comptes. Elle est sur haut-parleur.

— Demi-sœur, aboie Rose aussitôt.

La lumière dans les yeux de Teddy s'éteint ; mon cœur chavire.

— Tu couches avec une des employés du secrétariat, Teddy ? demande-t-elle très calmement. Laquelle est ta nana sexy ? Qui a droit au petit déjeuner tout chaud ?

Son sarcasme me donne envie de hurler. Je la déteste.

Duncan ne sait plus où se mettre. Mélanie gonfle la poitrine avec indignation. Teddy commence à patauger. Je décide d'intervenir.

— Teddy et moi sortons ensemble, oui.

Mélanie s'écrie QUOI ! si fort que l'espace d'un instant je deviens sourde. Lorsque le bourdonnement cesse, je réalise que Rose est en train d'engueuler Teddy.

— Je t'ai demandé une seule chose, Théodore. De laisser les employés tranquilles. J'ai accepté que tu restes dans cette hutte moisie pour ne pas que papa s'inquiète. Mais tu n'avais qu'une seule chose à faire : garder ta bite dans ton pantalon.

— Trop tard. Je suis amoureux de Ruthie, déclare-t-il.

Mélanie pose la main sur la hanche, une expression accusatrice sur le visage.

Je lui dis d'une petite voix :

— Je suis désolée. Je ne savais pas comment te le dire.

— Tu ouvres la bouche et tu me le dis. C'est aussi simple que ça. Vous êtes ensemble depuis combien de temps ? Depuis combien de temps est-ce que vous vous foutez de moi ?

Le regard de Mélanie navigue entre nous. Le téléphone reste silencieux.

— Tu sais quoi ? Je m'en fous. Jette ton dévolu sur quelqu'un qui va partir et te briser le cœur. J'ai investi tant d'efforts dans ma Méthode, et pour quoi ?

— Je t'en suis très reconnaissante, tu le sais.

J'attrape mon calepin et poursuis :

— J'ai des idées de carrière pour toi.

Elle attrape les clés de la salle de loisirs sur mon bureau.

— Je vais aller suspendre les décorations pour la fête de Noël.

Elle sort, les larmes aux yeux.

Duncan s'éclaircit la gorge.

— Je vais m'installer…

Il part précipitamment se retrancher dans un coin éloigné du bureau avec sa sacoche d'ordinateur. Ne restent que moi, Teddy et le téléphone silencieux.

D'une voix remarquablement professionnelle vu les circonstances, je demande :

— Êtes-vous toujours en ligne, Rose ?

— Théodore, fais tes valises et quitte les lieux. Ruthie pourrait te poursuivre pour harcèlement sexuel si elle le voulait. Tu t'appelles Prescott. Ton père est le patron. Elle était stressée, s'inquiétait du sort de Providence, tu lui as probablement promis que tu réglerais le problème…

Je la coupe.

— Je suis une adulte et on a appris à se connaître en dehors des heures de travail. Il ne m'a rien promis. Je ne vais faire de procès à personne.

Elle m'ignore.

— Je suis sérieuse. Teddy, si tu n'es pas parti d'ici ce soir, Duncan me préviendra.

Duncan est clairement contrarié. Auditer la vie amoureuse de quelqu'un ne figure pas dans son contrat.

— Et si je refuse ? Qu'est-ce que tu feras ? lui rétorque Teddy.

— Je licencierai Ruthie. Papa lui a dit de ne pas sortir avec toi et elle n'a pas écouté. Des documents ont été trafiqués au secrétariat ; je n'ai aucune raison de croire qu'elle n'est pas impliquée. Teddy, tu es un petit merdeux égoïste, mais je suis sincèrement curieuse de connaître ta décision car pour autant que je sache tu ne t'es jamais sacrifié pour quiconque. Qu'est-ce que tu choisis ?

Teddy regarde vers moi.

— Reste en ligne, s'il te plaît.

Il la met en attente.

— Alors ? Tu pars avec moi à Fairchild ?

— Tu ne peux pas me demander de quitter Providence dans de telles conditions. Tu imagines le désastre pour ma réputation ? C'est ce que j'ai fait par le passé et regarde où ça m'a menée.

Je désigne la lumière clignotante sur le téléphone.

— Aide-moi, dis-je. Prends ma défense. Elle insinue que j'ai détourné l'argent de Providence.

— Je sais très bien que tu n'as rien fait, affirme-t-il avec la confiance absolue que j'aurais adoré entendre chez mes parents. Rose le sait aussi. Mais on s'en fiche. Quittons cet endroit la tête haute. Tu sais qu'il y a un monde en dehors de Providence, n'est-ce pas ?

Un résident passe en scooter et me fait signe de la main. Si je quitte Providence, ils seront tous naufragés ici.

— Qui veillera sur eux ?

— Je ne sais pas, leurs familles ?

Il grimace, réalisant combien sa réponse était égoïste.

— On ferait leurs courses avant de partir, alors ils auraient de quoi tenir un bon moment. Rose trouvera un remplaçant.

— Personne ne peut s'occuper de Providence aussi bien que moi.

— Tu as donné tout ce que tu pouvais à cet endroit. Il est temps de penser à toi.

La lumière rouge clignote. Je n'ai qu'une pensée en tête : la porte que j'ai oublié de fermer à clé quand j'étais adolescente et qui a ruiné tous mes projets.

— Si je pars maintenant, j'aurai l'air coupable. En plus, je ne suis pas le genre de personne capable de fourrer toutes ses affaires dans un sac à dos et partir. Je ne peux pas prendre ce genre de risque.

— Tu penses que me suivre est un risque ?

Il est offensé.

— Si je poursuis mon rêve c'est parce que tu crois en moi. Tu es la seule qui ait jamais cru en moi. Tu as vu mon salon de tatouage et mon appartement. Le zoo est à vingt minutes et ils ont un programme passerelle qui permet aux stagiaires de gagner des crédits pour devenir assistante vétérinaire.

Teddy prend une profonde inspiration.

— Choisis-moi, s'il te plaît.

Ça ne lui est pas venu à l'esprit qu'il avait l'option de mettre son rêve en attente pour rester ici pour moi.

— Tu n'as pas encore payé tes parts, si ?

Je sais que je suis allée trop loin.

La lumière rouge clignotante sur mon téléphone me devient soudain insupportable.

— Rose, merci d'avoir patienté.

— Alors, quelle est la décision ? Qui part ?

Je lève les yeux mais Teddy s'est déjà éloigné.

— Teddy. C'est Teddy qui part. Comme il l'a toujours dit.

26

— Quelle semaine, soupire Mélanie. Jamais cet endroit n'aura connu plus de mélodrames.

Perchée sur un escabeau, elle est en train d'accrocher notre banderole BAL DE PROMO SPECIAL NOËL pendant que je supervise pour raison de sécurité.

On a abandonné la Méthode Sasaki, et en fin de compte, tout semble à l'abandon depuis le départ de Teddy.

Après avoir raccroché avec Rose, j'ai suivi Teddy jusqu'à son cottage où je l'ai trouvé fourrant ses quelques affaires dans son sac. On a eu une autre dispute, encore plus violente.

Il m'en veut de ne pas avoir suffisamment foi en lui pour l'accompagner. Je lui en veux de ne pas rester ici avec moi pour s'assurer que Providence survive. On a même hurlé « Tu ne m'aimes pas » et « C'était une énorme erreur ».

On s'est dit des choses horribles ; des choses horribles qui me tiennent éveillée la nuit.

— Tu sais quoi, Ruthie ? a-t-il lancé en passant son sac à l'épaule. Je ne peux pas te forcer à partir en te balançant sur mon épaule contre ton gré. Si un jour tu décides de quitter Providence, je veux que la décision vienne de toi. Mais j'ai vraiment peur que tu ne sois pas assez courageuse pour partir d'ici.

Il a caressé mon menton de son pouce puis il est parti. Je me suis accrochée à sa poignée de porte verrouillée comme à une bouée de sauvetage.

— Je t'en veux toujours, déclare Mélanie.

Je ne suis pas surprise. Elle le répète en moyenne toutes les trente minutes. Mais au moins le venin a disparu.

— Je t'ai dit de ne pas tomber amoureuse du premier garçon que tu croiserais. Je t'ai dit que Teddy était une Lamborghini, et regarde ce qui s'est passé. Tu as foncé droit dans le mur. Tu as eu le cœur brisé.

— Oui.

Je ne peux rien faire d'autre qu'acquiescer. Je sais de quoi j'ai l'air. On dirait que j'ai à nouveau quatre-vingt-quinze ans.

— J'ai bossé tellement dur pour créer un programme qui te permettrait de trouver un homme bien. Un homme qui ne te ferait pas souffrir.

Elle vacille sur l'échelle. Je lève la main pour la retenir.

— Tu n'as même pas eu un seul rendez-vous désastreux au Thunderdome. Je voulais m'asseoir au bar et t'espionner. Après on se serait bourré la gueule et on aurait critiqué les hommes en faisant nos langues de vipère.

— Je sais.

— Alors que s'est-il passé ?

— J'ai vu ses cheveux à la station-service. Puis il s'est retourné, et… eh bien, tu sais à quoi il ressemble. Puis il a ri. Je ne te l'ai jamais dit, si ? Il m'a prise pour une vieille dame. Sa première impression était la bonne, vraiment.

— Tu n'es pas vieille, proteste-t-elle.

— Il m'adorait. Je n'en ai aucune preuve, et ce sentiment s'estompe peut-être de jour en jour mais il m'adorait vraiment. Tu as dit que je méritais d'être adorée. Alors même si je ne le revois jamais, je n'aurai aucun regret. S'il y a bien une chose que Providence m'a apprise c'est que la vie est courte.

— Il ne répond pas au téléphone.

— Je sais.

Au moins il ne filtre pas uniquement mes appels.

— Mel, je tiens à te féliciter. Tu as vraiment fait du bon boulot ici.

Mélanie s'est occupée du traiteur, a commandé l'alcool, créé un thème décoratif cohérent, s'est occupée du moindre petit détail. Pour la première fois j'assisterai à la fête en tant qu'invitée. Le contrat de Mel expire demain mais elle m'a promis qu'elle viendrait. Enfin, peut-être. Si elle ne m'en veut pas trop.

— Tu t'es énormément investie toutes ces années, dit-elle avec tristesse.

Elle descend de l'escabeau.

— Et c'est la dernière réception de Noël. Je suis désolée, Ruthie, mais avec tout ce qui s'est passé, PDC ne ferait pas un retour sur investissement suffisamment rapide en laissant Providence en l'état. Cela n'a d'ailleurs jamais été leur intention, ajoute-t-elle doucement. Les contrats de location expirent le 31 décembre de l'année prochaine. C'est ta date de sortie, à toi aussi. Tu devrais songer à partir à ce moment-là et selon tes propres termes.

Elle se dirige vers le placard pour aller prendre d'autres guirlandes de Noël.

Mon téléphone bipe ; j'ai reçu un message sur le chat de groupe du forum. Je ne serais pas surprise s'ils m'écrivaient pour me demander de me retirer en tant qu'admin. Le message contient un lien Internet.

L'ACTEUR QUI JOUE LE PASTEUR DANS *TOMBÉ DU CIEL* A ÉTÉ INCULPÉ POUR DES AGRESSIONS SEXUELLES REMONTANT JUSQU'AUX ANNÉES 1990.

Je lis l'article. Il semble que personne sur le plateau n'était à l'abri de l'acteur qui jouait Pasteur Pierce Percival. Bouleversée, je me laisse tomber sur une chaise près de la fenêtre et contemple le monde de verdure dehors.

Mes plaisirs dans la vie sont modestes. Un bain et un dîner à la même heure tous les soirs et regarder la série télévisée innocente et amusante qui m'a épaulée pendant les années les plus difficiles de ma vie. J'ai eu une enfance marquée par le harcèlement scolaire, la solitude et une foi vacillante, mais peu importe ce qui m'arrivait, je savais à quelle heure était diffusée cette série TV. Je repense au petit Teddy, assis devant son poste de télévision.

Tout a une fin. Je le sais mieux que quiconque. Mais j'ai vraiment besoin de me raccrocher à quelque chose. Alors que j'essuie mes larmes sur la manche de mon cardigan, j'aperçois dehors une petite tortue qui avance sur le chemin avec détermination. Où trouve-t-elle la force d'avancer, malgré le bandeau de pelouse interminable qui s'étire devant elle ? Elle continue, centimètre par centimètre, voilà tout.

Il faut que j'avance, moi aussi.

— Mel, les tortues sont en voie d'extinction. On ne peut pas les laisser détruire Providence.

— Je sais, répond-elle, l'air pensif. Mais PDC fera appel à un expert animalier qui rédigera un rapport disant qu'elles ne seront pas mises en danger. Je pense que tu es la seule qui te préoccupes de ces tortues.

— C'est vrai. Les chartes que je tiens depuis six ans montrent comment la population a grandi grâce à un minimum de soin et d'attention.

— Oh ! Mlle Ruthie a l'air déterminée. Elle a décidé de se battre jusqu'au bout.

Comme le sourire spontané et franc de Mel m'avait manqué.

— Je tiens à te remercier, Mel. Tu m'as toujours soutenue.

Mes paroles la surprennent.

— Qu'est-ce que tu veux dire ?

— Tu as toujours cru en moi. Je sais que la Méthode Sasaki n'était pas qu'une histoire de rencontre amoureuse. Tu voulais me faire réfléchir sur moi-même, m'aider à retrouver confiance en moi et à m'ouvrir aux autres. Grâce à toi j'ai l'impression d'avoir enfin vingt-cinq ans. Et je t'en suis vraiment, vraiment reconnaissante.

Je passe mes bras autour d'elle et l'enlace.

— Woah, woah, s'exclame-t-elle dans mon épaule. Tu ne vas pas faire de bêtise, rassure-moi ?

— Pas de bêtise, non, mais de la paperasse, si. Je vais passer un coup de fil à mon contact au zoo pour voir de quels documents on a besoin pour obtenir une injonction pour protéger le site. Mettons des bâtons dans les roues à PDC. J'aurais dû le faire il y a des années.

Mel me serre une dernière fois avant de s'écarter.

— Il y a des années, tu étais sous la coupe de Sylvia. Où en est l'audit ?

— D'après ce que j'ai compris, avant de les soumettre à PDC, Sylvia a modifié chacun de mes rapports pour faire croire que Providence comptait trente-neuf pavillons. C'est pour cela qu'elle ne m'a jamais donné la moindre indépendance. Elle détournait entièrement les revenus du quarantième pavillon, pensant qu'il était peu probable que les propriétaires se déplacent jusqu'à Providence. Je n'avais même pas remarqué que le site Internet listait trente-neuf pavillons. D'après Duncan, elle tient une comptabilité parallèle depuis des années.

— Je sais que c'est une amie de ta famille. Tu la penses vraiment coupable ?

Sylvia était là le jour du vol à l'église. Elle était présente quand on a mangé les restes et trinqué en buvant de la citronnade pour fêter la réussite de la collecte. Mes parents lui faisaient totalement confiance, elle pouvait se déplacer où bon lui semblait sur le terrain de l'église. Elle a très bien pu avoir accès à la clé. Elle était là quand je me suis excusée de ma négligence et ma stupidité devant la congrégation.

Deux mois plus tard, elle est partie en vacances à Tahiti et a envoyé une carte postale à mes parents. Depuis, elle n'a eu de cesse de se moquer de moi.

— Oui, je suis convaincue que Sylvia a volé l'argent.

Une fois que j'aurai contacté le zoo, je laisserai un message vocal à Teddy pour lui demander de me pardonner de ne pas avoir eu le courage de partir avec lui. Quand il me rappellera, je lui dirai qu'il a raison, que je me suis suffisamment investie pour Providence et qu'il est temps pour moi de reprendre le cours de ma vie.

Et enfin, je téléphonerai à mon père.

27

Sachant que les Parloni n'ont plus d'aide à domicile, je monte les voir dans l'heure précédant la fête. J'ai découvert que me maintenir occupée me permettait de ne pas perdre pied. Si je reste oisive ne serait-ce qu'un instant, la voix de Teddy résonne à mon oreille.

J'ai appelé Always and Forever à Fairchild. Il avait l'air si fier de lui en répondant au téléphone que j'ai été obligée de raccrocher. Il a réussi. Je dois être vraiment très amoureuse de lui car le soir, dans mon lit, je pleure de joie de savoir qu'il a concrétisé son rêve.

Je trouve la porte d'entrée des Parloni déverrouillée mais cela ne m'affecte pas autant qu'avant. Les sœurs sont habillées et prêtes. Laborieusement, elles pratiquent leurs pas de danse sur le tapis. C'est la valse la plus lente que j'ai jamais vue.

Chacune est vêtue d'une robe de bal ravissante à bretelles aux couleurs vibrantes, qui contraste avec leur peau flasque et ridée. Aggie n'a pas l'air en forme ; elle bouge à peine les pieds tandis que Renata valse autour d'elle. J'ai la sensation étrange d'assister à une scène intime. Que s'est-il passé à leur bal de promo ?

— Votre chaperon est arrivé !

— Tu es là, bien. Viens t'habiller.

Renata désigne une housse de vêtements suspendue dans le salon. Chanel est imprimé sur le devant.

— Je suis retournée à ta friperie.

Je la regarde bouche bée.

— Vous avez trouvé ça à la friperie ?

— Bien sûr que non, s'écrie Renata. Mon Dieu, qu'elle est naïve. Pas étonnant que Sylvia ait escroqué Providence sous son nez.

— Qui vous a mises au courant ?

— Un petit oiseau me l'a dit.

Bon sang, Mélanie. C'est mal, les commérages. Je fais glisser la fermeture Éclair de la housse. À l'intérieur, je découvre une robe faite de plumes couleur ivoire avec liseré en satin. Elle est tellement somptueuse que je n'ose pas regarder le prix sur l'étiquette.

— Mon Dieu ! C'est en quel honneur ?

— C'est un cadeau de remerciement, explique Aggie.

— C'est un cadeau d'adieu, répond Renata au même moment.

— Comment avez-vous su que je partais ?

Ma lettre de démission est tapée, imprimée et signée. Après la fête, je l'enverrai à Rose Prescott et l'aiderai à trouver un remplaçant. Je dois quitter Providence. Quelqu'un m'attend. Il est temps que je prenne des risques.

— Je ne peux pas accepter cette robe.

— Tu vas la prendre, un point c'est tout, aboie Renata. Et tu diras merci chaque jour jusqu'à ta mort. Merci, Renata Parloni, d'avoir changé ma vie. Non mais vraiment, c'est la fille la plus difficile que j'ai jamais rencontrée.

Aggie tapote la joue de Renata.

— Comment voudrais-tu qu'elle comprenne ? Laisse-la tranquille.

J'ignore pourquoi Renata est si contrariée.

— Je l'emprunterai. Merci beaucoup.

Cela me semble être le meilleur compromis.

— La vendeuse a dit que tu ne pouvais pas t'asseoir dedans. Tu risquerais de plier les plumes, crie Renata tandis que je me rends dans la chambre d'amis.

Je me déshabille et passe soigneusement la robe par la tête. J'aurais adoré que Teddy me voie dedans, mais lorsque je passerai la porte de Always and Forever, je porterai mon cardigan de nana cool, celui avec les renards et les champignons.

— Je vais remonter ta fermeture Éclair, dit Aggie du seuil.

— Vous ne vous sentez pas bien ?

— Je ne suis plus toute jeune.

Elle remonte la fermeture Éclair dans un grognement d'effort.

— Mais quand je te vois dans cette robe j'ai l'impression de retrouver mes vingt ans.

Un faible sourire se dessine sur ses lèvres.

— Tu sais que tu as fait quelque chose d'extraordinaire ce soir, n'est-ce pas ?

— Je ne dirais pas ça. Mélanie a fait tout le boulot.

— Grâce à toi, nous allons pouvoir réparer une erreur.

Aggie sort délicatement ma queue-de-cheval de l'encolure de la robe.

— Merci de l'avoir mise. C'est très important pour Ren que tu la portes. On n'a jamais eu d'enfants. Mais toi, chère Ruthie Maree, tu es ce qui s'en rapproche le plus. Toi et Théodore. On ne fermera pas la porte à clé ce soir. Au cas où il revienne.

J'expire et hoche la tête. Puis je retire mon élastique. Mes cheveux tombent en cascade sur mes épaules.

— On y va ?

— Pars devant. On te rejoint.

Traverser Providence dans ma miraculeuse robe de princesse des cygnes me procure une sensation étrange. Autour de moi les résidents zigzaguent pour éviter les tortues ; dans l'air retentit le bruit des scooters électriques. J'ouvre les portes de la salle de loisirs, allume les guirlandes lumineuses et la boule à facettes. Les murs se parent de mille et une couleurs qui tourbillonnent autour de nous.

Mon portable vibre dans mon sac. Mel m'a envoyé un texto :

J'ai un peu de retard, lance la playlist en appuyant sur Play.

Je m'exécute. Aussitôt un vieux standard sort des enceintes. Des cris d'excitation s'élèvent.

Mes résidents commencent à entrer. Ils sont sur leur trente et un. Certains sont venus avec un partenaire ; d'autres ont amené leurs familles. Je les enlace un par un pour leur dire bonjour, mais également au revoir. Quand ils découvriront que je quitte Providence, ils soupireront et se diront quel dommage. Mais quand ils sauront que je pars pour essayer de regagner le cœur du garçon tatoué qui nettoyait torse nu les gouttières des Parloni, ils me donneront leur bénédiction.

— De toute ma vie, je n'ai jamais rien vu de si beau, déclare Mme Whittaker à l'entrée.

J'ignore si elle parle de la déco ou de ma robe.

— Si seulement j'étais accompagnée. On ne le devinerait pas en me voyant, mais à une époque, j'avais l'embarras du choix.

— Trois petits amis en même temps. Oui, vous me l'avez dit. Je suis impressionnée. Je n'ai qu'une seule personne dans la tête mais c'est quelqu'un de spécial. J'espère que ça marchera entre nous.

Magnétique, éblouissant, superbe Théodore Prescott. S'il te plaît, attends-moi. Je serai bientôt là.

La salle s'est considérablement remplie mais les Parloni ne sont pas encore arrivées. Alors que je me dirige vers la porte elles entrent, main dans la main. Maintenant que je suis amoureuse, je comprends tout.

Les Parloni ne sont pas sœurs.

Tous les signes étaient là et pourtant je n'avais rien vu : la façon dont elles se regardent, le fait qu'elles se tiennent la main, les fois où je suis entrée dans le salon et les ai trouvées blotties l'une contre l'autre sur le canapé.

Elles avancent ensemble, le dos remarquablement droit, la tête haute.

Renata regarde alentour, une lueur de défi dans les yeux. Je comprends alors ce qu'était leur vieille blessure : elles n'ont pas pu aller au bal de promo ensemble, et cela a teinté leur histoire d'amour telle une cicatrice.

Si elles s'attendaient à une scène, il n'en est rien. Si elles s'attendaient à du jugement ou du dégoût, il n'y en a pas. On leur jette un rapide coup d'œil, mais elles sont vite oubliées en faveur des rafraîchissements. Je les rejoins sous la boule à facettes.

— Pourquoi ne m'avez-vous rien dit ?

Renata a employé le mot naïve tout à l'heure pour me décrire. Elle n'avait pas tort.

— Vous ne me faisiez pas confiance ?

— Elle a enfin compris.

Renata sourit. Dans cette lumière, on lui donnerait vingt ans.

— Mon aimée gagne encore un autre pari.

Elle porte la main d'Aggie à ses lèvres et y dépose un baiser.

— Je te dois vingt dollars.

— Pourquoi ne m'avez-vous rien dit ?

— Ton père est révérend, répond Renata. Au début on n'a rien dit parce qu'on avait peur de découvrir que tu étais une abrutie. Et c'est plus facile ainsi. Les gens nous ont prises pour des sœurs toute notre vie. Mais plus maintenant.

Renata regarde autour d'elle.

— Cette soirée est exactement telle que j'imaginais notre bal de promo. Même si je suis vieille.

Je lisse une plume sur ma robe.

— Mais vous savez que je ne suis pas une abrutie. Je pensais vraiment que vous étiez sœurs. Teddy est au courant ?

— Il le sait depuis le premier jour, répond Aggie.

Elles sourient.

— On n'a pas gardé notre relation secrète intentionnellement. On a simplement toujours vécu ainsi. Ça n'a pas été…

Le mot ne lui vient pas. Mais j'ai compris : ça n'a pas été facile.

Renata me lance un regard sec.

— Ce sont nos affaires. Mais les temps ont changé. Ton bal de promo arrive juste à temps.

— Vous devriez vous marier.

Elles échangent un regard. J'espère que je n'ai pas outrepassé les limites. À mon grand soulagement, elles sourient.

— Tu commences à comprendre, me dit Renata, une lueur d'approbation dans le regard. Tu commences à réaliser que la vie est trop courte. Tu dois trouver l'amour de ta vie.

— Je l'ai trouvé mais je pense que je l'ai perdu.

— Alors va le retrouver, m'encourage Aggie.

— Je suis si contente qu'elle ne soit pas une abrutie, lance Renata tandis qu'elles rejoignent la piste de danse.

Son châle glisse de son épaule, dévoilant son tatouage : AGATHA FOREVER. Il est parfait.

Ensemble, elles entament une valse. D'autres couples les rejoignent et dansent lentement, faisant craquer leurs articulations. Certains dansent avec leur déambulateur. D'autres s'assoient pour se reposer. C'est la plus adorable des petites fêtes. Je sors la boîte de bracelets de fleurs que Mélanie a confectionnés et commence à les nouer aux poignets fragiles de mes résidents. Ce soir, tout le monde a vingt-cinq ans.

Ce soir, un miracle se produit.

Je m'adosse au mur pour les regarder. Une femme de grande taille et au pas déterminé entre. Elle en impose tellement, elle devait sûrement être choisie en premier pour les sports d'équipe à l'école.

— Cette fête est charmante, commente Rose Prescott en posant son petit sac de voyage contre le mur à côté de moi. Vous avez bon goût. Je suis venue vous informer que mon père arrivera demain matin. Je voulais étudier le résultat de l'audit ici, puisqu'il insiste toujours sur l'importance de visiter nos acquisitions.

Rose n'est pas du genre à dire « Merci pour l'invitation ».

— Mélanie m'a dit. Vous recommandez que le site soit restructuré une fois que les contrats de location auront expiré.

— C'est notre travail. Vous avez dû vous en rendre compte depuis le temps. Ne me lancez pas un regard si accusateur, ajoute-t-elle, sur la défensive. Ne passez pas sur moi la colère que vous ressentez envers le fils de mon père.

— Pourquoi ne l'appelez-vous jamais votre frère ?

— Parce que je ne veux pas de frère.

— Il vous aime tellement qu'il s'est fait tatouer une rose. Mais vous n'avez probablement jamais passé assez de temps avec lui pour le remarquer. Il a le cœur brisé depuis qu'il est enfant car vous ne voulez rien à voir à faire avec lui.

L'émotion flambe dans ses yeux.

— C'est compliqué.

— En travaillant ici, j'ai appris au contraire que les choses pouvaient être simples. Et que la vie passe vite. Un jour, vous et moi leur ressemblerons.

Je désigne la foule de la tête.

— Il est temps qu'on fasse toutes les deux la paix avec certaines choses.

— Teddy a dit qu'il serait là, non ? interroge Rose dans une dernière tentative pour me rendre son frère désagréable. Il vous l'a promis, je parie.

Non, il n'a rien promis. Mais j'avais espéré.

— Il a dit qu'il viendrait, oui. Mais s'il a d'autres priorités, je comprends.

Un homme de grande taille apparaît dans l'entrée. Mon cœur bondit dans ma poitrine.

— Oh ! mon père est là ! s'exclame Rose.

Mon cœur se serre. Ce n'est pas Teddy. Ma déception est immense.

Jerry Prescott nous rejoint, tirant une valise cabine.

— Je viens d'arriver en ville. Je me suis dit que j'allais en profiter pour passer. Cette fête est extraordinaire.

Il tourne autour de nous, souriant aux seniors qui dansent lentement sur la piste. Son regard marque un temps d'arrêt sur les Parloni et leur étreinte romantique, mais s'il est surpris, il le cache bien.

— Je tiens à vous féliciter, Ruthie. En dépit de tout ce qui est arrivé, vous avez accompli un travail formidable cette année.

— Ne me félicitez pas trop vite. Rose a de mauvaises nouvelles.

— Oui, elle m'a rapidement briefé là-dessus.

L'expression de Jerry se fait sérieuse.

— J'espère qu'elle vous a dit qu'on n'a jamais cru que vous étiez impliquée. Tout ceci est désormais entre les mains de la police. Sylvia désembarque à Nouméa demain matin ; la police l'attendra de pied ferme. Apparemment elle détournait aussi l'argent des précédents propriétaires de Providence. Comme elle y a travaillé pendant plus de quinze ans, on estime la perte à environ quatre cent mille dollars. Si seulement j'avais fait ce tour avec vous comme vous l'avez proposé le jour de ma visite, on s'en serait peut-être rendu compte plus tôt. Quarante pavillons.

Rose soupire d'un air vaincu.

— Je sais déjà ce que tu vas dire, alors je vais me contenter d'acquiescer et dire qu'à l'avenir je visiterai personnellement chacune de nos acquisitions.

La boule à facettes tourne. Je me retrouve momentanément éblouie. Une fois que mes yeux se sont réajustés à l'obscurité de la salle, j'aperçois une silhouette dans l'entrée. Encore un homme que je ne reconnais pas. Il est grand et vêtu d'un costume qui semble fait sur mesure. Il arbore une coupe de cheveux branchée, longue sur le dessus et presque rasée à blanc sur les côtés. La boule à facettes l'éclaire momentanément. Je reconnaîtrais cette couleur de cheveux d'un noir bleuté n'importe où.

Teddy est revenu.

— Il s'est coupé les cheveux ! hoquettent Jerry et Rose à l'unisson.

Nous ayant repérés, Teddy avance vers nous. Les Parloni, qui l'ont aperçu, commencent à se diriger vers nous.

— Eh ben, quelle classe ! s'exclame Jerry en tapant son fils fort sur l'épaule. Tu aurais tout à fait ta place au siège de PDC. N'est-ce pas, Rose ?

Mais Teddy n'a d'yeux que pour moi.

— Je n'arrive pas trop tard, n'est-ce pas ?

Je désigne la salle de mon bras.

— Je dirais que tu arrives pile au bon moment, comme toujours. Où est passée ta chevelure de rêve ?

Il est si séduisant, si adulte. Mes yeux se posent sur ses chaussures cirées en cuir. Fairchild semble l'avoir profondément changé. Soudain, les cartons à moitié remplis éparpillés dans mon salon me terrifient.

Il vient se tenir à côté de moi et pose une main chaude sur mon épaule. Aussitôt l'angoisse se dissipe.

Il s'adresse à sa sœur.

— J'ai écouté papa. Je me suis fait couper les cheveux. Je suis ici pour te dire que tu gagnes. Je suis prêt à devenir adulte et faire ce qu'on attend de moi. Je vais travailler pour PDC.

— Attends une minute, interrompt Rose.

Jerry lève une main pour interrompre sa fille, et demande :

— Qu'as-tu en tête ?

— Je suivrai la formation de ton choix puis je commencerai à travailler pour PDC au bas de l'échelle. En échange, je veux que tu laisses Providence tel quel.

— Je viens de finir mon évaluation. Cet endroit n'est pas une bonne affaire pour nous, intervient Rose. Une fois qu'on aura donné à Ruthie le rappel de salaire adéquat, ce sera même pire.

— Quel rappel de salaire ?

— Sylvia vous paie sous le minimum légal depuis six ans, m'explique Rose comme si j'étais un peu simplette. Ne vous êtes-vous jamais demandé pourquoi vous gagniez si peu ?

— Non, je pensais que c'était parce que je suis logée sur place.

Rose soupire l'air de dire *Oh ! Ruthie.*

— Dans le cadre de mon évaluation, j'ai jeté un œil à vos responsabilités. Vous exercez une fonction bien plus élevée que l'intitulé de votre poste le laisse entendre. Je suis navrée que Sylvia ait profité de vous. On fera de notre mieux pour vous dédommager.

Rose regarde vers son père. Jerry hoche la tête.

— Je suis désolé d'exister, reprend Teddy. Je suis sérieux, insiste-t-il lorsqu'elle essaie de l'interrompre. Maman et moi avons gâché ton enfance et j'en suis vraiment, vraiment désolé. Tout ce que je voulais c'était t'impressionner. Je ne sais pas si cette tentative marchera, mais je dois essayer car j'ai essayé tout le reste.

Rose rougit. Je ne saurais dire si elle est en colère ou bouleversée.

— C'est un sacré sacrifice, Teddy, remarque Jerry. Que devient ton salon de tatouage ?

— Je vendrai mes parts. S'il faut en arriver là pour que cet endroit survive, qu'il en soit ainsi. Regardez-les.

Il encourage son père et sa sœur à regarder autour d'eux.

— Comment puis-je laisser ces gens être déracinés de leur dernière maison ? Tout ce que Ruthie m'a jamais demandé, c'est de me soucier de cet endroit. Alors me voilà.

Les Parloni ont terminé leur trek laborieux vers nous.

— Qu'est-ce qu'on a manqué ? demande Renata.

Elle lève les yeux vers Teddy.

— Nom de Dieu ! s'exclame-t-elle. *Vogue Italie*, tu peux aller te rhabiller. Il a toujours été aussi beau ?

J'éclate de rire.

— Oui.

Renata passe son bras sous celui d'Aggie.

— Je n'ai jamais été attirée par les hommes, alors je te crois sur parole. Où sont passés tes cheveux, Théodore ?

— J'en ai fait don à quelqu'un qui a plus besoin que vous d'une perruque.

Sa déception évidente le fait sourire.

— Je suis ici pour faire ce qu'il faut, pour une fois. Je passe un marché.

— C'est au sujet du futur de Providence ? demande Aggie à Jerry.

— Oui, madame. Mais aucune décision n'a été finalisée pour l'instant, ajoute-t-il avec un regard vers Rose. Profitez tranquillement de votre soirée.

Aggie refuse d'être traitée comme une vieille dame gâteuse.

— J'espère que vous avez mené des études sur l'incidence environnementale ?

— Bien sûr, cela fait partie de mon évaluation, répond Rose.

— Et vous savez que Providence abrite une espèce de tortues en voie d'extinction et qu'il y a un programme de protection et de sauvegarde qui a été mis en place il y a six ans ?

Aggie parle calmement et délibérément. J'aperçois en elle l'avocate qu'elle était jadis.

— Quoi, les tortues sur le site ?

Rose fronce le visage de dégoût mais change aussitôt de tactique.

— On s'assurera que quelle que soit la nature des travaux entrepris ils ne mettront pas en danger les animaux.

— Il faut étudier l'impact que des travaux auraient sur les tortues à écailles dorées. Elles font partie de la liste des espèces menacées et il y en a plus ici qu'ailleurs sur la planète.

J'ajoute, à voix basse :

— Si vous étiez venue visiter Providence plus tôt et aviez suivi mon tour, vous le sauriez.

Rose rougit d'embarras. Elle regarde son frère comme si elle faisait un mauvais rêve.

— Cet endroit compte tant que ça pour toi ? Tu ressembles à un putain d'avocat, Teddy.

— Pas tout à fait, répond-il, désignant les tatouages sur ses mains. Et oui. Cet endroit compte énormément pour moi. Et Ruthie compte plus que tout.

Je pose une main sur sa manche.

— Je ne veux pas que tu abandonnes ton studio pour nous.

— S'il faut en arriver là, je suis prêt à faire le sacrifice. Alors, Rose ? Tu peux me faire commencer au bas de l'échelle, tant que je travaille ici. J'ai beaucoup d'expérience niveau tâches ingrates et requêtes humiliantes.

— C'est vrai, dit Renata. Il ne se plaignait presque jamais.

Le visage de Rose trahit les émotions variées qui l'assaillent.

— Très bien, je recommanderai que Providence reste… tel quel, annonce-t-elle finalement, l'air résolu. De l'autre côté de la colline se trouve un champ. Avec un peu de chance, il n'abrite pas d'espèce en voie d'extinction. Je pense qu'on devrait construire des résidences pour personnages âgées plus abordables et lier les deux sites. Ce sera le meilleur des deux mondes ; moitié changement, moitié préservation. C'était la seconde option de mon rapport. La première était de changer de business. Mais maintenant que je suis venue ici, je réalise que ce ne serait pas approprié.

Teddy hoche la tête.

— C'est une bonne idée. C'est un endroit agréable où vivre. Il ne devrait pas être réservé aux gens super friqués. Assure-toi également qu'il y ait un plan en place pour apporter un peu de diversité. Cet endroit est un peu…

Il ne finit pas sa phrase, conscient du regard des Parloni.

— Tu peux le dire. C'est ici que les vieux Blancs riches viennent mourir.

Renata glousse à sa propre blague puis reprend son sérieux.

— C'est une suggestion excellente et très mature, Teddy, tout à fait dans l'ère du temps vu qu'on est au… Hmm, à quel siècle est-on déjà ? Je ne sais plus. Mais tu m'impressionnes. Il y a un cerveau sous cette belle gueule.

Aggie tapote la poitrine de Teddy.

— Et un grand cœur.

— Génial, alors tout est réglé, conclut Teddy.

Mais son sourire n'atteint pas ses yeux. Il a fait une croix sur le rêve de sa vie pour protéger le mien. Je parie qu'il ressent ce que j'ai ressenti quand j'ai su que le compte-épargne destiné à financer mes études allait être vidé. Comme moi, il essaiera de tirer le meilleur parti de la situation.

— Merci, Rose. Je te promets que je ne te décevrai pas, assure Teddy.

— Eh merde, Théodore, grogne Rose. Tu étais vraiment obligé de faire ça ?

Devant son expression confuse, elle ajoute :

— Il fallait que tu te comportes avec noblesse. J'ai toujours pensé que tu étais la personne la plus égocentrique au monde.

— Pas du tout, s'exclame Aggie. On a eu à notre service plus d'une centaine de jeunes hommes. Aucun d'eux n'arrive à la cheville de Théodore. Je vous assure que personne ne s'investit plus que lui.

— Je suis désolée, continue Rose. Je me comportais de façon horrible avec toi quand on était enfants.

— Et adultes, à ce qu'on dirait, raille Renata.

Rose ne relève pas et continue sur sa lancée.

— Ce n'était pas ta faute.

— C'était la mienne, intervient Jerry. C'était ma faute, et je vous ai laissés affronter la situation tout seuls parce que j'étais trop pris par mon travail.

— Tu as fait tellement d'efforts pour que je t'apprécie, reprend Rose.

Son visage se décompose. Des larmes emplissent ses yeux.

— Et j'en avais envie. Mais je me sentais si malheureuse que j'avais besoin d'un bouc émissaire, et tu étais une cible facile. Car je me sens malheureuse, corrige-t-elle. Je suis désolée, Teddy. Ruthie m'a informée que tu avais le tatouage d'une rose.

Sa voix se brise.

— Je ne le mérite pas.

— Bien sûr que si. Je n'allais pas te laisser en dehors du jardin de sœurs.

Il est si ouvert et gentil qu'elle fond en larmes. Elle avance entre ses bras. Ils s'enlacent comme s'ils essayaient de rattraper les vingt dernières années. Nos regards se croisent au-dessus de la tête de Rose. Je lis l'émotion en lui.

— J'ai été une sœur horrible. Sache que te résister a été très difficile.

Il lui sourit.

— Tu as tenu si longtemps que tu dois avoir des super pouvoirs. Hé. Si tu es ma sœur, qui suis-je ?

— Mon frère, répond Rose d'une voix mal assurée.

Elle marque une pause et reprend d'une voix plus ferme :

— Soyons frère et sœur, désormais.

Il la fait tournoyer sur place au rythme de la musique.

— On travaillera ensemble à partir de maintenant, alors on peut même être amis, lance-t-il.

Elle secoue la tête ; Jerry aussi.

— On ne t'en demandera pas tant.

— Quoi ?

C'est au tour de Teddy d'être troublé.

— Mais on vient de passer un accord.

— Tu nous as montré l'engagement et la passion qu'on espérait voir en toi depuis des années, explique Jerry. Mais je ne te prendrai pas au mot. Tu es un tatoueur, pas un promoteur immobilier. Je m'en rends compte aujourd'hui.

C'est à son tour d'enlacer son fils.

— Est-ce que l'un de vous pourrait m'accompagner à la table des rafraîchissements là-bas ? demande Renata d'une voix vieille et faible.

— On apprécierait, ajoute Aggie.

Jerry et Rose ne peuvent en aucun cas refuser.

Tandis qu'elles sont escortées, les deux dames âgées nous sourient par-dessus leurs épaules. Teddy et moi nous retrouvons seuls.

Il glisse un doigt sous mon menton.

— Je n'ai jamais vu quelqu'un d'aussi beau. Cette robe… Tu ressembles à un ange.

— Et toi tu ressembles à un diable. Un diable très sexy.

Je passe la main dans ses cheveux courts.

— Tes cheveux. Je n'arrive pas à croire que tu les aies coupés.

— J'espère que ce n'était pas ce que tu aimais le plus chez moi. Quoi ? Tu m'aimes, non ?

— Ça fait quoi d'avoir autant confiance en soi ?

Je m'appuie contre lui. Il me serre délicatement dans ses bras.

— J'ai essayé de t'appeler.

— Je sais. J'avais besoin de savoir où j'en étais. Je me suis dit que tu comprendrais.

Il se fige.

— Mais si j'arrive trop tard et que tu as continué avec la Méthode Sasaki…

— Détends-toi. La Méthode Sasaki est une réussite puisque je suis tombée amoureuse.

Je lève le visage et reçois le baiser que j'ai attendu dans la douleur chaque minute de chaque jour depuis qu'il est parti. Quel privilège d'être si jeune. J'ai la vie entière pour apprendre à le connaître, rire avec lui, le laisser prendre soin de moi de sa manière adorable et maladroite. Je peux lui apprendre comment donner, il peut m'apprendre à devenir un peu plus égoïste et penser à moi.

Si je m'y prends bien, je pourrais recevoir ce baiser toute ma vie.

Une nouvelle chanson démarre. Il me prend la main et on rejoint la piste de danse.

— Oh ! regarde !

Il pointe du doigt discrètement vers la piste.

Renata tient un étui à bijoux carré derrière son dos. Quand elles tournent lentement, on voit qu'Aggie en tient un aussi.

— C'est une course à la demande en mariage.

Il sourit.

— Qui va gagner, à ton avis ?

— Je pense qu'elles diront que c'est ex aequo.

Je souris. Il dépose un baiser sur mes lèvres, puis un autre. On se sépare uniquement quand on entend quelqu'un s'éclaircir la gorge.

C'est Mme Whittaker. Elle se penche vers moi.

— Bien joué.

Son regard se pose sur un point derrière nous.

— Oh ! bonsoir, ma chère. Quel joli… costume.

— Je n'ai que trente minutes de retard, répond Mélanie, essoufflée.

Elle porte un yukata japonais traditionnel et arbore un brushing années 1950 très sophistiqué. Elle jette un œil à sa montre.

— D'accord, disons plutôt quarante-cinq minutes de retard. Qu'est-ce qui se passe ici ?

Elle a remarqué Rose et Jerry qui se mélangeaient aux résidents. La main de Teddy sur ma taille ne lui a pas échappé non plus.

— Je ne m'attendais pas à te voir ici, Teddy.

— Je suis revenu pour sauver Ruthie et Providence. Mais ce sont les tortues qui vont les sauver elle et cet endroit. C'est leur façon de dire merci.

— Ma pauvre Méthode Sasaki… Mon concept était si brillant. Quel gâchis.

Elle désigne nos mains jointes.

— Ruthie Midona, tu as écrit une liste qui ne décrirait jamais, au grand jamais, Teddy.

— Les listes n'ont pas toujours raison.

Ils poussent tous les deux un cri choqué exagéré.

— Donc tu as décidé de la conquérir pour de bon. Woah, tout le fromage que tu vas pouvoir manger. J'étais prête à choisir une robe de demoiselle d'honneur mais il a fallu que tu débarques et que tu gâches tout.

Sans le savoir, elle vient de lui faire une réflexion très blessante mais Teddy ne tressaille pas. Cette accolade avec sa sœur a soigné cette blessure.

— Je n'ai rien gâché. L'univers de Ruthie va rester exactement tel qu'il était.

Il est temps de leur annoncer ma nouvelle.

— Je quitte Providence. Vous m'avez tous les deux donné de très bons conseils. Le temps est venu pour moi de voir le monde en dehors de cet endroit.

— Donc tu ne prévois plus de rester ici jusqu'à ta mort ? demande Teddy avec espoir.

— Non, j'ai besoin de prendre un nouveau départ.

Je pense à mon forum, aux vêtements fadasses que je portais, aux sentiers parsemés de tortues que j'ai sillonnés un millier de fois.

— Ce sera effrayant mais j'en ai envie.

Notre attention se tourne soudain vers la scène qui se déroule sur la piste de danse : deux dames âgées qui se demandent en mariage. Des applaudissements s'élèvent du demi-cercle qui s'est formé autour d'elles.

— On t'aidera, lance Mélanie spontanément.

Cela ne m'étonne pas de sa part. Mélanie est une bonne amie.

Elle se dirige vers les Parloni et commence à prendre des photos.

Je me tourne vers Teddy.

— Est-ce que tu m'aideras, toi aussi ? Je pourrais probablement me débrouiller seule, mais si tu m'accompagnes, je serai plus détendue lorsque j'irai soumettre ma candidature pour le programme de stage du zoo.

Son sourire est éclatant.

— Oui, je vais t'aider. Je ferai n'importe quoi pour toi. C'est à mon tour de donner. Alors laisse-moi faire.

Il prend mon menton dans ses mains chaudes tatouées, et tandis que ses lèvres touchent les miennes, la boule à facettes m'aveugle.

Je suis éblouie, il n'y a aucun doute. Et je voudrais que ça ne s'arrête jamais. Heureusement pour moi, notre baiser dure longtemps.

Dans le bref interlude entre deux chansons, Mélanie s'écrie d'un air horrifié :

— Oh mon Dieu, Teddy s'est coupé les cheveux !

Épilogue

Je reconnaîtrais ce toc-toc partout, toujours la même force, toujours la même cadence.

— J'arrive.

J'ouvre ma porte. Teddy est là, un sac de courses dans chaque main et mon courrier dans la bouche.

— J'avais les mains trop chargées pour me servir de ma clé, baragouine-t-il à travers ses dents.

— Qu'avons-nous ici ?

Je prends les enveloppes. Libéré, il a maintenant l'opportunité de m'embrasser et il ne s'en prive pas.

— J'ai fait quelques courses. Il ne te restait plus grand-chose.

Il commence à vider les sacs et remplir mon frigo.

— Tu as fini ta dissertation ?

— Oui, je l'ai rendue plus tôt dans l'après-midi. Depuis je reste assise là à réfléchir à quelque chose de difficile.

J'empile mes manuels scolaires avant de les déplacer, puis me rassois devant mon ordinateur portable.

— Est-ce qu'il t'est déjà arrivé de t'accrocher à quelque chose pendant très longtemps pour raison sentimentale ?

J'ai les yeux rivés sur la page d'accueil de mon forum, *Le Forum tombé du ciel.*

— Bien sûr. La sentimentalité, c'est mon gagne-pain.

Mes yeux se posent sur ses tatouages. Je souris.

— Il est temps que je t'avoue un secret. Je suis l'administratrice d'un très gros forum Internet.

Une fois les courses rangées, il dépose un plateau en bois sur la table. Il a préparé une petite assiette de fromage.

— Quel forum ? Non. Laisse-moi deviner. Un forum dédié à *Tombé du ciel.*

— Ouais. Mes amis et moi le dirigeons depuis qu'on a quinze ans. Mais avec le procès du Pasteur Pierce, on n'est plus aussi emballés. Je pense que le temps est venu de le fermer.

Teddy se penche et coupe un morceau de fromage, le dispose sur un cracker et me le tend. Quand il voit l'écran, il éclate de rire.

— Je suis membre.

— Quoi ?

— Quand on vivait à Providence, je me suis inscrit pour pouvoir t'impressionner. Je comprends mieux pourquoi on en était toujours au même épisode. C'était une coïncidence tellement énorme que je me disais : Non seulement cette nana est parfaite mais, en plus, elle a des superpouvoirs.

— Continue de le penser.

Je l'observe pendant qu'il prépare un autre cracker. Je sais qu'il est pour moi. Il le dépose dans ma main avant même que j'aie eu le temps de manger le premier.

— Ralentis.

— Je ne peux pas ralentir avec toi, proteste-t-il. Au contraire, j'ai envie qu'on passe à la vitesse supérieure.

Il m'a demandé d'emménager avec lui à la fin de mon contrat de location. J'adore mon petit studio au troisième étage et avec le rappel de salaire de PDC j'ai les moyens. Mais l'appartement de Teddy est plus proche de l'université et son lit est l'endroit le plus confortable sur Terre.

En revanche, il me fait l'effet de sable mouvant : si j'y entre, impossible d'en sortir.

Je me mordille le pouce.

— Tu penses que je devrais fermer le forum ? Les autres admin m'ont dit que la décision me revenait. J'y ai passé énormément de temps. J'y ai de nombreux souvenirs.

Je regarde la page d'accueil, qui a à peine changé depuis mes quinze ans.

— Je pense que tu n'en as plus besoin. Tu as laissé beaucoup de choses derrière toi depuis que tu as quitté Providence et tu t'en portes mieux depuis.

En effet, depuis mon départ de Providence, je consulte un thérapeute et je ne ressens plus le besoin maladif de vérifier les poignées de porte jusqu'à en avoir mal aux mains.

— Mais tu peux le laisser en ligne, ça ne risque rien.

— L'ambiance devient mauvaise.

Je déteste les messages sur l'acteur qui attend son procès. Les lire me rappelle que je vais devoir témoigner dans le procès qui opposera Sylvia Drummond à PDC. Plusieurs photos d'elle sont parues dans la presse : on la voit quitter le paquebot dans une tenue chic, le visage tordu de fureur. Lorsqu'elle a fini par m'appeler, j'étais prête à me défendre. J'avais Teddy d'un côté, qui me tenait la main pendant l'appel, et Rose Prescott de l'autre.

Mes parents sont désormais convaincus que Sylvia a volé l'argent de l'église.

— J'ai reçu un texto de Mel, m'annonce Teddy la bouche pleine. Elle veut qu'on vienne l'aider avec les préparatifs de la fête de Noël.

— Bien sûr.

Mel a fini par trouver le job de ses rêves. Elle gère le programme d'activités de Providence, mais ce n'est pas tout. Elle s'occupe de six résidences de retraite, coordonnant une variété d'activités manuelles, organisant sorties et soirées dansantes. Aucune journée de travail ne se ressemble. Elle adore les personnes âgées. Et plus important encore, elle rend aussi bien visite aux résidents friqués de Providence qu'aux habitants des résidences moins bien loties du centre-ville. Partout où elle va, elle dissémine sa joie de vivre pétillante.

J'ajoute d'une voix triste :

— Mais ce sera triste d'y retourner.

Le silence s'abat sur nous.

— Grâce à toi, elle est morte heureuse, répond Teddy d'une voix douce, les yeux emplis de souvenirs.

L'enterrement de Renata Parloni fut décadent ; elle l'aurait adoré. Créateurs de mode, magnats de la presse, mannequins aux jambes interminables… De nombreuses personnalités ont assisté aux funérailles de celle que les rubriques nécrologiques de la presse ont surnommée pionnière du magazine *HOT OR NOT*. Les mannequins n'arrêtaient pas de jeter des regards furtifs vers Teddy. Je dois avouer qu'il était très sexy dans son costume. Mais il était trop occupé à tenir le bras d'Aggie pour le remarquer, et de toute façon, je me tenais à son autre bras.

Quand le prêtre a dit que son épouse, Aggie Parloni, lui survivait, une salve d'applaudissements a retenti.

Renata était extravagante dans la vie, et dans la mort, elle a fait quelque chose d'encore plus extravagant. Le sujet sur lequel elle blaguait toujours ? Elle m'a mise dans son testament. Quand Aggie me l'a annoncé, j'ai eu l'impression de revivre l'incident du billet de cent dollars. J'ai tout fait pour refuser. Je ne méritais pas cet argent. J'ai essayé de le rendre, en vain.

Renata m'avait désignée comme bénéficiaire, et voilà où j'en suis aujourd'hui. Dans un ravissant petit appartement à Fairchild, épuisée après une journée de cours et de travail. Je suis stagiaire au zoo et, même si le chemin est encore long avant d'atteindre mon rêve de devenir un jour vétérinaire, j'avance à la manière d'une tortue, un pas après l'autre.

Je me rends sur la page administrateur du forum. Il y a un bouton Désactiver.

— J'ai besoin de passer à autre chose. Si j'appuie sur ce bouton, il n'y aura pas de retour possible.

— Tu voudrais pouvoir retourner en arrière ?

Je réfléchis à sa question sérieusement. Teddy ne se serait pas tatoué le numéro 50 en rouge sur le dos de la main en souvenir de notre rencontre. Je ne serais pas amoureuse. Je ne serais pas aimée en retour.

— Non, je ne retournerais pas en arrière.

J'appuie sur le bouton et… tout va bien.

Tombé du ciel m'a soutenue et réconfortée à une époque de ma vie où j'étais seule et vieille avant l'âge mais, aujourd'hui, je n'en ai plus besoin.

Teddy entrelace ses doigts avec les miens. Donner. Il donne, encore et toujours.

— Oooh. Je suis vraiment fier de toi.

Je glisse ma main libre dans ses cheveux qui sont noués en un chignon flou à la base de sa nuque.

— Ils repoussent si vite. Quelle crinière de rêve… Mais j'espère que tu as réalisé que tes cheveux n'étaient pas ton seul atout. Tu es aussi chef d'entreprise.

— Je suis tatoueur, répond-il, un sourire aux lèvres.

Il nous a tous choqués en se montrant très, très doué niveau paperasse. Qui savait que sous ses airs éparpillé et tête en l'air se cachait un pro de l'organisation ? Ça m'excite carrément.

Il me sourit.

— Mes cheveux te rendent folle de désir.

— Teddy, depuis le temps j'espère que tu sais que je te désirerais même si tu étais chauve.

— Ne le dis pas à Daisy, à Noël, elle pourrait me faire la boule à zéro.

— En parlant de Noël. Puis-je t'emmener à la maison pour rencontrer mes parents très croyants ?

Je répète l'annonce que j'avais rédigée il y a une éternité, quand je me sentais si seule que j'avais voulu tenter l'aventure des sites de rencontres pendant deux mois.

(À ce sujet, je devrais d'ailleurs mentionner que Mélanie recherche un agent littéraire pour représenter *La Méthode Sasaki.*)

Je continue, essayant de me rappeler mon annonce secrète.

— Recherche âme sœur rassurante, patiente et câline.

— Tu l'as trouvée.

Teddy se lève et dépose un baiser sur ma tempe.

— Je vais te préparer à dîner. Oups, s'exclame-t-il en tirant sur mon cardigan. Tu es boutonnée de travers. Voilà. C'est mieux.

Il va dans la cuisine et commence à s'affairer.

— Bien sûr que tu peux m'emmener chez toi pour rencontrer tes parents. Ils penseront que je suis un cadeau de Dieu. Ils m'adoreront. Tout le monde me kiffe.

C'est vrai. Teddy fait l'unanimité.

Et il m'appartient.

Remerciements

Les auteurs ont l'ego fragile et doutent beaucoup d'eux-mêmes. Demandez à mon agent, Taylor Haggerty. Ce n'est pas pour rien si ce livre lui est dédié. Merci d'être toujours de mon côté, d'être une conseillère et une amie formidable. Je ne pourrai jamais assez te remercier de tout ce que tu as fait pour moi, mais un livre violet avec des tortues est un bon début. Merci également à toutes les personnes adorables de Root Literary. Quelle joie et quel honneur de faire partie de cette écurie d'auteurs ! Mon éditrice, Carrie Feron, a guidé ce livre jusqu'à publication à travers des eaux turbulentes. Elle et ses collègues chez HarperCollins ont subi des conditions de travail particulièrement éprouvantes en 2020. Merci à Carrie et son équipe de m'avoir aidée à écrire le meilleur livre possible. Votre passion pour les histoires m'inspire profondément.

À Roland, Tina, Katie, Delia, Sue et David, Lyn, Anne et Bob, et quiconque m'a un jour demandé « Comment avance le livre ? » même en sachant que la réponse serait un gros soupir : Merci à vous, je suis touchée.

Le personnage principal de ce livre s'appelle Ruthie en hommage à ma grand-mère décédée Ruth Lowes. Je glousse en imaginant les frasques auxquelles elle se serait adonnée à Providence.

L'idée de ce livre provient d'un rêve que je partageais avec Kate Warnock quand on travaillait ensemble il y a plus de dix ans. On se disait que, le jour où on serait vieilles et riches, on vivrait ensemble dans un village pour seniors et on embaucherait un jeune assistant qui nous obéirait au doigt et à l'œil. Quel plaisir d'enfin pouvoir donner vie à ce rêve.

Lettre à mes lecteurs

Dans ma précédente lettre à mes lecteurs, rédigée après l'écriture du très difficile Deuxième Livre, je disais qu'un document Word vierge était comme un puits sans fond. Je ressens beaucoup de compassion pour cette Sally. Elle me permet de prendre conscience du chemin parcouru.

En tant qu'autrice, on m'interroge souvent sur mon processus d'écriture. Généralement je réponds par une blague car en vérité ce qui se passe quand mes mains sont sur le clavier me met plutôt mal à l'aise. Je n'ai aucun contrôle. Je ne sais jamais ce que je vais écrire avant de l'avoir écrit. Mais j'ai enfin compris que ce n'était pas grave. Mot par mot, page après page, l'histoire prend forme.

J'ai découvert que devenir bon, que ce soit dans le domaine créatif ou dans quelque autre domaine, était un processus qui comportait plusieurs étapes et qui demandait d'accepter de se sentir très mal à l'aise tant que l'Objet n'était pas terminé. Son apparence ne vous plaira pas. Vous penserez Beurk ! Vous serez convaincu d'être sur la mauvaise voie. C'est à ce moment-là qu'une autre étape devra être franchie.

Quand la pandémie du Covid-19 a forcé le monde entier à rester chez soi, j'ai tourné le fauteuil de mon bureau à 180 degrés pour observer l'objet qui se trouvait derrière moi depuis neuf ans : ma maison de poupée néogothique faite sur mesure. J'avais honte de posséder un objet si incroyable sans en profiter. Ça faisait deux ans que je n'y avais pas touché et la voir me démoralisait car elle ne m'inspirait pas. J'aurais aimé pouvoir appeler un agent immobilier pour la mettre en vente. Redonner vie à un objet aussi poussiéreux et en sommeil était-il possible ?

La première fois que j'ai ouvert la porte d'entrée de la maison de poupée, j'ai été mal à l'aise. Elle était exactement comme dans mes souvenirs. Elle n'avait pas atteint son potentiel et cela ne me plaisait pas. J'ai déplacé les fauteuils en velours et me suis servie d'une brosse adhésive pour nettoyer les tapis puis j'ai épousseté au pinceau les vases en porcelaine hauts de trois centimètres. Ensuite j'ai allumé les lumières. Les lustres (échelle 1/12e) se sont mis à scintiller. J'ai ressenti la même lueur dans mon cœur.

Des colis minuscules ont commencé à arriver dans ma boîte aux lettres. Je me suis plongée dans ces toutes petites pièces au point d'en oublier les repas et la pandémie là-dehors. Je détestais la mini salle de bains terne, alors j'y ai concentré toute mon énergie jusqu'à ce qu'une jungle excentrique de plantes en pot entoure la baignoire en cuivre sur pieds griffés. De fil en aiguille, la maison de poupée a recommencé à me plaire. Je l'ai baptisée Manoir Blackthorne – les objets magiques deviennent vraiment puissants quand on leur attribue un nom ou un titre. Il n'était pas trop tard pour lui donner un nom, même si plusieurs années s'étaient écoulées.

J'espère que cette anecdote vous inspirera et vous poussera à regarder d'un œil nouveau le projet ou le rêve qui vous tient à cœur, cette chose qui pourrait rendre votre vie magique et qui pourrait vous donner des papillons dans le ventre si vous trouviez le courage de franchir l'étape suivante. Je vous imagine en train de secouer la tête : *ça fait trop longtemps ! Il est trop tard !*

Un livre commence par une page blanche. Une maison de poupée commence par du bois. Au départ, rien ne ressemble au produit fini. Si vous arrivez à l'accepter et à dépasser la sensation de malaise (surtout si vous êtes du genre perfectionniste), alors il y a fort à parier que vous obtiendrez un produit fini qui sera une petite œuvre d'art, une œuvre que vous seul pouviez créer. Vous n'avez même pas besoin d'opérer de profonds changements. Consacrez simplement des efforts, du temps et de l'attention à votre projet. Donnez une chance à votre rêve. Comme les tortues de Providence, faites le voyage, un pas à la fois. Elles arrivent toujours à destination. Vous y arriverez aussi.

Une page blanche est un cadeau. Saisissez-le.

J'ai l'opportunité d'ajouter un petit bonus à la fin du livre. En y réfléchissant, j'ai réalisé que Mélanie Sasaki n'avait pas eu son quart d'heure de gloire. Ruthie Midona a trouvé l'amour trop tôt, faisant dérailler la Méthode Sasaki soigneusement planifiée de Mélanie. J'ai alors su ce que je voulais écrire.

Voici, pour le fun, la lettre qu'enverrait Mélanie à un agent littéraire dans le but de faire publier *La Méthode Sasaki*. Ce n'est *pas* un livre que j'ai l'intention d'écrire, mais c'est une façon de remercier la fille qui a joué les entremetteuses de toute son âme et de tout son cœur dans *Tout est sous contrôle (sauf toi !)*.

Lettre de Mélanie pour *La Méthode Sasaki*

Mélanie@thesasakimethod.com

Connor Randall Literary Agency

22 W 24th St, #900A, New York, NY

À l'attention d'Harriet Schwartz

Chère Harriet,

Nous nous sommes rencontrées en février au Festival des auteurs de non-fiction et nous avons parlé brièvement au buffet du livre que j'ai écrit. Mon pitch vous a beaucoup amusée, vous avez complimenté mes cheveux et m'avez donné votre carte de visite. De mon point de vue, on a super bien accroché.

J'ai beaucoup aimé It's Not All About You, *la parution récente de votre cliente Greer Johnson. Ce titre m'a convaincue que l'ouvrage que j'ai écrit serait susceptible de vous intéresser.*

Je m'adresse ainsi à vous aujourd'hui car je recherche un agent littéraire pour représenter mon premier ouvrage de développement personnel intitulé La Méthode Sasaki.

C'est le guide de survie à mettre dans votre sac à dos lorsque vous essayez de vous frayer un chemin dans la jungle Tinder. C'est le livre à offrir à l'ami qui n'a pas eu de relation depuis longtemps, celui qui est coincé dans sa coquille, « trop occupé pour ces bêtises », ou celui qui a l'impression d'avoir loupé le coche. Écrit sur le mode de « la petite sœur fouineuse et si-gaie-qu'elle-en-devient-agaçante » (source : ma sœur aînée, Geneviève), La Méthode Sasaki *demande au lecteur de se consacrer à un programme de huit semaines d'introspection avec exercices* pratiques et objectifs à atteindre. L'amour de soi est l'objectif premier ; le second est de réconcilier l'individu avec la notion d'amour romantique. Les relations hétérosexuelles ne sont pas décrites comme la norme, ainsi qu'en témoignent le langage utilisé et les études de cas présentées.

Si mes références venaient à être contestées, il me suffirait de parler des rencontres amoureuses que j'ai orchestrées et des couples que j'ai unis. Je suis une Emma Woodhouse des temps modernes et j'ai envie de partager mon don avec vous.

Une application IOS (actuellement en bêta test) accompagnera le livre et j'ai également enregistré quatre podcasts, ce qui nous donne des options marketing variées. J'ai également des plans pour deux autres livres dans la série : *La Signification Sasaki* (identifier les signes que l'Univers vous envoie) et *La Rédemption Sasaki* (comment retrouver sa réputation dans la *cancel culture* d'aujourd'hui). J'ai identifié une collection chez Bexley et Gamin qui d'après moi serait idéale pour mes livres. J'adorerais discuter de mes projets plus avant avec vous.

Veuillez trouver ci-joint un extrait de *La Méthode Sasaki*. Je reste à votre disposition pour vous soumettre le manuscrit complet.

Cordialement,

Mélanie Sasaki

Avant-Propos

On a tous un superpouvoir. Le mien est d'aider les gens à trouver le grand Amour.

D'aussi loin que remontent mes souvenirs, j'ai toujours été ainsi. Chacune de mes Barbie était dans une relation très sérieuse avec une poupée Ken ou une autre Barbie (j'ai toujours été une alliée). Je ne me déguisais pas en mariée ; je lançais des pétales sur mes amies. Je n'ai pas eu d'histoire d'amour au lycée mais je jouais les entremetteuses pour mes camarades, les aidais à trouver un cavalier ou une cavalière pour le bal de promo et réunissais ceux qui n'osaient pas se déclarer leur flamme.

Ma croyance en l'amour me vient de mon père. Il est japonais et il m'a toujours parlé de la légende du fil rouge du destin – l'idée que deux personnes sont liées et qu'elles doivent se retrouver. Parfois, le fil relie deux individus qui ont quelque chose à apprendre l'un de l'autre. Parfois, il relie deux personnes destinées à vivre le grand Amour. Je travaille comme coordinatrice d'activités pour seniors et ils sont moins poétiques à ce sujet : « Tout le monde trouve chaussure à son pied, n'est-ce pas, chéri(e) ? » C'est bien vrai.

Jusqu'à ce qu'elle fasse appel à mes services, ma grincheuse de sœur, Geneviève, n'avait aucun espoir de trouver l'amour. Aujourd'hui, la voilà fiancée à Mark qui est tout aussi grincheux qu'elle. Un jour, ils donneront naissance à des petits grincheux. J'ai encouragé (limite forcé) ma coiffeuse Lin-Lin à proposer un rendez-vous à sa toiletteuse pour chien super timide, Margaret. J'ai été leur demoiselle d'honneur. À ce même mariage, j'ai encouragé quatre timides à rejoindre la piste de danse. Aujourd'hui, les deux couples sont fiancés.

Loin de moi l'idée de me vanter, mais je suis vraiment, vraiment douée.

Malgré ces succès indéniables, ce n'est que lorsque le fil rouge du destin m'a conduite à Ruthie Midona que j'ai eu l'idée d'écrire un livre. Ruthie avait quelque chose à m'enseigner : mon approche avait besoin de flexibilité.

Lorsque j'ai rencontré Ruthie, elle se traînait comme une dame âgée. Il fallait modifier en profondeur la perception qu'elle avait d'elle-même. Elle adore dresser des listes en tous genres, alors dans son cas, l'idéal était que mon programme la guide à travers une série de checklists et d'exercices d'écriture, qui forment la base du livre que vous avez entre les mains.

L'amour nous tombe dessus quand on s'y attend le moins et on s'était mises d'accord : Ruthie ne tomberait pas amoureuse du premier homme qu'elle croiserait.

Aujourd'hui Ruthie est choyée, couverte de baisers et d'attentions par un homme qui non seulement ne semblait pas du tout lui correspondre mais qui, de surcroît, est le premier homme sur lequel elle a posé les yeux au moment de commencer le programme. Le fil rouge du destin ne se trompe jamais. Et parfois, des pièces de puzzle qui semblent ne pas correspondre s'encastrent à la perfection.

Ma rencontre avec Ruthie m'a donné une nouvelle perspective qui a contribué à ce livre d'une façon fondamentale. Planifier mais aussi *se laisser porter*. Je lui dédie évidemment ce livre. Ruthie adore les manuels. Sans elle, je doute que j'aurais eu l'inspiration d'organiser toutes mes diverses techniques, solutions et opinions dans un document formel. Merci, Ruthie, d'avoir été la première participante à la Méthode Sasaki. J'espère que tu m'appelleras bientôt pour m'annoncer que tu es fiancée à cette fripouille de Théodore. N'oublie pas : on s'est mises d'accord sur une robe de demoiselle d'honneur lilas.

Vous vous demandez sûrement en quoi je suis qualifiée pour vous aider à sortir de votre coquille et trouver l'élu de votre cœur. En toute honnêteté, je n'ai pas de qualification. Je ne suis pas psychologue. J'ai longtemps travaillé comme intérimaire et j'ai occupé des postes divers et variés, de catalogueuse de pièces automobiles à gérante d'un studio de zumba. Mais croyez-moi, j'ai un véritable don. Tout ce que je vous demande c'est de me faire confiance. Huit semaines avec moi changeront votre vie.

Vous trouverez le livre organisé en huit parties, comme suit :

- Recherche homme / femme aux qualités suivantes
- Moi, moi, moi
- Le relooking made in Mélanie
- 4e semaine : le premier rendez-vous
- Quand la magie n'opère pas : réconforter l'enfant rejeté en soi
- Je suis une personne forte qui se suffit à elle-même, mais si tu es une personne respectueuse et charmante, tu as toutes tes chances
- Oh toi, tu me plais
- Remise des diplômes

Comme Midas, tout ce que je touche se transforme en or. Laissez-moi vous toucher.

(Je chercherai une meilleure formulation au moment de réviser le manuscrit.)

Vous avez aimé
Tout est sous contrôle (sauf toi !) ?
Découvrez les autres romans de Sally Thorne
disponibles en poche !

Tournez vite la page pour découvrir
un extrait de *Drague interdite* !

Harper
Collins
POCHE

Extrait

1

Règle d'or de la barmaid ? À l'arrivée d'un groupe, repérez le mâle alpha. Si vous vous débrouillez bien avec lui, alors il y a des chances pour que ses copains vous respectent aussi. Ce soir, je l'identifie direct. C'est le plus grand et le plus séduisant, avec une lueur dans les yeux qui dit « Alors, heureuse ? » Totalement prévisible…

Ils portent tous des polos couleur pastel. Ses amis et lui viennent probablement de quitter une soirée étudiante, s'ennuient et sont en mal d'aventure. Eh bien, attachez vos ceintures, les garçons. Si vous vous y prenez bien, vous pourriez passer une soirée vraiment mémorable. Le bar où je travaille, L'Antre du Diable, n'est pas pour les petits joueurs et il en faut peu pour que ça dégénère. J'aperçois quelques motards échanger des regards amusés au-dessus des tables de billard. Près de la porte, le vigile se redresse sur son tabouret. C'est marrant que ce soit ce genre de clientèle qui nous donne du fil à retordre.

— On s'est perdus, les garçons ? dis-je en faisant exprès de ne pas m'adresser à l'alpha.

— Salut, mec ! Jolie ta coupe, répond l'alpha d'un air moqueur.

Ses copains se mettent à rire en poussant des « Noooon ».

Moi, c'est Darcy. Et sans le savoir il vient de faire référence à Jane Austen. Mais je doute qu'il saisirait. Je plisse les yeux et durcis le regard. Son rire perd un peu de son assurance. Mâle alpha se rappelle que c'est moi qui distribue l'alcool ici.

— Non, vraiment… C'est sexy sur vous.

Extrait

Ma jeune collègue Holly recule de quelques pas. Elle débute dans le métier, et elle supporte mal tous ces regards masculins.

— Je vais… euh… chercher des bobines de papier pour la caisse, bredouille-t-elle en disparaissant dans une traînée de spray parfumé au gardénia.

Je continue de fixer l'alpha et ressens une pointe de satisfaction quand il détourne les yeux le premier. Alors, c'est qui l'alpha maintenant ?

— On va sûrement chez le même coiffeur, parce que tu es vraiment mignonne toi aussi. Commandez quelque chose, ou dehors.

Le chef de bande n'a pas l'habitude qu'une femme lui parle comme ça et on dirait que ça lui plaît. Il mâche son chewing-gum la bouche ouverte en me dévisageant avec avidité.

— Tu finis à quelle heure ?

Dans ma tête, je visualise une poupée Ken laissée trop longtemps au soleil. J'écrase sa tête bronzée et ramollie comme si c'était une cigarette.

— Pour toi ? Jamais.

Ça a l'air de le contrarier. Après tout, être mignon lui a toujours ouvert les portes. Pourquoi est-ce que son charme n'opérerait pas sur moi aussi ? Qu'est-ce qui cloche chez moi ?

La lumière tombe sur son visage et je l'observe. Gueule d'ange, aucune aspérité, aucune ombre. Rien qui puisse intéresser la photographe en moi.

— Qu'est-ce que je vous sers ?

Je prépare déjà les verres à shots.

— Des shots de sambuca, lance un des Pastels.

Évidemment. L'élixir des chiffes molles.

Je leur sers une rangée et récupère leur argent. La boîte à pourboires s'engraisse. Ça leur plaît qu'on les malmène. Ces fils à maman veulent l'expérience complète du bar de motards, et ce soir, c'est moi leur guide. Leur leader continue de flirter avec moi, déterminé à m'avoir à l'usure, mais je m'éloigne sans même attendre qu'il ait fini de parler.

On est dimanche et la soirée ne fait que commencer. Personne ici ne s'inquiète de se lever tôt pour aller travailler le lendemain.

Un jour, ma grand-mère Loretta m'a dit que savoir servir un verre permettait de trouver du boulot partout. Dans la vingtaine, elle était barmaid elle aussi. C'était un bon conseil. J'ai été barmaid aux quatre coins du monde, et j'ai eu affaire à toutes les variantes possibles et imaginables de mâles alpha.

Je me demande ce qu'elle dirait si elle me voyait là, maintenant, en train de servir une bière avec une insulte sur le bout de la langue. Elle applaudirait en riant et dirait, comme à son habitude, « On aurait pu être jumelles, Darcy Barrett. » À son enterrement, lorsque le diaporama photo a été lancé, les gens se sont mis à me dévisager tant on se ressemblait.

Des jumelles. Sans blague. Maintenant je dors dans sa chambre et je finis ses boîtes de conserve. Quand je commencerai à transporter des cristaux de voyance dans mon sac et à tirer les cartes, on pourra officiellement dire que je suis sa réincarnation.

Holly met tellement de temps à revenir qu'elle a dû aller chercher les bobines chez le fabricant. Un des motards en blouson de cuir est en train de s'impatienter et regarde les Pastels de travers. Je lui fais un signe de tête et lève le doigt – Une minute. Il ronchonne et souffle d'un air exaspéré mais décide finalement de ne tabasser personne.

Un des Pastels se penche par-dessus le comptoir et se met à reluquer mes jambes.

— C'est du cuir ? On dirait Sandy de Grease dans son look total rock.

Ses yeux se posent sur le badge que j'ai épinglé au-dessus de mon sein.

Extrait

— Joan…, marmonne-t-il, l'air sceptique.

Je ne dois pas avoir l'allure d'une Joan. Mais ça ne l'empêche pas de baisser les yeux pour mater la marchandise.

— Non, moi, c'est Rizzo, abruti. Et si tu n'arrêtes pas de te pencher et de mater mes seins comme ça, Keith va venir. Tu le vois là-bas, près de la porte ? Il mesure plus de deux mètres et il s'ennuie à mourir.

Je fais un signe de la main à Keith, qui répond par le même geste.

— Il s'ennuie, je m'ennuie et les motards en blouson de cuir s'emmerdent carrément. Si tu vois ce que je veux dire.

D'un mouvement fluide, je me déplace le long du bar, distribue quelques verres, récupère la monnaie, fermant la caisse à coups de hanche encore et encore.

— Joan a raison. On s'emmerde grave, lance un des jeunes motards d'une voix amusée.

Ça fait un moment qu'il suit l'échange appuyé au bar.

Les Pastels tressaillent et baissent tous subitement la tête vers leurs téléphones. J'échange un sourire entendu avec le motard et lui fais glisser une pinte de bière sur le compte de la maison.

Ils commencent à me gonfler. J'en ai marre qu'ils restent plantés là.

— Le sambuca vous ratatinera les couilles. Oh ! mais attendez. C'est trop tard pour ça ! Maintenant, allez voir ailleurs.

Ils s'exécutent sagement.

Le calme revenu, Holly jette un œil effarouché par l'embrasure de la porte. Elle a été engagée par notre patron, Anthony, sans même l'ébauche d'un entretien. Avec un visage et un corps comme le sien, c'est facile de se faire embaucher. Par contre, elle ne sait ni rendre la monnaie, ni servir les boissons et encore moins gérer les clients. Elle revient les mains vides. Des bobines, mon œil.

— Je suis toujours si soulagée quand je découvre qu'on est de service ensemble, dit-elle.

Elle s'assied sur la banquette en poussant un long soupir comme si elle avait travaillé pendant des heures et qu'elle était épuisée. Son badge dit « HOLLY » et elle a ajouté un autocollant rose à paillettes en forme de cœur.

— Je me sens plus en sécurité quand tu es là. Je suis sûre que tu veilles même sur Keith.

— Tu as raison, c'est vrai.

Je croise le regard de Keith, qui m'adresse un signe du menton en s'adossant contre le mur. Un autre secret de barmaid ? Bien s'entendre avec le vigile. Mon boulot à moi, c'est d'enivrer les clients ; celui de Keith, de s'assurer que la situation reste sous contrôle. Je devrais partager ces conseils avisés avec Holly. Mais je n'ai pas envie qu'elle garde ce boulot plus longtemps que nécessaire.

— Faudra t'endurcir quand je serai partie.

Holly fait la moue.

— Tu pars dans combien de temps ?

— Les travaux de rénovation de la maison de ma grand-mère commencent dans deux mois, sauf si la date est encore reculée. Et ensuite, je me tire d'ici.

L'autocollant à paillettes de Holly me rend nerveuse.

— Je n'aurais jamais mis mon vrai prénom sur le badge.

Elle penche la tête d'un air songeur. Elle ferait une belle mariée, dans une robe cupcake blanche assortie d'un diadème.

— Ça ne me serait jamais venu à l'idée d'inscrire un faux prénom. Comment est-ce que je pourrais bien m'appeler ?

Il y a une telle rotation du personnel que ce serait un miracle de trouver du ruban adhésif dans ma vieille copine l'étiqueteuse. Mais il reste encore des centaines de rouleaux dans la réserve. C'est à cela que se résume l'intérêt d'Anthony pour son personnel. Et il les commande en gros, donc autant dire qu'il a le temps de voir venir.

— Doris, ça t'irait bien.

Holly fronce le nez.

— Ça fait dame âgée.

Extrait

— Tu veux un faux prénom sexy ? Sérieux, Hol. Ce n'est pas le but.

Je produis avec effort une étiquette et assemble le badge. Quand je lui tends, elle reste silencieuse un moment.

— Tu penses que je suis une Bertha ? demande-t-elle finalement.

— Carrément.

Pendant qu'elle rumine, je sers quelques autres clients.

— Je suis plutôt une Gwendoline, non ? Ou une Violette ?

Obtempérant, elle attache quand même son nouveau badge.

Je récupère l'ancien et le jette à la poubelle. Si elle continue sur cette voie, je pourrai peut-être me détendre un peu pendant mes heures de service.

— Un jour, tu seras le Dr Bertha Sinclair, psychologue pour perroquets dépressifs. Tu seras au lit tous les soirs à 21 heures.

J'ai l'air d'une sœur surprotectrice, alors j'ajoute :

— Ou peut-être que tu seras vétérinaire dans la jungle sud-américaine, et que tu aideras les couples d'aras macao à retrouver l'amour.

Elle enfonce les mains dans ses poches étroites et sourit.

— Je te l'ai déjà dit, on ne soigne pas que les perroquets à l'école vétérinaire.

Un type s'adresse à Holly :

— Salut, poupée.

Les mauvais garçons adorent les gentilles filles.

Je réponds à Holly :

— Si tu le dis.

Puis je me tourne vers lui :

— Dégage.

Elle continue sur sa lancée :

— Je suis sûre que quand je serai en train de réaliser une laparoscopie diagnostique sur un vieux chat de gouttière tu seras dans la jungle sud-américaine avec ton gros sac à dos, en train de randonner dans les vignes.

Elle fait mine d'avancer dans la jungle en hachant les vignes de ses bras.

— En fait j'ai déjà fait ça dans la cordillère des Andes.

J'essaie de ne pas paraître prétentieuse. Il n'y a rien de plus insupportable qu'un voyageur prétentieux.

Je survole notre clientèle du regard et pousse un soupir.

— Une machette me serait bien utile ce soir.

— J'ai parcouru ton Instagram. C'est fou le nombre de pays que tu as visités.

— Ouais. Si je n'avais pas égaré mon passeport, je te montrerais tous mes visas.

Je commence à rassembler les verres sales en passant en revue les différentes pièces du cottage dans ma tête. Soit le fantôme de Loretta me fait une mauvaise blague, soit mon frère Jamie l'a caché.

Imaginer Holly en train de surfer sur mon profil Instagram me donne des picotements désagréables. D'autres pourraient s'y rendre. Des ex-copains. Des coups d'un soir curieux. D'anciens clients photo. Ou pire, Jamie. Il faut vraiment que je mette mon compte en privé. Non, en fait, je devrais même carrément le supprimer.

— Il y avait des photos de ton frère et toi. C'est dingue comme vous vous ressemblez. Il est tellement charmant. Il pourrait être mannequin.

Elle a dit ça spontanément. Et ça ne m'étonne pas, car je l'ai déjà entendu maintes fois.

— Il a essayé une fois. Mais il n'aimait pas qu'on lui dise quoi faire. Merci, en tout cas. Dire que Jamie est séduisant revient à me complimenter moi aussi.

À son regard interloqué, je comprends qu'elle n'a pas saisi.

Si on se ressemble tant Jamie et moi, c'est parce qu'on est jumeaux. Mais dans le classement des jumeaux on est au bas de l'échelle. On ne peut même pas s'habiller à l'identique pour échanger nos places. Des faux jumeaux, quel ennui.

Pourtant, si on révèle qu'on est jumeaux, subitement, on devient fascinants. On nous demande toujours : Qui est né le premier ? Pouvez-vous lire dans les pensées de l'autre ? Sentir la douleur de l'autre ? Tiens, essayons pour voir. Je me pince fort la cuisse. J'espère que Jamie renverse son verre en s'exclamant de douleur dans un bar branché du centre-ville.

S'il est beau, alors en théorie je devrais être jolie. Mais on m'a tellement appelée « Jamie en perruque » à l'école que je ne me fais aucune illusion. Quand je ne porte pas de maquillage, on me prend pour son petit frère. J'en sais quelque chose : c'est déjà arrivé.

— Où iras-tu en premier ?

Holly fait très parisienne. Je l'imagine sillonnant les rues pavées, portant un béret, une baguette dans le panier de sa bicyclette.

— Je vais aller au Japon enterrer tous mes badges dans une forêt des suicides appelée Aokigahara. Mon âme sera alors libérée de ce trou à rats.

— Pas à Paris, donc, répond-elle en suivant les contours d'une marque au sol du bout de sa basket blanche.

Je ris presque de voir à quel point j'avais raison. J'appuie un balai à franges contre sa jambe, mais elle le prend dans ses mains et l'appuie contre sa joue, comme un personnage de comédie musicale qui s'apprêterait à faire son numéro.

— Pourquoi est-ce que tu voyages autant ?

Je fais une grimace.

— Il paraît que j'ai des… problèmes d'impulsivité.

— J'ai vu sur ton compte Instagram que tu étais photographe de mariage. Comment est-ce que tu faisais ?

Elle me regarde des pieds à la tête d'un air étonné.

— Oh ! rien de plus simple. Tu trouves la nana en robe blanche et tu fais ça.

Extrait

Je fais mine de tenir un appareil et de prendre une photo.

— Non, je veux dire, je croyais que tu étais toujours en train de voyager.

— Je vivais ici avec ma grand-mère pendant la saison des mariages. Je voyageais le reste de l'année.

Budget très serré serait un euphémisme, mais ça fait six ans que j'arrive à maintenir ce mode de vie.

— Et quand j'ai besoin d'argent, je fais la barmaid. Je fais aussi de la photographie de voyage, mais ça ne se vend pas très bien.

— Je ne voudrais pas te vexer, mais…

Je lève la main pour l'interrompre.

— Dit-elle juste avant de dire quelque chose de vexant.

Heureusement, je suis sauvée par un vieux motard, les avant-bras recouverts de tatouages et une tache de bière dans la barbe. C'est l'illustration même du gars répugnant, mais il ne fait aucun commentaire tandis que je le sers, alors je lui souris pour l'en remercier. Vu son expression, il a l'air de trouver ça dérangeant. Après avoir récupéré son argent, je vais aux toilettes et me souris poliment dans le miroir. Pas étonnant qu'il ait mal réagi. J'ai l'air d'un requin.

Je me recoiffe, refais mon trait d'eye-liner, me lave les mains pendant de longues minutes, et cependant, quand je retourne dans la salle, Holly continue comme si de rien n'était. Elle est vraiment douée pour mettre ses pensées sur pause.

— Ça n'a pas l'air d'être ton univers pourtant, le mariage.

— Et pourquoi pas, Bertha ?

Des tas de types bourrés m'ont fait la même réflexion lors de réceptions en me bousculant tandis que j'essayais de photographier la première danse.

— Un mariage, c'est romantique. Et toi, tu ne l'es pas.

— Pas besoin d'être romantique. Ce qui compte, c'est ce que le client trouve romantique.

Extrait

Ça ne devrait pas me vexer, mais je donne un grand coup de pied dans un carton pour l'envoyer sous le bar et fusille la pile de vaisselle sale du regard.

Un couple est en train de se peloter contre le mur du fond près des toilettes. Le balancement de ses hanches à lui me donne envie de vomir. Mais de temps en temps, quand leurs lèvres se séparent et qu'ils s'écartent pour reprendre leur souffle, il passe une main dans les cheveux de sa copine et ils se regardent. C'est à ce moment-là que je prendrais une photo.

Puis je les mettrais dehors en les aspergeant avec la lance incendie.

— Ce n'est pas sérieux avec ce Vince, alors ?

Holly me demande ça comme si elle connaissait déjà la réponse. La première fois qu'elle l'a vu entrer en douce, elle m'a mise en garde : « Ce n'est pas un mec bien, Darcy. » Ce à quoi j'ai répondu « Il a un piercing à la langue, alors une partie de lui me fait du bien. » Elle en était restée bouche bée.

— J'ai un sonnet dans ma poche arrière. La prochaine fois que je le vois, je lui lirai, dis-je en vérifiant l'état du stock du réfrigérateur derrière moi.

— Mais tu n'es pas amoureuse de lui.

J'éclate de rire. Ça fait bien longtemps que je ne m'attends plus à ressentir quoi que ce soit pour un homme.

— Il me sert à passer le temps. Je suis restée plus longtemps que prévu. Je devrais déjà être partie.

Pitié, pourvu qu'elle ne me demande pas si j'ai déjà été amoureuse. Cette conversation est déjà assez pénible comme ça.

— Hum, ouais, je suppose que je ne suis pas une romantique dans l'âme.

— Pourquoi est-ce que tu as arrêté les mariages ?

C'est un sujet sensible et Holly comprend à mon regard qu'elle est allée trop loin. Gênée, elle baisse la tête et tripote son badge.

— Excuse-moi. Sur ton profil il y a écrit que tu ne prends plus de réservation et ce pour une durée indéterminée. Et que tu fais de la photographie de produits maintenant. Qu'est-ce que c'est ?

— Et pourquoi t'irais pas voir sur Google, Bertha ?

J'essaie de répondre sur le ton de la plaisanterie, mais je suis énervée. Pourquoi est-ce qu'elle essaie toujours de faire amie amie comme ça ? Elle ne comprend pas que je suis sur le point de partir ?

C'est décidé, je supprime mon profil.

— Mais tu ne me dis jamais les choses franchement, proteste-t-elle d'une voix faible en rougissant et en fronçant sa jolie frimousse d'un air inquiet. On ne peut jamais avoir de discussion sérieuse.

Je vais à l'autre bout du comptoir et lui tourne le dos. J'attrape la chope de bière contenant mes badges. J'en ai marre d'être Joan. Je serai Lorraine jusqu'à la fin de mon service.

En réalité… J'en ai marre d'être Darcy.

— Excuse-moi…, répète Holly d'une petite voix.

Je hausse les épaules et remets en place quelques bouteilles de vodka dans le second réfrigérateur derrière moi.

— Pas grave… Je suis simplement…

Prisonnière, sans passeport ni billet d'avion. Mon pire cauchemar.

— … Une garce ce soir. Ne fais pas attention.

Du coin de l'œil, j'aperçois une bouteille de whisky attraper la lumière, lui donnant une lueur dorée. Je ressens un pincement au cœur et j'expire jusqu'à vider mes poumons. Ces derniers temps, je suis souvent prise de mélancolie, surtout lorsque je songe à l'idée du mariage. C'est un sujet auquel je refuse catégoriquement de penser. Il est temps que je me change les idées.

J'ai géré ma propre entreprise pendant des années et j'ai développé un sixième sens pour anticiper les problèmes avant qu'ils ne deviennent critiques. Holly n'a toujours rempli aucun papier du personnel. Les stocks sont presque épuisés. La vente d'alcool ne constitue peut-être pas la source principale des revenus d'Anthony. Je vais dans son bureau et écris sur un post-it :

Anthony, veux-tu que je fasse une commande pour réapprovisionner les stocks ? D.

Pour une dure à cuire, j'ai une écriture super féminine, ce qui est franchement embarrassant. Les mecs qui sont de service de jour ne laissent pas de note au patron, eux. Je la chiffonne et la jette.

Je retourne au bar et commence à compter les espèces dans la caisse. Holly revient à la charge.

— Je ne pense pas que Vince soit un mec pour toi. Je te verrais plutôt avec un de ceux-là, dit-elle en faisant un geste vers les motards en blouson de cuir.

Je continue de compter l'argent. Cinq cents, cinq cent cinquante. C'est marrant ça, venant d'elle. Ils la terrifient. Si un verre casse, c'est moi qui dois aller nettoyer.

— Qu'est-ce qui te fait dire ça ?

Elle hausse les épaules.

— Il te faut quelqu'un d'encore plus coriace que toi. Pourquoi pas lui ? Il te regarde tout le temps, et il s'assure que ce soit toujours toi qui le serves.

Je ne lève même pas la tête pour savoir de qui elle parle. Six cents, six cent cinquante.

— Franchement, je préfère mourir seule que finir avec un de ces abrutis.

Le jeune motard qui m'a aidée à faire fuir les étudiants se faufile à nouveau vers nous. La bière gratuite doit avoir un goût de reviens-y.

Je lui sers son whisky habituel.

— On a soif ce soir, dis donc.

— Très, répond-il.

Son intonation légèrement provocante me fait lever la tête vers lui. Mais rien dans son attitude n'indique qu'il essaie de flirter.

Extrait

— Non seulement j'ai soif, mais je m'ennuie grave, ajoute-t-il.

— Comme tout le monde ici. Au fait, si tu comptes tabasser ces gamins, merci de le faire sur le parking.

— Entendu. À bientôt…

Ses yeux bleus jettent un coup d'œil furtif vers mon badge.

— Lorraine.

Il paie, me laisse un pourboire et s'éloigne.

— C'est de lui dont je parlais, lance Holly, beaucoup trop fort à mon goût. C'est lui qui craque pour toi.

Composé et édité par HarperCollins France.

Achevé d'imprimer en août 2021.

FIRMIN-DIDOT

à Mesnil-sur-l'Estrée (Eure)

Dépôt légal : septembre 2021.

Pour limiter l'empreinte environnementale de ses livres, HarperCollins France s'engage à n'utiliser que du papier fabriqué à partir de bois provenant de forêts gérées durablement et de manière responsable.

Imprimé en France